Zu diesem Buch

In der U-Bahn stirbt Carlos Pabon mit einem Loch von einer .22er Smith & Wesson in der Stirn. Die Zeitungen reden vom «Samariter-Killer», denn Pabon war ein mieser und kaputter *streetboy*, einer, der von der Angst der anderen lebt.

Kugeln aus der gleichen Waffe finden sich in der Leiche eines Bronx-Dealers und dem Körper eines kleinen Autohehlers, die beide zusammen in Vietnam gewesen waren: gebrochene Überlebende eines schmutzigen Krieges.

Und es könnte eine Verbindung dieser Morde zu einer zweiten Mordserie geben, die die Metropole beunruhigt. Drei prominente, drei selbstbewußte Frauen werden Opfer von exekutionsartigen Anschlägen eines offenbar Verrückten.

Detective Jacob ‹Jake› Neuman und sein jüngerer Partner Detective Sergeant Bobby Redfield setzen sich auf die Spur. Sie folgen ihr bis zum bitteren Ende.

Jerry Oster arbeitete viele Jahre als Journalist und Filmkritiker in New York, bevor er begann, Bücher zu schreiben. Seinen Roman «New York Babylon» bezeichnete die «New York Times» als einen der besten Kriminalromane der letzten Jahre.

In der Reihe rororo thriller liegen vor: Death Story (Nr. 3011), Dirty Cops (Nr. 3108), Nowhere Man (Nr. 2925), Saint Mike (Nr. 2924) und Violent Love (Nr. 3037).

Jerry Oster

Dschungelkampf

Deutsch von
Jürgen Bürger

rororo

Rowohlt

rororo thriller
Herausgegeben von Bernd Jost

Sonderausgabe
Veröffentlicht im Rowohlt Taschenbuch Verlag GmbH,
Reinbek bei Hamburg, April 1995

Die Originalausgabe erschien unter dem Titel «Sweet Justice»
bei Harper & Row Publishers, New York

Umschlaggestaltung Walter Hellmann
(Illustration Frank Nikol)
Satz Bembo (Linotron 202)
Gesamtherstellung Clausen & Bosse, Leck
Printed in Germany
500-ISBN 3 499 43214 5

Die Hauptpersonen

Lieutenant Jacob
‹Jake› Neuman
trägt abwechselnd zwei Schlapphüte. Wenn er nicht redet, denkt er an Maria, Schweigen oder die *Jagd*.

Sergeant Bobby Redfield
sieht eher aus wie Al Pacino und ist mit seinem Partner Jake auf der Suche. Oft jagt er allein.

Carlos Pabon
‹Prince› Javier
Roberto ‹Zero› Andujar
(über-)leben für *streetrhythm* und *fun* im Dreck der Slums; Carlos aber stirbt, als er zum Täter wird.

André Keller
hat viele Namen und eine Rechnung zu begleichen. Gefährlich werden ihm ein Buch und eine Frau,

Linda Walsh
die in einer Bar Nachtdienst schiebt. Sie überlebt. Anders als

Christine Kaiser
Susannah Keyes
Martha Wine
Die drei erfolgreichen jungen Frauen sterben durch dieselbe Waffe. Auch durch dieselbe Hand?

Joe Smith
Clarence Stearns
Miguel ‹Mickey› Chavez
tragen nach *Nam* den Drachen auf der Haut. Doch dort waren sie zu fünft.

Steve Federici
Lou Klinger
Patrolman Mazilli
bewachen und löschen Tonbänder, bedienen Kanonen, hüten Gesetze, trinken Kaffee, lieben und vollstrecken.

Dies ist ein Roman. Namen, Personen, Orte und Ereignisse sind das Produkt schriftstellerischer Phantasie und frei erfunden. Jede Ähnlichkeit mit lebenden oder toten Personen oder Ereignissen ist rein zufällig.

I

Carlos ließ sein Messer am Oberschenkel der Frau entlanggleiten, der durch den Schlitz in ihrem langen schwarzen Kleid bis zur Hüfte nackt war.

Der Prince tanzte mit zusammengekniffenen Augen verzückt zu den Salsa-Klängen, die aus dem Panasonic plärrten, den er, wie ein Baby, in seiner Armbeuge hielt.

Zero lungerte auf der Bank, zog an einem Joint.

Mit der Stilettspitze berührte Carlos die Stelle zwischen den Brüsten der Frau, ihre nackten Schultern, das Grübchen unter ihrem Hals. Ihre grünen Augen musterten ihn verächtlich.

Zero lachte. «Yo, Carlos. Willst die Braut *ficken*?» Wie mit all seinen Versuchen, bei Carlos auf die kumpelhafte Tour anzukommen, fiel er auch mit dieser Bemerkung auf die Nase – flach mit der Nase auf den Betonboden des U-Bahnsteiges.

Mit der Messerspitze zeichnete Carlos den Unterarm der Frau nach, den Aufhänger einer kurzen weißen Pelzjacke am Finger, die sie lässig über ihre Schulter geworfen hatte.

Die Gleise klirrten. Ein Luftzug durchfuhr den Tunnel.

«Die Bahn», rief Zero, rutschte von der Bank, versuchte seine Schlappe wieder wettzumachen. Er beugte sich über die Bahnsteigkante, bestätigte seine Vorhersage und stellte sich wieder gerade hin, wobei er an den Kragenspitzen seiner Nylon-Windjacke zupfte. «Hab's ja gesagt. 'ne Bahn. Wurd verdammt auch langsam Zeit.»

Der Prince verstellte den Sender, ließ den Abstimmknopf über Werbung, Nachrichten, Gerede, Mozart, Mantovani wirbeln, suchte nach einem weiteren Song wie der Nummer eben. Ein Hai, der immer in Bewegung bleiben mußte, der sich das Leben aus der Musik holte.

Carlos trat einen Schritt zurück, um die Frau im ganzen zu sehen. Sie hatte ihre linke Hüfte herausgestreckt, und ihre linke Hand lag auf ihrem Hintern – lag ganz leicht darauf, nicht richtig fest, sondern glitt vielmehr in einem leichten Streicheln darüber. Ihre Haut war weiß: weiß gegen das schwarze Kleid, weiß gegen ihr rotbraunes Haar, weiß gegen ihre dunkelrot geschminkten Lippen, weiß gegen die kurze weiße Pelzjacke. An ihrem linken Handgelenk hatte sie ein goldenes Armband, an ihrem rechten Ringfinger einen silbernen Ring. Sie trug hochhackige silberne Sandalen. Sie war schon überall gewesen, hatte alles gemacht und würde es wieder tun, sobald es etwas Neues gab; mit ihr zu gehen würde kostspielig sein.

Der Luftzug aus dem Tunnel wurde stärker; es stank nach der übriggebliebenen Hitze des Sommers.

Das Plakat war größer als jedes andere an den Wänden der U-Bahnstation; die Frau war beinahe lebensgroß. Sie posierte vor einem Hintergrund, der die Skyline von Manhattan vortäuschte – beleuchtete Fenster in Gebäuden, die sich als Silhouette gegen einen Nachthimmel abzeichneten, der von einer Mondsichel geschmückt wurde. Die Fenster bildeten Worte: KANAL 3 – IMMER DABEI. Über dem Fenster, in einer Schrift in demselben Rot wie der Lippenstift der Frau, stand die Einladung: *Bleib lange auf mit Chris Kaiser.* Unter den Füßen der Frau, in großer Blockschrift im Silber ihrer Sandalen, stand die eindringliche Aufforderung: SEHEN SIE NEW YORKS *SPÄTESTE* NACHRICHTEN. NACHTS UM 12 AUF KANAL 3 MIT CHRIS KAISER ... ES IST *SENSATIONELL!*

Das Grollen des Zuges schwoll zu einem Donnern an.

Carlos wollte in ihrem Mund, ihrem Arsch, ihrer Fotze sein. Er wollte leergesogen, ausgelutscht und wieder leergesogen werden. Er legte die Messerspitze zwischen ihre Beine und drückte fest zu, zerriß das Papier. Er zog seine Hand zurück und stach in ihren Unterleib.

Zero lachte, schlug sich auf die Schenkel. «Stoß sie, Mann, *stoß* ... *sie.* Yo, Prince. Guck dir das an. Carlos gibt's dieser *Nutte.*»

Sorgfältig schlitzte Carlos ihr die Kehle auf.

Mit einem Höllenlärm fuhr der Zug in die Station ein, verschluckte die Musik, überflutete den Bahnsteig mit Hitze und Lärm. Carlos trat von dem Plakat zurück, ließ die Klinge des Messers zuschnappen, schob es in die Tasche seiner Tarnjacke und drehte sich dann um.

Mit einem lauten Kreischen hielt der Zug an. Prince's Musik sprudelte wieder lauter durch die Station.

«Yo, Carlos. Komm jetzt, Mann.» Zero stand in der mittleren Tür des letzten Wagens und hielt die automatische Schiebetüre mit seinem Fuß offen.

«Wegtreten von den Türen dahinten!» Die müde Stimme des Zugführers drang monoton durch einen Sturm von statischem Rauschen über die Lautsprecheranlage.

Zero lehnte sich aus dem Wagen heraus und zeigte dem Zugführer seinen ausgestreckten Mittelfinger. Er blickte Carlos an, suchte nach Beifall.

Carlos legte seine Hand auf Zeros Brustkorb – er war weich, knochenlos – und schob ihn in den Wagen. «Komm schon, Arschloch! Du hast den Mann doch gehört!» Carlos blieb an der Tür stehen, als der Zug sich langsam wieder in Bewegung setzte, sah zu der Frau zurück, die ihn jetzt nicht mehr länger quälen würde. Dann ging er zu der Stange in der Mitte des Wagens und lehnte sich mit seinem Rücken dagegen. Er blickte in Fahrtrichtung, seine Hände in den Gesäßtaschen seiner Jeans, die Knie locker, um die Stöße des Zuges aufzufangen, seine Augen auf die Beine einer winzigen Asiatin in der Uniform einer Krankenschwester geheftet.

Von seiner Endstation in der Zweihundertsechsundvierzigsten Straße in der Bronx bis zu dieser Haltestelle in der Einhundertachtundsechzigsten Straße in Manhattan, hatte der in südlicher Richtung fahrende Broadway-Nahverkehrszug nur wenige Passagiere von den Bahnsteigen aufgelesen. Sie lebten in einem anderen Rhythmus als der größte Teil der restlichen Welt: Arbeiter, die von ihren Schichten kamen oder sich auf dem Weg dorthin befanden; Nachtmenschen, die schon früh unterwegs waren; Frühaufsteher, die sich spät nach Hause schleppten. Und Spezialisten: ein Penner, der den Zug für die Nacht zu seiner billigen Absteige gemacht hatte und der jetzt gerade seine zweite Rundreise zwischen der Bronx und der Battery machte; ein Graffiti-Künstler, der am Times Square in die Flushing-Linie umsteigen würde, um in die U-Bahndepots in Queens zu kommen – sein Atelier –, wo er die Nacht damit verbringen würde, außer Betrieb stehende Züge im *wild style* zu verzieren. Die Fahrgäste saßen weit auseinander, eingehüllt in ihre Angst. Denn einer von ihnen könnte ein Verbrecher sein – abgesehen von der Krankenschwester, die nur ein Opfer sein konnte.

Der Prince drehte die Lautstärke seines Panasonic hoch, damit er die Musik über den Lärm des Zuges noch hören konnte.

Zero inhalierte den letzten Zug seines Joints und schnipste die Kippe auf ein offenes Fenster. Er traf nicht und so fiel sie auf den Sitz neben einem Mann in Jeans und Cordjacke, der ein Taschenbuch las. Der Mann wischte die Kippe mit seinem Buch vom Sitz.

«Yo, *Arsch*loch. Is' keine Müllkippe hier.» Zero lachte und blickte auf Carlos' Rücken. Seine Augen bettelten darum, daß er sich umdrehen und ihm zustimmen sollte. Als er seine Augen zurückwandern ließ, sah der Mann ihn direkt an, erkannte seine Abhängigkeit. Zero las eine Reklame über dem Kopf des Mannes – oder versuchte es wenigstens; in der fünften Klasse hatte er aufgehört, in die Schule zu gehen.

Carlos zog in Gedanken langsam die Krankenschwester aus, warf ihr Häubchen zur Seite, ihr Cape, zog eine Lage der gestärkten sterilen Kleidung nach der anderen weg, bis ihr winziger Körper ausgebreitet vor ihm lag. Er zischte sie durch seine Zähne an und lächelte, als sie ihn nicht ansah, denn er wußte, daß sie es gehört hatte. Er setzte sich ihr gegenüber auf eine Bank, streckte seine Beine aus. Seine Converse-All-Stars-Tennisschuhe berührten beinahe ihre weißen Miniatur-Schuhe.

Sie zog ihre Füße zurück.

In der Hundertundsiebenundfünfzigsten Straße stieg niemand zu und niemand aus.

Carlos setzte sich neben die Krankenschwester. Mit ihren winzigen Händen preßte sie ihre Handtasche fest gegen ihren Bauch. Ihr müdes Gesicht spiegelte Angst wider. Ihre Augen waren groß.

Carlos legte einen Finger hinter ihrem Ohr auf ihren Hals und hob eine Strähne ihres Haares. «He, Baby, willste 'n bißchen *Spaß* haben?»

Sie schloß ihre Augen und hielt die Luft an.

Carlos ließ einen Fingernagel unter ihr Ohrläppchen gleiten. «Ich hab 'n *großen* Schwanz.»

Die Krankenschwester stand auf und ging mit steifen Beinen zur vorderen Wagentür.

Carlos holte sie ein, packte ihr Handgelenk und drehte sie herum, zog sie an sich und beugte sich herab, um sie zu küssen. Sie drehte ihren Kopf zur Seite, und er bekam den Mund voller Haare.

Zero konnte nicht anders und mußte lachen. Dann stand er auch schon neben Carlos, zeigte mit einem Finger zwischen die Augen der Krankenschwester. «Yo, Fotze. Magst du meinen *Freund* nicht, oder was?»

Carlos packte Zero am Kragen und stieß ihn zu der Verbindungstür zum nächsten Wagen. «Laß keinen *rein* oder raus!»

Zero, der arme Zero – sein richtiger Name war Roberto, nach einem Baseball-Star, aber er war immer nur Zero, nicht einmal eine richtige Zahl –, hob seine Hände und ließ sie hilflos wieder sinken. «Wie soll ich *das* 'n machen?» Er spürte, daß der Mann in Jeans und Cordjacke ihn ansah, und schaute nicht in seine Richtung.

Carlos stöhnte und ließ verzweifelt seine Schultern sinken. «Du hast doch 'n beschissenes *Messer*, stimmt's?»

Froh, daran erinnert zu werden, kramte Zero das Messer aus seiner Jackentasche, klappte es auf und zerschnitt die Luft, während er langsam rückwärts zur Tür ging. «Keiner *rührt* sich, klar?» Er spürte, wie der Mann in Jeans und Cordjacke auf seinem Platz herumrutschte.

Der Prince stand bereits unaufgefordert vor der hinteren Tür des Wagens, sein Panasonic zwischen seinen Füßen auf dem Boden. Er sagte nichts, hielt sein Messer mit beiden Händen. Ein Kämpfer.

Carlos schob sein Messer dicht vor das Gesicht der Krankenschwester und ließ die Klinge herausspringen. Obschon ihre Augen geschlossen waren, zuckte die Frau zusammen. Er lachte. «He, Baby. Du brauchst echt keinen Schiß haben. Ich will doch nur was *Schönes* mit dir machen.»

Die anderen Fahrgäste saßen benommen und stumm einfach nur da. Kopien menschlicher Wesen, die darum beteten, daß es bald vorbei sein würde. Alle außer dem Mann in Jeans und Cordjacke, der sich vorbeugte, die Ellenbogen auf den Oberschenkeln, das Taschenbuch immer noch aufgeschlagen in seinen Händen, wie ein Gebetbuch. Doch er studierte nicht den Text, sondern beobachtete alles aufmerksam.

Der Zug wurde immer langsamer, bis er nur noch kroch, aufgehalten von irgendeinem unerklärbaren Signal kurz vor der Haltestelle in der Hundertsiebenundvierzigsten Straße.

Zero war sich ganz sicher, daß irgendwer die Notbremse gezogen hatte, daß die Cops um den Zug ausschwärmen würden, sie mit ihren Taschenlampen blenden würden, während ihre Megaphone durch Rückkopplungen jaulten. «Yo, Carlos.» Er zuckte zusammen, als Carlos ihm einen tadelnden Blick zuwarf, weil er seinen Namen genannt hatte. «Ich ... ich will doch nur wissen, ob wir jetzt hier *aus*steigen?»

Indem er die Knie gegen ihre Beine stieß, damit sie ging, schob Carlos die Krankenschwester vor sich her den Gang hinunter und blieb vor jedem Fahrgast stehen, grinste spöttisch, als jeder schnell wegsah. «*Marcios.* Ihr beschissenen Feiglinge. Wollt ihr der Kleinen denn nicht *helfen*? *Huevones. Hijos de puta.* He, oder wollt ihr vielleicht auch ein Stück vom Kuchen? Wollt ihr die Kleine *ficken*? Fickt euch doch *selbst.* Ich und meine Freunde hier, wir machen 'ne kleine *Party.* Und ihr, ihr bleibt schön da, wo ihr jetzt seid. Kapiert? Ihr werdet uns nicht nachkommen. Und ihr werdet auch keine Notbremse ziehen. Und ihr ruft auch keine beschissenen Cops. Ihr fahrt jetzt einfach weiter. Dahin, wo ihr hingewollt habt. Ihr vergeßt einfach, daß ihr was gesehen habt. Ihr werdet euch an nichts, an *gar nichts* erinnern. *Nada. Kapiert*, ihr Saftsäcke? Und macht euch mal um die Kleine hier keine Sorgen. Wir tun ihr schon nichts. Wir machen nur 'ne kleine nette Party, ich und meine *Freunde* hier.» Carlos schob sich das Heft seines Messers zwischen die Zähne und streichelte die Brüste der Krankenschwester, ihren Venushügel, ihren Hintern.

Zero lachte, doch er wußte genau, daß er ihn nicht steif kriegen würde. Er würde wieder der letzte sein, so wie damals, als Miguels Cousine aus Santo Domingo sie alle rangelassen hatte; der Gedanke an sie, glitschig von ihrem Sperma, machte ihn selbst jetzt noch todkrank.

Der Zug ruckte und begann dann langsam in die Station einzufahren.

«Carlos.» Der Mann in Jeans und Cordjacke stand im Gang. Er schlug das Taschenbuch zu und schob es in seine Gesäßtasche.

Carlos nahm das Messer wieder aus seinem Mund und hielt der Krankenschwester die Spitze an die Kehle. «Setz dich sofort wieder *hin*, Mann.»

«Laß sie los», sagte der Mann, sprach nur eine Idee lauter, um den Lärm des Zuges zu übertönen. «Steigt einfach hier aus, wie du gesagt hast. Aber ohne sie. Steigt einfach jetzt aus und alles ist bestens. Keine Cops. Nichts. Und jetzt laß sie los.»

Er war schlank, wie ein Läufer. Er trug Mokassins und einen marineblauen Pullover. Er hätte gut ein Student sein können, vielleicht schon ein bißchen alt, oder auch ein etwas junger Professor – für Englisch oder Mathematik. Er hätte auch ein Dichter sein können oder ein Banker, der sich unters gemeine Volk mischte.

«Laß sie los», sagte er wieder. Es war ein Befehl – kein Vorschlag, keine Bitte.

Carlos hörte die Autorität in der Stimme des Mannes und spürte seine Schnelligkeit und seine Kraft, doch er liebte, genoß die Gefahr. Er war schon zu weit gegangen, um jetzt noch zurückzustekken. «*Coño de tu madre.*»

«Carlos.» Zero drückte sich gegen die Tür, bereit, sofort abzuhauen. «Wir halten.»

Der Mann machte einen Schritt. «Laß sie los ... Carlos.» Er lächelte über den Vorteil – wie klein er auch immer sein mochte –, den der Name ihm gab.

Carlos drückte die Messerspitze fester gegen den Hals der Krankenschwester. «Bleib da stehen, *motherfucker.*»

Der Mann kam näher, langsam, geschmeidig.

Die Krankenschwester öffnete ihre Augen. «Nein. Bitte. Er wird mich umbringen.»

Der Mann blieb stehen. Mit einer Hand strich er sich durch sein braunes Haar, das von der Stirn streng nach hinten gekämmt war. Unvermittelt drehte er sich schnell um und streckte dem Prince, der sich inzwischen von hinten an ihn herangeschlichen hatte, seine Hand entgegen. «Bleib da stehen.»

Der Prince lächelte und wechselte sein Messer von einer Hand in die andere.

Der Mann zog eine Pistole aus einer Innentasche seiner Jacke und richtete sie auf das Gesicht des Prince, duckte sich leicht, die Füße gespreizt, zielte mit beiden Händen. Der Prince erstarrte und wich zurück.

Der Zug hielt an. Die Türen öffneten sich.

«Zero! Halt die verdammten *Türen* auf.» Carlos wich zur Tür zurück, zog dabei die Krankenschwester mit sich.

Zero stöhnte über den Verlust seiner Anonymität.

«Carlos!»

Verrückt – Carlos warf einen kurzen Blick hinter seinem menschlichen Schild hervor, durch den Ruf des Mannes dazu gezwungen.

Sie waren mehr als Gegner; sie waren Tänzer in demselben Tanz, und er mußte einfach reagieren. Die Kugel traf ihn zwischen die Augen.

Carlos' Gewicht warf die Krankenschwester über die Metallehne einer Sitzbank, schlug ihr die Luft aus den Lungen. Als sie wieder atmen konnte, schrie sie.

Fahrgäste ließen sich fallen, kauerten sich zusammen und schrien.

Zero stürzte los. Der Prince rannte los, ließ seinen Panasonic zurück.

Die Türen schlossen sich. Der Zug setzte sich langsam wieder in Bewegung.

Der Mann zog Carlos' Leiche von der Krankenschwester und schleuderte ihn auf den Boden, als würde er gar nichts wiegen. Vorsichtig berührte er die Schulter der Krankenschwester, bis sie schließlich zu ihm aufschaute. Er lächelte, legte eine Hand auf ihren Kopf, ging dann zum vorderen Teil des Wagens, öffnete die Schiebetür und trat auf die Metallplattform hinaus. Er löste die Metallkette, stellte sich auf die Fußstützen, schob die Ziehharmonikaverbindung zurück und sprang auf den Bahnsteig, die Hände ausgestreckt, fiel, rollte sich ab, kam wieder auf die Füße, seine Pistole – während des Sprunges zurückgesteckt – wieder gezogen, die Beine breit auseinander, mit beiden Händen die Waffe abstützend.

Der Bahnsteig war leer.

Der Mann steckte die Pistole wieder ein, wischte sich den Schmutz des Bahnsteiges von seiner Jeans und Jacke, feuchtete eine Fingerspitze in seinem Mund an und rieb an einer Schramme an der Außenseite seiner linken Hand. Dann strich er sich mit beiden Händen durch sein Haar und ging auf den Ausgang zu.

Der Fahrkartenverkäufer in seiner kugelsicheren Festung blickte nur kurz von seiner Zeitung auf, als der Mann durch das Drehkreuz ging. Die Schlagzeile der Zeitung lautete:

KRIMINALITÄT IN DER
U-BAHN ANGEBLICH BESIEGT

2

DeWitt Strawberry zog den Reißverschluß seiner Hose herunter. Er hatte jetzt schon seit einer Stunde einen Steifen und sein Ding sprang wie ein Schachtelteufel heraus. Er streichelte sich selbst, während er in die Schwärze starrte und versuchte, das ebenholzschwarze Paradies zu erkennen, das Ivory Snow Richardson ihm versprochen hatte.

«Ivory? Ivory, bist du da? Komm schon, Mädchen, du kannst einen Mann doch nicht so quälen. Ich platz gleich!»

Es kam keine Antwort aus der Wohnung auf der obersten Etage der verlassenen, heruntergekommenen Mietskaserne, von der Ivory Snow DeWitt gesagt hatte, daß sie dort auf ihn warten und ihm das geben würde, weswegen er schon seit Wochen hinter ihr her war.

«Ivory Snow?»

DeWitt lächelte, als er ein leises Stöhnen aus dem Inneren der Wohnung hörte. Bei dem Gedanken an Ivory Snow, wie sie jetzt direkt hinter dieser Türe auf der Matratze lag, auf der sie es, wie sie selbst gesagt hatte, früher schon getrieben hatte – sie sagte nicht, mit wem –, und gerade an sich selbst spielte, während sie auf ihn wartete, wurde sein Schwanz noch härter, falls das überhaupt möglich war.

«Ivory? Was machste denn da drinnen, Mädchen? Sag's DeWitt. Hast du vielleicht deine Hand in deinem Höschen und machst dich schön feucht? Komm schon, sag's doch DeWitt ... Du sagst mir, was du machst, und ich sage dir, was ich mache. Wie ich meine Hand um mein Riesending habe. Er ist so groß, daß ich meine Finger kaum drumlegen kann. Er wird oben schon ganz glitschig. Er wartet nur darauf, wie eine geölte Rute in dich reinzurutschen, wie ein beschissener dicker Ast ... Oh, komm schon, Ivory, erzähl DeWitt doch, was du machst.»

Wieder ein Stöhnen.

«Ivory? Hast du deine Hand auf deiner Titte?»

Und wieder Stöhnen, was für DeWitt ganz klar ja, ja bedeutete. Er machte einen Schritt in die Finsternis, die nicht weniger undurchdringlich geworden war, seit er auf dem Flur stand. Auf dem Weg hierher war er noch kurz in den Süßwarenladen gesprungen und hatte sich für neunundfünfzig Cents eine Miniatur-Taschenlampe gekauft. Nur für alle Fälle. Er tastete in der Gesäßtasche danach, nahm sie aber nicht heraus und schaltete sie ein. Damit würde er warten, bis er neben Ivory Snow lag. Und im Licht der Lampe würde er dann ihren prächtigen Körper erforschen.

DeWitt ging einen weiteren Schritt und dann noch einen.

«Ivory. Ich komme, Mädchen. Dein wunderbarer DeWitt kommt jetzt, und er bringt seinen besten Freund mit, und, Mädchen, du wirst seinen Freund verdammt gern haben.»

Nach einem weiteren Schritt stieß er mit seinem Fuß gegen die Matratze.

Das Stöhnen schien von irgendwo hinter seinem Rücken zu kommen, aus einer Ecke des Raumes, und für einen Augenblick war DeWitt erschreckt. Aber er wußte ja, welche Streiche einem die Akustik in diesen leerstehenden alten Gebäuden spielen konnte. Er streckte seine Hand aus und fand ein Bein. «Ivory? Ivory, was ist denn mit dir? Wieso hast du denn eine Hose an? Ich hab dir doch gesagt, daß du ein Kleid anziehen sollst. Das rote, in dem du so toll aussiehst. Ivory?»

Na ja, trotzdem, vielleicht war es ja diese knallenge weiße Hose, durch die man die Umriße von Ivorys Slip sehen konnte. Er würde sie einfach auf den Bauch drehen und sein Ding gegen die Spalte zwischen ihren Pobacken reiben, die in dieser Hose, ooh, so toll, zusammengepreßt wurden.

DeWitt kniete sich auf die Matratze und ermunterte Ivory mit einer Hand auf jedem Bein dazu, sich doch umzudrehen. «Komm schon, Mädchen. He, ich hab 'ne Idee. Ich glaub, das wird dir gefallen.»

Die Beine ließen sich nicht bewegen. Und nicht nur das, die Füße steckten auch noch in Stiefeln – in großen, schweren Stiefeln.

«He, Ivory, was machst du, Mädchen? Willste DeWitt vielleicht irgendwie einen Streich spielen, oder was? *Ivory?*»

Er rief ihren Namen in Richtung der Ecke, denn es bestand gar kein Zweifel daran, daß das Stöhnen von da gekommen war. Keine Antwort.

Stiefel? Na schön, Stiefel könnten ganz interessant sein. DeWitt dachte an die Frauen in den Magazinen, die es im Hinterzimmer des Süßwarenladens gab. Frauen, die manchmal in Stiefeln fotografiert wurden – hohe Lederstiefel, Cowboy-Stiefel, Bauarbeiterstiefel, Motorradstiefel – und mit sonst nichts. Sie sahen schon okay aus, und genauso würde auch Ivory Snow Richardson aussehen. Klarer Fall. Seine Ohren spielten ihm einfach nur einen Streich.

DeWitt legte sich auf seine Seite auf die Matratze, sehnte sich danach, daß sie ihn endlich anpackte. Er suchte in seiner Tasche nach der kleinen Lampe und legte sie dann so zwischen sie, daß der Schein der Taschenlampe auf das Kopfende der Matratze fallen würde. «Ivory? Ich muß dir was zeigen. Mein Freund, du weißt schon, von dem ich dir erzählt habe? Er ist hier. Komm schon, Mädchen, sag ihm guten Tag. Schüttel ihm die Hand. Sag ihm doch, wie sehr du dich freust, ihn kennenzulernen. Hier, ich knips die Taschenlampe an, damit du dir sein hübsches schwarzes Gesicht mal ansehen kannst.»

Mit seiner Rechten hob DeWit ihre Hand – ihre unglaublich schwere Hand – am Handgelenk und führte sie zu seinem Schwanz. Mit seiner Linken schaltete er die Taschenlampe ein.

Das Licht war überraschend hell. Die Lampe warf einen Lichtkegel über die Matratze und ließ unmißverständlich erkennen, daß das Individuum auf der Matratze, das Individuum mit einer Hand auf DeWitts Schwanz, absolut nicht Ivory Snow Richardson war, sondern ein Mann. Ein großer Mann, ein Mann in einem blauen Trainingsanzugoberteil mit weißen Streifen auf den Ärmeln, ein Mann mit einer langen schwarzen Baumwollhose, ein Mann mit ledernen Springerstiefeln an den Füßen, ein Mann mit kahlgeschorenem Kopf und einem dichten hängenden Schnurrbart, ein Mann mit einem Loch mitten auf seiner Stirn, ein toter Mann.

In dem Licht war jetzt auch Ivory Snow Richardson zu erkennen, die in der Ecke in der Lache ihres eigenen Erbrochenen kauerte und stöhnte.

DeWitt Strawberry mußte auch kotzen. Über die Brust des toten Mannes.

3

Alle Männer vor der Theke starrten wie Gläubige vor einem Altar zum Fernseher auf.

Die Frau auf dem Bildschirm hatte rotbraunes Haar, eine weiße Haut und rote, rote Lippen. Ihre Augen waren grün. Sie trug eine limonengrüne Seidenbluse, über deren oberstem Knopf ein Stück dunkelgrüne Spitze herausschaute. «Hi. Ich bin Chris Kaiser. Herzlich willkommen zu New Yorks *spätester* Nachrichtensendung auf Kanal Drei – *nur* hier ist man immer dabei ... Unser erster Beitrag heute abend: Bürgermeister Berger und der Chef der U-Bahnpolizei Nolan gaben heute nachmittag eine Pressekonferenz, auf der sie versicherten, daß der Krieg gegen die Kriminalität in unseren U-Bahnen *gewonnen* worden sei. In wenigen Augenblicken spielen wir den Bericht von unserem Reporter Jim Giles ein, doch vorher ...»

Eine Bier-Werbung flimmerte über den Bildschirm.

«Ja?» Der Barkeeper war eine Frau mit unordentlichen roten Haaren und einem Gesicht, dem es an Symmetrie fehlte.

«Ein Bier», sagte der Mann mit der Cordjacke.

«Ein Miller?» Sie deutete mit ihrem Kopf kurz auf den Fernseher. «Es ist Zeit für ein Miller.»

«Ba Mi Ba», sagte der Mann. Er rieb sich seine Handfläche, dort wo er eine rote Schürfwunde hatte.

Sie stützte ihre Hände in ihre Hüften. «Miller, Bud, Rheingold, Schafer, Schlitz, Hite, Heineken, Michelob, Coors, Bass Ale, Löwenbräu, Watney's, Rolling Rock ... Soll ich noch weitermachen? Ich arbeite noch bis um vier.»

«Bud.»

«Ein Bud. Wieso wollen die Leute immer ein Bud, wenn ich ihnen aufzähle, welche Biersorten wir haben? Wenn sie schon nicht mehr Phantasie haben, warum fragen sie denn dann nicht gleich danach?»

Der Mann schaute zu dem Fernseher auf. Chris Kaiser saß auf einem weißen Ledersessel, hatte ihre langen Beine übereinandergeschlagen. Der Schlitz in ihrem grauen Rock zeigte einen weißen Streifen von ihrem Oberschenkel. Ihr Manuskript hielt sie auf ihrem Schoß. Ihr rechter Arm lag lässig über der Rückenlehne des Sessels; eine Pose, durch die sich der Stoff ihrer Bluse um ihre Brüste schmiegte.

«Gefällt sie Ihnen?» fragte die Frau hinter der Theke. «Viele Kerle mögen sie.» Sie stellte ein Glas auf einen Untersetzer und füllte es und stellte die Flasche auf die Theke. «Hab noch keinen Kerl getroffen, dem sie nicht gefiel. Einsfünfzig.»

Der Mann bezahlte mit einem Fünfer und schlürfte das Bier und stellte sich vor, daß es ein Ba Mi Ba wäre. Als er das letzte Mal ein

Ba Mi Ba getrunken hatte, hatte er kurz vorher einen Mann umgebracht. Um eine Frau zu beschützen. Eine Asiatin. Seine Hand hatte damals gezittert, weil er sie, eigentlich, gar nicht beschützt hatte. Er war zu spät gekommen. Alles, was er noch tun konnte, war, ihren Angreifer umzubringen, um so vielleicht andere Unschuldige zu beschützen.

Die Frau hinter der Theke kam zu ihm, wischte den Tresen mit einem Handtuch ab. «Ihre Hand verletzt?» Sie nahm die Hand und berührte behutsam das weiche Fleisch. «Eine üble Schramme ist das. Sie sollten sie lieber auswaschen. Ich holte etwas heißes Wasser aus der Küche.»

Als sie mit einer Schüssel heißem Wasser, einem Handtuch und etwas Seife zurückkam, war der Mann fort, das Bier nicht ausgetrunken, das Wechselgeld von dem Fünfer immer noch auf der Theke.

«Ach, Linda. Du hast wirklich ein glückliches Händchen. Und ein großzügiges Trinkgeld dazu.»

4

Chris Kaiser schleuderte ihre Schuhe von sich. Diese Geste war so etwas wie ihr Markenzeichen, ein Signal, daß die Sendung zu Ende war, eine Einladung an ihre Kollegen, von ihren Podesten herunterzukommen, die oberhalb der Bühne errichtet waren, auf der sie saß, und sich um ihren weißen Ledersessel zu versammeln, während der Nachspann der Sendung über den Bildschirm lief. Für die Zuschauer zu Hause waren die anderen nichts als Silhouetten; ein einziges Spotlight schien auf Chris Kaiser.

Sie streckte sich und legte ihre Hände hinter ihren weißen Hals, warf ihr rotbraunes Haar zurück und lächelte. Doch ihre Stimme war eiskalt. «Ich will nicht noch einmal so wie gerade lächerlich gemacht werden.» Für die Zuschauer zu Hause sah es aus, als würde sie mit ihren Kollegen fachsimpeln und den Gedanken an eine gut getane Arbeit genießen.

Ihre Kollegen senkten ihre Köpfe, wußten nicht, wer von ihnen sie beleidigt hatte, indem er unvollkommen gewesen war.

David Dempsey, der Wetterfrosch, riskierte seinen Kopf. «Eine andere Vorhersage konnte ich nicht bringen, Chris.» Chris Kaiser war fest davon überzeugt, daß die Zuschauer glaubten, die Meteorologen würden das Wetter *machen* – woher sollten sie denn sonst wissen, wie es werden würde? –, und daß solche trostlosen Prophezeiungen wie die von Dempsey – er hatte für das Wochenende Regen vorausgesagt – sie nur dazu bringen würden, auf einen anderen Kanal umzuschalten.

Chris streckte eine Hand aus und lud Dempsey mit einem Lächeln ein, sie zu nehmen. «David, Schätzchen. Sei doch nicht dumm. Der Sommer ist vorbei. Die Leute sind doch froh, eine gute Entschuldigung zu haben, um sich ein ruhiges Wochenende zu Hause machen zu können.»

Zu Hause vor dem Bildschirm fragten sich die Leute, ob die beiden wohl ein Liebespaar wären. Sie berührten sich immer, lächelten sich unentwegt an.

Randy Peck, Sportredakteur, räusperte sich. «Ich, äh, hoffe doch, du hattest nichts gegen meinen kleinen Witz.» Als er über die Ermittlungen der Bezirksstaatsanwaltschaft Bronx im Zusammenhang mit Behauptungen berichtete, daß einige hiesige Baseball-Spieler Kokain schnupfen sollten, hatte er, *ad libitum*, ihren Club die «New York Junkies» genannt. Chris machte solche Witze am liebsten selbst – oder wollte zumindest vorher wissen, wann sie aus einer anderen Ecke kamen, damit sie mit ihrem extravaganten Lachen unterstreichen konnte, wie komisch sie doch waren.

Chris zog ihre Hand zurück und gewährte Peck einen freundlichen Händedruck. «Aber Randy ... das war *komisch*.»

Ruby Tuckers Unterlippe bebte. Sie hatte ihren Exklusivbericht verdorben – daß in einem wilden Streik von Lehrern der staatlichen Schulen eine Einigung kurz bevorstand –, indem sie gesagt hatte, daß der Unterricht «hoffentlich» am Montag wiederaufgenommen werden könnte. Als Chris den Job des Koordinators übernommen hatte, hatte sie unmißverständlich klargemacht, daß in ihrer Sendung auch nicht eine Nachricht durch irgendwelche Adverbien unklar oder verschwommen gemacht werden würde.

Doch Chris Kaiser sah weder Ruby noch Kristen Richards, den Unterhaltungsredakteur, an und ebensowenig Tess Delany, die New Jersey-Korrespondentin, die im Studio war, um einen Bericht über die Sanierung von Weehawken anzukündigen. Sie sah Jim Giles an und zeigte dabei ein Lächeln, von dem die Zuschauer zu

Hause meinten, es wäre voller Bewunderung. Denn Jim Giles war der Nestor der New Yorker Fernsehjournalisten, ein Mann, der bei Edward R. Murrow sein Handwerk gelernt hatte und den viele für den einzigen Hüter des Verständnisses und Anstandes dieses Giganten hielten. Fünfzehn Jahre lang war er Koordinator und Moderator der Sechs- und Zehn-Uhr-Nachrichten von Kanal 3 gewesen. Dann war er auf die Hinterbank verdrängt worden, als das Management des Senders, gierig auf höhere Einschaltquoten, die Sechs-Uhr-Nachrichten ganz gestrichen und sie durch eine Stunde Klatsch und Unterhaltung ersetzt hatte und die Spätausgabe der Nachrichten auf Mitternacht verlegte, wobei man Chris Kaiser aus Los Angeles als Zugpferd für diese Sendung engagiert hatte.

«Sie haben es total vermasselt, Jim», sagte Chris Kaiser, verzichtete auf einen eindeutigeren Ausdruck zugunsten eines solchen, der von den Zuschauern zu Hause wahrscheinlich nicht von ihren Lippen abgelesen werden konnte. «Die ganze U-Bahn-Story war nichts als ein Haufen Scheiße.» Sie legte ein ganz besonders strahlendes Lächeln auf, als sie den Kraftausdruck aussprach, übertünchte ihn so. «So was gibt es in meiner Sendung nicht! Die Zuschauer wissen, daß es eine Lüge ist, und ich will nicht, daß sie in mir per Assoziation ebenfalls eine Lügnerin sehen.»

Giles schob eine Hand in die Tasche seines blauen Blazers und betastete die winzige Flasche Dewar's, die er kurz vor Beginn der Sendung getrunken hatte, während Chris und die anderen noch einmal ihre Manuskripte studiert hatten. «Hab nur die Fakten gebracht, Ma'am.»

Die «Auf Sendung»-Lämpchen der Kameras verloschen und die Studio-Beleuchtung ging an. Der Nachspann war abgelaufen; sie waren jetzt nicht mehr auf Sendung. Die Leute zu Hause sahen jetzt einen Werbespot.

«Fakten?» brüllte Chris Kaiser. «Was für Fakten? Da hat der beschissene Bürgermeister also eine beschissene Pressekonferenz gegeben. Und? Was soll's? Meine Güte, wir haben ein Wahljahr. Was soll er denn sagen – daß er den Krieg gegen das Verbrechen in unserer Stadt verliert oder was? Scheiße.»

Die Crew, normalerweise hatten sie es immer eilig, so schnell wie möglich zu verschwinden, drückte sich noch in den Schatten des Studios herum, genoß, was zu einem regelmäßigen Epilog der Sendung wurde.

Giles nahm die Hand wieder aus seiner Jackentasche und berührte den Knoten seiner Krawatte. «Vergessen Sie da nicht etwas? Das alles ist doch erst durch unseren Exklusivbericht ins Rollen gekommen. Durch *meinen* Exklusivbericht. Die *Daily News* berichtete, daß die Anzahl der Verhaftungen durch die U-Bahn-Cops zurückgegangen wäre. Berger ist bei einer Pressekonferenz mit einer Frage danach überrascht worden und räumte ein, daß dies der Wahrheit entspräche. Alle haben es ganz genau so gebracht – Cops hilflos gegen U-Bahn-Kriminalität –, alle außer uns. Ich habe den ganzen Bericht in die Hände bekommen, von dem die *News* nur einen Teil hatte, und habe herausgefunden, daß die Zahlen der Festnahmen rückläufig sind, weil die *Straftaten* selbst rückläufig sind – weil inzwischen mehr Cops patrouillieren, weil die elektronische Überwachung verbessert und ausgebaut worden ist, weil es mehr Patrouillen von Bürgern gibt, mehr Hunde ...»

«Hunde», sagte Chris Kaiser verächtlich.

«Die heutige Pressekonferenz hat unseren Exklusivbericht in allen Punkten bestätigt», fuhr Giles fort. «Das ist rundherum eine gute Story: Die Presse kommt mit halbgaren Geschichten *und* in der U-Bahn entwickelt sich alles zum Besseren hin. Aber das wissen Sie ja alles selbst nur zu gut.»

Chris Kaiser spreizte eine Hand über ihrem Brustkorb, spielte die Unschuld. «Wollen Sie damit sagen, daß heute niemand in der U-Bahn überfallen worden ist, Jim?»

Giles griff wieder in seine Jackentasche und streichelte die glatte Oberfläche der kleinen Dewar's-Flasche.

Chris Kaiser lachte. «Können Sie dem Opfer eines Überfalles in die Augen sehen und ihm oder ihr sagen, daß der Krieg gegen die Kriminalität in der U-Bahn *gewonnen* ist?»

Chris Kaiser lachte wieder. «Was wir hätten tun sollen – was wir auch *tun werden*, wenn Berger das nächste Mal versucht, uns mit Statistiken zu blenden –, ist, ein Kamerateam exakt zu der Zeit runter in die U-Bahn zu schicken, während er seine Pressekonferenz abhält. Wir werden Leute finden, die gerade eben erst überfallen worden sind, denen ihre Handtasche geklaut oder die Taschen ausgeraubt worden sind. Das wird nicht sonderlich schwer sein. Kann schon sein, daß die Verbrechensraten unten sind, aber es gibt sie immer noch. Wir werden diese Opfer fragen, wer den Krieg gegen die U-Bahn-Kriminalität gewinnt. Wir werden Berger live hier in unser Studio holen und ihn dann mit diesen Opfern konfrontieren. Und genau das hätten wir schon längst machen sollen.» Sie wirbelte zu einem Produktionsassistenten herum. «Sagen Sie Cavanaugh, daß er herkommen soll.»

«Er ist schon nach Hause», antwortete der P. A.

Sie stemmte die Hände in ihre Hüften. «Nach Hause? Wie zum Teufel kann der Produzent einfach mitten in der gottverdammten Sendung nach Hause gehen? Holen Sie mir den Mann ans Telefon!»

«Er wird *jetzt* aber noch nicht zu Hause sein», sagte der P. A. «Er ist eben erst gegangen. Er wohnt in Yonkers.»

Chris Kaiser verdrehte die Augen. «Yonkers.» Langsam und laut genug, daß es jeder hören konnte, sagte sie dann: «In Zukunft geht keiner mehr nach Hause, bis ich es sage. Niemand vom Produktionspersonal, kein Autor, kein Techniker, keiner aus dem Senderaum, *keiner*!» Ganz bewußt fixierte sie ihre Kollegen, damit sie genau verstanden, daß sie gemeint waren. «Der richtige Zeitpunkt, über das zu sprechen, was an der Show nicht in Ordnung war, ist unmittelbar im Anschluß an die Sendung und nicht erst am nächsten Nachmittag. Wenn wir oft genug und lange genug hierbleiben, vielleicht geht dann irgendwann nicht mehr ganz soviel daneben. Vielleicht ist es dann irgendwann nicht mehr nötig, daß wir so lange und so oft noch hierbleiben müssen. Aber bis es soweit ist, bleibt jeder hier ... Verstanden?» Und dann ging sie auf die Tür zu.

Jim Giles wußte, daß es sinnlos war, aber nichtsdestoweniger mußte er fragen. Er rief ihr nach: «Was, wenn wir keine Opfer finden?»

Chris Kaiser blieb stehen und drehte sich langsam zu ihm um. «Was haben Sie da gesagt?»

«Was, wenn wir niemanden finden, der genau zu dem Zeitpunkt, während der Bürgermeister sagt, daß die U-Bahn-Kriminalität zurückgegangen ist, überfallen wurde?»

Chris Kaiser legte ihren Kopf zurück und lachte. «Oh, mein Gott, Jim! Sie sind wirklich ein Langeweiler. So ein ... ein Gentleman. Kein Wunder, daß Sie so lausige Einschaltquoten hatten – ein paar tausend Leute, die unter Schlaflosigkeit leiden und hoffen, daß Sie sie mit einem Bericht über Zinssätze in den Schlaf wiegen.»

Sie kehrte zu ihrem Sessel zurück, legte eine Hand auf die Rükkenlehne und ging immer wieder im Kreis um ihn herum, während sie sprach. «Es hat noch nie zuvor eine lokale Nachrichtensendung zu irgendeiner Sendezeit auf irgendeinem Kanal mit so hohen Einschaltquoten wie diese hier gegeben. Aber das wissen Sie ja selbst. Allerdings bin ich nicht ganz so sicher, ob Sie auch den Grund dafür kennen. Es liegt nicht allein daran, daß ich so sexy bin. Oh, ich bin sexy; daran besteht überhaupt kein Zweifel. Aber es steckt mehr als das dahinter. Diese Show hier hat die höchsten Einschaltquoten einer Nachrichtensendung zu jeder Sendezeit auf jedem Kanal, weil ich den Leuten nichts erzähle, was sie gar nicht hören wollen. Ich sage ihnen nicht, die Stadt wäre ein Garten Eden; ich sage ihnen, daß sie ein Dschungel ist. Ich erzähle ihnen nicht, daß die Stadt sauber ist und gut riecht; ich sage ihnen, daß sie eine Jauchegrube ist. Ich erzähle ihnen nicht, daß es ein Vergnügen ist, in unserer Stadt auszugehen und durch ihre Straßen zu schlendern; ich sage ihnen, daß die U-Bahn voller verrückter Killer ist und die Straßen voller Betrunkener und daß die Brücken vergammeln und die Hochstraßen zusammenbrechen. Mit einem Wort, ich sage ihnen die Wahrheit. Nennen Sie das ruhig ‹schlechte› Nachrichten. Nennen Sie solche Berichte ruhig ‹Panikmache›. Ich nenne es einfach die Wahrheit. Die einzigen guten Nachrichten, die ich in meiner Sendung dulde, sind die Wettervorhersagen. Deshalb gefällt es mir auch nicht, wenn David über Regen am 4. Juli redet. Das Wetter ist die einzige Sache, auf die die Leute noch eine Hoffnung setzen. Ich hasse es, ihnen die zu nehmen ... Sie erzählen den Leuten die Fakten, Jim. Sie sagen ihnen, daß die Zinssätze hochgehen und die Verbrechensquoten sinken. Aber Sie sagen ihnen nicht die Wahrheit. Die Wahrheit ist das, was trotz der Fakten existiert. *Fakt* ist, daß die Arbeitslosenzahlen runtergehen; die *Wahrheit* ist, daß die Leute keine Jobs haben. *Fakt* ist, daß die Zahl der Verbrechen in der U-Bahn rückläufig ist; die *Wahrheit* ist, daß die Leute in der U-Bahn überfallen werden.

Sex und Gewalt: Das ist doch die Formel, stimmt's nicht? Die Rezeptur, mit der man eine Unterhaltungssendung, einen Spielfilm, zur besten Sendezeit verkauft. Aber es ist nicht nur die reine körperliche Gewalt, mit der man etwas verkaufen kann; es ist die emotionale Gewalt, die wirtschaftliche Gewalt, Gewalt durch die Umweltbedingungen. Sie werden den Leuten dort draußen davon nichts erzählen, Jim ... weswegen sie Ihnen auch nicht zuschauen. Oh, Sie glauben, nur weil Sie ihnen etwas über Zinssätze erzählen, würden Sie ihnen auch schon etwas über wirtschaftliche Gewalt sagen. Doch Zinssätze sind keine wirtschaftliche Gewalt; wirtschaftliche Gewalt, das ist irgendein armer Schlucker, dem die Hypothek gekündigt wird und dem ein Vorhängeschloß an seine Wohnungstür gehängt wird. So, das ist eine Geschichte, an die ich mich heranmachen kann. Finden Sie mir diesen Mann, Jim, und Sie haben eine gute Story.

Sie haben mir eine Frage gestellt. Sie haben mich gefragt, was ich machen würde, wenn ich niemanden finden könnte, der in der U-Bahn überfallen worden ist, während der Bürgermeister eine Pressekonferenz abhält, auf der er verkündet, daß wir die Kriminalität in unserer U-Bahn besiegt hätten. Ich würde mir ein Opfer aufbauen, das würde ich tun. Ich suche mir irgendeinen Burschen und stelle ihn vor eine Kamera und lasse ihn einfach erzählen, wie er in der U-Bahn überfallen worden ist, während der Bürgermeister seine Pressekonferenz abzog. Und er wird es tun. Und er wird dabei nicht einmal das Gefühl haben, zu lügen. Und ich hätte ebenfalls nicht das Gefühl, daß ich ihn ganz bewußt eine Lüge erzählen lasse. Er wird die Wahrheit sagen – die Wahrheit, so wie er sie empfindet. Denn Wahrheit ist doch, daß die Leute eine schreckliche Angst haben, mit der U-Bahn zu fahren, ganz gleich, was die Fakten auch immer sagen mögen. Und ängstliche Menschen sind Opfer.»

Chris Kaiser hörte auf, ihren Sessel zu umkreisen und ging direkt auf Jim Giles zu. Als sie schließlich stehenblieb, war ihr Gesicht nur noch wenige Zentimeter von seinem entfernt. «Sie trinken wieder, Jim? Sie wissen doch, wie ich darüber denke.»

Giles umklammerte die Dewar's-Flasche in seiner Tasche so fest, daß er schon befürchtete, sie würde zerbrechen – und er befürchtete, daß er, falls sie zerbrechen würde, die Scherben aus seiner Tasche holen und Chris Kaisers Gesicht aufschlitzen würde.

«Was ein weiterer Grund ist, Jim», sagte Chris Kaiser und ging wieder auf den Ausgang zu, «das und alles, was ich gerade sagte, warum ich Cavanaugh darum bitte, Sie ganz aus der Sendung zu nehmen. Meine Zuschauer wollen die Wahrheit, und ich lasse keinen Narren aus mir machen, nur weil es unter meinen Mitarbeitern einige Leute gibt, die sie ihnen nicht sagen wollen.» Sie drückte die schallisolierte Tür mit ihrer Schulter auf und war fort.

Eine Stunde später hörte der Produktionsassistent, sein Name war Michael Magazine, das Telefon in Jim Giles' Büro läuten und ging hinein, um den Anruf zu beantworten. Fünf winzige Scotch-Flaschen standen in einer Reihe am Rand des Schreibtisches.

Es war Giles' Frau, und Michael Magazine sagte ihr, daß ihr Mann gerade eben das Haus verlassen hätte, daß es noch eine Mitarbeiterbesprechung gegeben hätte. Sie rief häufig noch so spät an, und er sagte ihr jedesmal, daß Giles gerade eben erst gegangen wäre, obschon Giles sogar noch schneller als mancher aus der Crew verschwand.

Michael Magazine warf die winzigen Scotch-Flaschen in den Papierkorb unter Giles' Schreibtisch, überlegte es sich dann jedoch anders und nahm sie wieder heraus, wobei er eine kleine Pappschachtel entdeckte, die ein Dutzend .38er-Kugeln enthalten hatte. Die Schachtel war leer.

Er nahm die kleinen Flaschen und die Schachtel und warf sie in eine Mülltonne draußen auf dem Flur, bedeckte alles mit alten Nachrichtenagentur-Meldungen. Er ging den Flur hinunter, drehte sich dann um und holte die Schachtel wieder aus der Mülltonne, drückte sie zusammen und steckte sie in seine Tasche. Er betrat das Nachrichtenstudio.

Alle außer der neuen süßen P. A., die gerade mit einem Kamm an ihrer Dauerwelle herumarbeitete, waren bereits fort. Sie sagte, sie wohne in Park Slope und hoffe, daß sie nicht zu lange auf eine U-Bahn warten müßte. Er sagte, daß er in Bay Ridge wohne und ein Auto hätte. «Wie wär's? Kann ich dich mitnehmen?»

«Ja. Das wär toll.»

Michael Magazine warf die Schachtel in eine Mülltonne vor der Tür in die Tiefgarage.

5

Jake Neuman musterte intensiv das Poster von Chris Kaiser, dann steckte er sein Hemd wieder in die Hose. Obschon sie auf dem Poster verunstaltet war, fühlte er sich in ihrer Gegenwart doch unordentlich und ungepflegt.

Bobby Redfield stand neben ihm. «Jesus.»

«Vermute, irgendwer mag ihre Sendung nicht», meinte Neuman.

«Ich war auch einmal dabei, erinnerst du dich? Nicht in ihrer *eigenen* Show, sondern als Teilnehmer einer Diskussionsrunde, die von ihr moderiert wurde ... ‹Killer, Cops und Gerichte›.»

«Hab ich verpaßt», sagte Neuman. «Werde mir wohl ein Baseball-Spiel angesehen haben. Diese Schnitte hier sind noch ziemlich frisch.»

Federici schob sich vor ihn und ließ seine Finger über das Plakat tanzen. Ein Connaisseur. «Keine Rasiermesser, aber ganz sicher eine dünne Klinge. Vielleicht ein Stilett.»

McGovern lachte. «*Vielleicht*, Sherlock?»

«Ein Stilett wie das von unserem Exitus», sagte Federici.

McGovern setzte sich auf eine Bank und steckte sich eine Lucky an. «Steve Federici, der Spaghetti.» Er lachte. «Kapiert, Loo? Ich meine, hast du jemals so einen dünnen Typen gesehen?»

Lieutenant Neuman reckte sich, versuchte auch noch die letzten Reste Schläfrigkeit aus seinem Körper zu wringen. «Ich habe genug gesehen. Verschwinden wir von hier.»

Hier war die U-Bahnstation an der Einhundertachtundsechzigsten Straße, wo, das hatte der Zugführer den ersten Cops, die auf der Bildfläche auftauchten, erzählt, Carlos Pabon und zwei andere jugendliche Hispanics den Richtung Süden fahrenden Broadway-Nahverkehrszug vergangene Nacht um elf Uhr sechsundzwanzig – falls der Zug pünktlich gewesen war – bestiegen hatten. Die Detectives hatten sich von der Sechsundneunzigsten Straße aus nach Norden vorgearbeitet, wo sie sich den Zug angesehen hatten, der direkt nördlich der Station auf ein Abstellgleis gefahren worden war; von der Hundertsiebenunddreißigsten Straße aus, von wo der Zugführer, nachdem Passagiere ihn auf die Schießerei aufmerksam gemacht hatten, die Polizei gerufen hatte; von der Hundertfünfundvierzigsten Straße aus, die für einige Augenblicke der Tatort gewesen war – der Stelle, wo der Täter und Pabons Kumpel die Bahn verließen.

Sie hatten ziemlich wenig an handfestem Beweismaterial – nicht so wenig wie bei manchen anderen Morden, aber doch weniger als bei den meisten. Die Spurensicherung hatte aus dem U-Bahn-Wagen nicht sonderlich viel herausholen können: Pabons Leiche mit einer Kugel in seinem Gehirn; Pabons Blut; ein Schnappmesser mit

Pabons Fingerabdrücken, die sich bereits im Computer des Zentralen Strafregisters wie auch auf Dutzenden von Akten des New York City Police Departments und der städtischen und bundesstaatlichen Besserungsanstalten befanden; der letzte Zentimeter einer Marihuana-Zigarette mit einem partiellen Fingerabdruck auf dem «E-Z Wider»-Zigarettenpapier; ein Panasonic-Radio mit einem ordentlichen Satz Abdrücken, aber keinem einzigen, der in ihrem Computer ein Glöckchen zum Klingeln brachte – kurz, ein paar Fährten des Opfers und seines Gefolges, aber absolut keinerlei Anhaltspunkte auf den Killer – außer vielleicht ein paar fragmentarischen Fingerabdrücken auf der Ziehharmonikaverbindung zwischen den letzten beiden U-Bahn-Wagen, durch die er aus dem Zug gesprungen war.

Und daß der Mörder abgesprungen war, wußten sie von Cecil Briggs, dem Graffiti-Künstler, der bislang ihr bester Zeuge war. Nachtarbeiter, der er nun mal war – «Sechs, sieben Nächte die Woche gehe ich auf die Depots. Es gibt einfach kaum noch Platz auf den Bahnen. Heutzutage arbeiten ja so viele Typen, und ich hab verdammt 'ne ganze Menge zu sagen, und ich muß es sagen, ehe auch noch der letzte Zug in dieser Stadt hier endgültig vollgeschmiert worden ist» –, hatte es Briggs nichts ausgemacht zu warten, um mit den Cops zu reden. Und das, lange nachdem die anderen Passagiere – diejenigen, die nicht gleich abgehauen waren, als der Zug in der Hundertsiebenunddreißigsten Straße angehalten hatte – sich auf Erschöpfung und Müdigkeit berufen hatten und nach Hause gefahren waren, als sie ihre Telefonnummern hinterlegt hatten. Er hatte gerne für eine Nacht auf seine Kunst verzichtet, um es einmal mit einem neuen Medium zu probieren. Als die Beamten der Mordkommission seine Zuhörer wurden, hatte er bereits eine prägnante Ballade fertig.

«Also, ich sitz da und *denke*, Mann, überlege mir schon mal, was ich in dieser Nacht so alles machen werde, und dann, also urplötzlich, na ja, da ist dieser Spic mit einem *Messer*, Mann, hat also diese Krankenschwester am *Hals* gepackt und sagt, daß er aussteigen will, also aus der Bahn, und daß er sie, also, nehmen will, Mann, also er und seine Freunde, und dann ist dieser weiße Typ aufgestanden und sagt: ‹Sag noch mal *was*, motherfucker. *Was* willste mit der machen? Du machst hier keinen Scheiß, außer daß du jetzt aus dem beschissenen Zug hier *verschwindest*, du und deine beschissenen Freunde, aber ohne irgendeine Krankenschwester, kapiert?› ...»

«Hat er das genauso gesagt, Cecil», hatte Neuman ihn unterbrochen, «oder ist das deine künstlerische Version des Sachverhaltes?»

«Häh? Ach, Scheiße, nein, das hat er nicht so gesagt, ich weiß auch nicht mehr, was er genau gesagt hat, also nicht ganz genau. Er hat gesagt, also ... Ach, Scheiße, hab's vergessen. Aber, ja, klar doch, ich meine, ja, echt klar, also so was in der Art hat er ungefähr schon gesagt.»

«Bitte, fahr fort», sagte Neuman.

«Tja, also, wo bin ich noch gleich stehengeblieben? ... Okay. Also. Der Spic mit dem 'Sonic, Mann, also der, der am anderen *Ende* gewesen ist, also, der hat sich dann von hinten an den weißen Typen rangeschlichen, Mann, und dann hat der weiße Typ seinen *Ballermann* rausgeholt, Mann, und hat das Ding auf den Kopf von dem Spic gerichtet und der Spic, Mann, der ist dann einfach verschwunden, Mann – also, ich meine, so wie wenn er gerade noch *da* war, und dann war er auch schon einfach *weg*. Und der ...»

«Du verstehst was von Waffen, Briggs?» unterbrach ihn Redfield.

«Häh? Was? Nein. Ich? Ich bin Künstler, Mann, kein beschissener *Killer.*»

«Also, dann weißt du auch nicht, ob es ein Revolver oder eine Automatik war. Oder welches Kaliber oder wie groß oder welche Farbe?»

«Wie, welche Farbe? Klar doch, die Farbe kenn ich. Sie war schwarz, Mann, schwärzer als ich, und, ja, es war eine Automatik. Ich meine, das sind doch die, die wie Spielzeugpistolen aussehen, also fast so wie Wasserpistolen, stimmt's? Und groß, nein, groß war das Ding nicht, nicht wie bei Dirty Harry oder so, aber klein war die Knarre auch wieder nicht. Aber was zum Teufel ... He, Sie haben doch die *Kugel*, Mann, stimmt's nicht?»

«Fahr fort», sagte Neuman.

«Tja, wo bin ich denn noch gleich stehengeblieben? ... Okay. Der Spic mit der Krankenschwester, Mann, also der fängt an, zur Tür zurückzuweichen – weil die Bahn ja gerade *anhielt*, kapiert? – und der weiße Typ brüllt: ‹Yo, Carlos›, weil, der wußte ja, daß der Spic so heißt, stimmt's, weil ja der andere Spic – also, der kleine Spic vorne im Wagen – ihn so genannt hat. Der saudumme Arsch. Mann, es gibt echt nur eins, was noch saudümmer als ein Spic ist, und das sind zwei Spics, und das einzige, was noch blöder ist ...»

«Meine Frau ist auch spanischer Abstammung», sagte Neuman.

«Ist das wahr? Oh, Scheiße. He, Lieutenant, also, ich hab's echt nicht so gemeint. Also, ich hab ja nur gesagt, daß es schon eine verdammt bescheuerte Sache ist, den Namen zu ...»

«Fahr fort», sagte Neuman nur.

«Wo bin ich denn jetzt wieder stehengeblieben? Okay. Also. ‹Yo, Carlos›, sagte der weiße Typ, und Carlos guckt irgendwie, also hinter der Krankenschwester vor, die er ja vor sich hält, wissen Sie, und dann *erwischt's* ihn, Mann – ich meine, also so ein beschissener Schuß echt mitten in die beschissene Stirn, Mann. He, aber Sie haben ja 'scheinlich die Leiche gesehen, Mann. Sie wissen, was ich meine. Tja, und die zwei anderen Spics, Mann – he, tut mir leid, Lieutenant, die anderen zwei *Hispanics* – ich meine, die *gingen* dann. Und die Türen gehen wieder zu, und der Zug fährt wieder an, und der weiße Typ, Mann, er hebt den beschissenen Carlos einfach hoch – also, Sie müssen wissen, Carlos ist auf die Schwester draufgefallen, Mann, nachdem es ihn erwischt hat – also, hebt ihn einfach so hoch und *schmeißt* ihn auf die beschissene Erde, Mann, also, als wenn der Junge aus *Luft* wär, Mann ...»

«Auf die Erde, Briggs?» wollte Redfield wissen. «Oder vielleicht auf den Boden des U-Bahn-Wagens?»

«Häh? Ja, Mann, auf die *Erde*, Mann, also, ich meine, auf den Boden.»

«Fahr fort», sagte Neuman.

«Also, wo bin ich noch gleich stehengeblieben? Okay. Also. Der weiße Typ, Mann, er steigt also über die Schwester weg, Mann, und *lächelt* sie so an, Mann, und dann geht er zu der ...»

«Wie hat er sie angelächelt?» fragte Neuman. «Glaubst du, er kannte sie?»

«Häh? Was? *Nein*. Ich meine, Scheiße, ich weiß auch nicht. Ob er sie *kannte*? Nein, er kannte sie nicht. Wenigstens, also ich glaub's nicht. Daß er sie kannte, meine ich. Ich weiß nicht.»

«Fahr fort.»

«Wo bin ich denn noch gleich stehengeblieben? Okay ...»

«Briggs?» sagte Redfield.

«Ja, Mann?»

«Könntest du bitte aufhören, dauernd ‹Wo bin ich denn noch gleich stehengeblieben?› nach jeder Antwort auf jede Frage zu sagen?»

«Scheiße, Sarge, ich ...»

«Sergeant Redfield.»

«Sergeant Redfield. Also, ich will doch nur ganz sichergehen, daß ich auch ja nichts vergesse, wissen Sie. Ich meine, wenn ich mich über die Bahnen hermache, dann werde ich ja manchmal abgelenkt, wissen Sie, also die Cops tauchen auf oder einer von diesen Privat-Sheriffs, und wenn ich dann zurückkomme, dann muß ich mich immer fragen: ‹Cecil, wo bist du noch gleich stehengeblieben?› ...»

«Dann hat der männliche Weiße die Krankenschwester also angelächelt, Cecil», sagte Neuman. «Hat die Krankenschwester sein Lächeln erwidert?»

«Häh? *Nein*. Ich meine, ich glaube nicht ...»

«Was geschah weiter?»

«Dann geht der weiße Typ im Wagen nach vorne, Mann, geht durch die Tür, und als nächstes sehe ich dann, wie er auf dem Bahnsteig abrollt, Mann. Ich meine, wie der Typ von dem beschissenen Zug *abgesprungen* ist, also kurz bevor wir wieder in den Tunnel einfuhren. Also, er hat eine Rolle gemacht und ist direkt wieder auf die Füße gekommen, Mann, genauso als ob er das schon tausendmal gemacht hätte ...»

«Fahr fort», sagte Neuman.

«Das war's, Mann. Mehr ist nicht. Wir fuhren wieder in den Tunnel und alle schreien und kreischen und brüllen, und dieser eine Typ, Mann, der wollte doch echt die Notbremse ziehen, aber ich hab ihm eins in den Bauch gegeben – also, nicht fest, Mann, nur so, daß er mir zuhört, wissen Sie – und ich sage: ‹Du ziehst jetzt nicht an dem Ding da, Mann, die ganze beschissene Bahn bleibt doch sonst ...»

«Wie hat der Täter ausgesehen?» fragte Neuman.

«Häh? Scheiße, Mann, er war *weiß*. Ich kann einen Weißen nicht vom anderen unterscheiden.»

«Cecil», sagte Neuman, «da gibt's jetzt diese neue Sache für solche Leute, die geschnappt werden, wie sie Drehkreuze überspringen, Graffitis sprühen, in Fahrstühlen rauchen, ihren Müll einfach in die Gegend werfen und so weiter und so weiter. Wohlstandsverbrechen nennt man das. Man wird dich zwar nicht gerade einkerkern, aber mit einer einfachen Verwarnung kommst du auch nicht weg. In deinem Fall wirst du wohl einen Monat lang jedes Wochenende Graffitis von U-Bahn-Wagen schrubben dürfen.»

«Yo, Lieutenant, das ist aber echt mal eine gute Idee, weil, wie ich ja schon sagte, man hat einfach keinen *Platz* mehr zum Arbeiten. Ich meine, ich bin der *König* der Graffiti-Künstler, Mann, und ich brauche einfach mehr *Platz*. Sie sollten sich irgendwann mal meine Arbeiten ansehen, Mann. Die Siebenen, die E's und die F's, Mann.»

«Die Sache ist nur leider die, Cecil», meinte Neuman, «wir reden hier nicht über irgendwelche Wohlstandsverbrechen. Wir sprechen von Behinderung der Ermittlungen in einem Mordfall und über Mißachtung des Gesetzes, falls es zu einem Verfahren vor einem Geschworenengericht kommen sollte und du dieselben Schwierigkeiten hast, dich zu erinnern, was wiederum für dich bedeutet, daß du ein paar nette saubere Wände für deine weiteren Arbeiten bekommst, allerdings nicht in der U-Bahn, Cecil, sondern im Bau.»

«Groß», sagte Briggs. «Einsneunzig, vielleicht. Braunes Haar. Nicht direkt lang, aber auch nicht kurz. Hellbraunes Sakko. Aus Cord. Blue jeans. Alt. Ich meine, also ziemlich verwaschen. Die Schuhe sind mir nicht weiter aufgefallen, also werden es wahrscheinlich eben einfache Schuhe gewesen sein. Pullover – dunkelblau. Ich meine, Scheiße, Bruder, was verschwendest du deine Zeit, Mann? Der Spic hat's doch gar nicht anders gewollt, Mann – tut mir leid, Lieutenant –, der Hispanic hat's doch gar nicht anders gewollt. Der weiße Kerl hat ihm eben nur das gegeben, was er haben wollte. Der Typ war *böse*, Mann. Ich meine, genau wie der beschissene Dirty Harry, Mann.»

«Du hast doch gesagt, er hätte keine große Waffe gehabt, Cecil», mischte sich Redfield ein.

«Häh? *Nein*. Nein, das hatte er nicht. Aber ich rede jetzt auch nicht von seinem *Ballermann*, Bruder, ich rede von seinem *Stil*.»

«Dann war es also kein Glückstreffer?» fragte Neuman.

Briggs starrte ihn an. «Ein Glückstreffer? Schei-ße!»

«Wie hat er gestanden? Die Füße gespreizt? Beide Hände auf der Waffe?»

«Absolut richtig, Mann. So war's.»

Neuman sah Redfield an, der seinen Kopf schüttelte, was bedeutete, daß er keine weiteren Fragen mehr hatte.

«Sonst noch was, Cecil?» sagte Neuman.

«Häh? *Nein*. Halt, doch. Ja. Der kleine Spic – sorry, Lieutenant – der kleine Typ spanischer Abstammung ...»

«Was ist mit ihm?»

«Carlos, Mann, hat ihn Zero genannt.»

«Zero?»

«Zero.»

«Und der andere? Der mit dem Radio? Hat irgendwer auch seinen Namen genannt?»

«Nein.»

«Welche Haltestelle bist du in die Bahn gestiegen?» fragte Neuman.

«Ich hab's dir doch schon mal *gesagt* – *Dyck*man Street.»

«Nein, ich glaube, das hast du nicht. Dann warst du ja schon eine ganze Weile in der Bahn, ehe die Hispanics zugestiegen sind. Was ist mit dem Täter? Wo ist der eingestiegen?»

«Keinen Schimmer, Bruder. Ich sag doch, ich hab nachgedacht.»

«Hast dir schon mal im Geist zurechtgelegt, was du noch alles machen würdest?»

«Haargenau das.»

«Aber du hast mitbekommen, wann die Hispanics eingestiegen sind.»

«Ich hab das beschissene *Radio* gehört, Mann. Und ich hab den Joint gerochen. Zero hat den Joint gequalmt. Er hat ihn auf den weißen Typen geschnipst, irgendwie, als er fertig war.»

«Was denn nun, hat er den Joint *irgendwie* geschnipst oder hat er ihn geschnipst?»

«Sie wissen schon, Mann – er hat die Kippe *geschnipst.* Und dann ist sie direkt neben dem weißen Typen auf dem Sitz gelandet. Und der hat sie dann auf den Boden gewischt, irgendwie, also mit seinem *Buch.*»

«Mit seinem Buch?»

«Sie wissen schon, Mann – so was wie ein Taschenbuch.»

«Hast du den Titel des Buches gelesen?»

«Was bin ich denn, Mann, ein beschissener Bibliothekar, oder was? Ich habe über meine *Arbeit* nachgedacht, Mann. Da achte ich doch nicht auf irgendwelche *Bücher.*»

«Deshalb bist du ja auch wahrscheinlich der *King*, nehme ich an», sagte Neuman. «Konzentration.»

«Deshalb ... Hören Sie, Lieutenant, tut mir echt leid, daß ich das über ... Sie wissen schon, über das einzige, was dämlicher als ein Hispanic ist, also zwei Hispanics, gesagt habe. Aber so ist's eben, Mann. Wissen Sie, Mann, Sie haben mir doch vorhin Ihren Namen gesagt, Mann, und da haben Sie gesagt, Sie heißen Neuman. Und da hab ich mir eben gedacht, wissen Sie, Mann, ich meine, wenn Sie ein *Jude* sind, dann ist Ihre Frau doch wahrscheinlich auch *Jüdin*, oder? Also, ich meine, ich wußte natürlich nicht, ob Sie eine Frau haben, na ja, aber wenn Sie eine hätten, also, wissen Sie, Mann, ich meine, ich hab mir ja nichts dabei gedacht.»

«Du kannst jetzt nach Hause gehen, Cecil», sagte Neuman. «Wir melden uns bei dir, wenn wir noch weitere Fragen haben. Wahrscheinlich hast du deine Nummer ja schon einem der uniformierten Beamten gegeben, aber gib sie trotzdem noch mal Sergeant Redfield hier. Nur um ganz sicherzugehen.»

«He!» Briggs zeigte auf Redfield, dann auf Neuman. «He! Ich meine, heilige Scheiße! Ich meine, das is' ja 'n Ding, Bruder! Redfield. Neuman. He, das klingt ja wie Redford und Newman, Mann. *Red*ford und *New*man. Butch Cassidy und Sundance *Kid*. He, einsame Klasse, Mann. Gottverdammt, einsame Klasse!»

6

Schon seit Jahren waren sie jetzt schon in der ganzen New Yorker Polizei als Redford und Newman bekannt und auch dafür, daß sie sich mit den Nüssen beschäftigten, die am schwersten zu knacken waren. Normalerweise gaben sie sich nicht mit drittklassigen Mordfällen ab.

Obschon der Mord an Carlos Pabon alle Anzeichen eines drittklassigen, vollkommen durchschnittlichen Mordes trug, machten die Zeitungen und das Radio mehr daraus – und die Abendnachrichten des Fernsehens würden ihn zu einer noch größeren Sache aufblasen.

Eine Zeitung, die *Post*, brachte eine Schlagzeile, in der der Täter DER SAMARITER-KILLER genannt wurde. Eine andere, der *Express*, verglich ihn mit dem Mann, der in *Ein Mann sieht rot* von Charles Bronson gespielt wurde; ein Spielfilm über einen Mann, der das Gesetz selbst in die Hand nimmt, nachdem seine Frau ermordet und seine Tochter nach der Vergewaltigung durch Schlägertypen geisteskrank geworden war. Ferner bot der *Express* dem Killer in einem offenen Brief auf seiner ersten Seite an – wobei man ihn allerdings nicht Killer nannte –, die Zeitung zu seinem Podium zu machen, um seine Version der Geschichte zu erzählen. War er so ein Mann wie jene Filmfigur, die von Charles Bronson gespielt wurde? Hatte er vielleicht irgendeine persönliche Tragödie erlebt, nach der er über den Zustand der Gesetzlosigkeit, der in der Stadt herrschte, verbittert worden war? Oder hatte er vielmehr ganz spontan gehandelt, war er durch die Not der wehrlosen Krankenschwester dazu bewegt worden, die einzige Sprache zu sprechen, die ein Krimineller wie Carlos Pabon verstand? In dem Brief wurden ebenfalls Robin Hood und der Lone Ranger beschworen, andere, fiktive Verteidiger und Retter der Schwachen und Benachteiligten.

Die Morgenzeitungen, die vor dem kommenden Abend nicht in Druck gehen würden, suchten nach eigenen guten Aufmachern. Die Geschichte beherrschte jede einzelne Nachrichtensendung der Radio-Stationen, und Fernsehteams grasten die verschiedenen Schauplätze der Story auf der Suche nach jemandem ab, der irgend etwas gesehen hatte – oder der auch nur eine Meinung zu dem hatte, was geschehen war.

Kurz, es war eine wirklich «gute» Story – Mann beißt Hund, Opfer tötet seinen Peiniger. Und die Story wurde dadurch sogar noch besser, daß sie sich unmittelbar im Anschluß an die Erklärung des Bürgermeisters zugetragen hatte, die da lautete, daß der Krieg gegen die Kriminalität in der U-Bahn gewonnen worden sei. Anscheinend, wie die *Post* in ihrem Leitartikel betonte, war der Krieg gegen das Verbrechen in der U-Bahn nicht nur nicht gewonnen worden, sondern es war jetzt auch Sache der Bürger, sich selbst gegen die Kriminalität zu schützen.

Der Bürgermeister wollte, verständlicherweise, einer solchen selbstgerechten Meinungsmache ein Ende setzen und den Zirkusrummel auflösen, mit dem die Medien die Story umgeben hatten. Er wollte eine Festnahme, und er wollte sie sehr schnell. Das war die unmißverständliche Botschaft, die der stellvertretende Bürgermeister dem Commissioner übermittelte, der sie wiederum an den Chef der Polizei weitergab, der sie dem Chef der Kriminalpolizei übermittelte, der sie dem diensthabenden Inspector der Mordkommission übermittelte, der sie Deputy Chief Inspector Lou Klinger übermittelte, dem Chef der Mordkommission Manhattan-Nord, der sie dann Captain Miles Easterly übermittelte, der die Ermittlung überwachen würde, und der sie schließlich Lieutenant Jacob

Neuman übermittelte, den er um sechs Uhr morgens aus seinem Schlaf riß.

«Jake, ich weiß, heute ist dein freier Tag», begann Easterly.

«Ja, heute habe ich frei», antwortete Neuman schläfrig und versuchte gleichzeitig, seinen rechten Arm unter Marias Oberkörper hervorzuziehen, ohne sie dabei zu wecken.

«Und ich weiß auch, daß ich dir für deine Arbeit am Marcetti-Fall Sonderurlaub versprochen habe», fuhr Easterly fort.

«Ja, du hast mir Sonderurlaub für die Arbeit versprochen, die ich im Marcetti-Fall geleistet habe», sagte Neuman, befreite seinen Arm und lächelte, denn auf seinem Unterarm hatte sich Marias rechte Brustwarze abgezeichnet.

«Aber ...» sagte Easterly.

«Ich rufe dich gleich zurück, Miles», sagte Neuman. «Ich will mir eine Kanne Kaffee kochen und mir mein Notizbuch holen. Und außerdem will ich meine Olle nicht wecken.»

«Grüß Maria von mir, Jake», sagte Easterly. «Und sag ihr, daß es mir wirklich sehr leid tut, daß ich dich in diese Sache hineinziehen muß. Du kannst mich im Büro erreichen. Ich warte.»

«Muß wirklich wichtig sein», meinte Neuman. «Du an einem Samstag im Büro.»

«Hat mit Politik zu tun», sagte Easterly.

«In Ordnung», sagte Neuman.

Den Kaffee aufgebrüht, Speck in der Pfanne, zwei Eier in einer Schüssel verquirlt, Toast im Toaster, ein Glas Orangensaft in seinem Magen, rief Neuman Easterly zurück und hörte sich das Wenige an, das Easterly wußte, machte sich Notizen in seinem kleinen in Leder gebundenen Taschennotizbuch. Als Easterly fertig war und als er sein Frühstück zubereitet und es gegessen hatte, rief Neuman Bobby Redfield an, um ihm die Botschaft zu übermitteln: «Eine Festnahme, eine, die vor Gericht bestehen wird, eine wie aus dem Lehrbuch, aber schnell – vor allen Dingen schnell.»

Neuman ersparte sich die Mühe, Redfields Privatnummer zu wählen, da er wußte, daß Bobby auf gar keinen Fall zu Hause sein würde – nicht an einem Samstagmorgen nach einem dienstfreien Freitagabend. Wo Bobby steckte, konnte ebenfalls kein Mensch wissen, denn Bobby traf sich mit derselben Frau nur selten mehr als ein paar Male. Er mußte, sagte er zu Neuman – wann immer der sich fragte, warum Bobby offenbar fest entschlossen war, mit jeder einigermaßen jungen, einigermaßen attraktiven Frau der Stadt zu schlafen –, die sechs Jahre wieder aufholen, die er in Vietnam verbracht hatte; er wollte ganz sichergehen, daß seine Libido nicht vom Krieg ruiniert worden war, so wie er beinahe seinen Körper und seine Seele zerstört hatte. Und wenn er ganz sicher wäre, sagte er, dann wäre er auch endlich an dem Punkt angekommen, sich zur Ruhe setzen und eine Familie gründen zu können. Neuman erwähnte nicht, daß Bobby nun schon mehr als sechs Jahre aus Nam zurück war; es ging ihn ja auch wirklich nichts an.

Neuman wählte die Nummer des elektronischen Rufgerätes, das Redfield zusammen mit seinem Dienstrevolver – Freitagabend frei oder nicht – an seinem Gürtel trug. Anschließend rief er das Revier an, auf dem Redfield sich melden würde, um herauszufinden, warum man ihn sprechen wollte, und sagte dem Beamten in der Telefonzentrale, daß Redfield ihn zu Hause anrufen sollte. Dann ging er ins Bad, um sich zu rasieren, denn er wußte, daß Bobby nicht sofort aus dem Bett springen würde; zuerst würde er noch zärtlich good bye sagen.

Er war rasiert und angezogen, als das Telefon klingelte. Ehe er auch nur ein Wort in den Hörer sagen konnte, hörte er auch schon Redfields Stimme: «Verdammt, Jake, was ist los?»

«Sorry, Bob», antwortete Neuman. «Aber es kommt von ganz oben. Sie haben einen Job für Redford und Newman.»

Sie sahen ganz und gar nicht wie Redford und Newman aus – das war ein Teil des Spaßes, ihnen diese Spitznamen zu geben. Neuman wog zweihundertfünfzig Pfund (Maria brachte zweihundert auf die Waage, und wenn sie sich liebten, dann klatschten sie wie zwei glückliche Wale aufeinander), hatte dunkles krauses Haar, das, gleichgültig wie lang oder kurz es auch immer sein mochte, doch immer gleich lang aussah – und vor allen Dingen auch nie richtig frisiert, gleichgültig wieviel er für einen Schnitt ausgab –, und er trug Kleidungsstücke, die in der Regel absolut nicht zusammenpaßten: leuchtende Karos, Hemden in Gelb- und Blau- und Rottönen, wie sie nur von hundertprozentig synthetischen Stoffen erreicht werden konnten. Er besaß zwei Hüte: einen Stroh-Schlapphut für den Frühling und den Sommer, einen braunen Filz-Schlapphut für den Herbst und Winter.

Redfield ähnelte, wenn überhaupt jemandem, Al Pacino. Er war klein und dunkelhäutig, hatte sorgfältig frisiertes Haar, trug gutsitzende Kleidung – er bevorzugte im Sommer Sakkos über Fred-Perry-Tennishemden, eine Schaffelljacke über wollenen Pullovern im Winter und, wie jetzt, im Herbst ein Tweed-Sakko über Baumwollpullovern – und achtete immer sorgfältig darauf, daß sich das, was er gerade empfand, so lange nicht auf seinem Gesicht widerspiegelte, bis er ganz sicher war, daß es exakt die zu einer gegebenen Situation passende Gefühlsregung war. Wenn Neuman in der Art, wie er eine Ermittlung führte, manchmal zögernd und chaotisch wirkte, dann war Redfield übergewissenhaft und penibel. Obwohl dies in keinem einzigen Lehrbuch als Empfehlung zu finden war, war es doch haargenau die perfekte Verbindung von Stilen, und die Ergebnisse dieser Verbindung waren beeindruckend: Die zwei konnten mehr Festnahmen – und, was erheblich wichtiger war, mehr Verurteilungen pro Festnahme (beinahe 75 Prozent) – vorweisen als jedes andere Zwei-Mann-Team von Mordkommissionsbeamten der Stadt.

Sie waren dermaßen erfolgreich, daß man sie soweit wie irgend möglich von allen Routineaufgaben entbunden hatte. Sie legten ihre Dienstzeit selbst fest und waren, obschon sie aus der Wache des 25. Precinct in Harlem heraus operierten, keineswegs an die Grenzen dieses Reviers gebunden. Sie waren selbständig, unabhängig, und sie gingen dorthin, wo sie gebraucht wurden. Das hätte leicht unter den Morddezernaten anderer Precincts zu Eifersüchteleien führen können, hätte Rivalitäten verursachen können, doch Neuman und Redfield waren niemals penetrant, traten nie irgendwem auf die Füße oder mischten sich in altbewährte Routinen und Rituale ein.

Allein schon ihre Anwesenheit bei einer Ermittlung reichte oft aus, um andere Detectives anzuspornen – besonders jüngere Detectives –, sich noch mehr Mühe zu geben. Nachdem Neuman zum Beispiel gesagt hatte, daß er in der U-Bahn-Haltestelle in der Hundertachtundsechzigsten Straße genug gesehen hatte, stürzte sich Steve Federici – vollgepumpt mit Adrenalin, da man ihn Redford und Newman zugeteilt hatte – unter eine Bank – unter die Bank, auf der Matt McGovern saß und rauchte – und tauchte dann mit einem abgebrannten Papierstreichholz in der Hand wieder auf. «Gehört dir das, Matt?» fragte Federici.

McGovern, ein fetter, fauler Bulle, den nichts außer der nahenden Mittagspause oder das Ende seiner Schicht in Bewegung setzen konnte, verdrehte seine Augen. «Was willst du jetzt machen, Steve? Mich einlochen, weil ich in der U-Bahn geraucht habe?»

«Es ist noch warm, also gehört es dir», sagte Federici und warf das Streichholz fort. Dann, wie ein Zauberer, zeigte er, daß er in seiner Handfläche noch ein zweites Streichholz versteckt hatte. «Aber das hier ist kalt ... Nehmen wir doch mal an, Lieutenant –» er hielt das Streichholz hoch, so daß Neuman es sehen konnte, wobei er allerdings nur den Kopf zwischen seinen Fingern herausschauen ließ –, «nehmen wir doch mal an, daß der Junge, der den Joint geraucht hat – Zero, hat der Graffiti-King doch gesagt, wäre sein Name –, nehmen wir mal an, daß er sich die Tüte hier angesteckt hat.»

Neuman lächelte. «Wir wissen, daß sie hier eingestiegen sind, Steve. Der Zugführer ist sich sicher und ebenfalls eine ganze Reihe der Fahrgäste. Einschließlich Briggs.»

«Was auch kein Wunder ist», sagte McGovern, «da der Exitus ja nur zwei Blocks von hier gewohnt hat.»

Federici spielte an seinem Hemdkragen. Als er glaubte, er säße wieder richtig, sagte er: «Aber der Exitus kann uns nichts mehr über den Täter verraten. Doch die Burschen, die mit ihm zusammen waren, die können es. Auf diesem Streichholz hier befindet sich eine Aufschrift.» Es war eine aufgedruckte Werbung: DREI Z MARKT. FT. WASH. AVE.

«Federici, um Himmels willen», stöhnte McGovern.

Neuman spürte, wie Federici sich verkrampfte, also schob er sich zwischen die beiden und zog Federici von der Bank fort. Er war früher selbst einmal so enthusiastisch gewesen, hatte jedes Puzzlesteinchen zusammengekratzt, wo doch nur die Mitte des Bildes zusammengesetzt werden mußte. «Wir werden Carlos' Kumpane schon finden, Steve. Wir kennen von einem den Spitznamen. Und wir haben das Radio des anderen. Wir werden mit Carlos' Angehörigen sprechen. Wir werden uns in der Nachbarschaft umhören. Wir kriegen sie schon. Ich weiß allerdings nicht, ob uns das viel helfen wird, den Mörder zu fassen, aber wir kriegen sie ... Was du da machst – sicher gute Arbeit, aber es geht leider ein bißchen daneben. Es würde uns weiterbringen, wenn wir gar nichts wüßten: keine Spitznamen, kein Radio, nichts. Dann wäre der Drei-Z-Markt schon ein verdammt guter Ort, um weiterzusuchen.»

Neuman legte seine Finger unter die Revers von Federicis teurem Glen Plaid-Jackett, wie ein Textilverkäufer. Es gab einmal eine Zeit, da kauften sich alle Zivil-Cops ihre Kleider bei Robert Hall, wodurch sie leicht zu erkennen waren; heute jedoch zogen sie sich wie Schallplatten-Produzenten oder wie Gigolos an.

«McGovern wird deswegen noch ziemlich lange auf dir herumhacken. Laß ihn. Das bedeutet nicht mehr, als daß du zu gut arbeitest, dir zuviel Mühe gibst. Mir ist lieber, du machst das als das, was er macht, was nicht mehr ist, als nur seine Lohntüte zu kassieren. Redfield wird auch auf dir herumhacken, aber aus einem ganz anderen Grund. Er wird dich nerven, weil er will, daß du so hart arbeitest. Aber da, wo es wirklich was zählt. Und zum richtigen Zeitpunkt. Wenn Redfield dich vollkommen ignoriert, dann weißt du, daß du Scheiße baust – daß du entweder so weit neben dem Ziel liegst, daß er mir erzählt, du wärst ein heißer Kandidat für unsere Astronauten, oder daß du einfach nicht mitkriegst, was direkt vor deiner Nase passiert, in welchem Fall er mir sagen wird, daß du einfach nur Scheiße baust, daß du eine Niete bist. Also: Stör dich nicht dran, wenn McGovern auf dir herumhackt, und sei froh, wenn Redfield es tut.»

Federici öffnete seine Hand und schloß sie schnell wieder, so wie ein kleiner Junge, der von seinem Lehrer mit einem Frosch erwischt wurde. «Dann soll ich das hier einfach wegwerfen?»

«Du hast es gefunden, also behalte es auch», sagte Neuman. «Ich würde es zwar nicht eintüten und es Beweisstück nennen, aber ich würde es im Kopf behalten. Es ist nicht das, was du gefunden hast, das ich kritisiere. Es ist die Zeit, die du damit verbracht hast, danach zu suchen. In diesem Fall war es praktisch überhaupt keine Zeit, also hat es auch nichts geschadet. Aber es geht ums Prinzip. Davon rede ich. Verstanden?»

«Ja. Ja, habe ich, Lieutenant. Danke.»

Neuman stellte sich zu Redfield, der das Plakat von Chris Kaiser eingehend studierte. «Meinst du, das hier hat etwas zu bedeuten, Jake?»

Neuman wollte schon nein sagen, doch dann meinte er: «Tja ...», schloß einen kurzen Augenblick seine Augen, versuchte zu sehen, was hier vielleicht geschehen war. «Sagen wir mal, Carlos hat das Poster zerfetzt – vielleicht war es einer der anderen, aber wahrscheinlich war es Carlos. Er stand hier herum, wartete auf eine

Bahn, sah dann das Plakat, wurde davon provoziert. Es ist doch provozierend, oder nicht? Es hat ihn verrückt gemacht. Sie ist keine Frau, die er haben kann, aber sie ist eine Frau, die jeder Mann gerne haben würde. Also hat er das Poster zerfetzt, ist dann in die Bahn eingestiegen und sieht diese hübsche junge Krankenschwester. Er ist aufgedreht, er ist geil, er dreht durch ...»

«Er wird umgepustet», sagte Redfield.

Neuman verschränkte seine Arme über seinem Bauch. «Ja. Und von wem?» Es war erheblich einfacher, Spekulationen über das anzustellen, was Carlos getan hatte und warum er es getan hatte, als über den Täter Vermutungen anzustellen. Er wandte sich von dem Plakat ab, rieb sich die Hände, war bereit zu neuen Taten. «Matty, besorg mir die Namen sämtlicher Fahrkartenverkäufer, die gestern nacht zwischen diesem Bahnhof und der Zweiundvierzigsten gearbeitet haben. Nur die auf den Bahnsteigen in südlicher Richtung. Ich denke, um die andere Richtung brauchen wir uns keine Gedanken zu machen. Ruf sie an. Frag, ob sie irgendwen gesehen haben, der so aussieht wie der Täter aussehen soll. Wo ist er zugestiegen? Ist er früher schon dort eingestiegen? So in dieser Richtung etwa. Vor allem, sprich auch mit dem Burschen von der Hundertfünfundvierzigsten. Wenn er Zero und den anderen Jungen von da verduften gesehen hat und ihnen dicht auf den Fersen einen weißen Burschen, dann stehen die Chancen nicht schlecht, daß er mehr als nur einen flüchtigen Blick auf den Weißen geworfen hat. Ich meine, siehst du das nicht auch so, Bobby? Findest du nicht auch, daß der Täter die beiden anderen verfolgt hat, damit sie ihn später nicht identifizieren können?»

Redfield schüttelte den Kopf. «Wenn sie ihn identifizieren, dann belasten sie sich doch selbst. Ich denke, der Täter weiß das. Ich denke, er hat sie abhauen lassen. Er mußte aus der U-Bahn verschwinden, aber wahrscheinlich ist er oben dann nur in einen Bus oder in ein Taxi gestiegen. Oder zu Fuß weitergegangen.»

Neuman saugte seine Wangen ein, prüfte, wie dieser Gedanke schmeckte. Seinem Gesicht nach zu urteilen, schmeckte die Idee nicht schlecht. «Also, Matt, geh in der Hundertfünfundvierzigsten rauf auf die Straße. Hör dich da um. Gibt es dort Geschäfte, die am späten gestrigen Abend noch auf waren? Hat sich vielleicht irgendwer auf der Straße herumgetrieben, Domino gespielt, Bier aus Pappbechern getrunken – so ein Viertel ist das da nämlich. Haben die vielleicht gesehen, wie Zero und dieser andere Bursche aus der U-Bahn gekommen sind? Wo sind sie dann hingegangen? Sind sie zusammengeblieben oder haben sie sich getrennt? Was ist mit dem Täter? Hat irgendwer den Kerl gesehen? Wo ist er hingegangen? Ist er in einen Bus, ein Taxi gestiegen oder zu Fuß weitergegangen? Und wenn er zu Fuß weitergegangen ist, wohin ist er gegangen? Falls er einen Bus genommen hat, überprüf die Fahrpläne, mach die Fahrer ausfindig, die letzte Nacht auf diesen Linien gefahren sind. Falls er ein Taxi genommen hat, überprüf die Fahrtbelege –»

«Die Belege?» stöhnte McGovern. «Loo, um Himmels willen, es war Freitag nacht. Weißt du überhaupt, wie viele Taxen Freitag nachts unterwegs sind?»

«Nein», sagte Neuman, «aber wenn du die Fahrtbelege überprüft hast, wirst du es mir verraten. Und außerdem sage ich ja nicht, daß du die ganze Lauferei alleine erledigen sollst, du Trottel. Ich habe dir fünf von unseren Jungs und so viele Uniformierte gegeben, wie du brauchst, also setz sie auch ein.» Neuman drehte sich zu Federici um, dem es offenbar Spaß machte, mitanzusehen, wie McGovern Befehle entgegennehmen mußte. «Steve, du hast die Liste aller Augenzeugen, richtig? Abgesehen von Briggs, dem Graffiti-King, dem ich nicht direkt vertraue, also nicht vollkommen vertraue, nachdem ich mitgekriegt habe, daß er seine Mitbürger spanischer Abstammung nicht direkt liebt, sind alle anderen verduftet, nachdem sie mit den Cops geredet haben. Also, geh zu diesen Leuten und rede noch einmal mit ihnen. Frag sie ganz besonders danach, ob sie bemerkt haben, wo der Täter zugestiegen ist, falls sie regelmäßig um diese Zeit mit der U-Bahn fahren, ob sie ihn früher auch schon gesehen haben, und wenn ja, ist ihnen dann auch aufgefallen, an welcher Station er wieder ausgestiegen ist, bevor sie selbst ausstiegen? So in der Art. Und mach nicht alles allein. Setz die Jungs ein, die ich dir gegeben habe. Sergeant Redfield und ich werden mit den Angehörigen des Exitus sprechen. Und mit Miss Koo, der Krankenschwester, die meines Wissens nach im St. Luke's liegt, was mich wieder daran erinnert, Matt, hast du eigentlich die Spurensicherung angerufen, wie ich es dir gesagt habe, und hast du erfahren, ob sie die Kugel schon identifiziert haben?»

«Eine Zweiundzwanziger. Eine Automatik. Das Fabrikat kennen sie noch nicht, aber wahrscheinlich ist es eine Smith.»

Neuman stemmte seine Hände in die Hüften. «Gibt es irgendeinen Grund, warum du mir das nicht gleich gesagt hast, als du es erfahren hast?»

McGovern zuckte die Achseln. «Weißt du ...»

«Nein, ich weiß nicht», sagte Neuman. «Und jetzt verschwinde, verdammt noch mal, endlich von hier und mach dich an die Arbeit. Du auch, Steve. Und bleibt in Verbindung. Beide. Wir müssen bei einer Sache wie dieser unter Umständen schnell handeln, also haltet euch bereit.»

Jetzt saß Redfield auf der Bank und Neuman setzte sich neben ihn. «Also, sprich zu mir, Roberto, denn ich habe das Gefühl, du denkst, was ich denke.»

Redfield rieb sich seinen Nacken. «Ich denke, ich muß unbedingt was gegen meinen steifen Hals unternehmen.»

Neuman lächelte. «Harte Nacht gestern nacht?»

«Die Nacht war nicht so hart. Hart war der Anruf um sechs in der Frühe.»

«Viertel nach», verbesserte Neuman. «Jemand, den ich kenne?»

Redfield lachte. «Du kennst mich doch, Jake. Jede Nacht ein anderes Starlet.»

«Ich wollte dich schon lange mal fragen, Bobby. Nimmst du – na, du weißt schon, Drogen oder so was, um deine Ausrüstung Nacht für Nacht am Laufen zu halten?»

Redfield lachte. «Hab's bis jetzt noch nicht nötig gehabt. Du weißt ja selbst, wie das so ist. Du gehst mit einer Mieze ins Bett ... Warum? Steckst du in einer Midlife-Crisis oder was?»

«Ich werde das Midlife wohl nicht noch einmal erleben», sagte Neuman. «Und nein, in dieser Abteilung ist bei mir alles bestens. Aber, na ja, mit Maria zusammenzusein ist so, als hätte man alle paar Nächte Roastbeef oder was du auch immer am liebsten ißt. In deinem Fall ... du wechselst deine Diät so oft, daß es mir ein Rätsel ist, wie du ausreichend Vitamine und Spurenelemente kriegst.»

Wieder mußte Redfield lachen. «Willst du wissen, was ich denke, Jake?»

«Ja. Ich glaube, das will ich.»

«Ich denke, Kaliber zweiundzwanzig. Klein, leicht, genau, tödlich. Die Waffe eines Profis.»

Neuman nickte. «Genau, was ich gedacht habe.»

«Briggs, der Graffiti-King, sagte doch, der Täter hätte wie ein geübter Scharfschütze geschossen», sagte Redfield.

«Ich erinnere mich, daß er das gesagt hat», meinte Neuman.

«Also vielleicht steckt mehr hinter dieser Sache, als man auf den ersten Blick meinen könnte», fuhr Redfield fort. «Vielleicht haben wir hier einen Profi, der entweder gerade auf dem Weg zu seiner Arbeit oder aber auf dem Weg von getaner Arbeit nach Hause war. Er fährt mit der U-Bahn und drei Halbstarke steigen ein und fangen an, einer Krankenschwester das Leben schwerzumachen. Vielleicht kann er kleine Krawallbrüder nicht ausstehen, vielleicht fährt er selbst auf Krankenschwestern ab, jedenfalls versucht er, ihnen die Sache auszureden, laut Graffiti-King, doch sie haben keine Lust, ihm zuzuhören. Also macht er das einzige, was er kennt, wenn irgendwer nicht das macht, was er will.»

«Genau, was ich mir gedacht habe», sagte Neuman.

«Also», sagte Redfield, «könnte es die Mühe lohnen, wenn wir uns an den Funk hängen und durchgeben, daß wir uns für jeden mit einer Zweiundzwanziger in der vergangenen Nacht – falls er gerade von seiner Arbeit kam – oder am frühen Morgen – für den Fall, daß er auf dem Weg zu seinem Job war – begangenen Mord interessieren.»

«Und nicht nur gestern nacht oder am frühen heutigen Morgen», sagte Neuman, «sondern vielleicht auch zu jedem beliebigen Zeitpunkt gestern und sogar zu jedem beliebigen Zeitpunkt heute oder sogar noch morgen, denn nach allem, was wir wissen, konnte der Täter seinen Termin wegen dem, was in der Bahn geschah, nicht einhalten, und er versucht immer noch, ihn einzuhalten.»

«Genau, was ich gedacht habe», sagte Redfield.

«Natürlich gibt es noch eine andere Möglichkeit», meinte Neuman.

«Ja, ich weiß», sagte Redfield. «Vielleicht ist der Täter doch kein Profi. Er könnte ein Cop sein. Und er hat sich abgesetzt, weil er nicht erklären wollte, warum er eine gegen die Vorschriften verstoßende Waffe getragen hat.»

Neuman nickte. «Ich hoffe bei Gott, daß er kein Cop ist.»

Redfield lachte. «Falls er kein Cop ist – falls er ein Profi ist –, werden die Reporter ganz schön im Regen stehen, die ihn jetzt gerne als eine Mischung aus Lancelot und St. Ives dastehen lassen möchten.»

«Wer ist St. Ives?» wollte Neuman wissen.

«Heißt so nicht der Bursche, den Bronson in dem Film spielt, in dem er die Kerle umlegt, die seine Frau gekillt haben?»

«Das war ein anderer Film», antwortete Neuman. «Ich hab ihn nicht gesehen, aber ich kann mich erinnern, was darüber gelesen zu haben. Es war ein Film, in dem Bronson einen Detective gespielt hat, der St. Ives hieß. Hab den Film nicht gesehen, also weiß ich auch nicht, ob er ein Cop oder ein Privater war. Keine Ahnung, wie Bronson in dem anderen Film geheißen hat. Den Film hab ich auch nicht gesehen.»

Redfield nickte und nickte, als ob Neuman etwas schrecklich Wichtiges und Fundamentales gesagt hätte. Dann meinte er: «Da ist nur eins, weswegen ich glaube, daß der Täter kein Profi ist.»

«Er hatte ein Buch dabei», sagte Neuman.

«Stimmt. Hast du schon mal von einem Profi gehört, der ein Buch liest?»

Nach einer Weile sagte Neuman: «Gaetano Polazzi.»

«Wer?»

«Das war der Killer in dem Meisel-Mord. Hat nebenbei als Chefkonditor bei den Zampieri Brothers gearbeitet.»

Redfield lachte. «Ich meine nicht *Koch*bücher, du Fettsack. Komm, verschwinden wir von hier. Wenn wir noch lange bleiben, werden wir womöglich noch überfallen. Der Krieg gegen die U-Bahn-Kriminalität ist zwar vielleicht vorbei, aber es treiben sich noch eine Menge Nachzügler herum, die davon noch nichts gehört haben.»

7

Der Prince drückte es treffend und kurz aus. «Wir trennen uns, Mann, oder wir gehen in den Bau. Und mich kriegt keiner in den Bau, also trennen wir uns. Ich hab 'n Onkel in Detroit.» Als ob er schon da wäre und den Winter Michigans erleben würde, zog er seine Jacke zu und verschränkte seine Arme.

Zero starrte auf den grauen, schmierigen Hudson River, über den sich die George Washington-Brücke spannte. In seinem Kopf pochte es; ihm war kalt; er mußte unbedingt schlafen. Doch trotzdem war ihm ihr Dilemma glasklar bewußt: Irgend etwas zu sagen, bedeutete automatisch zuzugeben, daß sie dort gewesen waren. Außer ...

Zero schlug dem Prince mit dem Handrücken kurz auf die Schulter. «Yo, Prince. Ich *hab's*, Mann. Wir sagen den Cops nicht, daß wir *zusammen* mit Carlos in der Bahn waren. Wir sagen, wir waren einfach so im Wagen – du weißt schon, wollten ausgehen oder so.»

Mit einer fließenden Bewegung erhob der Prince sich von dem Stein am Flußufer. Ohne sein Radio wirkte er nackt – und fühlte sich auch genauso. «Die *Krankenschwester*, Mann. Und die anderen beschissenen *Leute* in der Bahn. Werden die auch sagen, wir waren einfach nur auch Fahrgäste? Scheiße, Mann!»

«Tja, äh, dann eben nich. Hey, Mann, Prince. Paß auf. Wir *rufen* einfach *an*. Wir rufen die Cops an und sagen denen, wie der Kerl ausgesehen hat, der Carlos umgelegt hat, Mann.»

Der Prince kletterte die Böschung zur Highway hinauf, die am Fluß entlang verlief und auf der an einem Samstag kaum Verkehr herrschte. «Die haben doch mein Radio, Mann. Vergessen? Ich hab dafür echt Bares abgedrückt, Mann. Hab die beschissene Garantie ausgefüllt und alles. Die finden mich doch, Mann. Dich finden sie vielleicht ja nicht – ich werd ihnen jedenfalls nichts sagen –, aber mich schnappen die doch hundert Pro, Mann. Und ich geh dann in den *Bau*. Außer ich verdufte, Mann, also verdufte ich. *Adiós*, Mann. *Adiós, hermano*.»

Und Zero wußte, daß der Prince, wenn sie ihn schnappten, ihn verpfeifen würde. «Yo, Prince. Warte doch! Dein Onkel ... Glaubst du ...?»

Der Prince zuckte mit den Achseln. «*Quién sabe*, Mann?»

Zero stand auf. Neben der Brücke kam er sich unendlich klein und winzig vor. Und doch führte sie in einem weiten Bogen von hier fort. Fuhren die Busse nach Detroit von der Haltestelle an der Brücke ab oder mußten sie in die Innenstadt zur Port of Authority? Und wieviel kostete ein Ticket nach Detroit? Der Prince hatte die Taschen voller Geld – er arbeitete in einem Sportgeschäft an der Hundertfünfundzwanzigsten und hatte am Freitag seinen Lohn bekommen – genug Geld, sagte er, um sich ein Ticket kaufen zu können. Zero hatte ein paar Dollars. Er wußte, wie er in kurzer Zeit an eine ganze Menge mehr Dollars kommen konnte. Er hatte es früher schon gemacht, indem er verschwitzten weißen Kerlen auf den Klos der Port of Authority einen geblasen hatte. Allein bei dem Gedanken mußte er schon fast wieder kotzen. Er

Knallhart.

Ein Angebot, das Sie nicht ablehnen können...

wollte sich noch von seiner Mutter verabschieden. Er wollte, daß seine Mutter ihn in die Arme nahm. «Yo, Prince.»

Doch der Prince war schon über die nach Süden führenden Spuren getrottet und stand jetzt auf dem Mittelstreifen aus Beton, wartete auf eine Lücke in dem nach Norden fließenden Verkehr.

Wie einfach für den Prince, dachte Zero, jetzt vor ein beschleunigendes Auto zu springen, alles zu einem Ende zu bringen, Schluß zu machen, die Angst und die Sorgen auszulöschen, auf der Flucht zu sein. Wie leicht, dem Prince einfach einen Stoß zu geben.

Doch der Prince sprang vor kein Auto; er wartete, bis die Straße frei war, sprang dann auf den Asphalt hinunter, trabte schnell über die drei Fahrbahnen und trat auf das Gras des Seitenstreifens. Als Zero auf dem Mittelstreifen zwischen den Fahrbahnen stand, darauf wartete, Prince folgen zu können, verstand er, daß es gar nicht so einfach war, vor einen nahenden Wagen zu springen. Es würde schwerer als alles andere sein, das er je in seinem Leben getan hatte, denn das würde voraussetzen, daß er selbständig handelte. Und es war niemand da, der ihm einen Stoß geben konnte – niemand außer dem Mann in Jeans und Cordjacke mit den wissenden Augen.

8

Linda Walsh stand regungslos da, hatte ihre Augen geschlossen, versuchte, die Zukunft zu sehen. Es gelang ihr nicht. Trotzdem machte sie kehrt und lief den Broadway hinter dem Mann in Jeans und Cordjacke hinauf, dessen Kopf hinter einer Zeitung gesteckt hatte, als er an ihr vorübergegangen war. Sie überholte ihn und ging rückwärts vor ihm her. «Hi. Erinnern Sie sich noch an mich?»

Er blieb stehen, faltete seine Zeitung zusammen und klemmte sie sich unter den Arm. In seinen grauen Augen funkelte Wiedererkennen – nicht ihrer Person, sondern ihres Bedürfnisses.

Für Linda war dieser Blick so vertraut wie ihr eigenes Gesicht im Spiegel. «Richtig. Das Gold Rail. Letzte Nacht. Kommen Sie noch mal rein, und ich spendiere Ihnen das Bier, das Sie nicht ausgetrunken haben. Was macht Ihre Hand? Ich heiße Linda Walsh.»

Er lächelte. Er mußte es. Er mochte sie. «Ray.» Der Name klang fremd in seinen Ohren – nicht falsch, sondern ... alt.

Linda Walsh schob ihre Hände in die Gesäßtaschen ihrer brandneuen Samthose, eben erst mit der Post von L. L. Bean eingetroffen, ein Geschenk von ihr selbst. Wer sonst sollte ihr denn schon ein Geschenk machen? Sie mußte ihren Kopf in den Nacken legen, um in seine Augen blicken zu können, und die Sonne schien ihr voll ins Gesicht. Sie fühlte sich *great.* «Ray und weiter?»

«Howell.» Er fuhr sich mit einer Hand über den Mund, während er das sagte, formte ihn in eine Annäherung an die Wahrheit.

Netter Name. Nette Augen. Nettes Gesicht. Nett angezogen – lässig, genauso wie sie es an den Männern mochte. Statt des dunkelblauen Turtleneck trug er jetzt ein verblichenes Arbeitshemd, denn für den Pullover war es heute viel zu warm. Linda fühlte sich wie eine Figur aus einem guten Film. Wie eine Frau in einem Lieblings-Song – von Bonnie Raitt oder Juice Newton. «Ich nehme an, Sie wohnen hier irgendwo?»

«Nein.»

Er würde schon sagen, wo er lebte, wenn er sie das wissen lassen wollte. Sie lernte ihn kennen.

Er wollte, daß sie etwas wußte. «Ich bin von außerhalb. Bin geschäftlich hier. Wollte mir den Columbia Campus ansehen. Und letzte Nacht das Gold Rail. Ein Freund von mir hat auf der Columbia studiert, hat im Gold Rail verkehrt. Er hat mir viel davon erzählt. Es war eine sehr wichtige Zeit in seinem Leben. Damals, Ende der sechziger Jahre. Ich wollte mir mal alles ansehen.»

So waren Männer eben – treu den toten Freunden gegenüber (er sagte, sein Freund *hat* von der Columbia, vom Gold Rail erzählt) – auf eine Art, wie es bei Frauen nicht vorkam. Oder vielleicht lag es auch ganz einfach daran, daß Männer immer nostalgisch waren, ihre Spiele vermißten, ihre alten Kumpel, ihre Schwärmereien. «Und wo waren Sie? Ende der sechziger Jahre, meine ich.» Linda zuckte die Achseln. «So eine dumme Frage ist das gar nicht. Leute fragen einen immer, was man macht, wo man lebt, woher man kommt. Sie fragen einen nie etwas, das ihnen wirklich etwas über einen sagen würde – wie zum Beispiel, wo man Ende der sechziger Jahre gewesen ist. Ich meine, ich bin Barkeeper, richtig? Daher denken Sie wahrscheinlich, daß Sie schon alles über mich wissen. Aber was ist, wenn ich Ihnen sagen würde, daß ich Ende der sechziger Jahre ein Kindertheaterensemble geleitet habe? Also, Stücke *für* Kinder, nicht mit ihnen.»

Ray lächelte. «Klingt interessant.»

«Wenn man gerne mit Schauspielern arbeitet», meinte Linda. «Schauspieler sind noch schlimmer als Kinder. Immer nur ‹Ich, ich, ich und wieder ich›. Den ganzen lieben langen Tag. Aber deshalb habe ich den Job nicht aufgegeben. Wahrscheinlich würde ich es immer noch machen, wenn es nicht noch die leidige Wirtschaftskrise gäbe. Wir haben unsere Kapitalgrundlage verloren. Ganz egal wie auch immer die Konjunktur steht, trinken tun die Leute immer. Also bin ich auf eine Barkeeper-Schule gegangen. Ich kann Ihnen Drinks mixen, von denen Sie noch nie etwas gehört haben. Nicht, daß irgendwer die auch bestellen würde. Nein, man bestellt ein Bud. Hören Sie – wie wär's denn mit einem Mittagessen? Wir müssen nicht unbedingt hier draußen in der glühenden Sonne stehen.»

Ray warf einen flüchtigen Blick über seine Schulter zur Sonne hinauf, war überrascht, wie strahlend sie schien, denn sie wärmte ihn nicht, vertrieb nicht das Frösteln zwischen seinen Schulterblättern. Vielleicht war es genau das richtige, zusammen mit einer Frau zu Mittag zu essen. Wann hatte er das letzte Mal mit einer Frau zu Mittag gegessen? Ende der sechziger Jahre? Fast hätte er gelacht, denn es war damals gewesen.

Am 2. Juni 1968, um ganz genau zu sein, hatte er mit Leila zu Mittag gegessen. Sie hatte rote Haare gehabt – genau wie diese Linda Walsh hier –, war schlank und blaß und wunderschön gewesen. Sie hatten ein Picknick an einem kleinen Bach außerhalb von Atascadero gemacht. An dem Käse und dem Aufschnitt hatten sie nur herumgeknabbert. Sie hatten versucht, sich hinter einem Vorhang aus Rohrkolben zu lieben, doch die drückende Last der Ungewißheit hatte ihre Leidenschaft erstickt, denn an diesem Nachmittag mußte er mit dem Bus nach San Francisco fahren, und von dort aus ging es mit dem Flugzeug direkt weiter nach Vietnam. Sie saßen auf einer kratzigen Decke und hielten voller Angst ihre kalten Hände. Er war es, von dem sie glaubten, daß er sterben würde; sie war es, die starb – durch eine Spritze auf einer nackten Matratze in einem billigen Hotel, nur einen Steinwurf von der Greyhound Station in Los Angeles entfernt.

Linda nahm Rays Arm. «Gehen wir ins Green Tree. Ich wette, Ihr Freund hat auch dort gegessen. Es ist ungarisch – Gulasch und so ein Zeug. Sehr billig. Ich bezahle.» Sie nahm seine Hand und untersuchte sie behutsam. «Die Schwellung ist wieder abgeklungen. Was machen Sie? Karate oder so was?»

Ray lächelte und widersetzte sich ihrem Ziehen. Er hatte ihr nichts erzählt, und doch mußte er ihr alles erzählen, doch dafür gab es keine Zeit und würde es auch nie geben. «Ich werde nicht mehr lange in New York sein. Wenn ich fahre, werde ich nicht mehr zurückkommen.»

Linda lächelte. «Ein ehrlicher Mann ... Dann wird es also kurz sein. Besser kurz als gar nichts. Ich wohne direkt gegenüber vom Green Tree. Nach dem Essen können wir bei mir ein Nickerchen machen.»

Als er in ihren Schritt einfiel, warf er die Tageszeitung in einen Abfalleimer.

«He», sagte Linda. «Ich wollte das lesen – über den Mörder in der U-Bahn. Ich hab's im Radio gehört.»

Ray ließ sie nicht umkehren. «Steht auch nur das drin, was du im Radio gehört hast. Nichts, was man vor einem Mittagessen lesen müßte.»

9

Michael Magazine fuhr erschrocken zusammen, als sich die Fahrstuhltür öffnete, denn Chris Kaiser stand vor ihm, trug ein langes Abendkleid und eine kurze weiße Pelzjacke, die sie sich lässig über die Schulter geworfen hatte.

Michael lächelte, als ihm klar wurde, daß es nicht Chris Kaiser aus Fleisch und Blut, sondern nur eine Fotografie war, eine wie die auf den U-Bahn-Stationen und auf den Reklametafeln und den Bushaltestellen überall in der Stadt. Das Poster war in einen weißen Rahmen gerahmt und hing an der Wand des Foyers vor der Tür zu Chris Kaisers Apartment – dem einzigen Apartment im zweiundzwanzigsten Stockwerk des Essex Tower, eines der exklusivsten Apartmenthäuser am Central Park West. Der Boden des Foyers war mit weißem Teppich ausgelegt. Die Wände und die Wohnungstür waren weiß gestrichen. Als die Fahrstuhltür wieder zuglitt, sah Michael, daß auch sie weiß war.

Michael trat zur Seite, während der Hausmeister einen Schlüssel in das oberste Türschloß steckte. Er drehte den Schlüssel, suchte dann einen anderen unter den Dutzenden von Schlüsseln an seinem Bund heraus und steckte diesen dann in das untere Schloß. Bevor er ihn drehte, warf er über seine Schulter einen kurzen Blick auf Michael.

«Sie sind sich ganz sicher, daß alles in Ordnung ist?» fragte der Hausmeister. Er war grau. Sein Haar war grau, er hatte eine graue Haut, trug graue Arbeitshosen und ein T-Shirt, das über die Jahre ebenfalls grau geworden war; nur seine Schuhe waren schwarz, doch dafür waren sie mit grauem Staub überzogen.

«Absolut sicher», antwortete Michael Magazine. «Miss Kaiser hat mich gebeten, hier ein paar Sachen für ihre Show abzuholen. Sie kann leider nicht selbst vorbeikommen, da sie zuviel zu tun hat.»

Der Hausmeister schüttelte seinen Kopf, als wäre das nicht die richtige Antwort gewesen. «Ich habe Ihnen aber doch schon mal gesagt, daß sie heute noch nicht aus dem Haus gegangen ist. Der Nachtportier hat ihre Ankunft um ein Uhr eingetragen – wir haben ein Verzeichnis der Mieter und tragen sie ein und aus, wann immer sie kommen oder gehen; aus Sicherheitsgründen. Aber der Tagesportier hat sie nicht wieder ausgetragen, was ganz klar bedeutet, daß sie das Haus noch nicht verlassen hat.

Michael sagte nicht, daß er ungehindert durch den Eingang des Hauses in die Lobby gelangt und dann den ganzen Weg bis zur Wohnung des Hausmeisters gegangen war, ohne irgendeinem Portier oder sonst wem begegnet zu sein, der von ihm wissen wollte, was er hier zu suchen habe. Er sagte einfach: «Ich habe Ihnen doch Miss Kaisers Nachricht gezeigt. Können wir jetzt nicht einfach die Sachen holen?» Er wollte diesen Botengang so schnell wie möglich hinter sich bringen, denn er war sich ziemlich sicher, daß irgend etwas alles andere als in Ordnung war.

Niemand im Kanal 3 hatte verstehen können, wieso Chris Kaiser nicht früh am Morgen wieder im Sender gewesen war, selbst wenn es Samstag – ihr freier Tag – war, um die Berichterstattung über den Mord in der Broadway-U-Bahnlinie zu koordinieren.

Ted Cavanaugh, Chris Kaisers Produzent, konnte es nicht verstehen, weil sie ihn noch um halb zwei nachts angerufen hatte; auf ihrem Nachhauseweg hatte sie die ersten bruchstückhaften Berichte über den Mord im Radio gehört und war beinahe außer sich vor Schadenfreude.

«Ted, hören Sie», hatte sie gesagt. «Schalten Sie WINS ein. In der U-Bahn hat es einen Mord gegeben. Sie erinnern sich doch an die U-Bahn – dort unten gibt es einen Krieg gegen die Kriminalität, aber der ist jetzt vorbei. Ich will ein Kamerateam am Tatort haben. Jetzt sofort, nicht erst morgen früh. Eines von unseren Teams, keines von der Wochenendbereitschaft. Sie sollen alles schießen, was sich bewegt. Rufen Sie Art Albert an. Ich weiß, er hat Urlaub, aber er ist in der Stadt. Arbeitet an seiner neuen Wohnung. Sagen Sie ihm, er soll sich sofort dorthin auf den Weg machen. Jetzt. Nicht erst morgen früh. Ich weiß, er ist noch neu bei uns. Aber er ist hungrig. Ich will einen hungrigen Reporter an dieser Sache haben. Es ist mir gleichgültig, was die Redaktion der Wochenendnachrichten sagt, das hier ist jedenfalls unsere Story – meine Story. Wir widmen die ganze Sendung dieser Sache, wenn wir so lange brauchen, um die Story zu erzählen. Sagen Sie Art, ich will Augenzeugen haben. Ich will Cops. Ich will Polizeilametta, hohe Tiere von der U-Bahn. Ich will den verdammten Bürgermeister und ich will ihn gut haben. Wenn er nicht reden will, schicken sie ein Team raus, das das Gracie Mansion überwacht, bis er seinen kleinen süßen Glatzkopf aus der Tür steckt. Aber schicken Sie nicht Albert dahin. Er soll in Bewegung bleiben. Ich will ihn um Mitternacht live vom Schauplatz bringen – von dort, wo auch immer die aktuellsten Entwicklungen stattfinden. Sie koordinieren die Sache. Trommeln Sie jeden unserer Leute, die Sie finden können, ins Studio zurück. Scheiß auf die Leute von der Wochenendbereitschaft. Sie sollen sich frei nehmen. Und sollte einer von unseren Leuten sagen, er könnte nicht kommen, weil doch Wochenende ist, dann sagen Sie denen, daß sie am Montag auch nicht mehr zu kommen brauchen. Und wenn sie erst mal im Studio sind, geht keiner mehr nach Hause. Bestellen Sie irgendeinen Partyservice; lassen Sie zu essen ins Studio schaffen. Besorgen Sie Decken und Kissen. Besorgen Sie Unmengen Kaffee. Und Zigaretten. Ich will nicht, daß sich einer auf eine Zigarettenpause rausschleicht und dann eventuell nicht zurückkommt.»

«Sonst noch was?» hatte Cavanaugh wissen wollen.

«Ja. Ich will Jim Giles aus der Show haben. Sofort.»

«Sprechen wir am Montag darüber, Chris. Okay?»

«Montag will ich ihn immer noch draußen haben. In dieser Sache werde ich keinesfalls nachgeben. Entweder geht er oder ich gehe. Klar?»

«Ich verstehe dann wohl richtig, daß Sie Giles nicht zum Wochenenddienst dahaben wollen», sagte Cavanaugh.

«Jeder außer Giles», hatte Chris Kaiser geantwortet.

Und am Samstagmorgen war jeder außer Giles entweder im Sender oder draußen auf der Straße und arbeitete an der Story – das heißt, alle, außer Chris Kaiser.

Cavanaugh beauftragte Michael Magazine, alle fünfzehn Minuten in Chris Kaisers Wohnung anzurufen. Doch Michael bekam immer nur Chris' Anrufbeantworter an die Strippe. Um Viertel nach elf schließlich ging Cavanaugh in Chris Kaisers Büro, nahm sich einen Bogen von ihrem persönlichen Briefpapier und tippte eine Nachricht an den Hausmeister ihres Hauses darauf. Er schrieb, daß sie einige wichtige Unterlagen in ihrer Wohnung vergessen habe, die sie jedoch unbedingt für ihre Sendung benötige. Ob er so nett wäre, Michael Magazine in ihre Wohnung zu lassen, damit dieser die Unterlagen holen und ihr anschließend bringen könnte? Cavanaugh unterschrieb mit Chris Kaisers Namen, versuchte es zumindest, schaffte es aber nur annäherungsweise, ihre schwungvolle Handschrift nachzumachen.

«Was ist, wenn der Hausmeister wissen will, warum sie mir nicht einfach ihre Schlüssel gegeben hat?» fragte Michael Magazine Cavanaugh.

«Sag ihm, daß sie dir nicht traut», antwortete Cavanaugh. «Sag ihm, sie möchte, daß er dich im Auge behält.»

Was Michael ein bißchen gekränkt hatte, denn Michael war in Chris Kaiser verknallt – hatte sich so sehr in sie verknallt, daß ihn nicht einmal die süße neue P. A. auf andere Gedanken hatte bringen können. Sicher, er hatte sie nach Hause gefahren, nur für den Fall, daß sie ebenso interessant wie Chris Kaiser war. Natürlich war sie das nicht, und es hatte ihm daher auch keinerlei Probleme bereitet, ihr einfach gute Nacht zu sagen und dann weiter nach Hause zu fahren, zufrieden mit sich selbst, daß er Chris treu bleiben konnte.

Der Hausmeister drehte den Schlüssel im unteren Schloß und schob die Wohnungstür auf.

«Die Kette ist nicht eingehängt», sagte Michael. «Dann muß sie ja außer Haus sein, oder?»

«Falls sie das Haus verlassen haben sollte», meinte der Hausmeister, «würde der Portier sie ausgetragen haben.»

Michael seufzte. «Darf ich reingehen?»

Der Hausmeister trat zur Seite, um ihn hereinzulassen, doch gerade, als Michael über die Schwelle ging, legte er seine Hand auf seinen Arm. «Sagen Sie, wieso hat Miss Kaiser Ihnen eigentlich nicht ihre eigenen Wohnungsschlüssel mitgegeben? Wie kommt es, daß sie Ihnen diese Nachricht an mich gegeben hat?»

«Sie traut mir nicht», sagte Michael, und konnte dabei dem Hausmeister nicht in die Augen sehen. «Sie möchte, daß Sie mich im Auge behalten.»

Der Hausmeister lachte und ließ Michael eintreten.

Ihm wurde schwindelig, als er die Wohnung betrat, denn die Fenster befanden sich dichter an der Tür, als er erwartet hatte, und er hatte das Gefühl, als würde er in den leeren Raum treten. Die Fenster gingen vom Fußboden bis zur Decke und boten einen Ausblick auf den Central Park, auf die East Side von Manhattan, ja sogar auf Long Island auf der anderen Seite des East River.

Abgesehen von dem schimmernden Parkettboden war alles weiß: Weiße Bänke, weiße Ledersessel, weiße Teppiche, weiße Metall-Stehlampen mit weißen Schirmen, weiße zylindrische Beistelltische und ein weißer Parsons-Couchtisch. An den weißen Wänden hingen Gemälde: Ein abstraktes – weiße Wirbel auf Weiß – und ein lebensgroßer weiblicher Akt, ein Rückenakt, gemalt in einer Nuance von Weiß vor einem weißen Hintergrund. Das Telefon auf einem der weißen Beistelltische war weiß.

Auch Chris Kaisers nackter Körper war weiß. Ihre Haare waren, natürlich, rotbraun – und ebenfalls ihr Schamhaar. Auf ihren Nägeln lag silberner Nagellack. Auf ihrer rechten Hüfte hatte sie einen dunkelbraunen Leberfleck und ein Einschußloch in ihrer linken Brust. Das Blut hatte schon sehr lange aufgehört, aus der Wunde zu laufen und hatte einen klebrigen roten See auf dem Parkettfußboden gebildet.

10

Susannah Keyes verbrachte ihren Samstagvormittag damit, jede einzelne Buchhandlung in Manhattan aufzusuchen und sich zu vergewissern, daß jedes Geschäft reichlich Exemplare ihres Buches erhalten hatte und sie auch deutlich sichtbar ausstellte.

Selbst wenn es eine ganze Menge Exemplare gab und sie den besten Platz im Laden bekommen hatten, bat Susannah doch darum, mit dem Geschäftsführer zu sprechen – fragte laut genug, so daß jeder einzelne Kunde auch ganz sicher mitbekam, wie sie ihren Namen sagte.

Zwangsläufig kam immer jemand mit einem Exemplar ihres Buches in der Hand zu ihr, nachdem sie sich bei dem Geschäftsführer bedankt hatte, daß er für eine angemessene Präsentation des Buches an einer Stelle sorgte, wo die Kundschaft es auch bemerken mußte – oder nachdem sie sie behutsam gerügt hatte, weil sie das nicht getan hatten –, und bat sie, es doch bitte zu signieren. Susannah legte Wert darauf, ihr Autogramm mit dem Datum zu versehen, und während sie das tat, erklärte sie, daß ein datiertes Autogramm zu gegebener Zeit wertvoller wäre als eines ohne Datum. Wiederum zwangsläufig bedankten sie sich dann bei ihr und bedankten sich anschließend noch einmal dafür, daß sie in Worte gefaßt hatte, was sie – *sie* waren immer Frauen – fühlten, aber was sie selbst *so* niemals hätten ausdrücken können.

Susannahs Verleger hatte eine ausgedehnte Publicity-Tour geplant, um für ihr Buch zu werben, doch diese Sache würde erst in zwei Wochen, etwa zum offiziellen Erscheinungstermin, anlaufen. Doch sie wußte, daß die meisten Buchhandlungen die Bücher bereits in ihre Regale packten, sobald sie die neuen Verlagslieferungen erhalten hatten, und daß daher zur Zeit ein bißchen persönliche Publicity unumgänglich war. Außerdem wußte sie, daß es eine Sache war, in einer Schlange anstehen zu müssen, um einen Autoren zu treffen, der an einem Tisch hinter Samtkordeln saß und Bücher signierte, und eine ganz andere, diesem Autoren von Angesicht zu Angesicht im Gang einer Buchhandlung gegenüberzustehen. Susannah wollte, daß ihre Leserinnen in ihr eine gute Freundin sahen – und eine Geliebte.

Das war die Botschaft von Susannahs Buch, das den Titel *Frauenliebe* trug und das bereits von der Fachpresse als eines der interessantesten und kontroversesten Bücher des Jahres gehandelt wurde. Diese Botschaft besagt, in aller Kürze, daß die Frauenbewegung vollkommen versagt hatte, auch nur einen einzigen Mann zu bekehren; daß die Männer, gleichgültig wie wortgewandt ihre Lippenbekenntnisse zum Feminismus auch immer sein mochten, hartnäckig jedem ihrer grundsätzlichen Glaubenssätze widerstanden; daß es endlich an der Zeit war, daß die Frauen den Männern ein für allemal den Rücken kehrten und Freundschaft und Liebe ausschließlich unter anderen Frauen suchten und fanden.

Susannah Keyes war nicht, das betonte sie im Vorwort zu *Frauenliebe* ausdrücklich, Lesbierin aus Neigung; sie war eine Heterosexuelle, für die die Heterosexualität aufgehört hatte, brauchbar und durchführbar zu sein. Ebensowenig, betonte sie weiter, wolle sie vorschlagen, daß die Frauen auf ihre Rolle als Gebärende von Kindern verzichten sollten, unterstrich jedoch, daß die wissenschaftlichen Fortschritte ein gänzlich neues Licht auf diese Rolle geworfen hätten. Samen war für die Fortpflanzung unbedingt notwendig, nicht jedoch die Männer.

Nachdem sie das Doubleday Book Shop an der Ecke Fifth Avenue und Dreiundfünfzigste Straße verlassen hatte, rief Susannah sich ein Taxi und kehrte in ihre Wohnung in der Zwölften Straße West zwischen Sixth und Seventh Avenue zurück. Auch wenn heute Samstag war, wollte sie doch ein paar Stunden an ihrem neuen Buch arbeiten, einem Roman, der auf ihren eigenen Erfahrungen basierte. Sie hatte den zweiten Entwurf des Buches nahezu fertig und wollte das Manuskript noch an ihren Verleger ausliefern, ehe die strapaziöse Publicity-Tour beginnen würde.

Um ein Haar wäre sie am Briefkasten vorbeigegangen, ohne ihn zu öffnen, denn sie wollte weder von Rechnungen noch von Briefen abgelenkt werden – oder auch von irgendeinem herrlichen Versandhauskatalog, mit dem sie sich den ganzen Nachmittag in eine gemütliche Ecke verkriechen könnte. Doch sie brannte darauf zu erfahren, ob Martha ihren Brief erhalten und was sie dazu zu sagen hatte – falls sie ihn schon bekommen hatte –, also öffnete sie den Briefkasten und nahm ihre Post heraus.

Es war überraschend wenig: Eine Stromrechnung, ein Bettelbrief von Kanal 13, eine Benachrichtigung von *Psychologie heute*, daß ihr Abonnement demnächst ablief, ein Katalog von Brookstone – normalerweise einer ihrer Lieblingskataloge, aber da sie offenbar zweimal auf ihrem Verteiler stand, hatte sie diesen Katalog bereits gelesen – und ein Brief in einem normalen Umschlag ohne Absender. Nichts von Martha, nichts darüber, was sie davon hielt, wenn Susannah bei ihr wohnte, solange sie in San Francisco sein würde.

Die Stromrechnung schob Susannah in die Tasche ihres Blazers, den Brief von Kanal 13, die Benachrichtigung von *Psychologie heute* (ihr Abonnement war bereits vor sechs Monaten abgelaufen, doch sie schickten ihr das Magazin immer noch) und den Katalog warf sie in den Papierkorb, den ihr Vermieter aufmerksamerweise direkt neben die Briefkästen gestellt hatte, und dann öffnete sie den Brief ohne Absender.

In dem Umschlag steckte ein Blatt billiges Papier, das dreimal gefaltet war und auf das mit Schreibmaschine drei Worte geschrieben worden waren:

Du bist nächste

«Häh? Du bist nächste was?» sagte Susannah laut, knüllte das Blatt und den Umschlag zusammen und warf beides in den Papierkorb. Dann ging sie die Treppe zu ihrer nach hinten hinausliegenden Wohnung im ersten Stock hinauf, dachte daran, daß sie Martha vielleicht anrufen würde – nicht jetzt, aber wenn sie mit Schreiben fertig sein würde. Dann mußte es in Kalifornien Nachmittag sein und Martha, eine Spätaufsteherin, würde ganz sicher schon aus den Federn sein.

11

Iris Pabon spuckte trocken auf das Foto ihres Bruders. Es war schon einige Jahre alt, und auf dieser Aufnahme trug Carlos einen Kommunionsanzug und ein angedeutetes Lächeln; seine Augen warnten den Fotografen unmißverständlich, nicht zu versuchen, ihn zu mehr als das zu beschwatzen. «Ein Glück, daß wir den los sind. Mein Bruder war ein Tier ... Wie leicht es mir fällt, in der Vergangenheitsform von ihm zu sprechen.»

«Ja, hmhmm», sagte Neuman. «Aber Tatsache ist, Miss Pabon, daß irgend jemand ihn ermordet hat, was gegen das Gesetz verstößt – Tier oder nicht.»

Sie schnaubte verächtlich und deutete mit einem scharfen Kopfnicken auf die Tür des Eßzimmers, hinter der ihre Mutter, einige Nachbarn und ein Priester abwechselnd laut stöhnten. «Zu denen sollten Sie gehen. Für sie besteht das Verbrechen darin, daß Carlos ohne die Letzte Ölung gestorben ist. Gott, was ist das für eine verkehrte Welt: Ein Mann hilft einer unschuldigen Frau; er befreit die Welt von einem Ungeziefer – oder schlimmer noch, von Ungezieferscheiße – und Sie versuchen, ihn auch noch zu bestrafen.»

«Nur verhaften», sagte Redfield. «Wir bestrafen nicht.»

«Trotzdem verschwenden Sie hier nur Ihre Zeit und das Geld des Steuerzahlers.»

«Ja, hmhmm», sagte Neuman, «vielleicht ist das ja so, aber die Sache ist die, daß wir da so eine Ahnung haben – es ist nur so eine Idee, wir wissen es nicht sicher –, daß der Mann, der Ihren Bruder ermordet hat, ein professioneller Killer ist. Nicht, daß das ein professioneller Auftrags-Mord gewesen wäre – das glaube ich nicht. Wie es eben manchmal so passiert: Ein Individuum ist mit der Begehung einer Straftat beschäftigt und kommt nicht ungeschoren damit davon, weil ein anderes Individuum sich noch verbrecherischer als das erste verhält.»

Iris Pabon lachte das trällernde Lachen einer Koloratursängerin, spreizte eine Hand über ihren hohen Brüsten. «Würden Sie vielleicht eines Tages die Freundlichkeit besitzen, in meine Klasse zu kommen, Lieutenant? Ich unterrichte Englischen Aufsatz an einem Gemeinde-College. Meine Schüler schreiben über alle möglichen Themen Essays. Und sie lesen auch welche – ganz besonders mögen sie eine Abhandlung von George Orwell mit dem Titel: ‹Politik und die englische Sprache›. Orwell erkannte lange vor anderen die Ekelhaftigkeit der Verwendung eines Wortes wie ‹Pazifizierung›, um den Mord an unschuldigen Zivilisten und die Zerstörung ihrer Häuser zu beschreiben. Außerdem beschreibt er eine Tendenz, anstelle von Worten mit klaren und anschaulichen Bedeutungen hohle, sinnentleerte Phrasen ohne jede Bedeutung zu wählen – Phrasen wie ‹ein mit der Begehung einer Straftat beschäftigtes Individuum›, wenn man doch eigentlich einen miesen, kleinen Dreckskerl von einem Vergewaltigerschwein meint.»

Neuman löste seinen Blick von einer Krippe, durch die er abgelenkt worden war, während Iris Pabon gesprochen hatte. Irgend jemand hatte dem Christuskind einen Schnurrbart angemalt und damit die Stimmung dieser Szene vollkommen verändert; die Heiligen Drei Könige sahen wie Mafiosi aus, die einen winzig kleinen Paten besuchten. «Miss Pabon ... Iris –» er sprach ihren Namen aus, wie sie es tat, spanisch, und bemerkte sofort in ihren großen braunen Augen einen Ausdruck, der sich fragte, ob er sich wohl über sie lustig machte – «Ich weiß, wovon Sie sprechen: ‹Eine Unmenge lateinischer Worte fallen wie weicher Schnee über die Fakten, verwischen die Konturen und überdecken sämtliche Details.›»

Plötzlich lag Panik in ihren Augen, und sie lehnte sich in ihrem Sessel vor, um Neuman um einen Lampenschirm herum besser sehen zu können.

«Ich habe Orwells Essay auf dem College gelesen», erklärte Neuman. «Ein Englischlehrer hat es mir dauernd unter die Nase gerieben. Ich kannte damals eine ganze Menge toller Fremdwörter, und ich habe damals sehr gerne meine Aufsätze damit gespickt. Mein Lehrer ließ mich einmal Orwells Essay abschreiben. Dabei habe ich mir das eine oder andere daraus wohl unauslöschlich eingeprägt ... Bei der Art Arbeit wie Sergeant Redfield und ich sie tun, sehen wir eine ganze Menge häßlicher Dinge. Das alles immer so zu benennen, wie wir sie sehen, ist auf die Dauer monoton und ermüdend. Also verwenden wir manchmal eben große Wörter – wie nennt man sie noch gleich? – Euphemismen. Das hält uns geistig normal. Orwell sagte, Unaufrichtigkeit wäre der größte Feind einer klaren Sprache. Aber wir sind nicht unaufrichtig; wir sind einfach nur überarbeitet. Wir sehen tagtäglich Rattenscheiße, wie Sie es nicht ganz so ausgedrückt haben, wie Ihren Bruder. Manchmal nennen wir es Rattenscheiße und manchmal nennen wir es ein Individuum, das in die Begehung einer Straftat verwickelt ist, weil es manchmal verdammt hart ist, der Wirklichkeit am Ende eines langen Tages, den man zum großen Teil bis zum Arsch in Rattenscheiße verbracht hat, ins Auge zu blicken.»

Iris Pabon kämpfte gegen ein Lächeln an und verlor. Redfield lächelte ebenfalls. Sie lachte und Redfield lachte auch. Neuman begann mitzulachen, und dann gackerten sie alle drei wie Betrunkene. Die Tür zum Eßzimmer öffnete sich einen Spaltbreit, und ein rotes Auge funkelte sie tadelnd an.

«Also», sagte Neuman, als ihr Lachanfall endlich vorbei war, «der Mann, der Carlos ermordet hat, trägt einige Merkmale eines professionellen Killers – die Art Waffe, die er benutzt hat, die Art, wie er damit geschossen hat, die Tatsache, daß er dermaßen genau geschossen hat. Wir stellen nichts als Vermutungen an, aber wir glauben, daß er möglicherweise gerade von der Ausführung eines bestellten Mordes kam beziehungsweise, daß er sich auf dem Weg zu einer solchen Arbeit befunden hat. Jedenfalls denken wir, daß er ein Mann ist, der nicht zum erstenmal getötet hat und der es wieder tun wird. Und wir würden ihn gerne daran hindern und seiner Art Arbeit ein Ende setzen. Sie müssen dabei nicht in Kategorien von Gerechtigkeit, von Rache, von überhaupt irgendwas denken, aber es würde uns weiterhelfen, wenn Sie uns etwas über die Freunde ihres Bruders erzählen würden, denn vielleicht können die uns etwas über den Mann erzählen, der ihn erschossen hat. Ganz besonders gerne wüßten wir etwas über einen Freund namens Zero und einen weiteren, der mit einem großen tragbaren Radio – einem Panasonic – durch die Gegend rennt.»

Iris Pabon spielte an dem goldenen Kreuz, das an einer Kette um ihren Hals hing. «Sie werden nicht von sich aus zu Ihnen kommen, stimmt's? Sie haben sich selbst einer Straftat schuldig gemacht, oder? Versuchte Vergewaltigung oder ...»

«Niemand ist irgendeiner Sache schuldig, sofern sie sich nicht selbst schuldig bekennen oder aber ein Richter oder ein Geschworenengericht sie verurteilt», sagte Redfield. «Aber, ja, sie könnten tatsächlich wegen Körperverletzung, wegen Verstoß gegen das Waffengesetz, vielleicht auch wegen versuchter Vergewaltigung unter Anklage gestellt werden.»

«Aber Sie würden ihre Strafen mildern, falls sie Ihnen etwas über diesen Mann erzählen, der Carlos ermordet hat?»

«Wie der Sergeant bereits sagte, wir bestrafen nicht», antwortete Neuman ihr. «Aber wenn Sie mich fragen, ob ich ein Geschäft machen würde, um im Austausch mit dem, was sie über den Killer wissen, die Anklagepunkte gegen sie zu mildern, dann lautet die Antwort: Ich würde dem stellvertretenden Staatsanwalt empfehlen, einen solchen Handel zu machen.»

Wieder tat sie, als würde sie ausspucken – nicht auf die Fotografie ihres Bruders, sondern bei dem Gedanken an seine flüchtigen Freunde. «Ich *will*, daß sie ins Gefängnis kommen.»

«Sie würden nur weiterhin mit solcher Rattenscheiße wie Ihrem Bruder rumhängen, darauf können Sie sich verlassen», sagte Neuman.

Seine unverblümte Ausdrucksweise schien sie zu beleidigen, doch nach einem Augenblick entspannte sie sich und klopfte mit einem Fingernagel gegen ihre Zähne. «Ich meinte nur ... Ich bin nicht der Meinung, daß sie für die Terrorisierung einer unschuldigen Frau weniger leiden sollten, nur weil sie Ihnen den Namen des Mörders meines Bruders genannt haben. Ich bin eine Hispanic-Frau, und ich bin der festen Überzeugung, daß der Machismo das größte Übel dieser Welt ist. Ich leide für diese arme Frau. Alle Frauen tun das.»

«Ja, hmhmm», machte Neuman. «Meine Frau ist auch spanischer Abstammung –» wieder dieser Ausdruck in ihren Augen, der die Frage stellte, ob er sie auf den Arm nehmen wollte – «Ehrlich. Sie ist aus San Juan. Ich habe sie kennengelernt, als ich dort auf einem Polizeikongreß war. Ist schon eine Ewigkeit her. Ich fürchte, ich habe leider nicht sehr viel Spanisch gelernt. Maria – meine Frau, *mi mujer* – hat eine englische Mutter – englisch aus England, um genau zu sein – und sie sprach es von Kind an – also Englisch, meine ich –, also bestand für mich keine Veranlassung, Spanisch zu sprechen, aber über Machismo weiß ich Bescheid. Marias alter Herr ist ein übler Fall davon – oder besser gesagt: war. Er ist jetzt schon ungefähr fünf Jahre tot. Und ich denke, wahrscheinlich haben Sie recht. Es ist wirklich keine so gute Sache. Jedenfalls bezweifle ich sowieso, daß Carlos' Freunde uns den Namen des Killers geben können. Wir glauben nicht, daß sie oder Ihr Bruder den Burschen kennen. Das höchste der Gefühle, auf das wir hoffen, ist eine gute Personenbeschreibung. Die anderen Fahrgäste der U-Bahn empfinden in dieser Sache ganz ähnlich wie Sie, wissen Sie. Sie finden, daß der Killer ungeschoren davonkommen sollte. Sie haben alle große Schwierigkeiten, sich zu erinnern, wie er ausgesehen hat. Doch die Freunde Ihres Bruders, die haben das falsche Ende der Kanone entlanggesehen, genauso wie Ihr Bruder. Die Chancen stehen nicht schlecht, daß sie sich verdammt gut daran erinnern, wie der Kerl ausgesehen hat, der seine Kanone auf sie gerichtet hat.»

Ohne ihren Kopf zu bewegen, blickte Iris Pabon zur Eßzimmertür und hob einen Finger an ihre Lippen, wodurch sie ihnen sagen wollte, daß sie glaubte, man würde sie belauschen.

Neuman hielt ihre Haltung gleichzeitig für schlau und erotisch, ihr Mund bildete ein kleines O, so wie bei einer Cartoonfigur. Ihr Fingernagel glänzte, als wäre er feucht. Ihr dunkles Haar und ihre karamelfarbene Haut beschwor das Gefühl von Marias Körper an seinem herauf. Er wurde von ihr dermaßen in Bann gezogen, daß er erst in dem Augenblick, als Redfield sich auf seinem Platz rührte, bemerkte, daß Redfield ihn die ganze Zeit beobachtet hatte, wie er sie beobachtet hatte. Neuman wurde rot.

Daß Redfield sich zurückhielt, war übliche Verfahrenspraxis bei ihnen; es hatte nichts mit ihren Dienstgraden, sondern nur damit zu tun, daß zu einem bestimmten Zeitpunkt immer nur einer von ihnen ein Verhör durchführte.

Das Stöhnen und Jammern im Nachbarraum begann wieder.

«Zero», sagte Iris Pabon, «so nennen sie Roberto Andujar. Er wohnt hier in diesem Haus. Auf der dritten Etage. Allein mit seiner Mutter. Der andere, der mit dem Radio, könnte jeder einer ganzen Reihe von Halbstarken sein, aber wahrscheinlich ist es Javier Prinz, der auch der Prince genannt wird. Er wohnt nicht weit von hier. Auf der Fort Washington Avenue. Seine genaue Adresse kenne ich nicht, aber es ist über einem Supermarkt an der Ecke ...»

«Dem Drei Z-Markt?» unterbrach Neuman.

Sie nickte ohne zu bemerken, daß er diesen Stadtteil ebensogut kannte wie Orwell. Doch Redfield warf Neuman einen Blick zu. Neuman lächelte nur.

«Sie sind aber wirklich sehr schnell hier», sagte Zeros Mutter.

«Äh ... Wie meinen Sie das?» fragte Redfield verwirrt.

«Ich vermisse meinen Sohn. Ich habe gerade eben erst mit der Polizei telefoniert, um eine Vermißtenmeldung aufzugeben, und jetzt sind Sie schon so schnell gekommen.»

«Äh, vielleicht sollten wir in Ihre Wohnung gehen und dort alles besprechen, Ma'am, bitte», sagte Redfield.

Neuman drückte auf die Klingel der Prinz' und trat einen Schritt auf dem Bürgersteig zurück und schaute zu dem Fenster im zweiten Stock hinauf.

Ein Mann steckte seinen Kopf aus dem Fenster. *«Si»*?

«Javier Prinz?» fragte Neuman.

Der Mann stieß mit seinem Daumen gegen seine Brust.

«Ihr Sohn. Äh ... *Hijo. Su hijo.*»

Der Mann zuckte die Achseln und begann, wie ein Schnellfeuergewehr auf ihn einzureden.

Neuman nahm seine Dienstmarke aus der Tasche und hielt sie hoch und steckte sie wieder ein.

Der Mann verschwand aus dem Fenster, und sein Platz wurde von einer Frau in einem Unterrock eingenommen. «Sie wollen Javier sprechen?»

«Si», sagte Neuman.

Die Frau wußte nicht, wo er steckte. Er war die letzte Nacht nicht nach Hause gekommen, aber das war nichts Ungewöhnliches – es war ja Freitag. Doch heute morgen war er nicht zur Arbeit erschienen, was wiederum sehr ungewöhnlich war. Er liebte seine Arbeit in einem Sportgeschäft und hoffte, daß er eines Tages ein eigenes besitzen würde. Um zehn hatte der Geschäftsführer des Ladens angerufen und gefragt, wo Javier steckte, und dann wieder am Mittag, um zu sagen, daß Javier immer noch nicht gekommen wäre.

«Gracias», sagte Neuman.

Nancy Koo war dermaßen zierlich, daß sie die Laken ihres Krankenhausbettes kaum kräuselte. Sie sprach dermaßen leise, daß Neuman ganz vorne auf der Kante seines Stuhles – wie ein Kammermusiker – sitzen mußte. «Ich habe sehr große Angst. Können Sie das denn nicht verstehen?»

Neuman legte eine Hand auf das Laken und schaute sie liebevoll an, gerade so, als wäre sie ein Stofftier, das er mitgebracht hatte, um die Frau aufzumuntern. «Natürlich verstehen wir das, Nancy. Aus diesem Grund haben wir ja auch einen Cop vor Ihrer Zimmertür postiert. Aber diese beiden kleinen Ganoven – vor denen brauchen Sie wirklich keine Angst zu haben. Wir überwachen ihre Wohnungen. Irgendwann müssen sie ja mal wieder nach Hause kommen. Die Fahndung nach ihnen läuft. Wir kennen ihre Namen, Kleines. Wir machen keine Angeltour.»

Sie drehte ihren Kopf fort. «Ich will ihre Namen gar nicht wissen.»

Neuman ließ seine Hand ein Stück über das Laken wandern. «Nancy, der Bursche, der Carlos erschossen hat ... Sie müssen sein Gesicht doch ziemlich gut gesehen haben.»

Sie hielt ihr Gesicht abgewandt. «Nein. Ich hatte meine Augen geschlossen –» sie schloß sie auch jetzt wieder, als müsse sie es demonstrieren – «Ich hatte so eine entsetzliche Angst. Es war ... ein Mann. Das ist alles, was ich weiß.» Aus ihren halbgeöffneten Lidern warf sie einen verstohlenen Blick auf die zwei Männer, um zu sehen, wie sie das aufnahmen.

Neumans Hand zog sich wieder ein Stück zurück. «Ja, hmhmm. Ich kann schon verstehen, warum Sie nicht mit dem Finger auf ihn zeigen wollen, Nancy. Die Sache ist nur die, daß wir uns nicht so ganz sicher sind, daß das eben einfach nur eins von diesen Dingen war, die hin und wieder eben, Sie wissen schon, in der nackten großen Stadt passieren. Wir sind uns nicht so ganz sicher, ob dieser Kerl nicht vielleicht seinen Lebensunterhalt damit verdient, durch die Gegend zu rennen und Leute umzulegen –»

«Nein!» Gleichzeitig mit ihrem Schrei fuhr sie senkrecht in ihrem Bett auf, so daß ihr Gesicht nun nur noch wenige Zentimeter von Neumans entfernt war. «Nein! Sie verdammter, beschissener, verlogener Bulle!»

Neuman setzte sich auf seinem Stuhl zurück und fragte sich, ob einmal der Tag kommen würde, an dem jeder jeden haßte.

Redfield stand auf der anderen Seite des Bettes und trat jetzt etwas näher heran, legte behutsam seine Hand auf ihre Schulter, bereit, sie sofort wieder zurückzuziehen, falls sie danach schnappen sollte. «Wir würden Sie doch nicht anlügen, Nance. Ehrlich. Es gibt Leute, die lügen wir an, um sie dazu zu bringen, uns etwas zu sagen, was sie uns eigentlich gar nicht sagen wollen. Aber zu der Sorte Leute gehören Sie doch nicht. Himmel, ich meine, ich empfinde doch genau wie Sie: Vor hundert Jahren oder so hätte der Kerl doch einen Orden bekommen oder so was; wenn das hier Dodge City oder so wär, würde man ihn doch zum Sheriff machen oder so. Aber sehen Sie es doch mal von der Seite, Nance. Wenn er wirklich ein so anständiger Kerl ist, so ein Held, den die Zeitungen gerne aus ihm machen würden, warum ist er dann einfach weggelaufen? Wenn er eine Lizenz hat, die Waffe zu tragen, wenn er nicht vorbestraft ist, wenn er vollkommen ehrlich und anständig ist, dann wird es keinen Richter oder auch nur ein Geschworenengericht von hier bis meinetwegen zum Mars geben, das ihn wegen irgendwas schuldigsprechen würde. Also, warum ist er weggelaufen? Wenn er nicht eben doch keinen Waffenschein hat, vielleicht doch vorbestraft ist und nicht hundertprozentig astrein ist, was zu glauben wir allen Grund haben.» Er nahm seine Hand von ihrer Schulter und machte einen Schritt zurück, schaute Neuman an, um ihm zu sagen, daß er jetzt wieder an der Reihe war.

Doch Neuman glaubte nicht, daß sich diese Frau beschwatzen ließ – zumindest im Augenblick noch nicht. Er zog seine Karte heraus und schrieb ihre Privatnummern auf die Rückseite und legte sie dann auf den Nachttisch. «Rufen Sie uns an, wenn Sie glauben, daß es da etwas gibt, das wir wissen sollten, Miss Koo. Egal zu welcher Tages- oder Nachtzeit. Das Krankenhaus wird uns über Ihren Zustand auf dem laufenden halten. Wenn Sie sich wieder etwas besser fühlen, werden wir Sie bitten, sich einige Fotografien anzusehen. Wir werden Sie außerdem bitten, einige Zeit mit unserem Polizeizeichner zusammenzuarbeiten. Er wird versuchen, ein Portrait dieses ... dieses Mannes anzufertigen, der Ihren Angreifer erschossen hat. In der Zwischenzeit aber ruhen Sie sich einfach aus. Sollte es etwas geben, das sie gerne haben möchten, was Ihnen das Krankenhaus aber nicht geben kann, dann sprechen Sie ruhig mit dem Beamten vor Ihrer Tür. Er und seine Ablösung haben Anweisung, alles zu unternehmen, was auch immer angemessen ist, um Sie zufriedenzustellen.»

Sie hatte sich wieder zurückgelegt und schaute sie nicht an, als sie gingen. Ihr Schweigen steckte sie an und sie wechselten kein Wort miteinander, während sie auf den Fahrstuhl warteten. Sie waren des Redens müde. Warum fanden sie nicht wenigstens einmal Zeugen, die ebensoviel redeten wie sie selbst? Die einzigen Augenzeugen, die genausoviel redeten, waren solche Zeugen wie Briggs, der Graffiti-King, der nur redete, um sich selbst reden zu hören.

Als sie das Krankenhausfoyer erreicht hatten, sagte Neuman: «Was meinst du?»

«Ich meine, Nancy ist verliebt», antwortete Redfield.

Neuman nickte. «Wie's aussieht, kann sich ruhig herausstellen, daß der Kerl ein Profi ist, und sie wird ihn trotzdem nicht identifizieren wollen. Aus anderen Gründen als jetzt. Das gleiche gilt für Briggs, den Graffiti-King. Das gleiche gilt für alle anderen Fahrgäste. Der Hurensohn kann einfach gehen.»

«Mittagessen», sagte Redfield.

«Ja, einverstanden.»

«Ein Stück den Block runter gibt es einen Laden, in den ich ganz gerne gegangen bin, als ich an dieser Pospisil-Überwachung gearbeitet habe.»

«Popsicle?»

«Pospisil. Der Prof von der Columbia, der seinen Studenten Drogen verscherbelt hat. Das Green Tree.»

«Heißt irgendeine neumodische Droge so?»

Redfield lachte. «So heißt das Restaurant.»

Neuman beschnupperte den Namen. «Ist doch wohl nicht einer dieser Schuppen, wo es nur so biologisches Essen gibt, oder?»

«Ungarisch», sagte Neuman. «Fleisch und Kartoffeln.»

Neuman tätschelte vorsichtig seinen Bauch. «Ich weiß nicht recht. Vielleicht sollte ich nur irgendwas ganz Leichtes essen. Bei uns gab's gestern abend Paella.»

«He, ich dachte, du kannst kein Spanisch», sagte Redfield. «Wo wir gerade davon sprechen, mir scheint, die gute Ie-*rieeese* – sprichst du es so aus, ja? – hat dir ganz gut gefallen, was?»

«Äh, ja, also, wenn ich hundert Pfund leichter und zwanzig Jahre jünger und alleinstehend dazu wäre ... Ich hatte das Gefühl, du wärest irgendwie an Nancy interessiert.»

«War nur neugierig», meinte Redfield. «Weißt du, bis heute kann ich keine Asiatin ansehen, ohne mich sofort zu fragen, ob sie eine Handgranate dabei hat und den Stift zieht, sobald ich ihr den Rükken zukehre.»

«Jesus. Und es ist jetzt – wie lange? – zehn Jahre her, seit du in Nam warst?»

«Zehn Jahre, elf Monate und sechzehn Tage», sagte Redfield.

12

Der Drachen hatte rote Augen, die goldfarben eingerahmt waren. Eine rote Zunge schnalzte zwischen seinen Fängen hervor, reizte Rays linke Brustwarze. Der Leib, grün mit blauen Schuppen, schlängelte sich über seine Schulter. Der Schwanz kringelte sich über sein linkes Schulterblatt nach unten.

Linda ließ ihre Finger das Rückgrat des Drachen entlangwandern. «Hat's nicht sehr weh getan?»

«Doch, wahrscheinlich hat es das. Ich war wirklich total betrunken, als ich mir das habe machen lassen.»

«Es muß aber ziemlich lange gedauert haben.»

«Ich war damals auch immer ziemlich lange betrunken.»

«Wann? Und wo?»

«Oh, das ist sehr lange her und war sehr weit weg.»

«Wie in einem Märchen», sagte Linda und bedrängte ihn aus Furcht davor, daß er dann – wie in einem Märchen – verschwinden oder sich verwandeln würde, nicht weiter. «Ich habe mir selbst mal überlegt, mich tätowieren zu lassen. Eine kleine Blume oder so, an einer ganz versteckten Stelle, wo nur jemand ganz Besonderer sie entdecken würde. Dann habe ich mir aber gesagt, daß ich das Pferd von der falschen Seite aufzäume – daß ich besser zuerst jemand ganz Besonderen finden und ihn dann anschließend überraschen sollte.»

«Und?»

Linda lachte. «Ich hätte mich tätowieren lassen sollen. Vielleicht hätte ich dann wenigstens den Tätowierer anturnen können.»

Ray zog ihren Kopf zu sich herunter und küßte sie auf den Mund. «Ich muß jetzt für eine Weile fort.»

«Klar.» Sie drehte ihren Kopf und schaute zu dem Fenster, das vor lauter Schmutz golden schimmerte. Falls er eine Weile bleiben würde, könnte sie vielleicht die Fenster putzen. Sie würde vielleicht auch den Teppich reinigen und den Schaukelstuhl reparieren lassen. Vielleicht würde sie sich auch eine neue Frisur machen lassen, eine weniger erbärmliche. Vielleicht würde sie auch etwas abnehmen. Aber in der Innentasche seiner Cordjacke steckte ein Flugticket; sie hatte es gesehen, als sie die Jacke über die Lehne des Bistro-Stuhles neben dem Bett gehängt hatte. Ein Mann, der ein Flugticket mit sich herumschleppte, hatte nicht vor, lange irgendwo zu bleiben – zumindest nicht lange genug, daß sich eine Wiedergeburt lohnte. Er kam zu ihrer Seite des Bettes, hatte jetzt seine Jeans und sein blaues Arbeitshemd wieder an, und setzte sich auf die Bettkante. «Linda –»

«Ich weiß, ich weiß, du hast zu tun. Aber heute ist Samstag – das ist alles. Ich habe heute abend frei. Ich dachte, wir könnten vielleicht ... Ach, ich weiß auch nicht – in ein Museum gehen, in den Park, ins Kino. Ich dachte, wir könnten vielleicht –»

«Aus dem Bett klettern?»

«Hmm, ja. Ja. Nicht, daß es nicht schön gewesen wäre. Es war schön. Aber –»

«Aber es gibt noch mehr im Leben als das?»

«Du vervollständigst meine Sätze dauernd mit Fragen», sagte Linda. «Bist du dir vielleicht nicht ganz sicher? Meinst du vielleicht, daß wir nicht aus dem Bett steigen sollten? Findest du nicht, daß es im Leben noch mehr gibt als nur das?»

Ray spreizte seine Hand auf dem Laken und studierte eingehend seine Topographie.

«Nicht für uns, was?» sagte Linda. «Ist es das, was du denkst – für uns beide gibt's nur ficken?»

Nicht für mich. Für mich sollte es nicht einmal das geben. Nicht, bevor ... «Ich werde nicht lange fortbleiben. Nur ein paar Stunden. Und dann können wir machen, wozu wir Lust haben.»

«In ein paar Stunden», meinte Linda, «will ich wahrscheinlich wieder bumsen.»

Ray lächelte und küßte ihre Stirn und stand auf und ging ins Bad.

Sie war aus dem Bett, kaum daß sich die Tür hinter ihm geschlossen hatte, zog das Flugticket aus der Innentasche, hielt es dabei zwischen den Seiten zweier Finger, mußte an irgendeinen Film über Taschendiebe denken. Sie drehte sich mit dem Rücken zum Fenster, damit sie im Tageslicht besser lesen konnte.

In dem Umschlag befand sich kein Flugticket, sondern nur eine Quittung für einen Flug von Detroit zum La Guardia-Flughafen. Vor drei Tagen. Touristenklasse. Bar bezahlt. Ausgestellt auf Paul Howell.

Paul? Warum hat er nur einen halben falschen Namen genannt?

Als sie den Umschlag wieder in die Tasche zurückgleiten ließ, sah Linda, daß auf die Rückseite etwas geschrieben worden war. Sie zog den Umschlag noch einmal heraus und las die drei handschriftlichen Zeilen:

> Stearns 650 W. 175
> Smith 9 Powell Drive, Mineola
> Redfield E. 72

Die Toilette wurde abgezogen.

Linda schob den Umschlag in die Tasche zurück. Er blieb irgendwo hängen und ließ sich nicht wieder ganz hineinschieben. Sie ließ ihn wie er war und sprang auf das Bett zurück.

Ray kam aus dem Bad und hob die Jacke an ihrem Aufhänger, der hinten im Kragen eingenäht war, von der Stuhllehne. Er zog sie an und zog kurz an den Revers und berührte mit seinen Fingerspitzen leicht alle Taschen, um zu sehen, daß ihr Inhalt immer noch da war. Er schob eine Hand unter die Jacke und rückte den Ticket-Umschlag zurecht.

Linda beachtete ihn betont deutlich nicht.

«Ich sehe dich dann in ein paar Stunden.» In seiner Hand hielt er ein Taschenbuch, hatte es aus irgendeiner Tasche gezogen.

«Was liest du denn da?»

Er zeigte ihr das Cover.

Sie setzte sich auf, um besser sehen zu können, obschon sie das Buch sofort erkannt hatte. «Ich kann's nicht glauben. *Pilgrim at Tinker Creek*. Mein Lieblingsbuch. Es hat mein ganzes Leben verändert. Es hat mir gezeigt, wie man richtig sieht – nicht wie, sondern *daß* ich sehen muß. Ich habe ihr einen Brief geschrieben – Annie Dillard, meine ich. Ich schrieb ihr, daß mir ganz besonders die Sachen über Baseball gefallen hätten. Ich schrieb ihr, daß ich immer schon der festen Überzeugung gewesen bin, daß diese Welt von denen geerbt werden würde, die das Baseball lieben. He, findest du Baseball auch so gut?»

Ray lächelte und nickte. Über all die Jahre, über all die Entfernung hatte er es immer wieder geschafft herauszufinden, wer die Meisterschaftsspiele gewonnen hatte.

«Siehst du? Ich wußte doch, daß wir mehr gemeinsam haben, als nur gerne zu bumsen. Annie Dillard und Baseball. Sie hat mir geantwortet, also Annie Dillard, von irgendwo im Westen. Auf gelbem Papier, auf dem ihr Name eingeprägt war, aber so fein, daß man es kaum lesen konnte. Sie schrieb, daß sie dort draußen auch Baseball spielen würde – mit Kuhfladen als Bases auf einem Abhang. Ich suche den Brief. Er liegt in meinem Exemplar des Buches. Im Wohnzimmer. Ich habe es zuerst als Taschenbuchausgabe gelesen, und habe mir dann die gebundene Ausgabe gekauft. Ich wollte es für immer haben.»

Ray beugte sich vor, um ihr noch einmal einen Kuß auf die Stirn zu geben. «Nur ein paar Stunden.»

Als er fort war, stand Linda auf und zog sich Jeans und ein Sweatshirt an und trat ans Fenster. Sie sah, wie er aus dem Haus kam und die Straße Richtung Broadway hinunterging – fort vom Green Tree.

Sie dachte über den Mann nach, der ins Green Tree gekommen

war, als sie und Ray gerade gehen wollten: Ein kleiner, drahtiger Mann mit dunklen Haaren und eleganten Kleidern; ein Mann, der ein bißchen wie – sie schloß ihre Augen und versuchte, sich sein Gesicht wieder vorzustellen – wie Al Pacino aussah. Er war in Begleitung eines anderen Mannes gewesen: Klein, untersetzt, gekleidet in eine scheußliche Kombination aus Streifen und Karos. Die beiden Männer hatten einen Augenblick im Eingang gestanden, ließen ihre Augen von der strahlenden Helligkeit der Straße auf das gedämpfte Licht des Restaurants einstellen.

Ray und Linda waren gerade von ihrem Tisch aufgestanden – sie hatten sich die Rechnung geteilt – und gingen, Linda voran, auf den Ausgang zu. Sie hatte gehört, wie Ray kurz tief Luft geholt hatte – dieses Geräusch, das man macht, wenn man irgend etwas vergessen oder wenn man etwas oder jemanden gesehen hat, den zu sehen man nicht erwartet hatte. Er hatte ihr eine Hand auf den Rücken gelegt, um sie zum Weitergehen zu ermutigen, doch als sie dann die Tür geöffnet hatte, sich zwischen den beiden Männern hindurchgeschoben und sie entschuldigend angelächelt hatte, ebenfalls angelächelt worden war, bemerkte sie, daß Ray ihr nicht folgte. Er war zu einem Telefon an derWand links von den beiden Männern gegangen und stand jetzt mit dem Rücken zu ihnen, den Hörer an sein Ohr gedrückt.

Die beiden Männer hatten sich dann an einen Tisch in der Nähe der Tür gesetzt und der kleine drahtige Mann war auf die Toilette gegangen. Als er fort war, hatte Ray den Hörer aufgelegt – es war nichts davon zu hören, daß Geld angenommen oder zurückgegeben worden war, und da hatte Linda gewußt, daß er überhaupt nicht wirklich telefoniert hatte – und war zu ihr auf die Tür zugegangen, wobei er den kleinen untersetzten Mann ausgiebig angesehen hatte, der an dem Tisch saß. Der kleine untersetzte Mann hatte davon nichts bemerkt, war viel zu sehr mit der Speisekarte beschäftigt gewesen.

Linda fragte sich, ob der kleine drahtige Mann wohl Stearns oder Smith oder Redfield gewesen war – oder irgend jemand anderer. Sie fragte sich, wer Paul Howell war und welchen Nachnamen Ray hatte und ob sein Vorname wirklich Ray war. Sie fragte sich, was sie eigentlich machte, und freute sich schon auf seine Rückkehr.

13

«Silverman, Emanuel», sagte McGovern. «So heißt der Fahrkartenverkäufer in der Hundertfünfundvierzigsten, Bahnsteig Richtung Süden. Sagt, er hätte nichts von einem Schuß gehört, was auch einen Sinn ergibt, da der Schuß ja in dem U-Bahnwagen abgefeuert worden ist – richtig? – und sein Schalter befindet sich am anderen Ende der Haltestelle. Sagt, er hätte gesehen, wie zwei männliche Hispanics, Alter Mitte bis Ende zwanzig, ziemlich schnell den U-Bahnhof verlassen hätten. Einer von ihnen, der größere der beiden, sprang über das Drehkreuz, weswegen Silverman lachen mußte, weil sie normalerweise immer nur in die andere Richtung über die Drehkreuze springen. Er sagt, der männliche Weiße wäre ein paar Minuten später herausgekommen – vielleicht zwei Minuten später –, wäre ganz normal gegangen, als wenn nichts wäre. Ich meine, nicht so, als würde er irgendwelche Straftäter verfolgen, Loo –»

«*Er* war der Straftäter», unterbrach Neuman.

«Ja, stimmt. Also. Jedenfalls, er hat sie nicht verfolgt, laut Silverman. Er ist einfach ganz normal hinausgegangen. Hat ihn nicht besonders genau angesehen – Silverman. Er las gerade Zeitung –»

«Der Straftäter?» fragte Redfield.

«Nein, Sarge, der Fahrkartenverkäufer, Silverman. Er mußte laut lachen, als ich ihm sagte, was der Straftäter vermutlich getan hatte, denn er hatte gerade die Story über Berger und Nolan gelesen, die gesagt hatten, daß es in der U-Bahn keine Verbrechen mehr geben würde.» McGovern lachte. Da außer ihm sonst niemand lachte, verwandelte er sein Lachen schnell in ein Husten. «Jedenfalls habe ich ihm das Bild gezeigt, das unser Zeichner nach den Angaben von Briggs, dem Graffiti-King, angefertigt hat, und er meinte, ja, das könnte der Bursche sein, den er gesehen hat, aber es könnten ebensogut hundert andere Kerle sein, denn der Kerl, den er gesehen hat, hatte absolut nichts Ungewöhnliches an sich; er war eben einfach nur ein Kerl, männlich, Weißer, fünfundzwanzig bis fünfunddreißig, groß – vielleicht einsachtzig, vielleicht größer –»

«Das wissen wir alles schon, Mac», sagte Neuman. «Falls Silverman nichts Neues zu sagen hatte, gibt es keinerlei Veranlassung, das alles noch einmal herunterzuleiern.»

«Stimmt. Gut. Ich bin dann die Haltestellen der Linie hinaufgegangen. Hundertsiebenundfünfzigste, Hundertachtundsechzigste, Hunderteinundneunzigste, Dyckman, Zweihun –»

«Und?» fragte Neuman.

«Nichts, Loo. Ich meine, kein Mensch hat irgendwen bemerkt, der wie der Täter ausgesehen hat. Denn um diese Uhrzeit sind eine ganze Menge der U-Bahnhöfe nicht mehr besetzt. Sie haben einfach nur, Sie wissen schon, diese großen Drehkreuze: Zweihundertsiebte, Zweihundertfünfzehnte, Zweihun –»

«Mac, erzähl uns nicht, wo du überall gewesen bist», fuhr Neuman ihm ins Wort. «Sag uns einfach nur, was du herausgefunden hast – falls du etwas herausgefunden hast.»

«Castillo, Raul», sagte McGovern, «ihm gehört eine Bodega an der Ecke Hundertfünfundvierzigste und Broadway, Südwestseite, direkt am U-Bahnausgang. Hat selbst nichts gesehen, aber einer seiner Gäste, Lopez, Abel, stand mit ein paar seiner Kumpane draußen vor der Türe, tranken Bier aus solchen Papiertüten, genau wie Sie gesagt haben, Loo, und hat die Kids die Treppe hochkommen sehen, ziemlich schnell, und dann wie sie auf der Hundertfünfundvierzigsten nach Westen, Richtung Riverside, verschwanden. Sie waren nicht aus der Gegend da; er hatte sie vorher noch nie gesehen. Paar Minuten später, vielleicht zwei, tauchte dann der männliche Weiße auf, ruft sich ein Taxi, steigt ein und fährt Richtung Downtown. Ich habe von Wymann die Fahrtbelege der Taxen überprüfen lassen, Loo. Ein verdammt beschissener Job, kann ich Ihnen sagen. Wissen Sie eigentlich, wie viele Taxi-Unternehmen es gibt, wieviel Taxen an einem Freitagabend unterwegs sind?»

«Mac, wir arbeiten hier nicht an dem *Guinness Buch der Rekorde*, sondern an einem gottverdammten Mordfall!» sagte Neuman. «Also erzähl mir jetzt ganz einfach, was du herausgefunden hast, und verschone mich mit den beschissenen Statistiken.»

«Richtig. Gut. Ich fragte Lopez –»

«Wen?» mischte sich Redfield ein.

«Den Burschen vor der Bodega.»

«Richtig», sagte Redfield.

«Ich habe also mit ihm gesprochen und er sagte, er dachte vielleicht, er war sich nicht ganz sicher, aber vielleicht wäre das Taxi außer Dienst gewesen. Wissen Sie, es hatte die Leuchtanzeige auf dem Dach also nicht eingeschaltet. Wenn das so ist, Loo, und der Cabby war auf dem Nachhauseweg, dann hat er die Fahrt vielleicht auch nicht über sein Taxameter laufen lassen, sondern hat sie, Sie wissen schon, einfach so gemacht, schwarz, und sich das Fahrgeld in die eigene Tasche gesteckt. Als Grace und ich damals, Sie wissen schon, diese Schwierigkeiten miteinander hatten, und ich nebenbei als Taxifahrer gearbeitet habe, um die zusätzliche Miete bezahlen zu können, weil ich ja eine ziemlich lange Zeit meine eigene kleine Wohnung hatte, also abgesehen von dem Haus, da hab ich das auch ab und zu so gemacht, wissen Sie, also auf der letzten Fahrt der Nacht.»

«Erzähl mir solche Geschichten besser nicht, Mac», sagte Neuman. «Erzähl mir nichts von irgendwelchen Straftaten, die du mal begangen hast. Eines Tages müßte ich dem Finanzamt vielleicht mal erzählen: ‹Ja, er hat mir gegenüber einmal erwähnt, daß er Fahrgeld eingesteckt hat, das nicht über den Taxameter abgerechnet wurde.› Sonst noch was?»

McGovern blätterte in seinem Notizbuch. «Das wär's bis jetzt, glaube ich.»

«Glaubst du – oder war es das?»

«Das war's.»

«Steve?»

Federici legte großen Wert darauf, zunächst sein Notizbuch einzustecken. Er schlug seine Beine übereinander und verschränkte seine Hände über dem Knie. «Diejenigen Fahrgäste, die etwas gesehen haben, haben nicht sonderlich viel gesehen, Lieutenant – oder sie sagen es zumindest nicht, falls sie doch mehr gesehen haben. Die Personenbeschreibungen des Täters, die sie abgeben, decken sich mit dem, was wir bereits wissen. Vielleicht noch ein oder zwei Details mehr. Ein Bursche – ich kann Ihnen gerne seinen Namen nennen, wenn Sie möchten, aber es ist nicht weiter wichtig – sagt, daß der Täter ein Cordsakko und einen dunkelblauen Turtleneck-Pullover getragen hat. Eine Frau sagt aus, er hätte Blue jeans getragen – keine Designer-Jeans, sondern Levis, so in dieser Richtung zumindest – und braune Schuhe, nur daß es eigentlich keine richtigen Schuhe waren, sondern eher so etwas wie Mokassins – Topsiders, hat sie sie genannt, was ein Markenname ist: Sperry Topsiders. Ich erinnerte mich an eine Anzeige für diese Schuhe in einer Illustrierten und habe sie ausgeschnitten und unserem Zeichner gegeben. Er wird sie mir zurückgeben, wenn er fertig ist ... Dieselbe Frau – sie heißt Angela Ruocco, was ich erwähne, weil ich glaube, daß sie unser bester Augenzeuge ist oder zumindest der beste, mit dem ich bislang gesprochen habe; ich habe noch nicht mit allen gesprochen – also, sie besuchte ihre Schwester oben in Baker Field. Sie ist Kassiererin in einer Citicorp-Filiale auf der Fifth Avenue –»

«Ihre Schwester?» fragte Redfield.

«Nein, Angie.»

McGovern lachte. «*Angie*. Der heißblütige Spaghetti schlägt wieder zu.»

Federici wurde rot. «Angie hat das Buch wiedererkannt, das der Täter gelesen hat. Sie hat es selbst gelesen, daher wußte sie auch vom Cover her, um welches Buch es sich handelte, als sie ihn lesen sah. Es heißt *Pilgrim at Tinker Creek*. Es ist von Annie Dillard und hat einige Preise gewonnen. Es geht darin um eine Zeit, die sie in dieser Blockhütte verbracht hat –»

«Meinst du wirklich, wir müßten unbedingt wissen, wovon dieses Buch handelt, Steve?» fragte Neuman. «Ich meine, okay, es ist bestimmt ganz nett zu wissen, worum es in diesem Buch geht. Vielleicht wird uns das irgendwann einmal weiterhelfen, zum Beispiel wenn wir die Wohnungstür von diesem Kerl aufbrechen und er sitzt dann da und liest gerade in dem Buch und wir wissen dann sofort, daß er der richtige Typ ist. Vielleicht. Aber was zum Teufel sollen wir in der Zwischenzeit machen? In sämtliche Buchhandlungen rennen und fragen, ob sie kürzlich ein Exemplar davon verkauft hätten und ob sie zufälligerweise auch den Namen und die Anschrift des betreffenden Kunden wüßten, weil wir ihn nämlich gerne verhaften würden und uns das eine Menge Zeit ersparen würde, wenn sie uns aushelfen könnten?»

McGovern lachte.

Federici richtete seinen Hemdkragen. «Ich habe das ja überhaupt nur erwähnt, Lieutenant, weil – nun ja –, Angie sagte es, daher brauche ich es nicht zu sagen – es ist so eins von diesen Büchern, die ein, Sie wissen schon, Intellektueller lesen würde. Ich meine, es ist kein Roman oder so. Es ist ... Ich weiß nicht genau, wie ich mich ausdrücken soll, aber, na ja, es ist eben ein mystisches Buch. Es geht dabei um die Natur, über das Wetter, über geistige Dinge, über Gott. Es ist, na ja, ein ziemlich ungewöhnliches Buch für einen professionellen Killer.»

«Ich nehme an, du hast es gelesen», sagte Neuman.

Federici nickte.

McGovern verdrehte die Augen.

«Gut, hab mir schon so was gedacht ... So, dann verrat mir jetzt mal, Steve-O, hat deine Freundin Angie, wo sie ja schon bemerkt hat, daß dieser Typ ein intellektuelles Buch gelesen hat, zufälligerweise sonst noch irgendwas an ihm bemerkt, das uns vielleicht interessieren könnte?»

Federici blickte auf den Boden. «Ihre Beschreibung deckt sich mit dem, was wir sonst noch wissen, Lieutenant. Außer ... nun ja, sie sagte, er wäre sehr attraktiv gewesen.»

McGovern lachte gackernd.

«Attraktiv», wiederholte Neuman. «Also irgendwie kann ich mir nicht vorstellen, daß wir das zu der Fahndungsmeldung hinzufügen können, die wir rausgegeben haben. Ich meine, ich kann doch wohl schlecht allen Einheiten sagen, daß sie ihre Augen nach einem attraktiven männlichen Weißen aufsperren sollen, oder? Ich meine, Jesus, die fangen dann noch glatt an, sich gegenseitig zu verhaften – oder die weißen Typen allemale ... Sonst noch was, Steve?»

«Das wär's im Augenblick, Lieutenant», meinte Federici.

Das Telefon begann zu klingeln.

«Vielleicht ist es der Täter», sagte Neuman. «Will uns sagen, daß es ihm schrecklich leid tut, daß er uns so eine fröhliche Verfolgungsjagd beschert hat, aber daß er sich jetzt entschlossen hätte, sich zu stellen.»

Redfield ging ans Telefon, hörte aufmerksam zu und sagte: «Ja?» und «Ach, ja?» und «Wie wär's mit sofort?» und «Wie wär's mit dem Blarney Rose?» und «Wir sind schon unterwegs» und legte auf.

«Hatte ich recht?» fragte Neuman. «Er will sich uns im Blarney Rose stellen?»

«Das war Nick Cariello», sagte Redfield. «Er hat was, das uns vielleicht interessieren könnte – ein Kaliber-Zweiundzwanzig-Exitus in Harlem. Todeszeit gestern nacht oder heute am frühen Morgen.»

«Wo wir gerade von Exitus sprechen», sagte McGovern. «Habt ihr schon das von Chris Kaiser gehört?»

«Will sie uns in ihrer Show haben?» fragte Neuman. «Sollen wir den Zuschauern sagen, wie die Polizei selbst während wir noch reden, den – wie nennt die Presse ihn noch gleich? – den Samariter-Killer einkreist?»

«Die hat's erwischt, Loo», sagte McGovern. «In ihrer Wohnung.

Irgendwer hat, glaube ich, gesagt, mit einer Achtunddreißiger. Letzte Nacht oder früh am heutigen Morgen. McIver und Blomfield arbeiten an der Sache. Keine Vergewaltigung. Nur, nun ja, irgendwer sagte, es sehe nach der Arbeit eines Profis aus.»

Neuman blickte Redfield an, der sich gerade einen Becher am Wasserspender füllte.

«Das Poster in der U-Bahn», sagte Redfield.

«Du glaubst doch nicht ...»

«Wahrscheinlich nur ein Zufall.»

«Trotzdem», sagte Neuman.

«Ja», sagte Redfield.

Cariello sang in einem Laien-Opernensemble und klärte sie im Rezitativ auf:

«Jake, wie geht's, Bobby, Rudy läßt grüßen ich habe nicht sehr viel Zeit ich weiß ihr auch nicht also aufgepaßt es geht los, ungefähr vor zwei Monaten hab ich von einem Informanten gehört daß frisches Blut in die Stadt gekommen ist ein Typ genannt Detroit, nicht so wie Nathan ich meine das war nicht sein Name er kommt von da. Michigan. Ziemlich gute Verbindungen für einen Freischaffenden, hatte eine Menge Ware zu verschieben und hat sie auch ohne größere Probleme verschoben obwohl er versucht hat sich ein Stück von dem Kuchen abzuschneiden der Leuten gehört die schon lange im Geschäft sind. Veteranen. Schwere Jungs. Wir haben ihn arbeiten lassen weil wir wissen wollten woher er es hatte, die Ware, hautpsächlich H und Koks, kam sie von hier oder bekam er den Stoff von zu Hause, Detroit, und wenn dem so wäre kam dann ein Teil oder der ganze Stoff über Kanada? Detroit liegt unmittelbar an der Grenze nach Kanada, praktisch, was ich nicht wußte bis es mir irgendwer auf einer Karte gezeigt hat, vielleicht hatten die deshalb früher so gute Hockeyteams ich erinnere nur an Howe, Delvecchio und Red Kelly. Aber nicht nur wir sondern auch die Feds und die Mounties sind an der Sache interessiert, es gibt wirklich Mounties, aber sie tragen nicht diese roten Jacken und diese unsäglichen Hosen, sie ziehen sich genauso an wie wir ...

Vor drei Wochen haben wir dann einen Dealer gekrallt hinter dem wir schon ziemlich lange her waren und haben ihn in einem dieser Hotels am Park, ich kann sie einfach nie richtig auseinanderhalten, geschnappt ihr müßt davon in der Zeitung gelesen haben, Felix Mazza, Felix the Cat wird er genannt, trotz seines italienischen Namens ein Schwarzer, nichts für ungut aber abgesehen von mir gibt's hier ja keine Italos mehr oder? Arbeitest du eigentlich noch mit Federici zusammen, Jake? – ein guter Junge das, Steve, raffiniert und ausgebufft wird es noch weit bringen. Acht bis zehn Jahre vor Augen fing Felix also an zu singen und eines von den Liedchen die er gesungen hat ging so daß Detroit, der Kerl nicht die Stadt, im Begriff stand eine größere Lieferung abzusetzen und daß ein paar von den schweren Jungs die ich ja schon erwähnt hab nicht sonderlich glücklich darüber waren da er ja nun mal von außerhalb kommt, Detroit meine ich nicht Felix.

Ich hab einen von meinen Jungs als Kaufinteressenten losgeschickt, Rich Pursinger, du kennst ihn, wir nennen ihn immer Pursesnatcher, er sollte sich um sechs Uhr Samstagmorgen mit Detroit treffen, das ist doch heute oder? ist immer noch Samstag, ich weiß es nicht mehr, hab seit Donnerstag kein Auge mehr zugetan, hatte sich mit ihm auf dem Bürgersteig an der FDR in der Nähe der Wards Island Bridge verabredet, aber er ist nicht aufgekreuzt, Detroit meine ich. Der Grund warum er nicht aufgekreuzt ist, nur daß wir das zu dem Zeitpunkt noch nicht wußten weil der gottverdammte Computer mal wieder im Eimer war, also das Ding das einem sagen soll wenn jemand gegen den gerade ermittelt wird auch in den Akten eines anderen Dezernates auftaucht, nur daß es eben nicht so funktioniert wenn das Ding kaputt ist, oder? und genau das scheint die Mistkiste genau die halbe Zeit zu sein – also, warum er nicht aufgekreuzt ist, Detroit meine ich, ist ganz einfach, weil er nämlich tot war.

Ein Streifenwagen ist Samstag kurz nach Mitternacht, das heißt Freitag meine ich natürlich, aber es war ja schon Samstagmorgen, auf einen Notruf hin ausgerückt. Ein Pärchen, ein Mann und eine Frau, also noch richtige Kinder – ihre Namen werden euch gut gefallen Leute, Jake, Bobby, hört euch das an, DeWitt Strawberry und Ivory Snow Richardson, ja ihr habt schon richtig gehört, Ivory Snow – also die zwei sind in diese leerstehende Mietskaserne an der Hundertfünfundsiebzigsten West gegangen, um da ein bißchen Gymnastik zu machen, wie zum Teufel man in so einem Loch überhaupt noch einen hochkriegen kann ist mir Rätsel wenn ich nur an all die beschissenen Ratten und Junkies und alles andere von dem ich nur nichts weiß denke aber jedenfalls hatten die zwei genau das vor, oder besser gesagt DeWitt wenigstens, und wen finden sie dann auf genau der Matratze auf der sie ihre Gymnastik veranstalten wollten wenn nicht Detroit, den Burschen nicht die Stadt, Exitus, ein Einschußloch mitten auf der Stirn, sah nach einer Hinrichtung aus, mit einer Zweiundzwanziger, Smith and Wesson, laut der Spurensicherung. Natürlich dachten wir sofort daß die schweren Jungs dahinter steckten die ich ja bereits erwähnte, daß sie Detroit auf diese Weise sagen wollten daß er besser geblieben wäre wo er herkam, doch dann hab ich flüchtig die neuesten Fahndungsmeldungen durchgeblättert und da war auch eine von euch Jungs, Jake, Bobby, dabei, wolltet wissen ob zufälligerweise jemand wüßte ob irgendwelche Leichen mit Zweiundzwanziger-Löchern im Kopf in der Gegend herumlägen, von einer Smith, und da dachte ich mir ich sollte euch das alles vielleicht erzählen, hab euch übrigens schon einen Weg abgenommen, das Labor sagt daß es dieselbe Kanone war.»

Als er sich sicher war, daß Cariello fertig war, sagte Neuman: «Nett von dir, daß du dir die Mühe gemacht hast, Nick. Besteht die Möglichkeit, vielleicht Detroits wirklichen Namen zu erfahren?»

«Vielleicht, vielleicht auch nicht, die Cops da oben, in Detroit, habe ich sozusagen informiert, aber man kann es ihnen wirklich nicht krummnehmen, wenn sie sich nicht direkt überschlagen weil er ja schließlich unsere Leiche ist, stimmt's nicht und ein Glück daß wir den los sind, so nach dem Motto. Hier ist eine Aufnahme» – er fischte ein Acht-mal-zehn-Foto aus seiner Jackentasche, das in der Mitte zusammengefaltet war, und warf es auf die Theke – «Häßlicher Arsch, was? Man kann's hier drauf nicht erkennen aber er hat eine Tätowierung auf der Schulter, links, einen Drachen oder sowas, sehr schick, geht über seinen halben Rücken, Pursesnatcher war in Nam – du doch auch Bobby, stimmt's? – er meint das sieht aus wie ein Ding das dort drüben gemacht worden sein könnte also hab ich seine Fingerabdrücke mal ans Pentagon geschickt vielleicht kommt ja was dabei heraus, jedenfalls muß ich mich jetzt wieder auf die Socken machen und wenn ich irgendwas Neues höre melde ich mich bei euch Jungs wieder ihr macht das auch so, okay? wir sehen uns dann, Jake, Bobby, ihr gebt einen aus? okay, Angebot angenommen ich spendier euch beim nächstenmal eins und danke für das Bier.»

«Grüß Rudy von mir», sagte Neuman.

«Rudy hat heute frei hat einen neuen Wagen bekommen, einen Accord, zehn Riesen aber so wie die Zinssätze heutzutage liegen wird ihn die Karre glatte zwanzig kosten, die Kiste hat so einen Schalter der dein Tempo hält wenn du drauftrittst selbst wenn du deinen Fuß vom Gas nimmst, Tempomat oder so ähnlich heißt das Ding, er mußte es einfach unbedingt haben ich weiß auch nicht warum, denn arbeiten kann er mit der Karre ja nicht, die Schleuder fällt ja überall auf wie ein Nigger in Scarsdale, er behält seinen alten Wagen auch, einen Citation, nehme an er wird die neue Karre nur am Wochenende fahren wir müssen wohl irgendwas falsch machen, häh?»

«Mach's gut, Nick», sagte Neuman, «und nochmals danke.» Er drehte sich zu Redfield um, doch Redfield war nicht mehr da. Als er ein paar Minuten später aus der Toilette kam, sah er ziemlich blaß und abgespannt aus.

«Hab gekotzt», sagte Redfield.

«Ja, ja. Soweit kann einen der gute alte Nick treiben», sagte Neuman. «Mein Gott, was ist dieser Kerl für eine Quasselstrippe.»

«Muß an dem ungarischen Essen gelegen haben», sagte Redfield.

«Ach, ja? Ich fühl mich prima.»

«Mir geht's ja auch schon wieder besser.»

«Bestimmt?»

«Ja.»

«Machen wir Feierabend für heute, hm? Hau dich was aufs Ohr.»

«Ja.»

«Das ist gut weil wir morgen nämlich einen langen harten Tag vor uns haben der Chef will uns mehr Leute geben und ich hoffe wir werden sie auch brauchen denn wir haben es jetzt nicht mehr nur mit dem Samariter-Killer allein sondern mit einer ganzen Welle von Verbrechen zu tun. Jetzt fange ich auch schon an wie Cariello zu reden und dabei gehöre ich nicht einmal zu den Leuten vom Drogendezernat, sondern einfach nur zur Mordkommission, wo man die bösen Menschen erst mal finden muß, ehe man zu nah mit ihnen in Kontakt kommt. Geht's dir auch ganz sicher wieder besser, Bobby?»

«Ja.»

«Du siehst aus, als hättest du ein Gespenst gesehen.»

«Kein Gespenst», sagte Redfield. «Nur Gulasch.»

Neuman lachte.

14

Das Telefon riß Neuman aus einem Traum, an den er sich nicht mehr erinnern konnte, den er aber auch zu gerne vergaß.

«Ja?» Die Leuchtziffern der Digitaluhr neben dem Bett zeigten fünf Uhr neunundfünfzig an.

«Neuman Klinger.»

So hieß er doch gar nicht. Oder doch? Oder hieß der Anrufer so? Komischer Name. Er entschloß sich, noch mal von vorne anzufangen. «Hallo?»

«Bist du wach, Jake? Lou Klinger am Apparat.»

Ach. Dann hatte er Neuman *Komma* Klinger gesagt – Deputy Chief Inspector Lou Klinger, Chef der Mordkommission Manhattan-Nord. «Hallo, Inspector. Ja, ich bin wach.»

«Gut, Jake, denn ich ziehe dich von dieser U-Bahn-Sache ab, nicht sauer sein, du hast erstklassige Arbeit geleistet, hab von der Querverbindung zu dem Drogen-Mord in Harlem gehört und jetzt wollen wir den Kerl noch mehr als zuvor haben; aber die Typen ganz oben wollen dich an dieser TV-Sache haben, du hast bestimmt schon davon gehört, stimmt's? Chris Kaiser.»

Klinger redete auch so wie Cariello. Aber andererseits war er schließlich auch lange genug im Drogendezernat gewesen. Oder redeten auf einmal alle so, genauso unordentlich und konfus wie die Stadt, die sie überwachten? «Ich hab nicht viel gehört, Inspector.»

«McIver wird dich auf den aktuellen Stand bringen», sagte Klinger. «Du triffst ihn im *Express*.»

Was für ein Express? Express als Gegenteil zum Bummelzug? Aber welche Linie denn? Welche Haltestelle? Welcher Bahnsteig? Wovon zum Teufel redete dieser Kerl eigentlich? «Wo wird er sein, Inspector? Die Verbindung ist nicht so besonders.»

«Im *Express*. Im Gebäude des New York *Express*. Die Tageszeitung, an die der Killer den Brief geschickt hat.»

Maria bewegte sich und murmelte irgend etwas auf Spanisch. Mehr als alles andere auf der Welt hätte Neuman jetzt am liebsten aufgelegt, sich auf die Seite gerollt und sich eng an sie geschmiegt. Weniger als sonst etwas auf der Welt wollte er den Inspector fragen, welcher Killer und welcher Brief? «Welchen Killer meinen Sie denn, Inspector? Und was ist das für ein Brief?»

«McIver wird dir alles erzählen, Jake», sagte Klinger. «Mach dich jetzt auf die Socken. Ach, und, äh, ich will, daß Redfield auch an diesem Fall arbeitet. Ich habe Easterly gesagt, daß er McGovern die U-Bahn-Geschichte übertragen soll.»

Neuman setzte sich auf und schwang seine Füße über die Bettkante. Der Fußboden schien vierzig Stockwerke weit unter ihm zu liegen. «Bei allem gebührenden Respekt, Inspector, McGovern ist einfach nicht gut genug. Ich würde vorschlagen, daß sie Steve Federici den Fall übertragen. Ich weiß, er ist noch ziemlich jung, Sir, aber er ist aufgeweckt. Er wird seine Arbeit ordentlich machen.»

Nach einem Augenblick sagte Klinger: «Hab ich dich um deine Meinung gefragt, Jake?»

«Nein, Sir.»

«Dann setz dich jetzt endlich in Bewegung, Jake. Das ist eine üble Geschichte. Wir haben es mit einem Psycho zu tun.»

Ein Psycho, dachte Neuman, wird nicht so schwer zu finden sein. In Spuckweite gibt es zehn Millionen von denen.

Tim McIver redete nicht so wie Cariello. Er redete wie ein Kinderbuchautor.

«Chris Kaisers Sendung dauert von zwölf bis halb eins. Nach der Sendung hat sie die Crew fertiggemacht. Sie war sauer wegen dem Beitrag über die U-Bahnkriminalität. Jim Giles hat diesen Bericht gemacht. Giles war der große Star des Senders, bevor Chris Kaiser auftauchte. Sie sagte zu Giles, daß sie dafür sorgen werde, daß man ihn feuern würde. Giles trinkt. Ein Produktionsassistent ist nach dem Streit in Giles Büro gegangen. Er hatte das Telefon klingeln hören und wollte den Anruf beantworten. Es war Giles Frau. Sie machte sich Sorgen, da ihr Mann noch nicht zu Hause war. Giles geht regelmäßig auf Sauftour. Der Produktionsassistent heißt Michael Magazine. In Giles Büro fand er mehrere leere Scotchflaschen. Und zwar diese Miniatur-Fläschchen, wie man sie während eines Fluges bekommt. Außerdem fand er noch eine leere Schachtel .38er Munition. Die Schachtel lag in einem Papierkorb unter Giles Schreibtisch. Er nahm die Schachtel aus dem Papierkorb und warf sie dann später fort. Die leeren Flaschen warf er in einen Mülleimer auf dem Korridor. Er mochte Giles und befürchtete, daß Giles in Schwierigkeiten geraten würde, falls jemand sie finden würde.

Nach der Eintragung im Eingangsbuch des Portiers ihres Apartmenthauses, traf Chris Kaiser um ein Uhr zu Hause ein. Der Portier führt Buch darüber, wann die Mieter im Haus sind und wann nicht, damit seine Ablösung immer darüber informiert ist, welche Mieter in ihren Wohnungen sind und welche nicht. Das ist ein ganz gutes System. Das Problem ist nur, es ist immer nur so gut, wie der jeweilige Portier. Von verschiedenen Mietern erfuhren wir, daß die Portiers nicht immer auf ihrem Platz sind, sondern unten im Basement fernsehen. Die Mieter besitzen eigene Hauschlüssel für den Fall, daß der Portier nicht an seinem Platz ist, doch die Eingangstür schließt sich nach einem Öffnen nur sehr langsam wieder, so daß jemand, der sich in der Nähe des Gebäudes herumtreibt, durchaus ins Haus gekommen sein könnte, ehe die Türe sich hinter dem Mieter wieder geschlossen hat. Das ist bislang unsere beste Hypothese zu der Frage, wie der Mörder in das Haus gekommen ist. Der Gerichtsmediziner setzt den Zeitpunkt des Todes auf etwa ein Uhr an, also muß er bei ihrer Ankunft bereits in ihrer Wohnung oder im Treppenhaus auf sie gewartet haben.

Sie war nackt. Wir wissen zur Zeit noch nicht, wie wir diese Tatsache einordnen sollen. Ihre Kleidung befand sich im Schlafzimmer, ordentlich auf einem Stuhl zusammengelegt. In den Kleidungsstücken fanden sich weder Einschußlöcher noch Pulverspuren, daher scheint es unwahrscheinlich zu sein, daß der Mörder sie ausgezogen hat, nachdem er sie erschossen hatte. Ebenfalls gibt es keinerlei Anhaltspunkte dafür, daß sie sexuell belästigt worden ist. Mit Sicherheit ist sie nicht vergewaltigt worden. Also, was hat sie dann nackt in ihrem Wohnzimmer gemacht? Okay, es war ihre Wohnung, und wenn ihr danach war, dann konnte sie natürlich auch nackt darin herumlaufen. Die Wohnung liegt ja sehr hoch und in die Wohnung kann man ausschließlich von der anderen Seite des Parks, von der Fifth Avenue aus einsehen. Wir überprüfen zur Zeit noch, ob in einem der in Frage kommenden Gebäude irgendwelche uns bekannten Spanner wohnen.

Die Türe war doppelt abgesperrt, was bedeutet, daß der Mörder entweder einen Schlüssel hatte oder aber einen von ihren eigenen mitgenommen haben muß. In ihrer Handtasche befand sich auch ein Schlüsselbund, und die Schlüssel der Wohnungstür befanden sich daran. Falls irgendwelche anderen Schlüssel fehlen sollten, so ist uns dies nicht bekannt. Es sieht ganz so aus, als hätte der Mörder sowohl zum Betreten wie auch zum Verlassen der Wohnung

Schlüssel benutzt, denn an den Schlössern selbst fanden sich keinerlei Anzeichen für Gewaltanwendung. Meiner Meinung nach kannte sie den Burschen, Jake. Natürlich weiß ich nicht mit Sicherheit, daß es ein Kerl war, aber ich denke, es war jemand, den sie kannte. Ein Freund, der Schlüssel hatte. Was auch erklären würde, warum sie nackt war. Sie hat ihn erwartet, wollte ein kleines Nümmerchen mit ihm schieben, also entschloß sie sich, Zeit zu sparen, indem sie sich schon einmal vorsorglich auszog. Er öffnete die Tür, oder vielleicht hat sie ihm auch selbst aufgemacht – auf der Türklinke an der Innenseite der Wohnungstür befinden sich ihre Fingerabdrücke neben einigen weiteren, die jedoch keiner unserer Leute gemacht hat – und er hat sie dann erschossen.

Die ganze Theorie hat leider nur einen kleinen Schönheitsfehler. Die Leute im Sender sagen, daß sie keinen festen Freund gehabt habe. Sie lebt erst seit dem letzten Frühjahr hier in der Stadt. Sie ist ein Workaholic – oder war es wenigstens. Wenn sie ausgeht – oder genauer gesagt: ausging –, dann auf irgendwelche großen Parties, Premierenvorstellungen, Wohltätigkeitsveranstaltungen und so weiter. Wenn sie mit einem Kerl zusammen war, dann immer mit irgendeinem großen Tier – einem Politiker, einem Anwalt, einem Diplomaten – und niemals ist sie mit demselben Mann zweimal hintereinander ausgegangen. Der Portier hat ausgesagt, daß sie von einer ganzen Reihe Männer nach Hause gebracht worden wäre – mit schweren Limousinen, mit Taxen; ein Bursche hat sie mal mit einer dieser Central-Park-Pferdekutschen nach Hause gebracht –, aber daß auch nicht einer mit ihr hinaufgegangen ist, sofern nicht noch ein ganzer Haufen anderer Leute mit in ihre Wohnung gekommen ist. Der Portier begann sich schon zu fragen, ob sie, Sie wissen schon, schwul war, aber sie hatte auch keine Freundinnen – zumindest keine, die man jemals zusammen mit ihr gesehen hat.

Damit bleibt Giles. Giles konnte sie auf den Tod nicht ausstehen, was ganz auf Gegenseitigkeit beruhte. Giles besitzt eine .38er – sie ist registriert. Giles wird vermißt, und wir haben immer noch keine Angaben über seinen augenblicklichen Aufenthaltsort. Seit der Sendung Freitagnacht, also Samstagmorgen, hat man nichts mehr von ihm gehört oder gesehen. Vielleicht ist Giles ihr nach Hause gefolgt. Vielleicht ist er vor ihr dort eingetroffen. Vielleicht hat er sich mit einem Schlüssel, den er im Sender aus ihrer Handtasche entwendet hat, Zugang zu ihrer Wohnung verschafft. Wie ich schon sagte, an dem Portier vorbeizukommen wäre nicht so schwer gewesen. Nehmen wir an, er war vor ihr dort. Er betritt die Wohnung, schließt hinter sich wieder ab und versteckt sich irgendwo. Es ist keine kleine Wohnung. Sie kommt nach Hause, geht ins Schlafzimmer, zieht sich aus. Vielleicht will sie duschen. Vielleicht schläft sie ja auch nackt – oder besser: schlief. Giles taucht auf. Sie flieht vor ihm. Er erwischt sie vor der Wohnungstür, wirbelt sie herum, ballert ihr in die Brust. Er verläßt die Wohnung, schließt hinter sich ab, geht wahrscheinlich über das Treppenhaus wieder nach unten, wartet, bis der Nachtportier wieder verschwunden ist, und spaziert aus dem Haus.

Nehmen wir an, Giles kam erst nach ihr dort an. Sie ist im Schlafzimmer, zieht sich gerade aus. Dann hört sie den Schlüssel in der Wohnungstür. Sie läuft zur Tür, will vielleicht die Sicherheitskette vorlegen, doch es ist schon zu spät, er ist in der Wohnung. Sie sieht den Kerl, erstarrt vielleicht, oder vielleicht stürzt sie auch auf ihn los, doch er nietet sie einfach um. Er geht wieder hinaus, schließt ab und so weiter, wie gehabt.

Der Haken an dieser Theorie ist nur der Brief. Ihr wißt, daß der *Express* dem U-Bahn-Killer angeboten hat, seine Seite der Geschichte abzudrucken. Tja, Chris Kaisers Mörder hat sich nun überlegt, daß er es ja ruhig mal versuchen könnte, sie dazu zu bringen, auch seine Geschichte zu erzählen. Heute morgen irgendwann nach Mitternacht brachte er seinen Brief in das Verlagsgebäude – oder ließ ihn von jemandem dort abliefern. Sonntags erscheint der *Express* nicht, abgesehen vom Nachtwächter war niemand im Haus. Etwa gegen zwei Uhr morgens hörte der Nachtwächter die Nachtglocke. Zu diesem Zeitpunkt machte er gerade auf der siebenten Etage seinen routinemäßigen Kontrollrundgang. In den Redaktionsräumen. Er warf einen Blick auf den Fernsehmonitor in der Rezeption dieser Etage, doch da er niemanden sah, ging er auch erst gar nicht nach unten. Etwa gegen halb vier kehrte er wieder nach unten zurück und wollte draußen etwas frische Luft schnappen. Da fand er den Brief, der unter der Eingangstür durchgeschoben worden war. Der Umschlag war nicht adressiert. Es stand abgesehen von den Worten ‹Dringend! Sofort öffnen!› überhaupt nichts auf dem Umschlag. Und das machte er dann auch. Nicht, daß das zu seinen Aufgaben gehörte, aber er sagt, daß er irgendwie so eine Ahnung gehabt hätte, daß das etwas mit dem U-Bahn-

Mord zu tun haben könnte. Hier ist der Brief, Jake. Wir haben ihn auf Fingerabdrücke untersucht – absolut sauber. Abgesehen von den Abdrücken des Nachtwächters, obschon er ziemlich vorsichtig mit dem Brief umgegangen ist.»

Neuman zog den Umschlag aus dem transparenten Beweismittelbeutel heraus. Es war ein billiger, weißer Briefumschlag. Die Mitteilung war, allem Anschein nach, mit einer manuellen Schreibmaschine, Schrifttyp Pica, auf dessen Vorderseite getippt worden. Der Umschlag war immer noch zugeklebt, da man ihn an einem Ende aufgeschlitzt hatte. «Ich nehme an, das hier hat der Nachtwächter gemacht. Mit einem Messer oder so?»

«Mit einem Taschenmesser, Jake», antwortete McIver. «Tut mir leid, daß ich das nicht erwähnt habe.»

«Du hast alles andere erwähnt, Tim», sagte Neuman. «Ihr Jungs habt wirklich gute Arbeit geleistet.» Er legte den Umschlag vor sich auf den Schreibtisch; sie befanden sich im Büro des Chefredakteurs des *Express*. «Ehe wir jetzt weitermachen, will ich dir sagen, daß ich weiß, daß es verdammt hart ist, wenn einem so wie dir jetzt die Ermittlung abgenommen wird. Aber Bobby und ich – Bobby wird auch bald hier sein; ihm ging es nicht so besonders, als ich ihn gestern abend verließ, daher habe ich ihm noch eine Stunde extra in der Falle gegönnt – Bobby und ich sehen das nicht so. Ich meine, wir machen es wie immer, also wenn wir eine Festnahme machen, dann ist es deine Festnahme. Ich weiß, daß es manchmal in den Akten heißt, es wäre unsere Festnahme, aber soweit die Presse oder sonstwer betroffen ist, ist es deine. Zweitens. Wir kreuzen hier nicht als neumalkluge Besserwisser auf und kritisieren deine bisherige Arbeit, denn in neun von zehn Fällen ist es genau das, was wir selbst auch getan hätten, wenn wir von Anfang an an dem Fall gesessen hätten. Manchmal sehen wir Dinge, die du nicht gesehen hast, aber wir werden dir das nicht unter die Nase reiben, weil wir das ja selbst nur zu gut kennen: Wenn man von Anfang an an einer Sache dran ist, ist es oft verdammt schwer, die Dinge so klar zu sehen wie einer, der frisch ausgeschlafen und nach einem guten Essen auf der Bildfläche aufkreuzt – nicht, daß ich viel geschlafen hätte und außer kalten Cornflakes und aufgewärmtem Kaffee hab ich auch nichts in den Bauch gekriegt –, aber du verstehst schon, was ich meine.»

«Das ist nett von dir, Jake», sagte McIver. «Apropos, Bloomfield ist zum Grand Central rübergegangen – da gibt's einen Imbiß, der rund um die Uhr geöffnet hat. Er holt Kaffee und ein paar Eier-Sandwiches. Hab ihm gesagt, er soll dir und Bobby auch was mitbringen. Rührei auf Brötchen, hab ich bestellt. Ich weiß ja nicht, ob das nach eurem Geschmack ist, aber ich dachte mir, ich versuch's einfach mal.»

«Rührei auf Brötchen ist schon in Ordnung, Tim», sagte Neuman. «Und ich bezahle und fang jetzt nicht an, dich deswegen mit mir streiten zu wollen ... Und jetzt wollen wir mal sehen, was wir hier haben.» Neuman klopfte den Brief aus dem Umschlag und breitete ihn auf dem Schreibtisch aus. Er war auf billigem weißem Briefpapier getippt worden und lautete:

An den New York Express

Mit großem Interesse habe ich Ihr Angebot an den Mann gelesen, den Sie den «Samariter-Killer» getauft haben, auf Ihren Seiten darzulegen, warum er diesen miesen kleinen Ganoven Freitagnacht in der U-Bahn ermordet hat. Ich weiß, daß Sie Zeitungen verkaufen wollen, aber dieser Mord ist doch wirklich keine große Sache, oder?

Vielleicht sind Sie an einem anderen Mord, der nur wenige Stunden nach dem an Carlos Pabon begangen worden ist, erheblich mehr interessiert. Ich spreche von dem Mord an Chris Kaiser, dieser alten Fotze, Star der Mitternacht-Nachrichten von Kanal 3. Vielleicht würden Sie gerne erfahren, warum sie gestorben ist.

Ich kann Ihnen das sagen, weil ich sie nämlich beseitigt habe. Ich habe sie umgebracht, weil sie den Tod verdient hat. Sie hat verdient zu sterben, weil sie nämlich selbst ein Killer ist. Sie mordet Männer – sie kastriert sie. Sie nimmt die Eier der Männer in ihre Hände, schneidet sie dann ab, kaut sie durch und spuckt sie wieder aus. Nacht für Nacht, während Millionen von Menschen zuschauen. Dafür bekommt sie eine halbe Million Dollar im Jahr. Dafür nennt man sie einen Star – eine Journalistin.

Und sie ist nicht das einzige Miststück, die einzige miese Fotze dieser Art. Bei weitem nicht. Die Welt ist voll von ihnen. Mit ihren tiefen Ausschnitten, ihren Röcken mit den langen Schlitzen, mit ihrer aufreizenden Arroganz. Sie sind Killer – Männer-Killer. Eier-Knacker, Kastrierer. Sie saugen den Männern das Leben aus – und sie saugen einem Mann die Seele aus. Sie nennen sich selbst Feministinnen, aber sie sind doch nichts anderes als Killer.

Ich habe Chris Kaiser umgebracht und ich werde noch mehr von ihrer Sorte umbringen, bis keine mehr übrig ist. Ihre Seiten werden voll mit meinen Heldentaten sein. Also – vergessen Sie doch einfach den Samariter-Killer. Er hat nur getan, was jeder andere von uns auch getan hätte. Drucken Sie statt dessen das hier ab. Und warum nennen Sie mich nicht einfach den *Fotzen-Killer*?

«Netter Bursche», sagte Neuman, faltete den Brief wieder zusammen, schob ihn in den Umschlag zurück und steckte den Umschlag dann wieder in den Beweismittelbeutel. «Denke, die Spurensicherung wird das Fabrikat dieser Maschine ausfindig machen können.»

«Wenn sie aus den Federn kommen, Jake», meinte McIver. «Sonntags fangen die nie vor zehn an.»

«Das ist mal ein Job, der für mich auch noch was wäre», sagte Neuman. «Weiß irgendwer hier im *Express* – abgesehen von dem Nachtwächter – von diesem Brief?»

«Klinger hat Tremaine, den Verleger, angerufen. Tremaine hat wiederum Lucas, den Chefredakteur, angerufen. Wir sitzen gerade in seinem Büro. Er wartet unten am anderen Ende des Ganges darauf, mit dir zu sprechen. Er will den Brief abdrucken – ein bißchen bereinigt. Soll ich ihn jetzt holen?»

«Sprich du mit ihm, Tim. Sag ihm – aber das muß er auch schon so wissen, es sei denn, er ist ein bescheuerter Trottel –, sag ihm, daß er diesen Brief nicht nur nicht drucken kann, sondern daß er ihn noch nicht einmal erwähnen darf. Sag ihm, ich weiß, daß wir ihm dann einen Gefallen schuldig sind. Sag ihm, daß ich schon was für ihn hab. Sag ihm, daß der Killer-Samariter einen Drogen-Dealer in Harlem umgelegt hat, ehe er neulich nachts U-Bahn gefahren ist. Sag ihm, daß einer seiner Leute Nick Cariello vom Drogendezernat wegen diesem Knüller anrufen soll. Sag ihm, daß sonst noch kein Mensch was von dieser Story weiß und daß auch kein anderer davon erfahren wird, ehe er sie gebracht hat. Sag ihm, wenn er die Chris Kaiser-Geschichte vorsichtig anpackt, daß wir ihm dann alles andere, was wir noch herausfinden, zuspielen werden, bevor es ein anderer erfährt. Und sag ihm nichts von Giles.»

«Glaubst du, daß Giles es war, Jake?» fragte McIver. «Meinst du, er hat den Brief geschrieben, um uns auf eine falsche Fährte zu lokken?»

«Vermute, daß du das jetzt denkst, Tim», sagte Neuman. «Tja, kein schlechter Gedanke, aber ich weiß nicht. Giles ist ein Säufer, kein Killer. Und wenn er der Typ von Säufer ist, für den ich ihn halte, dann wird er nicht bösartiger, je besoffener er wird, sondern lammfromm, bis nichts mehr als nur noch Haut und Knochen übrig ist, nicht mal mehr ein Muskel und schon gar nicht genug Grips, um einen Abzug durchziehen zu können. Nicht einmal dann, wenn der Lauf der Kanone in seinem eigenen Mund steckt. Mein alter Herr war auch so einer, daher weiß ich ein bißchen, wovon ich rede.»

«Ja, meiner war auch so», sagte McIver.

«Tja, die Welt ist klein, Tim», sagte Neuman. «Und nur um das zu beweisen – hier kommt Bobby Redfield persönlich. Sieht schon wieder erheblich besser aus als noch vor ein paar Stunden. Verstehst du, was ich meine, Bob? Ab und an mal allein zu schlafen, ist gar keine so schlechte Idee, stimmt's?»

McIver lachte. Redfield bekam einen roten Kopf. McIver verließ das Büro, um mit dem Chefredakteur des *Express* zu reden. Redfield nahm auf dem Stuhl Platz, wo McIver gesessen hatte.

«Ich werde dir später alle Einzelheiten des Falles berichten, Bob. Dir geht's doch wieder besser, oder?»

«Sehr viel besser, Jake. Danke.»

«Also, ich werde dich später ins Bild setzen, aber für den Anfang wüßte ich jetzt ganz gerne von dir, was du von Chris Kaiser hältst. Ich meine, da du sie ja kennengelernt hast. Bei dieser Fernsehsendung, von der du mir erzählt hast.»

«Eigentlich habe ich sie ja gar nicht wirklich kennengelernt, Jake. Wir sind uns vor der Sendung kurz vorgestellt worden, aber sie war eine von der Sorte, die einfach durch dich hindurchsieht, sofern du nicht etwas besitzt, hinter dem sie her ist. Und wir waren ja auch nicht allein – da waren noch Techniker, ihr Stab, die anderen Diskussionsteilnehmer: Ein stellvertretender Staatsanwalt, ein Rechtsanwalt, ein Richter, ein Journalist – von der *Times* war er glaube ich. Und nach der Sendung setzte sie eine Diskussion mit dem Staatsanwalt und dem Richter fort, die schon vorher begonnen hatte. Es ging darum, ob sie zu lasch mit Berufsverbrechern umgehen würden, zu viele *deals* mit ihnen machten. Während der ganzen Sendung hat mich eigentlich keiner sonderlich beachtet, und nachher war es nicht viel anders, also habe ich mich dann einfach irgendwie abgesetzt.»

«Und hast sie auch später nie wieder gesehen, hm?»

«Nur im Fernsehen.»

«Du hast ihre Sendungen gesehen? Himmel, woher nimmst du nur die Zeit dazu? Ich dachte immer, du würdest jede Nacht spätestens ab zwölf fest im Sattel sitzen?»

Redfield wurde wieder rot. «Nur wenn ich frei habe, Jake. Die anderen Abende, sofern ich dann noch wach bin, sehe ich mir die Nachrichten an.»

Neuman zeigte Redfield den Brief und, nachdem dieser ihn gelesen hatte, fragte er: «Und?»

«Ich kann schon verstehen, wie sie einen Kerl soweit bringen kann», sagte Redfield. «Ein Kerl, der nicht sehr viel Selbstbewußtsein hat, ein Kerl, der auf seiner Arbeit von Frauen übergangen wurde – so was ist heute keine Seltenheit mehr; selbst in unserer Abteilung passiert so was –, ein Kerl, der es von seiner Frau, seiner Freundin nicht kriegt. Chris Kaiser war sexy. Sie ... na ja, sie hat es zur Schau gestellt. Ich kann verstehen, wie sie einen Kerl verrückt machen kann. Wie der Bursche hier schon sagte; dafür, daß sie seinen Schwanz reizte, hat man ihr eine halbe Million im Jahr bezahlt. Das reicht aus, um jeden fertigzumachen.»

«Das Problem ist nur», sagte Neuman, «die Art Kerl, von der du da gerade redest, gehört nicht zu der Sorte, die einfach rausgeht und sich eine Kanone besorgt – und es ist auch nicht die Sorte Mann, der eine Kanone zu Hause herumliegen hat –, sich einen sorgfältig durchdachten Plan ausheckt, sich die Wohnungsschlüssel von irgendwem besorgt und sie dann abknallt. Und er gehört ebenfalls nicht zu der Sorte Kerlen, der sagt, er würde auch noch andere Frauen umlegen, die ihn auf die gleiche Weise fertigmachen, was wiederum genau das ist, was dieser Typ hier ankündigt. Und wer anderes sollte schon in den Raum kommen, wenn ich von Gentlemen und Gelehrten rede, wenn nicht Mr. Nate Bloomfield persönlich, der uns Rühreier auf Brötchen und Kaffee bringt – wird wahrscheinlich ein ziemlich lausiger Kaffee sein, wenn er aus einem Vierundzwanzig-Stunden-Imbiß im Grand Central kommt, aber trotzdem tausend Dank, Nate. Ich habe Tim schon gesagt, daß ich bezahle, also zeig mal die Rechnung, ja? Neun fünfundneunzig, nicht schlecht für ein Frühstück für vier Personen, wirklich nicht schlecht.»

«Für mich nichts, Jake», sagte Redfield. «Ehe ich aus dem Haus gegangen bin, hatte ich Saft und Kaffee.»

«He, ich dachte, du hättest gesagt, dir ginge es wieder besser», meinte Neuman.

«Mir geht es auch gut. Ich finde nur, daß ich meinem alten Magen heute mal eine kleine Ruhepause gönne.»

«Wenn das so ist», sagte Neuman, «wirst du ja sicher nichts dagegen haben, wenn ich einen Bissen von dem Sandwich hier nehme, auf dem dein Name steht.»

«Macht mir überhaupt nichts aus, Jake.»

15

Die Karosseriewerkstatt Mineola Auto Body an der Mineola Avenue in Mineola sah genau so aus, wie man es auch erwarten würde – ein graues Hohlblocksteingebäude inmitten anderer grauer Hohlblocksteingebäude aufgereiht an einem langen Band aus Beton, das, wenn man darauf fuhr, einen von Nirgendwo nach Nirgendwo bringen würde, wobei man außerdem noch eine Ewigkeit benötigen würde, um dorthin zu gelangen.

Doch für einen späten Sonntagabend ging es unerklärlicherweise geschäftig zu. Ray zählte neun Wagen verschiedener Fabrikate in vierzig Minuten. Die Fahrer der Wagen blieben alle jeweils fünf oder zehn Minuten und fuhren dann in anderen Wagen als denen, mit denen sie gekommen waren, wieder fort.

Schließlich kamen keine weiteren Autos mehr, und auch der Fahrer des letzten Wagens war in einem Dodge-Lieferwagen wieder verschwunden.

Ray wartete eine weitere halbe Stunde, bis die Lichter in dem Laden vorne ausgeschaltet worden waren und nur noch die im Büro auf der Rückseite des Gebäudes brannten. Er bewegte sich von Schatten zu Schatten.

Das große Schiebetor war von innen verriegelt, genauso wie die kleine Tür daneben. Die einzige andere Türe führte unmittelbar in das Büro. Ray stellte sich neben diese Türe, wartete, bis er das Geräusch einer Additionsmaschine hörte – der Inhaber der Werkstatt würde seinen Kopf gesenkt haben und mit seinen Zahlen beschäftigt sein – und warf dann einen kurzen Blick durch die verschmierte Glasscheibe der Tür in den Raum.

Vor einem Metallschreibtisch saß – mit dem Rücken zu Ray – ein Mann mit einer Glatze und einem dünnen Haarkranz, den er zum Ausgleich zu lang hatte wachsen lassen. Rechts vor ihm stand die Rechenmaschine, links lag ein Stapel Papiere. Über ihm hing eine nackte Glühbirne in einem zylinderförmigen Lampenschirm, in deren Licht seine Glatze glänzte.

Ray stellte sich vor die Tür, legte seine Hand auf den Türknauf, stützte die andere Hand an der Tür ab und drehte langsam den Knopf. Er konnte den Rost und den Zerfall in dem alten Mechanismus deutlich spüren und ermahnte sich, den Knopf noch langsamer und noch vorsichtiger zu drehen. Es dauerte eine volle Minute, ehe er den Knopf halb gedreht hatte und ehe er fühlte, wie der Riegel sich im Schloß zu bewegen begann.

Er holte tief Luft, vergewisserte sich, daß der glatzköpfige Mann immer noch mit seiner Arbeit beschäftigt war, und verstärkte dann vorsichtig den Druck gegen die Türe. Sie klemmte, wie er es nicht anders erwartet hatte. Er ließ seine Augen über den Rand der Tür wandern und erkannte an den Stellen, wo das Licht aus dem Inneren nach draußen fiel, wo sie klemmte. Genau auf Augenhöhe. Mit der einen Hand hielt er den Knopf fest umklammert, während er die andere bis auf Augenhöhe über die Türe gleiten ließ. Indem er den Türknauf anhob und gleichzeitig leicht gegen die Türe drückte, gelang es ihm, sie lautlos zu öffnen.

Dann stand der Mann plötzlich auf, knurrte irgendeinen unverständlichen Fluch und ging zu dem metallenen Aktenschrank am anderen Ende des Raumes. Er zog eine Schublade auf, dann eine andere, dann noch eine, bis er schließlich gefunden hatte, wonach er suchte. Er nahm ein dickes Bündel Papiere aus der Schublade, warf sie geräuschvoll wieder zu und kehrte an seinen Schreibtisch zurück.

Ray blieb, wo er war, hielt die Tür nur einen Spalt offen, wußte, daß der Mann ihn in der Dunkelheit durch die schmutzigen Glasscheiben nicht erkennen konnte – selbst dann nicht, wenn er aufblicken würde, was er jedoch nicht tat.

Der Mann setzte sich wieder hin, klopfte eine Zigarette aus einer Packung, die in seiner Brusttasche steckte, gab sich mit einem Wegwerffeuerzeug Feuer, pfaffte zwei Züge und legte die Zigarette dann auf den Rand des Schreibtisches.

Ray schob die Türe ganz auf, glitt lautlos in den Raum, schloß die Tür, drückte von der Innenseite gegen die Stelle, auf die er beim Öffnen ebenfalls gedrückt hatte und ließ das Schloß vorsichtig wieder einrasten. Dann drückte er den Verriegelungsknopf leise ein und drehte sich anschließend um, blickte auf den Rücken des Mannes.

Das Telefon auf dem Schreibtisch klingelte, und der Mann nahm den Hörer ab, nachdem er es dreimal hatte läuten lassen. Er klemmte sich den Hörer an sein Ohr, steckte sich die Zigarette in den Mund und tippte weiter Zahlen in die Rechenmaschine ein, während er redete.

«Ja? ... Hab mich schon gefragt, wann du zum Teufel endlich anrufst. Ich will hier langsam weg, Mann ... Ja, es war ein verdammt guter Tag. Ich sag's dir ja, so ein schöner Tag wie heute, die Leute fahren raus in die Parks, lassen ihre Karren stundenlang, stundenlang, Mann, einfach stehen. Meistens vergessen sie ihre Schlüssel, vergessen abzuschließen. Und selbst wenn sie abschließen, denkt sich doch kein Mensch was dabei, wenn sie einen Kerl sehen, der versucht, die Wagentür aufzubrechen. Die denken doch: Der hat sich selbst ausgesperrt. Sechzehn gottverdammte Autos allein heute. Zwei beschissene Volvos. Ein einziger verdammter Volvo-Verteiler bringt allein schon hundert Mäuse, Mann ... Ich weiß, Mann. Morgen mittag sind die Kisten nur noch Schrott. Um sechs kommen drei Typen vorbei. Das sind wirklich Wahnsinnige, Mann, die nehmen dir eine ganze beschissene Karre in anderthalb Stunden komplett auseinander ... Ich weiß, Mann – das war letzte Woche und jetzt ist diese Woche. Letzte Woche, ich sag's dir doch, hat's gottverdammt geregnet. Die Leute sind zu Hause geblieben. Und jetzt ist diese Woche, Mann ... Gegen sechs ist okay – und, Mann? Bring diesmal die beschissene Knete gleich mit, verstanden? Und komm mir nicht wieder auf die alte Tour: ‹Ich bezahl dich, wenn mein Mann mich bezahlt.› ... Du mich auch, du schmieriger Spaghettifresser ... Wir sehen uns um sechs.»

Ray war leise an der Wand entlang geschlichen, wobei er sorgsam darauf achtete, nicht gegen die Müllhaufen zu stoßen, die überall herumlagen. Als der Mann den Hörer wieder auflegte, trat Ray in den Lichtkegel der Lampe. «Dann laufen die Geschäfte also gut, Joey.»

«Was zum Teufel? He! Wer zum Teufel? He!» Joey stieß seinen Stuhl vom Schreibtisch zurück und stand auf. Die Lampe nahm ihm die Sicht auf Rays Gesicht, und er neigte sich leicht zur Seite, um den Unbekannten erkennen zu können. «Hast du 'ne Lieferung? Ich kenne dich nicht. Wer zur Hölle bist du, Mann?»

«Ja, ich habe eine Lieferung, Joey», sagte Ray. «Und du kennst mich.»

Joey trat an den Schreibtisch zurück, seine Finger tanzten über die Platte. Er sah aus wie ein schlechter Pianist, der damit angab, im Stehen spielen zu können.

«Falls du da in der Schublade eine Kanone haben solltest, Joey, dann machst du einen großen Fehler, wenn du sie jetzt rausholst» – Ray bewegte seine Hand soweit ins Licht, daß die .22er deutlich sichtbar war – «außer du willst lieber sofort sterben, es hinter dich bringen. Eigentlich wollte ich ja genießen mitanzusehen, wie du eine Weile vor mir auf dem Boden kriechst, so wie ich es auch mit Clarence gemacht habe.»

«Clarence? Wer zum Teufel ist Clarence?» Schweißperlen glitzerten auf Joeys kahlem Schädel, liefen ihm in die Augen und dann die Nase hinunter.

«Clarence war auch ein recht erfolgreicher Geschäftsmann, Joey», sagte Ray. «Hat in Drogen gemacht. Ist schon komisch, was? In Nam hat er angefangen, mit Dope zu dealen, und es war auch in Nam, daß du angefangen hast, auf dem Schwarzmarkt herumzuspielen. Und der Schwarzmarkt unterscheidet sich doch im Grunde gar nicht so sehr von dem, was du heute machst, stimmt's nicht? Autos klauen, sie in Einzelteile zerlegen und dann die Einzelteile verkaufen. Komisch, was? Alle sagen doch immer, daß wir drüben in Nam nichts gelernt hätten, daß wir unvorbereitet und unausgebildet rübergegangen wären, um dort in einem Krieg zu kämpfen, den eigentlich kein Mensch haben wollte, daß wir dann zurückgekommen sind – diejenigen von uns, die Glück genug hatten, lebend wieder da rauszukommen – und einfach keinen Platz mehr in der Gesellschaft finden konnten, die nicht gewollt hat, daß wir diesen Krieg führten. Aber das stimmt doch gar nicht, oder? Clarence hat gelernt, wie man dealt, du hast gelernt, wie man stiehlt, ich habe gelernt, wie man überlebt.»

Joey zitterte jetzt. Wie Regen lief ihm der Schweiß in Strömen über das Gesicht. «R-Ré?»

Nha Trang.

Oh, Baby, guck dir das an. Bobby, da, sieh mal, die da in dem roten Kleid. Mann. Die steht auf dich, Mann. Sie will dich. Geh zu ihr, Bobby, rette ihr das Leben, Mann. Zeig ihr, was sie schon alles verpaßt hat.

Yo, Clarence, da ist auch eine für dich. Du mußt mit ihr gehen, Mann. Sie ist gottverdammt *blond*. Mir ist es wirklich scheißegal, ob das eine beschissene Perücke ist oder was. Scheiß drauf. Du willst sie nicht? Dann nehme ich sie. Hello, Baby. Wie heißt du denn? Ich heiße Joey. Joe Smith. Ehrlich.

He, Ré! André. Wo zum Teufel gehst du hin? Willste dir keine Muschi besorgen?

Geh ruhig, Clarence. Geh ruhig, Miguel. Ich komme später nach. Im Soldatenkasino, okay? In ungefähr zwei Stunden.

Scheiße, Ré. Was willste denn machen? Nur wieder einen neuen beschissenen Brief an deine beschissene kleine Freundin schreiben? He, Mann, das hier ist Live-Action, Baby. Echtes Fleisch. Erstklassiges U. S.-Material, Mann. Das hier ist kein beschissener Brief.

Ich komme später nach, Clarence.

He, Joey, Joey. Hol noch fünf Bier.

Ich muß mal pissen, Mann. Ich platz gleich. Die gottverdammte Hure hat irgendwas mit meinen Innereien gemacht, Mann.

Dann bring sie auf dem Rückweg mit, du beschissenes Arschloch.

Piss doch einfach in fünf Flaschen. Wir kriegen das überhaupt nicht mit.

Schei-ße. Haste gehört, Bobby? Der beschissene Ré taut auf. Piss einfach in fünf Flaschen. Wir kriegen den Unterschied nicht mit.

Siehste die Flasche hier? Clarence, siehste die Flasche? Ré? Bobby?

Joey? Diese Flasche hier ist der gottverdammte, beschissene Dreckskerl von einem Arschloch Phelps. Pammm! Weg mit der Rübe! Na, wie gefällt dir das, du gottverdammtes Gringo-Arschloch?

He, Miguel, du saublöder Spic. Schlag die verdammten Flaschen kaputt, die wir schon geknallt haben, okay? Nicht die beschissenen Pullen, die wir noch nicht geknallt haben, okay?

Verdammt wahr, Miguel. Hey, hör mir gottverdammt zu! Mach verdammt nochmal nicht die beschissenen Flaschen kaputt, aus denen wir verdammt nochmal noch nicht getrunken haben. Mach verdammt nochmal doch die beschissenen Pullen kaputt, die wir verdammt nochmal schon geknallt haben. Denn wenn du verdammt nochmal die beschissenen Pullen kaputt machst, die wir verdammt nochmal noch nicht geknallt haben, wie zum Teufel sollen wir dann verdammt nochmal aus den Pullen noch trinken können? Wohingegen ...

Schei-ße. Paßt auf. Wohingeeeeegen.

Nein, Mann. Das ist ja super, Mann. Der beschissene Ré taut langsam auf, Mann. He, Ré, willste jetzt zurück und dir 'ne Nutte nehmen, Mann? Ich sag dir was, Mann, diese beschissene Nha-Trang-Möse ist schon eine. Willste, Ré, hä?

Was ich will ist, daß dieser beschissene Hund Miguel endlich aufhört, die beschissenen Pullen kaputtzuschlagen, die wir gottverdammt nochmal noch nicht getrunken haben.

Scheiße, Mann, das ist ja suuuuper, der beschissene kleine Heilige Ré ist gottverdammt nochmal besoffen. He, Ré, wenn du nicht ficken willst, was willste dann?

Tätowieren.

Tätowieren?

Tätowieren.

Tätowieren.

Tätowieren, tätowieren.

Tätowieren, tätowieren, tätowieren. Wie wär's mit unseren Namen, Männer, auf unserer beschissenen Brust?

Scheiß doch drauf, Joey. Wie wär's mit unserer Einheit?

Die Einheit, Mann! In Ordnung. Die beschissene Einheit.

Die gottverdammten Bravo Ballbusters.

He, wie wär's damit, Mann? He, denkt doch mal nach, Joey, Clarence, Bobby, Ré. Wie wär's mit: Fickt Phelps?

Scheiße, Mann, willste vielleicht für den Rest deines Leben mit einer beschissenen Tätowierung rumlaufen, die heißt: Fickt Phelps?

Ich hasse den gottverdammten Hurensohn, Mann.

Dann mach ihn doch kalt, du beschissener Feigling.

Ich dachte, du wolltest ihn umlegen. Neulich. Das beschissene Großmaul Redfield.

Der L-t stand doch direkt hinter mir, Mann. Wie zum Teufel sollte ich denn?

Beschissener *hijo de puta*.

He, willste vielleicht mit mir vor die Türe gehen, Miguel, du verdammter illegaler Einwanderer?

He!

Leck mich am Arsch, Ré.

He! Was ist denn jetzt mit den verdammten Tätowierungen?

Tätowieren, tätowieren.

Tätowieren, tätowieren, tätowieren.

Drachen.

Was sagste, Ré?

Drachen, Mann. Große gottverdammte Drachen, Mann, die über unsere ganzen beschissenen Leiber kriechen.

Phelpsfressende Drachen.

Okay. Kein beschissener Drachen hat Angst vor dem beschissenen Arschloch Phelps.

Ich habe keine Angst vor dem Arschloch Phelps, Mann.

He, kein Mensch hat Angst vor dem beschissenen Mistkerl Phelps. Der beschissene Phelps ist doch nichts als ein großer, aufgeblasener Furz.

Ein Haufen Scheiße ist er.

Ein Haufen Rattenscheiße.

Ein Haufen Vietcong-Scheiße.

NVA-Scheiße.

ARVN-Scheiße.

Super, Mann. Drachen. Gottverdammte Drachen.

Firebase Enid.

Smith?

Sir.

Stearns?

Sir.
Chavez?
Sir.
Redfield?
Sir.
Keller?
Sir.
Fünf beschissene Arschlöcher. Stimmt's nicht, Smith?
Ja, Sir.
Stimmt's nicht, Smith?
Jawohl, Sir!
Du bist ein beschissenes Arschloch. Richtig. Smith?
Ja, Sir.
Lauter!
Jawohl, Sir!
Sag es, Smith. Sag: Ich bin ein beschissenes Arschloch, Sir.
Sie sind ein beschissenes Arschloch, Sir.
Wer ... hat ... das ... gesagt?
Ich, Sir.
Keller?
Ja, Sir.

Ich weiß, daß du es gesagt hast, Keller. Was zum Teufel glaubst du eigentlich, was ich bin – taub oder was?

Nein, Sir. Ich weiß, daß Sie nicht taub sind, Sir. Ich weiß es so genau wie ich weiß, daß Sie ein Arschloch sind, Sir. Zum Beispiel ...

Lieutenant!
Sir!

... weil zum Beispiel nur ein Arschloch seinen Männern mit einem Disziplinarverfahren drohen kann, nur weil sie sich tätowieren ließen, wo doch das Recht, sich tätowieren zu lassen, ein unveräußerliches Recht ist ...

Lieutenant, verhaften Sie diesen Mann.
Ihn ver – haften, Captain?
Sind *Sie* taub, Lieutenant?
Nein, Sir, aber ...
Dann verhaften Sie ihn doch gottverdammt nochmal endlich.

... und nur ein ausgemachtes Arschloch würde uns durch ein Gelände jagen, durch das Sie uns heute morgen gescheucht haben –

ohne Aufklärung, ohne Luftunterstützung, ohne Artillerie – damit wir – was? – zwei Mama-sans, ein Baby, zwei Hunde und sechs Hühner gefangen nehmen konnten. VC-Kader, Scheiße ...

Er spuckte vor Phelps Füße aus.

... unschuldige, verängstigte, hilflose beschissene Zivilisten.

Lieutenant.

Captain, wir haben hier keine Arrestzelle. Nur das Zelt mit den Zivilisten.

VC, Lieutenant, das Zelt mit den Vietcong.

Richtig, Captain. Wir können den Mann nur dort unterbringen.

Dann bringen Sie ihn gottverdammt nochmal da unter, Mann. Schaffen Sie mir den Kerl aus den Augen. Ach, und Keller? Es war deine Idee, stimmt's nicht, diese Tätowierungen?

... und nur ein Arschloch würde versuchen, die Nacht über in dieser Stellung zu bleiben. Ohne Claymores, ohne Draht, ohne Wasser, ohne Rationen, ohne Insektenschutzmittel. Uns fehlt alles, Phelps, du beschissener Schwachkopf. Bring uns verdammt nochmal endlich raus hier.

Phelps schlug ihm mit dem Handrücken quer über den Mund. Als er das Gleichgewicht verlor und taumelte, trat Phelps ihm in den Unterleib. Als er zusammengekrümmt auf der Erde lag, trat Phelps ihm ins Gesicht.

Eine der beiden Mama-sans war uralt, die andere fast noch ein Kind.

«Deine Mutter?» fragte Ré und zeigte auf die alte Frau. Er war einer der wenigen GIs, die sich bemühten, Vietnamesisch zu lernen.

«Meine Großmutter», sagte die junge Frau. «Amerikanische Flugzeuge haben meine Mutter vor vier Jahren umgebracht. Meinen Vater auch – und meinen Bruder und meine Schwester. Die Amerikaner haben immer geglaubt, daß unser Dorf ein Vietcong-Dorf wäre, aber das ist nicht so.»

«Tut mir leid», sagte Ré, und das Herz zog sich ihm zusammen – weil seine Leute ihre Leute umgebracht hatten und weil sie schön war, wie eine Puppe, mit einem strahlenden Gesicht, schwarzen, schwarzen Augen und langen Haaren, die wie ein eleganter Schal um ihr Gesicht herabfielen.

«Und dein Baby?» fragte Ré. «Wie heißt es?»

«Ich habe ihm keinen Namen gegeben», sagte sie. «Mir ist es lieber, daß er keinen Namen hat, wenn er stirbt.»

«Er wird nicht sterben», sagte Ré. «Wahrscheinlich lassen sie euch morgen wieder laufen, wenn ihnen klar wird, daß ihr keine Vietcong seid. Dann könnt ihr wieder in euer Dorf zurück. Der Krieg dauert nicht mehr lange. Das sagt jeder.»

«Er wird sterben», sagte die junge Frau und drehte ihm den Rükken zu.

Auf Phelps Befehl hin erhielten die Gefangenen in dieser Nacht nur Wasser. Miguel Chavez, der Wachdienst hatte, schob Ré eine Büchse mit C-Rationen ins Zelt, die er unter den beiden Frauen, dem Baby und sich selbst aufteilte. Miguel brachte ihm auch noch eine Flasche Ba Mi Ba-Bier, die Ré für später unter dem Zeltaufschlag versteckte. Nachdem sie gegessen hatten, vergrub Ré die Büchse in einer Ecke des Zeltes. Die alte Frau verbeugte sich zum Dank vor Ré, und die junge Frau sah ihn kühl, gleichgültig, gelassen an. Ihr schlafendes Kind hielt sie ruhig in ihren Armen.

Nach sehr langer Zeit sagte sie: «Haben Sie eine Frau? In Amerika?»

Ré wollte zuerst lügen, wollte sagen: Nein, keine Frau, keine Freundin. Wollte sagen: Komm mit mir nach Amerika, du und dein Baby und deine Großmutter. Ich mache es wieder gut, alles – mache es für all die Leben wieder gut, die du verloren hast. Doch er sagte: «Ich habe eine Verlobte. Ich werde sie heiraten, wenn ich wieder zu Hause bin.»

«Aber Sie werden nicht nach Hause gehen», sagte sie. «Sie sind ein Gefangener.»

Ré sah fort, verstand zum erstenmal das ungeheure Ausmaß seiner Gehorsamsverweigerung. Es war unwichtig, daß Phelps ein Schinder, ein Tyrann, ein völlig unfähiger Offizier war; er *war* Offizier, und sein Wort war Gesetz. Als er die junge Frau wieder anschaute, schlief sie. Der Kopf war ihr nach vorne auf ihre Brust gesunken. Die alte Frau schlief ebenfalls und, nach einer Weile, schlief auch Ré ein.

Das Schreien des Babys weckte ihn. Es lag in einer Ecke des Zeltes und wand sich auf der Erde – wie ein weggeworfenes, ausrangiertes Etwas, das plötzlich zu leben begonnen hatte. Die alte Frau kauerte neben dem Baby, hatte viel zuviel Angst, es aufzuheben.

Phelps kniete zwischen den Beinen der jungen Frau, streichelte ihre Schenkel, der Lauf seiner Pistole berührte ihre Lippen.

«Blas mir einen, Süße, andernfalls wirst du diese Kanone lutschen, und das wird dann das letzte Mal sein, daß du irgendwas gelutscht hast. Was meinst du, Keller? Meinst du, diese VC kann gut bumsen?»

Ré hockte auf der Erde, versuchte die junge Frau auf sich aufmerksam zu machen, wollte, daß sie ihn ansah, versuchte ihr klarzumachen, daß er ihr helfen würde.

Aus der Gesäßtasche seiner Kampfhose zog Phelps einen Flachmann, öffnete ihn mit seinen Zähnen und drückte ihn der jungen Frau dann an den Mund. «Komm schon, Herzchen, nimm dir 'ne Ladung Jim Beam. Bevor man einen bläst, gibt es nichts Besseres als einen guten Schluck. Das schmiert die alte Kehle.»

Die junge Frau spuckte in den Flachmann.

Mit dem Knauf der Pistole schlug Phelps ihr auf den Mund.

«Wache!» brüllte Ré.

Phelps lachte. «Du bescheuertes Arschloch. Es gibt keine Wache. *Ich* habe Chavez abgelöst. *Ich bin* die Wache. Du saudummes Arschloch. Weißt du, Keller, ich bin ins Grübeln gekommen. Ich dachte mir, dieser Hurensohn Keller will bestimmt die hübsche kleine Mama-san ficken. Weiß doch jeder, daß er ihre beschissene Sprache spricht. Sitzt jetzt wahrscheinlich in dem Zelt, raspelt Süßholz, erzählt ihr das Blaue vom Himmel und überredet sie dazu, ihr Höschen auszuziehen und ihm ihre kleine VC-Fotze zu überlassen. Dachte mir, geh doch lieber mal selbst vorbei und sorg dafür, daß das, was ich mir so dachte, nicht wirklich noch passiert. Außerdem können meine Männer so ein bißchen länger in der Falle liegen. Hat doch keinen Sinn, meine Männer unnötig zu ermüden, indem sie ein paar VC und einen gottverdammten Meuterer bewachen müssen. Ach, hab ich dir das noch gar nicht erzählt, Keller? Hab' heute abend mit dem Hauptquartier gesprochen und durchgegeben, daß ich hier eine kleine Meuterei hatte. Hab denen gesagt, ich hätte wieder alles fest im Griff, daß der Anführer jetzt im Bau sitzt. Und sobald sie einen Chopper zu uns rausschicken können, werden sie kommen und dich ausfliegen und deinen Arsch durch die Mangel drehen.

Oder vielleicht machen sie das auch gar nicht? Vielleicht wird dich die MP, wenn sie hier sind, in einem Zustand antreffen, in dem du vor kein Kriegsgericht mehr treten kannst? Weil du nämlich tot bist und begraben. Tja, Keller, ich weiß schon, an was du gerade denkst. Du glaubst, ich hätte nicht die geringste Chance, eine hieb- und stichfeste Anklage gegen dich zusammenzukriegen. Und vielleicht hast du ja sogar recht. Die beschissenen Lametta-Typen, Mann, bei denen weiß man nie genau, was in denen ihren Köpfen gerade so vorgeht. Aber ich habe eine Anklage gegen dich, Keller, an der kann keiner rütteln, und die Anklage heißt Vergewaltigung und Mord an einer unschuldigen Zivilistin und Mord an ihrer Mutter und an ihrem Baby ...»

«Großmutter», verbesserte Ré. Auf Vietnamesisch sagte er: «Sag deiner Großmutter, daß sie das Baby in den Arm nehmen soll.»

Phelps richtete seine Pistole auf Ré. «Hör sofort mit dem Scheiß auf, Mann, sonst blas ich dir deinen beschissenen Kopf sofort weg!»

Ré stand auf. «Na los, mach schon, du Arschloch!» Auf Vietnamesisch sagte er: «Wenn ich näher komme, wird er aufstehen. Und wenn er das macht, dann spring so schnell du kannst hoch und schnapp dir dein Baby und bring es und deine Großmutter aus dem Zelt.» Er machte einen Schritt.

Phelps erhob sich. «Verdammt, Keller!»

Die junge Frau rappelte sich auf, ehe Phelps sie daran hindern konnte und riß das weinende Baby in ihre Arme. Sie versuchte auch ihre Großmutter hochzuziehen, doch die alte Frau hockte wie erstarrt da.

Phelps richtete seine Pistole auf die junge Frau. «Laß das. Du da, laß das!»

Ré sprang genau in dem Augenblick, als Phelps abdrückte, nach der Pistole. Die Kugel schlug in den Boden ein. Phelps Handgelenk fest umklammert, streckte Ré seine Hüfte heraus, drehte sich blitzschnell und schleuderte Phelps über seinen Kopf. Er prallte flach auf dem Rücken auf und stieß einen Schmerzensschrei aus. Ré trat ihm ins Gesicht und trat dann die Pistole aus seiner Hand.

Ré hob die Pistole auf, wog sie einen Augenblick in seiner Hand, stellte sich dann rittlings über Phelps und schoß ihm ins Gesicht. Dann trat er zurück und zielte zwischen Phelps Beine. Eine Hand packte seinen Arm und er wirbelte, die Pistole schußbereit, herum.

Die junge Frau hatte ihre andere Hand in einer Geste der Wehrlosigkeit erhoben. Das Baby lag in ihrem Arm und starrte ihn mit großen Augen an. «Komm mit uns.»

Ré schüttelte seinen Kopf und deutete auf den Zeltausgang. «Geht. Sofort. *Di di mau.* Geht schnell.»

Die Frau machte einen Schritt auf ihn zu und berührte seine Brust. Sie stellte sich auf ihre Zehenspitzen, als würde sie ihn küssen wollen, überlegte es sich dann anders und war plötzlich mit ihrer Großmutter fort.

Redfield erreichte das Zelt als Erster. «Heilige Scheiße, Ré. Was zum Teufel ...?»

«Hol den L-t, Bobby», sagte Ré.

«Den L-t soll ich holen, Mann? Scheiße, der L-t ist tot, Mann. Auf Patrouille. Mann, vor gut zwei Stunden. Ryder hat's auch erwischt, Mann, und Espositos Bein ist nur noch Brei. Dieser verdammte Hund Phelps, Mann, hat bloß gelacht. Sagte, jetzt glaubt euch Arschlöchern kein Mensch mehr, wenn ihr was gegen mich sagen wollt. Jetzt steckt ihr Scheißer bis zum Hals in der Kacke ... Was zum Teufel ist hier passiert, Mann? Wo sind die VC?»

«Bobby, um Himmels willen! Sie waren keine VC.»

«Phelps hat mit dem HQ gesprochen, Mann.»

Chavez stand im Zelteingang. Und Stearns und Smith.

«Was zum Teufel, Mann ...?»

«Dieser beschissene Hund Phelps. Oh, nein, oh, nein!»

Ré zog sie ins Zelt und schloß die Klappe wieder. «Jetzt paßt mal ganz genau auf. Phelps ist tot. Der L-t ist tot. Das bedeutet, Clarence, daß du hier jetzt das Kommando hast. Setz dich über Funk mit dem HQ in Verbindung, Mann, und sag denen, daß sie uns verdammt nochmal hier rausholen sollen.»

«Was soll ich denen denn wegen Phelps erzählen, Ré? Was soll ich denen denn nur sagen?»

«Ja, Ré, ich meine, Scheiße, Mann, du hast ihn umgebracht.»

«Oh, nein, oh, nein.»

«Hört mir verdammt nochmal zu, um Himmels willen. Phelps wollte das Mädchen vergewaltigen. Er wollte sie und das Baby und die alte Frau umbringen. Und mich anschließend. Wollte sagen, daß ich sie kalt gemacht hätte.»

«Das hat er *gesagt*, Mann?»

«Nein, aber ... *ja*, er hat es gesagt.»

«Nein? Ja? Komm schon, Ré.»

«Nein, kommt *ihr* schon, um Himmels willen! Glaubt ihr mir vielleicht nicht?»

«Phelps war ein *Captain*, Mann. Ein gottverdammter Captain.»

Ré packte Redfield am Hemd. «Bobby, ich bin's – Ré. Du mußt mir einfach glauben.»

«Ich weiß nicht, Mann. Phelps hat die MPs gerufen, Mann. Morgen früh sind die doch hier. Wegen dir werden die kommen.»

Ré stieß Redfield von sich und wandte sich dann einen nach dem anderen an die übrigen. «Clarence, Miguel, Joey, was zum Teufel ...? Ihr glaubt doch nicht ...?»

Einer nach dem anderen sahen sie weg. Einer nach dem anderen schoben sie sich zum Zeltausgang. Einer nach dem anderen verließen sie das Zelt. Chavez ging als letzter. «Ich glaube dir, Ré.»

«Vielen, vielen Dank auch, Miguel.»

«Es ist eben nur ... du weißt schon ... Phelps war ein Captain, Mann.»

«Miguel?»

«Ja, Ré?»

«Ich brauche mein Gewehr, meinen Rucksack, vier Feldflaschen, zwei Patronengurte, vier Handgranaten, meinen Helm und mein Messer.»

«Scheiße, Ré. Die anderen werden ...»

«Bring das Zeug nicht hierhin. Laß es beim LZ liegen. In der Nordwest-Ecke, los, mach schon, ehe die anderen dich suchen kommen. Und sie werden nach dir suchen kommen, weil sie ihre gottverdammten Geschichten aufeinander abstimmen müssen, und sie werden dich bei dieser Sache dabeihaben wollen. Also beeil dich jetzt, Miguel. Los.»

«Ré?»

«Sofort, Miguel!»

«Es ist doch nur ... du weißt schon ... ein Captain, Mann. Ich meine, wer wird *uns* denn schon glauben, Mann?»

«Sofort, Miguel, jetzt!» Als Chavez gegangen war, trank Ré das Ba Mi Ba.

«Ich meine, Phelps war doch ein Captain, Ré», sagte Joey – der Schweiß lief ihm in Sturzbächen über das Gesicht – wie schon ein dutzendmal zuvor. Dann versuchte er es anders und neigte seinen

Kopf neugierig zur Seite. «Wo hast du die ganze Zeit eigentlich gesteckt, Ré? Wir dachten alle, du müßtest ... du weißt schon.» Und dann wieder:

«Also, Ré, paß jetzt mal genau auf. Du brauchst wahrscheinlich einen Job, stimmt's? Und vermutlich auch ein bißchen Bares. Komm, ich geb dir fünfhundert – okay, also tausend.» Der Gedanke, tausend Dollar aus welchem Grund auch immer abzugeben, ließ ihn nur noch mehr schwitzen. «Nicht als Darlehen. Sagen wir mal, es ist ein Vorschuß – ein Vorschuß auf deinen ersten Lohn. Einen Kerl wie dich könnte ich in diesem Geschäft gut gebrauchen. Verdammt, ich könnte dich sogar sehr gut gebrauchen. Also, nennen wir es nicht Vorschuß. Sagen wir, es ist ein Bonus. Ein Bonus auf deine zukünftigen Leistungen. Ha ha ha. Mensch, das hier ist ein verflucht gutes Geschäft, Ré. Die Leute brauchen immer irgendwelche Ersatzteile für ihre Autos, stimmt's nicht? Aber woher sollen sie die denn kriegen? Ford, Chevy – die stellen doch keine Ersatzteile für ihre älteren Modelle mehr her. Also kriegen die Leute ihre Ersatzteile von mir. Keiner verliert was dabei. Die Burschen, denen ich die Karre klaue, kassieren doch die Versicherungsprämien, richtig? Also kriegen sie einen neuen Wagen, und der Kerl, der die Ersatzteile benötigt, kriegt seine Ersatzteile. Also, was soll's? Ich meine, ist doch ein ökologischer Kreislauf, oder? Recycling. Komm, Ré, trinken wir einen zusammen und reden drüber, wie wir beide ins Geschäft kommen können.»

Während er so drauflosplapperte, schob Joey sich langsam von dem Schreibtisch fort auf den Spind zu, der im Schatten an der Wand stand.

«Und du kannst mir erzählen, was du so getrieben hast. Wo du gewesen bist. Himmel, es ist schon so verflucht lange her. Weißt du, Ré, Redfield hat uns ja zu der ganzen Sache überredet – also, ich meine, den MPs die Geschichte zu erzählen, die er sich ausgedacht hat. Es war dieselbe Geschichte, die Phelps auch erzählen wollte. Wahrscheinlich weißt du das ja. Redfield und Phelps waren alte Kumpel, wußtest du das eigentlich? Ich wußte es auch nicht. Bis damals wenigstens nicht. Keiner wußte das. Clarence dachte, daß sie vielleicht, du weißt schon, schwul wären. Keine Ahnung. He, Clarence. Du hast doch gesagt, du hättest Clarence wiedergesehen, richtig? Wie geht's dem alten Nigger denn so? Himmel, wir müßten uns alle mal treffen, zusammensetzen, du, ich ... Wo zum Teufel ist eigentlich die Flasche? Hier war doch eine Flasche Scotch. Meine verdammte Aushilfe hat sie geklemmt. Wahrscheinlich. So ist das nämlich in diesem Geschäft, Ré, keinem Menschen kann man trauen. Deshalb finde ich die Idee ja auch so gut, mit dir zusammen zu arbeiten. Dir kann ich trauen. Du gottverdammtes Arschloch.»

Und mit diesen Worten wirbelte Joey die Schrotflinte herum, die er in dem Spind versteckt hatte. Doch den Abzug zog er niemals mehr durch. Die Kugel aus Rés Pistole schlug ihm in die Brust, und dann fiel er rückwärts in den Spind.

16

Huren, Zuhälter, Junkies, Streuner, Ausreißer, Schwindler, Gammler, Versager und verlorene Seelen bildeten die Kundschaft des Hotels Cairo, nur einen Sprung vom Times Square entfernt. Obschon er eine Krawatte getragen hatte, hatte der Nachtportier Giles in die letzte Kategorie eingeordnet und war auch nicht weiter überrascht gewesen, als er sich als ein Mr. Jones angemeldet hatte. Erst als er die Zeit fand, die Sonntagszeitung zu lesen – das sparte er sich immer für den späten Samstagabend auf, der ruhigsten der ruhigen Zeiten – erkannte er, daß Mr. Jones ein Mordverdächtiger war.

«Vier-null-sechs», sagte der Nachtportier. «Das ist ganz hinten durch.»

«Und Sie sind sich auch wirklich ganz sicher, daß er noch da ist?» fragte Neuman. «Hier nach» – er drehte das Gästebuch so um, daß der Nachtportier es wieder unter der Nase hatte – «ist er gestern morgen um drei Uhr hier eingetroffen. Und Sie sagen, er hat das Hotel seitdem nicht mehr verlassen?»

«Das habe ich nicht ganz so gesagt», erwiderte der Nachtportier. «Teilweise ja. Den Rest weiß ich nur vom Hörensagen. Ich sage, er hat zwischen drei Uhr am Samstag, als er sich hier angemeldet hat, und acht Uhr am Samstag, als meine Schicht zu Ende war, das Hotel nicht verlassen. Und ich sage, daß er zwischen Samstagmitternacht, als ich wieder zum Dienst gekommen bin, und acht Uhr Sonntagmorgen, als ich wieder Feierabend hatte, ebenfalls nicht aus dem Haus gegangen ist. Außerdem sage ich, daß er seit ...»

«Wir haben verstanden», sagte Redfield. «Und die Tages- und

Nachtschicht sagen das gleiche: Daß er während der jeweiligen Schicht das Hotel nicht verlassen hat, richtig?»

«Richtig. Da waren nur die Lieferungen aus dem Spirituosengeschäft. Er hat Flaschen dabeigehabt, als er gekommen ist. Dewar's – hab die Flaschen gesehen. Zwei Stück. Samstagnachmittag hat er sich dann wieder was bringen lassen. Ich selbst hab's nicht gesehen. Murray aber, das ist der Bursche von der Tagesschicht. Hat nicht gesagt, wieviel Flaschen es waren oder welche Marke. Die nächste Lieferung kam dann kurz vor Mitternacht. Am Samstag. Soviel kann er in der kurzen Zeit gar nicht getrunken haben. Hat sich wahrscheinlich gedacht, daß der Laden sonntags sicher geschlossen wär und daß er sich deshalb besser einen guten Vorrat zulegen sollte. Der Bote verließ das Hotel gerade in dem Moment, als ich zur Arbeit kam. Zwei weitere Dewar's. Ich habe sie nicht gesehen, ich habe den Jungen gefragt.»

Neuman konnte sich nicht von der Stelle bewegen. Er war redesüchtig. Er konnte einfach nicht genug davon kriegen. Es war das einzige, was die Leute machten. Sie hörten einfach auf zu leben, zu handeln, sich zu bewegen; sie saßen einfach nur noch herum und redeten. Alles, was er tat, war herumzusitzen – manchmal stand er auch, so wie jetzt – und zuzuhören. Allein an diesem einen Tag hatte er Michael Magazine, Produktionsassistent bei Kanal 3, der Chris Kaiser gefunden hatte, dann dem Hausmeister von Chris Kaisers Apartmenthaus, der die Leiche zusammen mit Michael Magazine gefunden hatte, dann Ted Cavanaugh, Produzent der Mitternachts-Nachrichten des Kanal 3, dann David Dempsey, Randy Peck, Ruby Tucker, Kristen Richards und Tess Delany, alles Angehörige des Stabes der Mitternachtsnachrichten von Kanal 3, wodurch sie gleichzeitig auch zu den letzten gehörten, die Chris Kaiser lebend gesehen hatten, dann Jaime Ortega, Taxifahrer bei der Star Cab Corporation, der sich erinnerte, Chris Kaiser vom Fernsehstudio nach Hause gefahren zu haben, dann Rafael Ortega (kein Verwandter), dem Nachtportier von Chris Kaisers Apartmenthaus, der – abgesehen von dem Mörder – ziemlich wahrscheinlich *der* letzte gewesen war, der Chris Kaiser lebend gesehen hatte und schließlich noch Donna Giles, der Ehefrau von Jim Giles, der – in Ermangelung eines besseren – der aussichtsreichste Kandidat zu sein schien, der Mörder gewesen zu sein, zugehört.

Reden, reden, reden. Er wußte jetzt mehr über den Nachrichtenbetrieb beim Fernsehen, über das Taxigeschäft, den Job eines Nachtportiers, die Probleme der Ehefrau einer alkoholsüchtigen vergessenen Größe, als ihn eigentlich interessierte. Er wußte alles über Einschaltquoten und Zuschauerbefragungen und wieviel ein Sender für Werbespots berechnete; er wußte Bescheid über Fahrtbelege und Fuhren und Funkrufe und dem Mangel an guten Kneipen und über kugelsichere Trennscheiben und Auszeichnungen und darüber, was die Taxifahrer vom Ordnungsamt, vom Bürgermeister, dem Stadtrat, dem Bezirksbürgermeister, dem Gouverneur, zwei Senatoren, verschiedenen Congressmen und dem Präsidenten hielten; er wußte alles über Nachtglocken und Angewohnheiten von Mietern und Fahrstühlen; er wußte, daß sich das Leben der Frau einer alkoholsüchtigen ehemaligen Größe nicht viel verändert hatte, seit seine Mutter eine gewesen war.

Das einzige, was er nicht wußte war, wer Chris Kaiser ermordet hatte und wie er nahe genug an sie herangekommen war, um es zu tun, und warum er es getan hatte.

Da war noch etwas, das er nicht wußte, und das war, was in Bobby Redfields Kopf vorging. Bobby hatte sich haargenau das gleiche Gerede wie Jake Neuman angehört, doch er hatte nicht so zugehört wie Neuman zugehört hatte – mit dem Bewußtsein nämlich, daß sich daran nichts ändern ließ und daß irgendwo mitten in all diesem Zeug genau das lauern konnte, was sie vielleicht wissen wollten. Bobby hatte all dem zugehört, ohne wirklich zuzuhören. Seine Augen waren immer auf einen Punkt über den Köpfen der jeweiligen Redner gerichtet gewesen; sein inneres Auge hatte unentwegt und fest auf etwas gestarrt, von dem Neuman nicht wußte, was es war. Sicher hätte er Bobby einfach fragen können, doch ebensowenig wie es seine Art war zu fragen, was Redfield über einen Fall dachte – er wußte, daß Redfield ihm das schon sagen würde, wenn er soweit war –, war es auch nicht seine Art, Redfield zu fragen, was er über das Leben, die Liebe, die Politik, den Preis für Schwertfisch oder die Aussicht darauf, daß es einen milden Winter geben würde, dachte. Er wußte, daß Redfield ihm schon sagen würde, was er dachte, wenn er soweit war, es ihm zu sagen, falls er jemals soweit sein sollte, es ihm sagen zu wollen.

Es war ja auch gar nicht so, daß Redfield nicht bei der Sache war. Genaugenommen war er sogar noch ungeduldiger als sonst – ungeduldig darauf, sich endlich in Bewegung setzen zu können, statt immer nur herumzusitzen oder herumzustehen oder nur zuzuhören. Jetzt zum Beispiel, obschon Neuman noch eine Stunde einfach so dastehen und dem Gerede des Nachtportiers hätte zuhören können, trat Redfield dicht an die Rezeptionstheke, streckte seine Hand aus und sagte: «Den Schlüssel.»

Der Nachtportier stellte sich vor das Schlüsselbrett, legte seine Hand auf den Schlüssel zu Zimmer 406, nahm ihn aber nicht vom Haken. «Dann ist dieser Kerl – *Jones* – also wirklich Jim Giles, hä? Der Typ aus dem Fernsehen? Wissen Sie, bevor ich diese Nachtschichten abgerissen hab, hab ich mir immer seine Sendungen angesehen. Damals war seine Sendung noch nicht so spät drin, und ich habe tagsüber gearbeitet. Drüben, im Collingwood. Das heißt, eigentlich nicht direkt tagsüber; ich hab von zwei bis um zehn gearbeitet. Seine Show – die Giles-Show – war immer um zehn, und da bin ich dann immer in eine kleine Bar an der Lexington gegangen – also nicht in die Bar vom Collingwood, sondern in eine andere Bar. Trink niemals da dein Bier, wo du arbeitest, sage ich immer – und genehmige dir ein Bierchen, ehe du in den Tunnel des Schreckens hinabsteigst. He, die Cops kriegen den Samariter-Killer noch, den Burschen, der ...»

«Den Schlüssel!» sagte Redfield. «Und wenn du auch nur noch ein einziges beschissenes Wort quatschst – irgendeines –, dann steige ich über deine Theke hier und sorge dafür, daß es das letzte Wort ist, das du je gesagt hast.»

Vielleicht, dachte Neuman, war es ja einfach, daß Bobby zu der Erkenntnis gelangt war, daß der Job eines Polizisten zu neunundneunzig Prozent aus Scheißarbeit bestand, und daß das eine restliche Prozent auch nicht soviel aufregender war. Neuman war dreimal solange Polizist wie Redfield, und er war etwa zu derselben Zeit zu dieser Erkenntnis gelangt, als er so lange in ihrer Abteilung war wie Redfield jetzt. Er hätte eigentlich gedacht, daß Redfield etwas länger bis dahin brauchte, und wenn nur aus dem einen Grund, weil es heute viel mehr Krimis im Fernsehen gab als früher und die in Aussicht stellten, daß die Polizeiarbeit aufregend und spannend war – mit Zivilfahrzeugen mit Höchstgeschwindigkeit durch die Straßen zu jagen, das Blaulicht aufs Dach geklemmt, Türen einzutreten und Verdächtige anzuschnauzen, endlich ihre beschissenen Pfoten zu heben, kleine Taschendiebe in den Polizeigriff zu nehmen und sie mit praktischerweise in der Gegend herumliegenden Mülleimerdeckeln ins Gesicht zu schlagen, Bankräuber durch Glasscheiben abzuknallen und in der Mittagspause mit einer scharfen Pflichtverteidigerin ins Bett zu steigen. Als Neuman Jugendlicher gewesen war, war *Dragnet* die einzige Krimi-Serie im Fernsehen gewesen, die auf ihre Art – einschließlich der Scheißarbeit – der Wirklichkeit entsprochen hatte, obschon die Helden damals immer auch eine Überdosis Glück gehabt hatten. Glück war, nach Neumans Erfahrung, etwas, das sich immer erst dann blicken ließ, wenn man neunundneunzig Prozent der neunundneunzig Prozent der Arbeit erledigt hatte, die nichts als Scheißarbeit war. Dann, wenn ein Verdächtiger nicht zu Hause war, den man in dem Augenblick auch nicht zu Hause haben wollte oder doch zu Hause war, wenn man es wollte, oder etwas in der Richtung, dann glaubte man Glück zu haben und übersah dabei die Tatsache, daß man ja die ganze Drecksarbeit gemacht hatte, um herauszufinden, daß der Verdächtige überhaupt erst mal ein Verdächtiger war.

Ohne ein weiteres Wort, ohne auch nur einen Laut, händigte der Nachtportier den Schlüssel aus, und Neuman und Redfield fuhren mit dem Fahrstuhl auf die vierte Etage, gingen dort den Korridor bis ans Ende hinunter und fanden Zimmer 406, dessen Türe neben einem Fenster lag, das auf einen Lüftungsschacht hinausführte.

Das hier war nicht Fernsehen, und Türen einzutreten ist erheblich schwieriger als es aussieht, also klopfte Neuman einfach an. Außer den Tauben, die im Lüftungsschacht gurrten, war nichts zu hören.

Neuman trat zur Seite, damit Redfield aufschließen konnte. Doch ehe er das machen konnte, legte Neuman ihm eine Hand auf den Arm und legte die andere auf den Türknopf. Er ließ sich ganz drehen. Er hielt die Türe noch zu, zog den Revolver aus seinem Schulterhalfter und forderte Redfield mit einem kurzen Nicken auf, es auch so zu machen. Dann, genauso wie im Fernsehen, warf er die Türe auf, und sie stürmten mit schußbereiten Kanonen in das Zimmer. Neuman links, Redfield rechts. Auf der Suche nach ihrem Gegner ließen sie ihre Waffen über den Raum schwenken.

Er lag auf dem Bett in der Ecke neben dem Fenster und schlief. Aus dem Fenster konnte man die Rückseite eines anderen Hotels sehen. In einem Zimmer auf der anderen Seite, beleuchtet von einer nackten Glühbirne, stand eine Schwarze in einem Morgenmantel, der sowohl aus Seide als auch aus Synthetik hätte sein können, vor einer Staffelei und malte mit Wasserfarben ein Meerpanorama – aus dem Gedächtnis oder aufgrund ihrer Vorstellungskraft.

Neuman steckte seine Kanone wieder zurück, trat an das Fenster, zog die Jalousie vor – zu dieser späten Stunden konnte er nur durch die Art von Ironie überleben –, stellte sich neben das Bett und rüttelte an Giles Knöchel. Wie ein kleines Baby hielt Giles eine Flasche Dewar's im Arm; kreuz und quer im ganzen Zimmer verteilt lag ein halbes Dutzend weiterer Flaschen. Es stank wie auf dem Klo einer irischen Kneipe in der Nacht des St. Patrick's Day.

Giles rührte sich, umklammerte seine Flasche noch fester. Graue Bartstoppeln zierten sein Kinn und seine Wangen, doch seine Oberlippe wirkte – aus irgendeinem Grund – glattrasiert. Die Krawatte hatte er gelöst, sein Hemd war zerknittert und hatte große Schweißflecken, der Schritt seiner beigefarbenen Hose war mit Urinflecken besprenkelt.

Neuman blickte Redford an, der nickte, seine Kanone fortsteckte, in das Badezimmer ging und die Dusche aufdrehte. Er kam zurück, beugte sich herab, um seine Arme unter Giles Achseln zu schieben und nickte Neuman dann zu, damit der die Füße packte.

Als sie ihn anhoben, sahen sie den Lauf der Kanone unter dem Kopfkissen hervorragen. Sie gingen weiter ins Bad, manövrierten ihn durch die Türe und senkten ihn dann in die Wanne – mitsamt der Dewar's-Flasche und allem.

Giles blinzelte, als ihm das Wasser ins Gesicht spritzte.

Neuman kehrte ins Schlafzimmer zurück, nahm sein Taschentuch aus der Jacke, schüttelte es aus und hob damit die Kanone am Lauf hoch. Es war eine .38er Smith and Wesson. Er ließ sie in einen Beweismittelbeutel fallen, verschloß ihn und schob ihn dann in seine Jackentasche. Als er ins Bad zurückkehrte, war Giles wach, saß aufrecht in der Wanne und spuckte. Er hatte die Quelle der Feuchtigkeit noch nicht ausgemacht und drehte an dem Verschluß der Dewar's-Flasche, als wäre es eine Champagnerflasche, die überschnappen würde.

Neuman stellte das Wasser ab, nahm Giles die Flasche aus der Hand, stellte sie auf den Boden neben der Wanne, überlegte sich dann, daß es mehr so wie im Fernsehen sein würde, wenn er sie im Waschbecken entleerte, machte das dann auch, trocknete seine Hände an einem Handtuch ab und setzte sich auf den Klosettdeckel. Er stützte die Ellenbogen auf seine Knie auf, schaute den Mann an, von dem er, so sicher wie er seinen eigenen Namen kannte, wußte, daß er Chris Kaiser nicht umgebracht hatte, war bereit, weiterem Gerede zuzuhören. Und selbst zu reden.

«Ich heiße Neuman. Lieutenant Neuman, Mordkommission Manhattan-Nord. Das hier ist Sergeant Redfield. Wir untersuchen den Mord an Chris Kaiser. Wir sind hier, weil wir Sie als Haupttatverdächtigen festnehmen wollen. Ich werde Ihnen Ihre Rechte vorlesen. Aber wir werden Sie nicht verhaften, also werde ich mir den Atem sparen. Die Portiers sagen, daß Sie dieses Zimmer seit Samstagmorgen drei Uhr nicht mehr verlassen hätten. Nach dem Aussehen und dem Geruch des Zimmers – was auch für Sie selbst gilt – würde ich sagen, die Leute wissen, wovon sie reden. Außerdem interessiert es mich auch gar nicht sonderlich, was Sie zwischen drei Uhr Samstagmorgen und jetzt gemacht haben. Was ich jedoch wissen möchte ist, was Sie zwischen Viertel vor eins – da sind Sie das letzte Mal von jemandem im Studio des Kanal 3 gesehen worden – und dem Zeitpunkt, an dem Sie sich hier einquartiert haben, getrieben haben.»

Giles blinzelte immer noch Wasser von seinen Augäpfeln. Seine Hände, mit denen er sich möglicherweise seine Augen hätte wischen können, ruhten noch immer in der Stellung, als würden sie die Flasche noch im Arm halten. «Redford und Newman. Die berühmten Redford und Newman.»

«Wo waren Sie, Giles?» fragte Neuman.

Plötzlich starrte Giles ihn an, nachdem er endlich registrierte, was Neuman gesagt hatte. «Chris ist tot?»

Eines Tages, irgendwo, dachte Neuman, wird irgendwer vielleicht mal nicht fragen: *Was, tot*?, nachdem ihm verkündet worden ist, daß irgendjemand anderer tot ist. Aber bis es soweit ist, wird noch eine ganze Menge überflüssiges Gerede gemacht werden müssen.

«Tot», sagte Neuman. «Tot, tot, tot. Irgendwer hat ihr in die linke Titte geschossen. Mit einer .38er Swiss und ach, Scheiße. Sehen Sie? Sehen Sie, wie gottverdammt müde und leid ich das alles bin? Eine .38er *Smith* and Wesson-Halbautomatik war's. So eine wie Ihre. In ihrer Wohnung. Zwischen eins und zwei Samstagmorgen. Waren Sie das, Giles? Sagen Sie einfach nur ja oder nein. Nein – warten Sie. Sagen Sie nicht ja oder nein. Sagen Sie gar nichts. Denn wenn Sie ja sagen, dann habe ich Ihnen vorher nicht Ihre Rechte vorgelesen und nichts von dem, was Sie sagen, nutzt mir irgendwas. Aber ich will Ihnen nicht Ihre Rechte vorlesen, ich will Sie nicht verhaften, ich will diesen ganzen Scheiß-Papierkram nicht, ich will einfach nur, daß Sie mir sagen, wo Sie zwischen Viertel vor eins und drei Uhr am Samstagmorgen gesteckt haben, und ich will, daß Sie mir den Namen von irgendwem nennen, der Sie gesehen hat, und dann will ich, daß Sie zu Ihrer Frau nach Hause fahren, die sich schon wahnsinnige Sorgen um Sie macht, Sie blöder Trottel – warum zum Teufel können Sie nicht die Finger von diesem Zeug lassen und sich zusammenreißen und sich anständig benehmen?» *Oh, Daddy, Daddy, Daddy*. Neuman erhob sich von dem Klosettdeckel und ging wieder in das Schlafzimmer hinüber.

Redfield löste ihn ab. «Wohin sind Sie gegangen, nachdem Sie das Studio verlassen haben, Giles?»

«Hurley's.»

«Auf der Sixth Avenue? Neben Radio City?»

«Ja.»

Neuman verschloß seine Ohren. Er stellte sich vor das Fenster, zog die Jalousie wieder hoch und legte eine Hand gegen den Fensterrahmen, während er die andere unter seinen Gürtel schob.

Die Schwarze in dem Zimmer gegenüber hörte die Jalousie und drehte sich zu ihm um. Sie lächelte.

Er lächelte zurück. «'n Abend.»

Sie wusch einen Pinsel in einem Plastikbecher mit Wasser aus, legte ihn auf ihre Palette und kam an ihr Fenster. Sie hielt ihren Morgenmantel vorne zusammen, wenn auch nicht weit genug, als daß er nicht das breite Tal zwischen ihren großen Brüsten hätte bewundern können, als daß er nicht den Anblick des roten Herzes aus Spitze hätte genießen können, das ihren rosa Seidenslip zierte. «Willst du dich ein bißchen amüsieren, Schätzchen?»

Er schüttelte seinen Kopf. «Ich fürchte, ich amüsiere mich, auch so schon genug, so gut das unter den gegebenen Umständen geht.»

Sie zuckte mit ihren Schultern. «Wie du willst, Schätzchen. Ich wollte heute abend eigentlich so nicht arbeiten, aber als ich dich dann so total erschlagen da stehen gesehen habe, da konnte ich nicht anders und dachte mir, daß du ein bißchen Aufmunterung gut gebrauchen könntest, und daß Valentine genau das Mädchen ist, das dir das geben könnte.»

«Valentine? Ach, ja sicher. Das Herz.»

Er meinte zu sehen, daß sie leicht errötete. Sicher war er sich allerdings nicht, denn ihre Haut war so braun wie polierte Eiche. Ihre Haare hatte sie zu kleinen Zöpfchen geflochten; auf einem Plastikkopf auf ihrer Frisierkommode befand sich das Haar, mit dem sie arbeiten ging: Eine toupierte blonde Perücke.

«Du bist ein Cop, stimmt's?»

«Ich bin ein Cop.»

Sie seufzte. «Ich nehme an, das bedeutet, daß er es getan hat, hmm? Irgendwie wundert mich das schon. Ich dachte, er hätte es sich doch noch anders überlegt. Und von einem Schuß hab ich auch nichts gehört.»

«Es?» fragte Neuman.

«Na, sich umgebracht eben», sagte Valentine. «Er hatte während der letzten paar Tage zwei- oder dreimal diese Kanone in seinem Mund.»

Er fragte sie nicht, wieso sie deswegen nichts unternommen hatte, warum sie nicht den Manager des Cairo, nicht die Polizei angerufen hatte. Er wußte, daß sie sagen würde, das ginge sie doch alles rein gar nichts an, und er wußte, daß sie damit recht hatte. «Er hat sich nicht umgebracht, Val. Wir sind noch rechtzeitig gekommen.»

Ihr Gesicht hellte sich eine Spur auf. Sie schien zufrieden zu sein. «Dann hat er also was anderes angestellt? Deswegen bist du gekommen?»

«Du hast ihn nicht zufälligerweise gesehen, bevor er hier abgestiegen ist, Val?» fragte Neuman. «Irgendwann zwischen Mitternacht und drei Uhr morgens am Samstag zum Beispiel?»

Sie schloß ihren Morgenmantel enger zusammen. «Ich mache keine richtige Aussage.»

«Ich frage dich nicht, ob du in den Zeugenstand treten willst, Val. Es bleibt unter uns beiden. Wenn du dir auch nur ein bißchen Gedanken um ihn machst, und ich glaube, das machst du, andernfalls wäre es dir auch egal gewesen, ob er seine Kanone nun gefressen hat oder nicht, also, falls du dir auch nur ein bißchen Gedanken um ihn machst, dann könnte es ihm eine ganze Menge Sorgen ersparen, wenn du uns sagen kannst, wo er zwischen Mitternacht und drei Uhr am Samstagmorgen gewesen ist.»

Sie zog ihren Morgenmantel noch mehr zusammen, drehte sich halb ab und – als ob es ihr weh tun würde, das zu sagen – brummte: «Arizona.»

Neuman hätte sie am liebsten angebrüllt, daß sie ihn nicht verarschen sollte, daß er sie so schnell einbuchten würde, daß ihre krausen Haare blitzschnell glatt werden würden – immerhin hatte sie ihn zur Unzucht aufgefordert. Dann erinnerte er sich wieder vage daran, daß das Arizona die Bar im Erdgeschoß des Cairo war – Ost und West finden zusammen. Er lächelte. «Danke, Val ... Und, ach, Val?»

«Ja?»

Er deutete auf ihre Staffelei. «Warst du irgendwann schon mal da?»

Und wieder hatte er den Eindruck, daß sie rot wurde. «Irgendwann werde ich da mal hingehen.»

Neuman nickte. «Hoffe, du machst es bald, Val.» Er winkte ihr noch einmal zu, ließ die Jalousie herunter und ging zurück ins Bad.

Giles saß auf der Klobrille, sah aus, als wäre er wieder klarer im Kopf, doch in jeder anderen Hinsicht war er unansehnlicher als zuvor.

Redfield stand mit über der Brust verschränkten Armen an die Wand gelehnt. Er schüttelte den Kopf. «Gedächtnislücke, Jake. Er erinnert sich noch, daß er ins Hurley's gegangen ist. Hat da einen Drink gekippt. Waren Leute dort, die er kannte, und ihm war nicht nach reden. Und danach nur noch Null, nichts mehr.»

Neuman machte Redfield ein Zeichen, daß er mit ins Schlafzimmer gehen sollte und flüsterte ihm zu: «Unten gibt's eine Kneipe, das Arizona. Hör dich da mal um. Er war Samstagmorgen da.»

Refield wich ein Stück zurück. «Wer sagt das?»

«Was zum Teufel macht das schon für einen Unterschied, Bobby? Prüf das einfach nach. Ich will Giles nach Hause bringen, und dann will ich selbst nach Hause. Ich bin fix und fertig.»

Redfield runzelte seine Stirn. «He, was zum Teufel ist denn mit dir los, Jake?»

«Mit *mir* ist gar nichts los. Was ist mit *dir* los? Du läufst den ganzen verdammten Tag durch die Gegend als wärst du nicht ganz richtig da oben. Bist du immer noch krank? Sag's mir einfach, und ich schicke dich nach Hause. Fehlt mir gerade noch, daß du noch kränker wirst. Beschäftigt dich irgendwas? Du mußt mir nichts erzählen, wenn du nicht willst, aber wenn du willst, dann sag es mir. Ich werde es schon verkraften. Aber schlaff mir nicht einfach ab und tu nicht gleichzeitig so als wäre nichts. Du hast mir heute nicht mehr genutzt als irgendein beschissener frischgebackener Polizeischüler. Lieber latsche ich mit McGovern durch die Gegend als mich von dir verarschen zu lassen. Was mit *mir* los ist? Nichts ist mit mir los. Was ist mit *dir* los?» Alles war irgendwie total falsch herausgekommen; er hatte gar nichts sagen wollen, und jetzt hatte er doch, und es war alles so falsch herausgekommen. Vielleicht war ja *doch* irgendwas mit *ihm* los – etwas wie ein Mord zuviel, viel zuviele Unterhaltungen mit Leuten, die ihm gar nichts zu sagen hatten, viel zu wenige Ideen, wer der Mörder sein könnte.

Redfield hatte ihm den Rücken zugekehrt und stocherte mit einer Schuhspitze an dem abgewetzten Teppich herum. «Tut mir leid, Jake.»

«Ja, mir tut's auch leid.»

Redfield drehte sich wieder um. «Den ganzen Tag lang, immer nur irgendwelchen Leuten zuhören, die uns was über Giles, über Chris Kaiser, über ihre Rivalitäten, all die Scheiße über den Sender, die Nachrichten, die Einschaltquoten erzählen, und die ganze Zeit über wußte ich, daß wir nur unsere Zeit verschwenden. Aber ich will nicht, daß es Zeitverschwendung ist. Ich wollte, daß er unser Mann ist. Wollte ihn festnageln und auf Eis legen und die ganze Sache einfach vergessen. Wahrscheinlich ist aus seiner Kanone nicht geschossen worden, oder? Gut. Ich wollte sie abfeuern; ich wollte die Ballistik frisieren, damit es so aussieht, als wäre es die Kanone, mit der Chris Kaiser ermordet worden ist. Ich wollte ausnutzen, daß er sich an nichts mehr erinnern kann. Ich wollte ihm diese Sache anhängen, Jake, und nur damit wir sagen können: Der Fall ist gelöst.»

So ähnlich hatte Neuman selbst schon oft genug empfunden. Das Leben war voller Kompromisse, oder etwa nicht? Gab man sich denn nicht immer mit der nächstbesten Sache zufrieden? Gut, warum dann also nicht auch mit dem nächstbesten Verdächtigen zufrieden sein? Was machte es denn schon für einen Unterschied, wenn er nicht abgedrückt hatte? Er hatte ein Motiv, oder? Was machte es da schon aus, wenn er nicht auch ganz die Motivation zu der Tat hatte? Die Leute beklagten sich doch immer darüber, daß die Cops Verbrechen nicht im Vorfeld verhinderten, daß sie statt dessen immer nur auf Verbrechen reagierten. Gut, war es denn nicht Verbrechensverhütung, jemanden auf Eis zu legen, der ein Motiv hatte, selbst wenn ihm die Motivation gefehlt hatte? Warum warten, bis er endlich genug Mumm zusammen hätte, motiviert wäre und die Courage aufbrächte, zu töten? *Das* würde Reaktion und nicht Prävention sein.

Er legte seine Hände auf Redfields Schultern. «Geh nach Hause. Schlaf was. Ich will dich vor morgen mittag nicht sehen. Versuch einfach, nicht mehr daran zu denken. Geh ins Kino. Sieh fern. Ruf eine Freundin an. *Ruf sie an.* Geh sie nicht besuchen. Frag sie nicht, ob sie zu dir kommen will. Rede einfach nur eine Weile mit ihr. Das wird ein ziemlich harter Fall. Wir haben nichts als Scheiße. Und es ist noch schlimmer, weil es nach dieser U-Bahn-Sache kommt. Da hatten wir schon genug Scheiße. Ich wünschte, man hätte uns den Fall gelassen. Schon allein um der Kontinuität willen. Ich verstehe schon, wieso sie uns diesen Fall hier gegeben haben. Wenn sich das mit dem Brief herumspricht, dann dauert es nicht lange und der letzte Spinner in dieser Stadt kommt an und behauptet, er wäre der Killer, schreibt uns irgendwelche Briefe, ruft uns an, und vielleicht bringen ein paar von denen dann auch noch wirklich irgendwen um. Je früher wir diesen Kerl schnappen, um so besser, aber wir wollen uns doch nicht schon fertigmachen, bevor wir richtig angefangen haben ... Ruf McIver und Bloomfield an – sie warten, bis sie von mir was hören – und sag ihnen, daß sie das Arizona überprüfen sollen: War Giles dort, wann ist er gekommen, wann wieder gegangen, mit wem hat er geredet und so weiter. Sag ihnen, daß sie mich nicht vor morgen stören sollen, sofern sie nicht herausfinden, daß er *nicht* dort war. Sag ihnen, daß sie mich sonst über Funk rufen sollen. Ich fahre Giles nach Hause, dann fahre ich auch nach Hause ... Also, nicht vor morgen mittag, okay?»

Redfield nahm Neumans Hände und drückte sie kurz. «Danke, Jake.»

«Ja.»

«Können Sie ein Geheimnis für sich behalten, Giles?» fragte Neuman.

Giles drehte seinen Kopf – er hatte sein Gesicht aus dem Seitenfenster in den Fahrtwind gehalten, um einen noch klareren Kopf zu bekommen – und lächelte dünn. «Ich?»

«Ein Berufsgeheimnis», sagte Neuman. «Sollte ich es in Kanal 3 hören oder in irgendeiner Zeitung lesen und dabei den Eindruck haben, daß es von Ihnen kommt, dann reiße ich Ihnen den Arsch auf.»

Giles Lächeln wurde breiter. «Ich weiß es zu schätzen, was Sie für mich getan haben, Lieutenant. Ja, ich kann ein Geheimnis für mich behalten.»

«Chris Kaisers Mörder hat einen Brief geschrieben, in dem er sagt, daß sie nicht sein letztes Opfer war», sagte Neuman. «Er hat diesen Brief in der Hoffnung an den *Express* geschickt, daß sie, da sie dem Kerl, den sie den Samariter-Killer nennen, angeboten haben, seine Geschichte zu erzählen, vielleicht an seiner Geschichte noch mehr interessiert wären, weil darin neben der Gewalt mehr Sex drin vorkommt. Sie hätten es auch gedruckt – die *Express*-Leute meine ich, also, gedruckt soll das heißen –, aber ich hab meinen Finger draufgehalten. Ich habe keine große Hoffnung, daß wir es lange geheimhalten können. Sie werden schon irgendeine Möglichkeit finden, die Story trotzdem zu bringen. Sie werden irgendeinen anderen Cop finden, der was davon weiß – inzwischen wissen eine ganze Reihe Leute davon – und dann haben sie ihre Quelle aus ‹gut unterrichteten Kreisen›. Vielleicht gehen sie ja auch vor Gericht und sagen, sie hätten ein Recht darauf, den Brief zu veröffentlichen, da er ja ihr Eigentum wäre, weil er an sie geschickt worden ist. Ja, ich denke, das werden sie wohl machen. Ich nehme sogar an, das sollten sie auch so machen. Aber ich will nicht, daß sie das jetzt schon machen ...

Der Kerl – ich bin sicher, daß es ein Kerl ist, obschon ich wahrscheinlich nicht völlig ausschließen sollte, daß es vielleicht auch ein Mädchen sein kann, die so tut als wäre sie ein Kerl, aber irgendwie glaube ich das nicht – der Kerl schreibt also in seinem Brief, daß er von Frauen wie dieser Chris Kaiser die Nase gestrichen voll hat. Frauen, die in der Welt allein aufgrund ihres Sexappeal vorankommen. So nennt man das wohl. Wenn ich zwischen den Zeilen lese, dann nehme ich mal einfach so an, daß er damit sagen will, daß es bei der Women's Lib eigentlich darum gegangen ist, daß die Männer die Frauen nicht – Sie wissen schon – einfach nur als Sex-Objekte betrachten sollten; und dann ist da eine Frau wie diese Chris Kaiser, die auf Reklameplakaten in der ganzen Stadt abgebildet ist, und die aussieht wie ... na ja, wie ein Sex-Objekt eben, wo sie doch eigentlich nichts als eine Journalistin sein sollte. Ein Journalist, ein Reporter wie Sie, wie Hunderte anderer Typen und ziemlich viele

Frauen, die ja auch in der Lage zu sein scheinen, gute Arbeit zu leisten ohne ... na ja, sich dafür auszuziehen.»

Giles lachte. «Ich fürchte, ich bin mit diesem Individuum einer Meinung, Lieutenant. So sehr Chris' Tod mich auch schockiert, ich kann mich einfach nicht von dem Gefühl freimachen, daß sie so etwas wie ein Flecken auf der weißen Weste unseres Berufsstandes gewesen ist ... Bin ich damit wieder in die Reihen der Verdächtigen eingerückt?»

Neuman hupte wütend ein Taxi an, das ihn geschnitten hatte. «Tja, ich weiß nicht. Ich kann Sie verdächtigen soviel ich will, irgendwie sieht es aber nicht so aus, als wären Sie zur richtigen Zeit am richtigen Ort gewesen, außer Sie haben sich irgendwen angeheuert, der die Drecksarbeit für Sie macht, in welchem Fall Sie es mir vielleicht einfach erzählen würden, dann kann ich Sie nämlich einlochen und mir das ganze Gerede ersparen. Ich habe genug für einen einzigen Tag geredet und mehr als genug Leuten zugehört ... Warum ich Ihnen das alles überhaupt erzähle – das von dem Brief, meine ich: Sie sind ja jetzt nun schon ziemlich lange im Fernsehbusiness tätig. Ich habe den größten Teil des Tages damit verbracht, mit anderen Leuten aus Ihrer Branche zu reden. Mit Ihrem Produzenten, den anderen Leuten Ihrer Show – von denen übrigens kein einziger glaubt, daß Sie sie umgebracht haben, falls das irgendein Trost für Sie sein sollte.–»

«Ist es, ja», sagte Giles leise.

«– und was mir dabei aufgefallen ist, ist wie ... kurzlebig das alles ist. Also wie man in dem einen Augenblick ganz oben an der Spitze stehen und im nächsten dann schon wieder unten auf der Straße sein kann, wenn man bedenkt, daß die Einschaltquoten so wichtig sind, wie sie nun einmal sind und alles, und da hatte ich den Eindruck, daß nicht nur irgendein *In*sider, jemand wie Sie, der von Chris Kaiser von der Spitze verdrängt worden ist, darüber froh sein könnte, daß sie tot ist – womit ich nicht sagen will, daß Sie sich darüber freuen, daß sie tot ist; ich rede jetzt rein hypothetisch, um ein Fremdwort zu benutzen –, sondern daß auch ein *Out*sider, zum Beispiel jemand von der Konkurrenz, vielleicht ebenso froh darüber sein wird. Und dann habe ich mich gefragt – in Anbetracht dessen, was Sie über das Fernsehen wissen und was ich Ihnen über diesen Brief erzählt habe –, ob Sie vielleicht eine Idee haben, wer ein solcher Jemand wohl sein könnte.»

Bevor er antwortete, dachte Giles einen Augenblick lang nach. «Nein, mir fällt niemand ein, Lieutenant. Was mich eigentlich überrascht, da meine Branche nicht nur kurzlebig ist. Sie ist auch noch mörderisch. In gewisser Hinsicht werden die Produzenten, die Moderatoren, die Manager all der anderen Nachrichtensendungen, all der anderen New Yorker Fernsehstationen *froh* darüber sein, daß Chris Kaiser tot ist, weil sie eine Konkurrenz repräsentierte, der sie nichts Gleichwertiges entgegenzusetzen hatten. Gleichzeitig wissen sie allerdings auch, daß Chris als Person gar nicht zählt. Sie war nicht mehr als die Verkörperung einer Idee – der Idee eines Produzenten, eines Nachrichten-Direktors, eines Werbefachmannes, eines Medienberaters – von irgendwem, vielleicht auch von mehreren Leuten in der Verwaltung, wie die Moderatorin der Mitternachtsnachrichten auszusehen hatte. Früher einmal verkörperte ich selbst eine vergleichbare Idee, die von anderen Individuen unter anderen Umständen zusammengestellt worden war. Wenn ich gestorben wäre – auf natürliche oder gewaltsame Weise –, wäre ich sehr schnell und auch sehr leicht von einer anderen Verkörperung dieser Idee ersetzt worden, die ganz sicher schon irgendwo existierte. Das gleiche gilt auch für Chris: Sie wird ersetzt werden – nicht durch mich, nicht durch jemanden aus einem der anderen Sender, denn die sind Verkörperungen von anderen Ideen; sie wird ersetzt werden durch jemanden, der in der Praxis durchaus sie selbst sein könnte. Und bevor Sie mich fragen, wer diese Person ist und ob *sie* vielleicht – denn es wird eine Frau sein müssen – Chris ermordet haben könnte, gebe ich Ihnen die Antwort: Niemand und nein. Chris' Ersatz existiert noch nicht; sie wird irgendwo in dem Verwaltungsapparat von Kanal 3 erschaffen – jetzt in diesem Augenblick, daran zweifle ich keine Sekunde –, daher wird sie Chris wohl kaum umgebracht haben können, um ihre Interessen zu forcieren, weil sie ja gar nicht gewußt haben kann, *wer* sie sein würde ... Ich bin sehr müde, Lieutenant. Ich weiß nicht, ob ich mich deutlich genug ausgedrückt habe.»

«Doch, ja», sagte Neuman und dachte: Gerede, Gerede, Gerede. All das ganze Gerede – und all das Zuhören –, nur um herauszufinden, daß er besser woanders als bei den anderen New Yorker Fernsehstationen suchen mußte, wenn er einen Tatverdächtigen für den Mord an Chris Kaiser finden wollte. «Das ist Ihr Haus, richtig? Da an der Ecke?»

Giles zuckte leicht zusammen, als er es erkannte. «Ja, das ist es.»

«Wie ich schon sagte, ich habe Ihre Frau durch einen meiner Männer – es war Sergeant Bloomfield – davon verständigen lassen, daß es Ihnen gut geht und daß Sie unterwegs nach Hause sind. Vermutlich ist sie noch auf und wartet auf Sie. Ihre Waffe behalte ich noch eine Zeitlang. Nicht weil ich glaube, daß Sie Chris Kaiser ermordet haben, sondern weil ich mich ziemlich mies fühlen würde, wenn ich sie Ihnen jetzt zurückgebe, und Sie blasen sich dann damit Ihren Schädel weg ... Gute Nacht, Giles. Beziehungsweise, inzwischen wird es wohl schon Morgen sein.»

Giles zog den Türriegel zurück, stieg jedoch noch nicht aus. «Ich schulde Ihnen eine ganze Menge, Lieutenant.»

«Sie schulden mir gar nichts», erwiderte Neuman. «Sie schulden nur den Leuten etwas, denen Sie etwas bedeuten – falls es die noch gibt. Mein alter Herr... – ach, scheiß drauf. Sie sollten jetzt besser raufgehen.»

«War ein Alkoholiker. Wollten Sie das gerade sagen?»

Neuman schloß die Augen, preßte seine Fingerspitzen in die Augenwinkel, bewirkte so ein Feuerwerk aus grünen und schwarzen Blitzen. «Was macht das schon für einen Unterschied?»

Giles öffnete die Beifahrertür, blieb aber immer noch sitzen. «Natürlich habe ich Ihre Unterhaltung mit Sergeant Redfield mitbekommen. Ich kann seinen Kummer verstehen.»

«Ach ja, wirklich?»

Giles berührte Neumans Arm. «Wußten Sie das denn nicht?»

Neuman öffnete seine Augen, sah auf Giles Hand, dann in sein besorgt wirkendes Gesicht. «Was wußte ich nicht?»

Giles wedelte vage mit der Hand. «Ich bin mir nicht absolut sicher, aber ich glaube, er und Chris sind – waren – Freunde.»

«Sie *glauben*? Wieso?»

Giles dachte einen Moment lang nach. «Ungefähr vor einem Jahr war Ihr Sergeant Redfield Gast einer Diskussionsrunde in Kanal 3 –»

«Das weiß ich», sagte Neuman.

Giles nickte. «Ich selbst habe nicht daran teilgenommen – Chris war die Moderatorin –, aber ich habe die Sendung zu Hause gesehen. Einige Zeit später – es können ein paar Monate, vielleicht auch nur ein paar Wochen später gewesen sein – habe ich sie zusammen gesehen.»

«Sie?»

«Chris und Sergeant Redfield. Ich habe ihn wiedererkannt, weil er auch in dieser Diskussion dabei war und weil ich Fotos von ihm in den Zeitungen gesehen hatte – Sie beide sind ein ziemlich häufig fotografiertes Gespann.»

«Wo haben Sie sie gesehen?»

«Im Control Room – das ist eine Bar im selben Block wie Kanal 3. Das Stammlokal von Leuten aus dem Sender.»

«Und da haben sie dann herumgehockt?»

«Um ihre Haltung zu beschreiben, fällt mir kein besserer Ausdruck ein», sagte Giles, «als sehr intim.»

Neuman schaltete aus der Park- in die Fahrstellung und behielt seinen Fuß auf der Bremse. «Nacht, Giles.»

«Gute Nacht, Lieutenant.»

Während er über die Triborough Bridge Richtung Ultima Quenns, der Schlafstadt, fuhr – seinem Geburtsort und, daran zweifelte er keine Sekunde, auch seiner letzten Ruhestätte, denn es war außerdem der Bezirk der Friedhöfe –, dachte Neuman: *Warum zum Teufel hat er mir das nicht einfach gesagt*?

17

«Ich habe dich doch gebeten, nicht mehr zu kommen», sagte Susannah Keyes.

«Du hast mich reingelassen.»

«Ich habe dich hereingelassen, weil du, wenn ich es nicht getan hätte, irgend etwas völlig Absurdes angestellt hättest. Du wärst wahrscheinlich über die Gartenmauer geklettert oder so. Irgendwas typisch Macho.»

«Du hast es doch schon immer gerne auf die etwas härtere Tour gehabt.»

«Gehabt», betonte Susannah. «Gehabt. Würdest du jetzt *bitte* wieder gehen? Ich will dich wirklich nicht sehen.»

«Ich habe dein Buch gelesen.»

Sie lachte. «Aber sicher doch. Du liebst es ja geradezu, dich selbst zu bestrafen.»

«Vermutlich geht jetzt auch dein größter Wunsch in Erfüllung – Gast der Johnny Carson Show zu werden.»

«Das ist kein Wunsch, das ist ein Traum. Und ja, ich bin tatsächlich eingeladen worden.»

«Was eine Chance ist, deinen anderen Wunsch zu erfüllen. Oder ist das auch ein Traum? Carson zu ficken.»

Susannah lächelte. «Er ist ein attraktiver Mann.»

«Wirklich zu schade, daß die Frauen, die dein Buch lesen, nie erfahren werden, daß es von einer Nymphomanin geschrieben worden ist. *Frauenliebe*. Scheiße. Das ist hochkarätige Pornografie. Nichts anderes. Geschrieben, um Männer scharf zu machen, und um dich durch den Gedanken scharf zu machen, sie geil zu machen.»

«Aber sicher doch, vielen Dank auch. Hochkarätig. Meine Güte.»

«Hast du was zu trinken da?»

«Nicht für dich. Ich will, daß du jetzt gehst. Wenn du nicht gehst, rufe ich die Polizei.»

Er setzte sich auf den Eames-Stuhl und verschränkte seine Hände hinter seinem Kopf. «Und schreist dann: Vergewaltigung? Das ist doch genau dein Stil, oder nicht? Die Cops zu rufen, Vergewaltigung zu schreien, und dann tauchen ein paar gutaussehende junge Cops hier auf, und du beschreibst ihnen in allen Einzelheiten, was ich mit dir gemacht habe – selbst wenn ich es nicht gemacht habe –, und dann dauert es nicht mehr lange, und schon klettert ihr drei die Wände hoch, und schon ziemlich bald danach steigt ihr aufeinander.»

«Und du würdest einfach nur zusehen?» sagte Susannah.

Er hob sein Kinn und deutete auf den Stoß Manuskriptseiten auf ihrem Schreibtisch. «Was schreibst du denn im Augenblick?»

«Einen Roman. Ja, du kommst auch drin vor, wie ich dir leider sagen muß.»

«Was tönst du noch immer gleich? Ein Schriftsteller kann nur über das schreiben, was er auch wirklich kennt?»

«Oder sie. So schlecht kommst du darin übrigens gar nicht weg – beziehungsweise, du wirst es dann nicht, wenn du jetzt sofort verschwindest. Ich hatte mal Lust, dich – die Figur, die dich in dem Roman darstellt – zu einem Mörder werden zu lassen, zu einem frauenkillenden Wahnsinnigen.»

«Frauenkillenden? Hast du das so genannt?»

«Aber das hätte den Plot nur unnötig kompliziert. Und ganz abgesehen davon, trotz all deines Gehabes bist du im Grunde doch nur eine Miezekatze. Und ein Masochist. Du würdest die Frauen niemals umbringen, die dir doch so viel angenehmen Schmerz verschaffen.»

Er lächelte. «Ich würde es sehr gerne lesen.»

Susannah schnaubte. «Niemand liest meine Arbeit in der Rohfassung. Mein Agent nicht, mein Lektor nicht, niemand.»

Er lachte. «Du bist wirklich eine dumme Fotze, weißt du das?»

Sie verbeugte ihren Kopf.

«Das ist genau, was ich wissen wollte. Und ich mußte dich nicht einmal erst danach fragen.»

Sie sah ihn fragend an. «Was du wissen wolltest? Warum?»

Er zog eine Pistole unter seiner Jacke heraus und richtete sie auf ihr Gesicht. «Ganz einfach. Wenn ich es mitnehme, höre ich auf zu existieren.»

Sie blinzelte unkontrolliert. «Steck das Ding wieder ein.»

«Und da es sonst niemand gelesen hat – weder dein Agent noch dein Lektor, niemand –, wird auch niemand Zwei und Zwei zusammenzählen können und sagen, daß ich eine der Romanfiguren bin.»

«*Bitte*, steck sie wieder ein.»

Er nahm einen Schalldämpfer aus seiner Jacke und schraubte ihn auf den Lauf.

«Ich werde schreien.»

«Wir sind hier in New York. Hier schreit andauernd irgendwer. Das ist eine Sitte hier.»

«*Bitte!*»

Er stand von seinem Stuhl auf und ging zu ihr und wischte ihr dichtes schwarzes Haar mit dem Schalldämpfer aus ihrer Stirn.

Sie zitterte. «Bitte.»

«Du hast den Nagel auf den Kopf getroffen. Frauenkillender Wahnsinniger, hä? Gefällt mir.»

«Martha hat einen Durchschlag», sagte sie, oder versuchte es zumindest. Sie bewegte ihre Lippen, doch keine Silbe kam heraus. Ihre Zunge war schlaff und kraftlos, und ihr Rachen war völlig trocken. Sie zwang sich zu schlucken, und versuchte dann noch einmal zu sagen: *Martha hat einen Durchschlag*, doch ehe sie das konnte, hatte er ihr eine Kugel in den Kopf gejagt.

18

Linda Walsh schloß ihre Augen und versuchte, sich an das Gesicht des jüngeren der beiden Männer zu erinnern, die in das Green Tree gekommen waren, als sie und Ray gerade gehen wollten.

Sie öffnete ihre Augen und blickte wieder auf das Foto auf der Titelseite der Zeitung, die ein Gast auf der Theke liegengelassen hatte – anstelle von einem Trinkgeld, der miese kleine Geizhals.

Es war derselbe Mann.

Wieder las sie die Bildunterschrift, die sie bereits ein halbes dutzendmal gelesen hatte:

> TOP-COPS AUF DER JAGD NACH MÖRDER VON NACHRICHTENSPRECHERIN. Detective Sergeant Robert Redfield (l.) und Lieutenant Jacob Neuman (mit dem Rücken zur Kamera) im Gespräch mit Reportern vor den Studios des Kanal 3, wo sie ihre Ermittlungen im Zusammenhang mit dem Mord an der bekannten Fernsehjournalistin Chris Kaiser aufnahmen. Bericht: S. 3.

Und dann den Bericht, den sie schon zweimal gelesen hatte:

> Wie die NEWS heute erfuhr, beauftragte Police Commissioner Daniel Clarity zwei seiner besten Beamten mit der Leitung der Ermittlungen im Zusammenhang mit dem Mord an der Fernsehmoderatorin Chris Kaiser am vergangenen Samstag.
>
> Detective Lt. Jacob Neuman (60) und Detective Sgt. Robert Redfield (39) wurde auf persönliches Ersuchen von Thomas K. Minchenberg, Präsident des Senders Kanal 3, an Bürgermeister Berger die Leitung der Ermittlungen übertragen. Chris Kaisers Vierundzwanzig-Uhr-Nachrichten auf Kanal 3 hatte von allen Nachrichtensendungen landesweit die höchsten Einschaltquoten.
>
> Aus gewöhnlich gut unterrichteter Quelle erfuhr die NEWS, daß Minchenberg dem Bürgermeister Informationen vorgelegt hat, die eindeutig darauf hinweisen, daß Miss Kaiser nicht wie ursprünglich angenommen, von

einem Einbrecher, sondern von einem – wie ihn unsere Quelle nennt – «kaltblütigen Killer, der beabsichtigt, wieder zuzuschlagen» ermordet worden ist.

Dies, so unser Informant weiter, geht aus einem Brief hervor, den der mutmaßliche Mörder geschrieben und an eine noch unbekannte Tageszeitung geschickt hat. Nach Mitteilung unserer Quelle hat die Polizei die besagte Tageszeitung gebeten, diesen Brief nicht zu veröffentlichen.

Alle Versuche, hierzu eine Stellungnahme von Bürgermeister Berger, Commissioner Clarity und Minchenberg zu erhalten, blieben bislang erfolglos, da keiner der drei – weder in ihren Büros noch in ihren Privatwohnungen – telefonisch zu erreichen war.

Von anderen Polizeibeamten wurde uns allerdings die Meldung bestätigt, daß die Detectives Redfield und Neuman – unter ihren Kollegen auch besser als Redford und Newman bekannt (nach den bekannten Schauspielern, die gemeinsam in Filmen wie «Butch Cassidy und Sundance Kid» und «Der Clou» aufgetreten sind) – mit der Leitung der Ermittlungen im Mordfall Kaiser beauftragt wurden.

Die beiden Detectives, die die höchste Aufklärungsquote aller Beamten von Mordkommissionen dieser Stadt vorzuweisen haben, hatten vor diesem Fall die Ermittlungen um den spektakulären Mord an einem jungen Rowdy geleitet, der von einem bislang noch nicht identifizierten Mann erschossen worden war, den die Medien zum «Samariter-Killer» erkoren haben.

Es folgten noch weitere Informationen über andere Ermittlungen, die Redfield und Neuman erfolgreich abgeschlossen hatten.

Redfield. Der Name auf dem Umschlag des Flugtickets in Rays Jackentasche. Mit einer Adresse in der 72. Straße. Linda hatte bereits im Telefonbuch nachgeschlagen, ob Robert Redfield in der 72. Straße wohnte. Es gab keine Eintragung für einen Robert Redfield, was ja auch einen Sinn ergab; er war ein Cop – mit Feinden.

Und einer von denen war vielleicht auch der Mann, der jetzt in ihrer Wohnung lebte – Linda hatte Ray überredet, sein Gepäck, nur eine leichte Reisetasche, von dem YMCA an der 63. Straße in ihre Wohnung zu bringen; der Mann, der ihr gesagt hatte, sein Name wäre Ray Howell, dessen Flugschein jedoch auf einen Paul Howell ausgestellt war; der Mann, von dem sie praktisch nichts wußte, außer daß er Annie Dillard und Baseball mochte; der Mann, in den sie sich, falls sie das zuließ, verlieben konnte.

Bei dem Geräusch eines Schlüssels im Schloß ihrer Wohnungstüre fuhr Linda erschrocken zusammen. Die Digitaluhr auf dem Kühlschrank behauptete, daß es halb fünf morgens war. Wie konnte sie sich nur in einen Mann verlieben, der um halb fünf morgens nach Hause kam und ihr, das wußte sie genau, nicht sagen würde, wo er gewesen war? Sie faltete die Zeitung schnell zusammen und stieß sie tief in den Mülleimer, ging dann zur Küchentür und hoffte, daß ein Lächeln auf ihrem Gesicht lag. «Hi.»

«Hi», erwiderte Ray. «Seit wann bist du wieder hier?»

Richtig, sie arbeitete oft, bis die Kneipe zumachte und kam erst um halb vier oder vier nach Hause. Vielleicht gab es ja überhaupt keine Veranlassung für sie, mißtrauisch zu sein. Vielleicht hatte er einen Job in irgendeiner Bar gefunden und wollte ihr das nur nicht sagen, falls sie deswegen so etwas wie berufliche Eifersucht empfinden sollte.

Mach dir doch nichts vor, Linda. Dieser Kerl könnte gefährlich sein.

«Ich hab etwas früher Feierabend gemacht. Hatte noch ein paar Stunden gut. Und ich hatte gehofft, du wärest vielleicht schon hier.»

«Ich habe einen alten Freund besucht. Ich habe dir ja gesagt, daß es spät werden würde.»

«Ich weiß. Es ist ja auch nur ...»

Ray kam zu ihr und legte ihr die Hände auf die Schultern. «Linda ...»

Sie schüttelte seine Hände ab. Sie haßte es, so festgehalten zu werden. Es erinnerte sie daran, wie ihr Vater sie immer gehalten hatte – ehe er ihr ins Gesicht geschlagen oder sie gegen die Wand geschleudert hatte. «Nein, sag nichts. Ich weiß, was du sagen willst. Es tut mir leid. Ich kann nur nicht anders, das ist alles. Ich kann nichts dafür, daß ich dich mag. Ich kann nichts dafür, wenn ich dich bei mir haben will.»

Ray schob seine Hände in die Taschen seiner Jeans und scharrte mit den Füßen auf dem Boden. «Vielleicht sollte ich besser gehen.»

Laß ihn, Linda. Laß ihn gehen. «Nein, das will ich nicht. Ich werde dich nicht gehen lassen. Selbst wenn das alles nur für kurze Zeit ist. Ich will diese kurze Zeit.» Sie ging zu ihm, zog seine Hände aus seinen Taschen und legte sie auf ihre Brüste. Sie griff nach oben und packte seine Haare und zog seinen Mund zu ihren Lippen herunter.

Du bist verrückt, Linda.

Ach, ja? Das Schlimmste, was mir passieren kann ist, daß er mich umbringt. Dann werde ich ihn wenigstens nicht vermissen müssen.

Während sie schlief, wanderten Rés Gedanken in die Vergangenheit.

Er marschierte eine ganze Woche, immer Richtung Westen, Richtung nach Hause. Nachts marschierte er, und tagsüber schlief er, lebte von dem, was das Land zu bieten hatte.

Am Abend des achten Tages wurde er von jemandem geweckt, der ihn mit einem Bajonett gegen den Bauch stieß – ein junger Vietnamese in alten, abgetragenen, zerlumpten Kleidern: Den Überresten einer ARVN-Uniform, GI-Shorts, einem Stirnband aus geflochtenem Gras, Adidas-Turnschuhen. Ré hatte nichts zu verlieren und packte den Lauf des Gewehres und versuchte, es dem Mann zu entwinden. Irgendwer hinter seinem Rücken schlug ihn mit einem harten Gegenstand hinter das Ohr.

Es war pechschwarze Nacht, als er wieder zu Bewußtsein kam, und er hörte das Knistern eines Feuers und roch Rauch und den Duft nach gebratenem Fleisch. Er dachte, daß man ihn vielleicht geblendet hatte, doch er spürte keinen Schmerz. Als er nach seinen Augen tastete, merkte er, daß man ihm die Augen verbunden hatte.

Jemand kauerte sich neben ihn und berührte behutsam seine Schulter. Er roch wie ein Amerikaner. «Wir nehmen dir die Augenbinde wieder ab, wenn wir sicher sind, wer du bist, Bruder. In der Zwischenzeit, iß das hier.»

Seine Mahlzeit bestand aus Wildschweinfleisch, irgendeiner gebackenen Frucht und Wasser, das köstlicher schmeckte als alles, was er je zuvor getrunken hatte. Er bat um mehr von allem und man gab es ihm.

Der Amerikaner steckte eine Zigarette an und schob sie Ré zwischen die Lippen. Zuerst wurde ihm von dem Rauch schwindlig, doch dann beruhigte die Zigarette ihn.

«Du bist ein Deserteur», sagte der Amerikaner mit einem leichten Südstaatenakzent – einem weißen Südstaatenakzent.

Ré selbst hatte die Sache so noch nicht gesehen, doch er vermutete, daß der Mann wohl recht hatte. Obschon es keine Frage gewesen war, nickte er.

«Unser Nachrichtendienst ist ziemlich gut», sagte der Amerikaner. «In gewisser Weise ist er sogar besser als der jeder anderen Armee, die in diesem beschissenen Krieg kämpft. So haben wir überlebt. Unser Nachrichtendienst sagt, daß in einem Umkreis von hundert Kilometern keine amerikanischen Einheiten hier operieren, also mußt du einen ziemlich weiten Weg hinter dir haben.»

«Meine Einheit war in der Nähe der Firebase Enid im Einsatz», sagte Ré. «Die Vierte der Zwei-Null-»

Der Amerikaner legte Ré einen Finger auf den Mund. «Regel Nummer Eins: Deine Vergangenheit geht nur dich etwas an. Wir müssen nichts über dich wissen, um dich bei uns aufzunehmen. Alles was wir wissen müssen ist, ob du aufgenommen werden willst.»

Ré tastete nach seinem Schulterstück, doch es war von seiner Uniformbluse abgerissen worden. Auch sein Namensschild war fort und auch die Hundemarke an der Kette um seinen Hals.

In der Stimme des Amerikaners lag ein Lächeln. «Die Jungs, die dich hergebracht haben, haben all deine IDs vergraben. Da sie kein Englisch sprechen, wissen nicht einmal sie, wer du bist, zu welcher Einheit du gehört hast ... Ja, wahrscheinlich denkst du jetzt, daß die meisten ARVN-Soldaten wenigstens ein bißchen Englisch sprechen, aber sie gehörten nicht zur ARVN. Einer ist ein VC, einer ein NVA-Mann – oder besser, sie waren es. Jetzt sind sie bei uns.»

«VC? NVA? Und du? Wer ist ‹wir›?»

«Wir haben uns bemüht, uns keinen Namen zu geben. Wenn man erst mal einen Namen hat, dann kommen auch ganz schnell Ränge dazu, und wenn man Rangunterschiede hat, dann führt das leicht zu Meinungsverschiedenheiten. Aber einige der Jungs nennen uns *Das Volk*. Wir sind Amerikaner, ARVN, NVA und VC. Deserteure würden unsere früheren Führer uns nennen – und das tun sie auch –, doch wir verstehen uns lieber als Menschen, die das Licht gesehen haben, die erkannt haben, daß im Töten und getötet werden keinerlei Zukunftsperspektive liegt.» Der Amerikaner lachte. «Am Anfang waren wir acht: Drei GIs, ein ARVN-Kundschafter und vier NVA-Soldaten. Während eines Artilleriesperrfeuers sind wir alle in denselben Bombenkrater gesprungen. Und da hockten wir dann eine ganze Nacht, Auge in Auge, unsere Gewehre auf die Köpfe der anderen gerichtet, den Sicherungsbügel zurück, die Finger am Abzug. Irgendwann gegen Tagesanbruch fing irgendwer an zu lachen. Ich weiß nicht mehr, wer es gewesen ist. Jedenfalls dauerte es nicht lange und wir haben alle gelacht – darüber gelacht, daß wir noch am Leben waren. Wir ließen unsere Waffen fallen und sind wie die Verrückten herumgetanzt, lachten und schrien. Als wir uns schließlich wieder beruhigt hatten, machte ich einen Vorschlag – daß wir uns, statt zu unseren Einheiten zurückzukehren und uns womöglich nur ein paar Stunden später umzulegen, doch einfach zusammentun sollten und das Ende des Krieges abwarten. Wir wußten verdammt viel mehr als irgendein Offizier, ein General, ein Politiker, ein Präsident. Ich hatte vorher noch nie an so etwas gedacht, bis ich dann diesen Vorschlag machte. Ihren Gesichtern nach zu schließen – unser Kundschafter übersetzte ihnen meine Idee ins Vietnamesische –, hatten sie ebenfalls noch nie daran gedacht. Doch als sie es sich noch mal richtig überlegten, wurde ihnen verdammt klar, daß sie eine ganze Menge von dieser Idee hielten, nachdem sie sie erst mal gehört hatten. Der langen Rede kurzer Sinn: Wir haben uns also zusammengetan. Das ist jetzt gut achtzehn Monate her, und seitdem sind wir auf vierundzwanzig Mann angewachsen. Du bist der fünfundzwanzigste.»

Ré berührte seine Augenbinde. «Darf ich das hier jetzt abnehmen?»

Irgendwer hinter seinem Rücken nahm ihm die Binde ab. Es dauerte einen Augenblick, bis sich seine Augen an das Licht des Lagerfeuers gewöhnt hatten. Dann sah er sie; er saß im Zentrum eines Kreises: Da waren Amerikaner in schwarzen Pyjamas, Vietnamesen in Arbeitsanzügen, andere in amerikanischen T-Shirts mit fetzigen Sprüchen darauf, wieder andere in Lendenschurzen, noch mehr Amerikaner in Turnhosen und Tennisschuhen, andere waren in voller Kampfmontur – nur daß ihre Uniformen keinerlei Insignien trugen.

Ré winkte ihnen schüchtern zu. «Ich heiße –»

«Du heißt wie auch immer du heißen willst», unterbrach ihn der

Amerikaner. Er war zierlich und blond und trug Blue Jeans und Kampfstiefel, kein Hemd. «Also denk erst noch mal darüber nach, ehe du uns sagst, wie du heißt. Das ist eine Chance, die man nicht sehr oft im Leben geboten bekommt – der sein zu können, der man sein will. Ich zum Beispiel habe meinen Namen, meinen wirklichen Namen, gehaßt, seit ich noch ein Kind war. Es war auch der Name meines Vaters – ist es immer noch, nehme ich an – und auch er haßte diesen Namen, also wirst du dir wahrscheinlich denken können, was er von mir gehalten haben muß, wenn er mir denselben Namen gab. Jedenfalls nenne ich mich heute Huck – wie Huck Finn. Er war schon immer meine Lieblings-Romanfigur gewesen, als ich noch ein kleiner Junge war, und als ich erst daran gedacht hatte, fiel mir keine bessere Person mehr ein, die ich sein wollte.»

Ré dachte einen Augenblick nach, starrte in das Feuer und spürte die Augen der anderen auf sich. «Ich habe einmal eine Vietnamesin kennengelernt, die einen kleinen Jungen, er war noch ein Baby, hatte, dem sie keinen Namen geben wollte, weil sie sich ganz sicher war, daß er sterben würde.»

«Liegt ganz an dir, Bruder», sagte Huck. «Wenn du keinen Namen haben willst, dann ist das deine Sache. Wir haben einen Burschen bei uns – er ist jetzt gerade draußen und bewacht das Lager –, der ist jetzt schon sechs Monate hier, und ihm ist immer noch kein Name eingefallen. Er will, daß es der richtige Name ist, und auf den ist er bis jetzt noch nicht gekommen.»

Ré blickte von dem Feuer auf und sah Huck direkt in die Augen. «Ich will einen Namen. Ich will einen Namen, weil ich nicht glaube, daß ich sterben werde. Ich glaube, ein Name wird verhindern, daß ich sterbe.» Er streckte Huck seine Hand entgegen. «Freut mich, dich kennenzulernen, Huck. Ich heiße Tom.»

Huck zögerte einen Moment, doch dann trat ein Funkeln in seine Augen, das verriet, daß er gehofft hatte – ohne es zu wissen –, daß genau dies der Name war, für den Ré sich entscheiden würde.

19

Susannah Keyes Leiche wurde am Dienstagnachmittag von zwei Polizisten gefunden, die das letzte Glied einer langen Kette der Besorgnis waren, die seit diesem Morgen angewachsen war.

Der Fahrer einer Mietwagenfirma war um sechs Uhr vor Susannahs Wohnung eingetroffen, um sie – ironischerweise – in die Studios von Kanal 3 zu bringen, wo sie als Gast der Sendung *Guten Morgen, New York* hatte auftreten sollen. Nachdem der Fahrer mehrfach und ausdauernd bei ihr geklingelt und keine Antwort erhalten hatte, rief er seine Funkzentrale an, die sich wiederum mit der Redaktion des *Guten Morgen, New York* in Verbindung setzte, die den Wagen bestellt hatte. Die Redaktion rief dann den Produzenten der Sendung an, der die Publicity Abteilung der Willow Press, Susannah Keyes Verlag, verständigte, nachdem er einen Ersatzgast aufgetrieben hatte. Die Publicity Abteilung wiederum rief Susannahs Lektor an, der Susannahs Agentin anrief, die hinter allem eher kalte Füße als böswillige Absicht vermutend, in Susannahs Wohnung anrief und auf dem Anrufbeantworter eine strenge Nachricht hinterließ, die besagte, da sie nun einmal ein sehr kontroverses Buch geschrieben habe, müsse sie nun auch bereit sein, sich der Kontroverse zu stellen. Erst als die Agentin aus der Mittagspause zurückkehrte und feststellte, daß Susannah ihren Anruf immer noch nicht beantwortet hatte, rief sie ein zweites Mal an, erhielt wieder nur den Anrufbeantworter und gelangte zu dem Schluß, daß diese Sache anders als per Telefon angepackt werden müßte. Sie fuhr mit einem Taxi in die Downtown, klingelte erfolglos bei Susannah, beschwatzte einen Nachbarn, sie doch ins Haus zu lassen, klingelte wieder und klopfte an Susannahs Wohnungstüre, und verständigte dann – durch den Gestank beunruhigt, der aus der Wohnung kam – die Polizei.

In der Zwischenzeit hatte jede Zeitung der Stadt mit der Nachmittagspost einen maschinengeschriebenen Brief erhalten – abgestempelt Montagmorgen von einem Postamt in der Nähe von Susannahs Wohnung –, in dem ihr Tod verkündet und festgestellt wurde, daß es der zweite Mord in einer Serie war, die mit Chris Kaisers Tod begonnen hatte. Der Brief wiederholte noch einmal jene Ansichten, die in dem Schreiben formuliert worden waren, das der *Express* zwar erhalten, nicht jedoch veröffentlicht hatte und drängte die Redakteure der Zeitungen, die Nachrichtensperre der Polizei zu ignorieren. Er endete mit der Ankündigung, daß es noch weitere Tote geben würde – «bis die Fotzen ausgerottet sind».

Gerade noch rechtzeitig für das Feierabend-Geschäft kamen die Nachmittagszeitungen mit Extra-Ausgaben heraus. Die Morgenzeitungen planten erhöhte Auflagen. Die Fernsehteams, die es wurmte, keinen solchen Brief erhalten zu haben – offenbar waren die Briefe nicht fotokopiert, sondern jeweils individuell getippt worden – und die auch nicht zu dem Block durchgelassen wurden, in dem Susannah Keyes gewohnt hatte, gaben sich notgedrungen damit zufrieden, die Lokalredaktionen und Druckereien der Zeitungen zu filmen.

Der *Express* brachte exklusiv, daß die Polizei in dem Papierkorb neben den Briefkästen in Susannah Keyes Haus – der Korb wurde einmal wöchentlich, freitags, geleert – einen Brief gefunden hatte, der an Susannah adressiert war und ein Blatt mit den Worten «Du bist nächste» enthielt. Diese Information hatten sie von Jake Neuman, der sich mit dieser Kleinigkeit bei dem *Express* dafür revanchierte, daß sie den ersten Brief nicht gedruckt hatten.

«Ich könnte mich stundenlang in den Arsch treten», schimpfte Neuman. «Wenn ich sie den Brief hätte drucken lassen, und wenn sie ihn dann gelesen hätte, dann hätte sie sich vielleicht einen Reim machen können – hätte verstanden, daß das hier eine Warnung war.»

«Das konntest du doch wirklich nicht wissen, Jake», sagte McIver. «Abgesehen davon sieht mir das hier doch sehr nach einem bösen Streich aus, findest du nicht auch? Ich meine, die Grammatik. Der Kerl, der die anderen Briefe geschrieben hat, ist kein Analphabet.»

«Vielleicht will er, daß wir das glauben», sagte Redfield. «Aber das ergibt keinen Sinn. Wie Tim schon sagte: In den anderen Briefen gibt es keine grammatischen Fehler.»

«Einer unserer Psychologen sieht sich die Briefe gerade an», sagte Neuman, «und versucht ein Charakterprofil des Kerls zusammenzustellen. Die Mühe könnte ich ihm ersparen – der Kerl ist eine Knallschote.»

«Er mußte diese Miezen gekannt haben, meinst du nicht auch, Jake?» fragte McIver. «Ich meine, wie erklärst du dir sonst, daß er immer glatt rein und raus gekommen ist? Sie müssen ihn reingelassen haben – oder er hatte Schlüssel – und er hat wieder hinter sich abgeschlossen, als er ging – mit den Schlüsseln, die er hatte oder mit denen, die er mitgenommen hat. Bloomfield redet gerade mit dieser ... Keyes Agentin, und stellt eine Liste von männlichen Freunden, Kollegen, was auch immer zusammen – irgendwas, das wir mit der Liste der Freunde der Kaiser vergleichen können.»

Neumann nickte. «Die Agentin sagte mir, daß das Buch der Keyes davon handelt, na ja, eine Lesbe zu sein. Vielleicht sind es weibliche Freunde, Kollegen, was auch immer, nach denen wir suchen sollten.»

«Der Haken ist aber nur», meinte Redfield, «daß in dem Buch nichts steht, was eine Frau wütend genug machen könnte, sie umbringen zu wollen. Die Männer werden in dem Buch ganz schön hart rangenommen, nicht die Frauen.»

«Ah, du hast es gelesen, stimmt's?» fragte Neuman.

Redfield schüttelte den Kopf. «Hab nur davon gelesen. Die *Sunday Times* hat eine längere Besprechung gebracht. Ziemlich harter Tobak, das Ding. Sie forderte so etwas wie eine Amazonen-Gesellschaft: Frauen leben zusammen, ziehen Kinder auf, die durch künstliche Befruchtung gezeugt wurden, haben keinerlei Männerbeziehungen. Auf dieser Liste der männlichen Freunde, Kollegen, was auch immer, befindet sich vielleicht ein Kerl, der möglicherweise früher einmal eine etwas andere Vorstellung davon hatte, als es darum ging, eine Beziehung mit ihr, mit Susannah Keyes zu haben.»

«Ja, gut», sagte Neuman. «Wenn das so ist, Tim, warum gehst du dann nicht Bloomfield bei dieser Liste ein bißchen helfen? Nicht, daß ich ihm nicht traue, aber er stellt nicht immer unbedingt die zweite Frage nach seiner ersten Frage. Bearbeite diese, na ... diese Agentin und sorg dafür, daß sie dir jeden Namen sagt, der ihr einfällt, selbst wenn sie nicht glaubt, daß er ihr gleich einfällt ... Dabei fällt mir ein, Bobby», sagte Neuman, als McIver in Susannah Keyes Haus verschwunden war, in dem sie in der Hausmeisterwohnung ihre behelfsmäßige Zentrale eingerichtet hatten, «du hast vergessen mir zu erzählen, daß du Chris Kaiser nicht nur einfach mal so getroffen hast, sondern daß du sie kanntest.»

Redfield zupfte ein Blatt von der Ligusterhecke neben dem Bürgersteig ab, wohin sie gekommen waren, um etwas frische Luft zu schnappen. «Giles?»

«Was macht das schon für einen Unterschied? Was ändert das schon, wenn irgendein kleiner Vogel mir das ins Ohr gezwitschert hat? Du bist derjenige, der mir solche Sachen erzählen sollte.»

Redfield faltete das Blatt zusammen. Dann noch einmal. «Es war vor sechs Monaten, Jake. Ich habe sie bei dieser Sendung getroffen, wie ich dir gesagt habe. Ich war einfach Luft für sie, daher war ich auch ziemlich überrascht, als sie mich ungefähr eine Woche später anrief und fragte, ob ich mich auf ein Glas mit ihr treffen wollte. Wir sind in eine Bar ganz in der Nähe ihrer Arbeit gegangen, haben uns ein paar Drinks genehmigt – sie mußte in dieser Nacht noch arbeiten, und hat sie nur Perrier getrunken – und haben hauptsächlich über das Wetter geredet ... und daß wir beide nie eine Beziehung zueinander haben könnten, bei ihrer Arbeitszeit und bei meiner.»

«Ach, über so was reden die Leute heutzutage?» fragte Neuman. «Klingt irgendwie ziemlich pessimistisch.»

«Ich nehme an, das war ihre Art mich anzumachen, ohne sich klar ausdrücken zu müssen», sagte Redfield. «Ich habe viele Frauen wie sie gekannt: Karrierefrauen. Sie erzählen dir, wie interessant du bist, wie attraktiv, wie überraschend einfühlsam für einen Cop – Cops sollten knallhart sein –, dann erzählen sie dir, wieviel sie doch arbeiten müssen, daß sie seit Ewigkeiten keinen Urlaub mehr gemacht haben, welche große Verantwortung auf ihnen lastet. Es ist als würden sie mit der einen Hand mit dir flirten und gleichzeitig mit der anderen die Linie ziehen: Hier ist Schluß!»

«Und danach hast du sie nicht mehr wiedergesehen?»

Redfield schüttelte den Kopf. «Nur in der U-Bahn.»

«Woher hatte sie denn deine Nummer?» wollte Neuman wissen. «Du hast doch gesagt, sie hätte dich angerufen. Du stehst aber nicht im Telefonbuch.»

«Was soll das, Jake? Willst du Löcher in meine Geschichte schlagen? Ich sag dir die Wahrheit, um Himmels willen.»

«Hab nicht das Gegenteil behauptet. Ich möchte es einfach nur wissen.»

Redfield zuckte die Achseln. «Ich habe sie nicht gefragt. Dachte mir, wahrscheinlich hatte sie sie von dem Produzenten, der die Diskussionsteilnehmer eingeladen hat. Er hieß Bryan oder O'Brien oder so ähnlich. Er hatte meine Privatnummer.»

«Und nach den Drinks, hast du sie da nach Hause gebracht oder was? Sieh mich nicht so an. Ich will keine Löcher in deine Geschichte schlagen; meine Güte, du bist mein Partner und kein Verdächtiger. Ich frage mich einfach nur, da du ja möglicherweise in ihrer Wohnung gewesen bist, ob du vielleicht irgendwas gesehen hast, jemanden gesehen hast, ob du irgend etwas bemerkt hast, das für uns von Interesse sein könnte.»

«Ich habe es dir doch schon gesagt, Jake – sie mußte an diesem Abend noch arbeiten.»

«Ja, das hast du, Bob. Das hast du ... Gut, genug damit. Gehen wir jetzt nach oben und sehen uns mal an, was für eine Liste von Freunden, Kollegen, was auch immer, diese wie-heißt-sie-nochgleich, die Agentin, für uns hat.»

Die Agentin – ihr Name war Zoe Zell – kam während dieses und des nächsten Tages auf zweihundert Namen, und sie rief immer wieder an, um noch weitere hinzuzufügen. Fünfundsiebzig dieser Namen, dann achtzig, dann fünfundachtzig, befanden sich ebenfalls auf der Liste der Freunde, Kollegen, was auch immer, von Chris Kaiser.

Fünfzig dieser Leute lebten nicht in New York. Acht waren aus geschäftlichen oder privaten Gründen nicht in der Stadt als Chris Kaiser ermordet wurde; sechs (vier der acht plus zwei weitere) waren nicht in der Stadt als Susannah Keyes ermordet wurde. Von den fünfundzwanzig, die in der Stadt waren, als beide Morde begangen wurden, besaßen dreizehn Zeugen, die Rechenschaft über ihren Aufenthaltsort zu den fraglichen Zeiten ablegen konnten, vier hatten Alibis, durch die sie als Mörder von Chris Kaiser, drei, durch die sie als Mörder von Susannah Keyes ausschieden. Von den fünf noch verbleibenden Freunden, Kollegen, was auch immer, der beiden Frauen war eine eine fünfundsiebzig Jahre alte Frau, die seit ihrer Kindheit an Kinderlähmung litt, einer war Pfarrer der St. Bartholomew's Church, einer war blind.

Damit blieben nur Zoe Zell selbst, die nicht nur Susannah Keyes Agentin gewesen war, sondern auch Chris Kaiser, wie sie es ausdrückte, «flüchtig – denn anders konnte man sie überhaupt nicht kennen» – gekannt hatte und Thomas Minchenberg, der als Präsident von Kanal 3 nicht allein Chris Kaisers Chef gewesen war, sondern zudem Susannah Keyes, wie er sich ausdrückte, «intimer als es gut war» gekannt hatte, da er «zu dem Zeitpunkt noch verheiratet gewesen war – und damals hatte sie noch nicht beschlossen, daß Männer ein Greuel waren.»

Weder Zoe Zell noch Thomas Minchenberg konnten Zeugen für ihre Behauptungen beibringen, daß sie zum Zeiutpunkt des Mordes an Chris Kaiser geschlafen beziehungsweise ferngesehen hatten; daß sie zum Zeitpunkt des Mordes an Susannah Keyes beide – allein – geschlafen hatten.

Weder Zoe Zell noch Thomas Minchenberg besaßen eine Lizenz für eine .38er Smith & Wesson Halbautomatik mit Schalldämpfer, die die Waffe war, mit der sowohl Chris Kaiser als auch Susannah Keyes erschossen worden waren.

Weder Zoe Zell noch Thomas Minchenberg besaßen Olivetti-Kofferschreibmaschinen – mit abgenutzten kleinen *e*'s und *r*'s, die laut den Kriminaltechnikern diejenige Schreibmaschine war, mit der die Briefe an die Zeitungen und die Nachricht an Susannah Keyes geschrieben worden waren.

Was jedoch noch wichtiger war: Keiner der beiden hatte ein Motiv, ihre beziehungsweise seine Erwerbsquelle zu töten.

Als Neuman dies Zoe Zell gegenüber erwähnte – sie saßen Freitagnachmittag in ihrem Büro und blickten auf den größten Teil der Welt östlich der Third Avenue hinaus –, sagte sie: «Zumal es ja ganz so aussieht, als wäre mir jetzt ein Roman durch die Lappen gegangen.»

«Ein Roman?» fragte Neuman.

«Suzes Roman, ja», sagte Zoe Zell. Sie nahm eine Kopie der Inventarliste in die Hand, die die Polizei von Susannahs Wohnung angefertigt hatte und schnipste mit einem Fingernagel dagegen. «Hier steht er *nicht* drauf. Hier steht er nicht *drauf.*»

«Und sie hatte gerade an einem Roman geschrieben?» fragte Neuman.

«Sie war fast fertig damit. Vielleicht war sie ja auch schon fertig. Es hätte das bedeutendste Buch seit langem werden können. Es hätte der New Yorker Literatur-Szene eins um die Standesohren haun können.»

«Wie das?»

Zoe Zell sackte ein wenig zusammen. «Ich habe es nicht gelesen – nicht ein Wort. So war Suze eben. Andere Autoren zeigen mir Kapitel für Kapitel. Sie wollen, daß ich ihr Buch aufgrund von ein paar

Kapiteln und einem Exposé verkaufe. Sie wollen einen Input – von mir, von einem Lektor. Nicht so Suze. Sie wollte keinen Input bevor ihr Buch fertig war, und dann hörte sie auch nur auf die absolut schärfsten, durchdachtesten Argumente, wenn es darum ging, daß sie irgend etwas herausnehmen oder hinzufügen oder überhaupt irgend etwas anderes machen sollte. Sie war der Ansicht, daß es allein *ihr* Buch war – nicht meins, nicht das ihres Lektors, nicht das ihres Verlegers – und daß, falls ich es vertreten sollte, falls ihr Lektor es redigieren sollte, falls ihr Verleger es verlegen sollte, daß dann alles ausschließlich zu *ihren* Bedingungen zu geschehen hatte.»

«Klingt vernünftig», sagte Neuman. «Glaube ich. Ich meine, ist es nicht so?»

«Dinge gehen verloren, Lieutenant», sagte Zoe Zell. «Die Annalen der Literatur sind voll von Geschichten über Autoren, deren Arbeiten verlorengegangen sind, verlegt worden sind, gestohlen worden sind. Feuer. Ganze Œuvre sind durch Feuer vernichtet worden. Wohlmeinende Putzfrauen haben ganze Kapitel fortgeworfen. Einzelne Seiten. Es gibt den berühmten Fall eines Romanciers, dessen kleiner Sohn die letzte Seite eines Romanes vernichtete, an dem sein Vater gerade arbeitete. Natürlich wußte er, wie das Buch aufhörte, aber er konnte sich nicht mehr genau an die Worte erinnern, die er verwendet hatte. Die Neufassung erreichte seiner Meinung nach weder die Poesie noch die Philosophie des ursprünglichen Manuskriptes. Ideen sind sehr empfindliche, zerbrechliche, vergängliche Dinge, Lieutenant. Suze zum Beispiel erzählte mir einmal, daß sie eine Idee für einen Roman hatte, als sie gerade unter der Dusche stand. Als sie endlich heraus war und sich genügend abgetrocknet hatte, um an ihren Schreibtisch zu gehen und sich einen Block und Bleistift zu holen, da hatte sie ihre Idee schon wieder vergessen und konnte sich auch später nicht mehr daran erinnern.»

Neuman überlegte sich sehr lange, welche Frage er als nächstes stellen sollte. Ihm fiel nichts anderes als ein «Ach?» ein.

«Der Roman ist *fort*, Lieutenant», sagte Zoe Zell.

«Und Sie denken, daß der Killer ihn mitgenommen hat?»

«*Ich* habe ihn ganz bestimmt nicht. *Sie* haben ihn auch nicht. Keiner Ihrer Männer hat ihn ... oder?»

Neuman schüttelte seinen Kopf. «Und Sie sagen, es gibt keine Durchschrift oder Kopie des Buches?»

«*Keine* ... es sei denn ...»

«Ja?»

«Suze hat einmal davon gesprochen – das ist jetzt schon einige Monate her –, daß eine Freundin von ihr, eine Frau namens Martha Wine, sehr darüber verärgert sei, welche Tendenz ihr Roman bekommen hätte. Martha, nun ja ... Martha war so etwas wie Suzes Guru. Martha hat Suze dazu inspiriert, *Frauenliebe* zu schreiben, und sie hat Suze auch ermutigt, die Männer in ihrem Leben aufzugeben. Sie waren ein Liebespaar, Lieutenant, um die Frage in Ihren Augen zu beantworten. Nachdem das Manuskript dann an einen Verlag verkauft war, machte Martha sich auf und davon, ließ Suze sitzen und zog nach Kalifornien – nach Sausalito, in der Nähe von San Francisco. Suze sagte sie damals, daß sie selbst bald so etwas wie ein Guru sein würde – für andere Frauen, die ihr Buch lesen würden –, daß sie Martha nicht mehr länger brauchte; sie müsse ihre Philosophie und ihren Lebensstil nun ganz allein entwickeln. Suze war am Boden zerstört und – vorhersehbar oder nicht, knüpfte wieder Männerbekanntschaften an. Vieles aus dieser Zeit – ich weiß es, weil Suze es mir gesagt hat – spiegelte sich auch in ihrem Roman wider. Als Suze mir erzählte, daß Martha über die Wende in ihrem Roman verärgert sei, da dachte ich mir, daß Suze in bezug auf ihre Ansichten, daß Frauen völlig ohne Männer auskommen konnten, vielleicht ins Wanken geraten wäre. Ich weiß es nicht; wie ich schon sagte, ich habe auch nicht eine Zeile dieses Buches gelesen. Und ich weiß auch nicht, ob Martha es gelesen hat.»

Wieder dachte Neuman lange nach. «Damit ich das jetzt richtig verstehe: Glauben Sie, daß diese Martha Wine – wenn ich mich recht entsinne, stand ihr Name auch auf Ihrer Liste –, daß sie den Roman an sich genommen hat?»

Zoe Zell schüttelte ihren Kopf. «Suze hat ihr vielleicht einen Durchschlag des Buches geschickt – alles oder auch nur bestimmte Kapitel.»

Neuman dachte noch länger nach, wobei sich ein Gefühl der Erregung in ihm breitmachte – das erste Mal seit Beginn der Ermittlungen. «Es ist also ein autobiographischer Roman, richtig? Er handelt von Susannah Keyes und von Leuten, die sie kannte. Da durchaus die Möglichkeit besteht, daß sie ihren Mörder kannte, besteht auch die Chance – vielleicht keine große, aber immerhin eine Chance –, daß auch er in diesem Buch eine Rolle spielt. Nicht mit Namen, aber doch so, daß wir ihn identifizieren könnten, wenn wir uns nur genügend darauf konzentrieren würden. Richtig?»

Zoe Zell nickte.

Neuman erhob sich. «Gut. Vielen Dank, daß Sie mir Ihre kostbare Zeit geopfert haben, Miss Zell. Sie haben ein beachtliches Gedächtnis. All diese Namen einfach so aus dem Stehgreif, und Sergeant Redfield sagte mir noch, kurz bevor ich zu Ihnen losgefahren bin, daß Sie ihn angerufen und ihm weitere Namen durchgegeben hätten. Er überprüft zur Zeit ihre Alibis. Und vergessen Sie nicht anzurufen, falls Ihnen noch etwas einfällt, das wir wissen sollten.»

«Heißt das, daß ich jetzt nicht mehr unter Verdacht stehe?»

Neuman lächelte. «Nun ja, ich wüßte nicht, daß Sie je wirklich im engsten Sinn des Wortes verdächtig waren. Natürlich hätten wir es lieber gesehen, wenn Sie Zeugen für Ihren Aufenthaltsort zu den Tatzeiten hätten nennen können, aber, na ja, wenn Sie im Bett waren, dann waren Sie im Bett.»

Zoe Zell lächelte. «Es ist die Tatsache, daß ich allein war, die Ihnen Kopfzerbrechen macht, was, Lieutenant?»

Neuman scharrte mit den Füßen. «Tja, äh ...»

«Sie fragen sich, wieso, wo ich doch Suzes Freundin und Agentin gewesen bin, und wo ich doch offenbar mit der Tendenz, wenn schon nicht mit jedem Buchstaben von Suzes Arbeit übereinstimme, warum ich da nicht mit einer Frau im Bett gewesen bin, stimmt's?»

«Tja, äh, nun, ich – also, wissen Sie ...»

«Es reicht wohl, wenn ich sage, Lieutenant, daß ich die Straße der Misanthropie – das bedeutet Abscheu vor Menschen – erheblich weiter hinuntergegangen bin als Suze oder sogar als Martha. Ich habe auch von Frauen die Nase voll. Ich verbringe meine Zeit allein. Ich unterhalte mich selbst und tue, was mir gefällt.»

«Hmmm, tja, wenn Sie damit zurechtkommen.»

Zoe Zell lachte. «Aber was ich Sie eigentlich noch fragen wollte, Lieutenant. Wären Sie nicht vielleicht daran interessiert, ein Buch zu schreiben?»

«Ich? Ein Buch?»

«Ein Buch über Ihre Karriere im allgemeinen und über diese beiden Morde – und noch weiter, falls der Killer sein Versprechen hält – im speziellen. Glauben Sie, es wird noch weitere Morde geben?»

«Nicht, wenn ich etwas dagegen unternehmen kann.»

Sie lächelte. «Und natürlich können Sie das nicht. Es sei denn, Sie haben erheblich mehr Glück als bis dato. Oder?»

«Vielleicht. Vielleicht auch nicht.»

«Aber das ist schon in Ordnung», sagte Zoe Zell. «Denn drei Morde geben ein besseres Buch als zwei. Jetzt sehen Sie mich nicht so entsetzt an, Lieutenant. Ich bin Geschäftsfrau. Ich weiß, was sich gut verkauft. Und die Verlage werden sich erheblich mehr für die Memoiren eines Polizisten interessieren, der den Mörder von drei Frauen geschnappt hat, als für einen, der den Mörder von zwei Frauen aufgestöbert hat.»

«Ich arbeite mit einem Partner zusammen», sagte Neuman.

«Ach, das weiß ich doch. Redford und Newman. Find ich prima.»

«Und mit Dutzenden – Hunderten – von anderen Leuten, die niemals dafür gelobt werden, einen Fall geknackt zu haben, ohne die der Fall jedoch niemals gelöst worden wäre. Wenn dieser Fall gelöst ist – und er wird gelöst, denn Leute, die Briefe an Tageszeitungen schreiben, Warnungen an ihr nächstes Opfer, die *wollen* geschnappt werden –»

«Das ist wunderbar, Lieutenant. Ich hoffe, das wird auch alles in Ihrem Buch stehen.»

«– wenn dieser Fall geknackt sein wird, dann ist das einem dieser Hunderten von Leuten zu verdanken. Höchstwahrscheinlich werde ich die Festnahme durchführen, zusammen mit Sergeant Redfield, und wir werden den ganzen Ruhm und die Lorbeeren kassieren, aber nicht wir sind es, die darüber ein Buch schreiben sollten; es sollte irgendein Cop auf Streife sein, der jemanden bemerkt, der sich Nacht für Nacht an einem Ort herumtreibt, wo noch nie zuvor jemand herumgelungert hat, irgendein Angestellter.»

«Ich verstehe Sie schon», sagte Zoe Zell. «Trotzdem wünschte ich mir, Sie würden sich das noch einmal durch den Kopf gehen lassen. Wir sprechen hier nicht von kleinen Fischen; wir reden von sechsstelligen Summen.»

«Sechsstelligen Summen? Sie meinen, so wie hunderttausend Dollar?»

«Hundert Riesen, Lieutenant. So nennen Sie das doch, oder? Vielleicht auch zweihundert Riesen – hängt ganz davon ab, ob ich auch noch einen Taschenbuch-Deal machen kann.»

«Und Sie bekommen – wieviel, zehn Prozent?»

«Fünfzehn. Dafür berechne ich meinen Klienten aber auch kein Porto und keine Gebühren für Ferngespräche.»

«Wenn dieser Roman also nicht wieder auftaucht», sagte Neuman, «dann gehen Ihnen – wieviel? – fünfzehntausend Minimum durch die Lappen, denn soweit ich es verstanden habe, schreibt Susannah Keyes Bücher, die – wie haben Sie noch gesagt? – sich verkaufen, und die Verlage werden vermutlich noch mehr an dem Roman einer Frau interessiert sein, die von einem Psycho ermordet worden ist, als an dem Buch einer Frau, die, Sie wissen schon, quicklebendig und munter ist. Und worüber Sie sich wirklich Sorgen machen ist doch, daß nicht unbedingt Sie es sind, die den großen Schnitt macht, sollte dieser Roman doch noch auftauchen – falls diese Martha Wine tatsächlich einen Durchschlag besitzt oder falls Susannah ihn irgendwo versteckt haben sollte, wo wir ihn nicht gefunden haben oder falls sie ihn in einem Bankschließfach deponiert hat. Schließlich läuft Ihr Vertrag mit Ihrer Klientin wahrscheinlich immer nur über ein Buch, wobei beide Seiten das Recht haben, die Geschäftsverbindung beim nächsten Buch zu lösen.

Sehen Sie mich nicht so verblüfft an, Miss Zell, ich hatte vor einigen Jahren Gelegenheit, etwas über die Verlagsbranche zu erfahren, als ich den Mord an einem Autoren untersuchen mußte. Wie sich herausstellte, hatte sein Agent ihn umgebracht. Sie werden sich bestimmt an den Fall erinnern – weil er was mit der Frau des Agenten hatte – also, der Autor. Die andere Sache, die ich über Ihre Branche gelernt habe, ist, daß der Autor, obschon er doch tot war, gut im Rennen war – weil er tot war. Er hatte es besser als Susannah Keyes, denn er hatte *zwei* Bücher druckreif. Er hatte es besser ist allerdings nicht ganz der richtige Ausdruck: Der Agent hatte seine Bücher nicht verkaufen können, daher waren es auch zwei Manuskripte. Doch kaum war der Bursche tot – Erfolg, Erfolg: Der Agent verkaufte sie. Zwar nicht für sechsstellige Summen, aber doch für erheblich mehr, als der Bursche zu Lebzeiten bekam, und erheblich mehr als das, was der Agent bekam, obschon er nur zehn Prozent berechnete, denn ich vermute, daß er seinen Klienten das Porto und die Gebühren für Ferngespräche noch gesondert in Rechnung stellte» – *reden, reden, reden* –, «aber das wissen Sie ja alles, Miss Zell. Sie arbeiten in der gleichen Branche. Sie haben das bestimmt im *Publishers Weekly* alles schon gelesen.

So, und ich gehe jetzt, und, nein, danke, ich glaube, ich bin nicht daran interessiert ein Buch zu schreiben, und vielleicht sind Sie auch keine Verdächtige mehr und vielleicht sind Sie es doch noch, also verlassen Sie bitte nicht die Stadt, ohne zuvor mir oder Sergeant Redfield erzählt zu haben, wo Sie hin wollen. Bis dann.»

Während er mit dem Fahrstuhl nach unten fuhr, dachte Neuman: *Sechsstellige Summen? Vielleicht sollte ich ja doch ein Buch schreiben. Aber wer sollte das schon lesen wollen? Es wäre ja nur voller Gerede. Gerede, Gerede, Gerede.*

20

«Viel zu tun, Lieutenant?» fragte Steve Federici.

Neuman blickte auf seine Füße, die auf seinem Schreibtisch lagen. «Ich glaube nicht, Steve. Ich meine, wenn ich viel zu tun habe, dann stehe ich für gewöhnlich oder laufe in der Gegend herum oder sitze zumindest so, daß ich was notieren kann, falls irgendwer mir irgendwas Wichtiges zu sagen hat oder so, damit ich das Telefon abnehmen kann, falls es klingelt. Oder? Was ist denn los?»

Federici zog einen Stuhl an Neumans Schreibtisch, stellte einen Fuß darauf und stützte seinen Ellenbogen auf seinem Oberschenkel ab. «Ist der Sarge irgendwo in der Nähe?»

Neuman schaute sich in seinem Büro um. «Ich sehe ihn nirgends, Steve. Also nehme ich mal an, daß er nicht in der Nähe ist. Was mich auch gar nicht weiter wundert. Ich hab ihm Scheißarbeit zu tun gegeben. Alibis von Leuten zu überprüfen, die möglicherweise Chris Kaiser oder Susannah Keyes ermordet haben können. Oder auch nicht ermordet haben. Ich weiß nicht.»

Federici runzelte seine Stirn. «Ist mit Ihnen alles in Ordnung, Lieutenant?»

Neuman betastete seinen Hals, sein Kinn, seine Wangen. Er musterte seine Handrücken, seine Handflächen. «Doch, ich denke, ich bin okay. Vorhin dachte ich mal, ich hätte mir vielleicht einen Schnupfen gefangen, aber jetzt glaub ich das nicht mehr. Oder vielleicht doch und ich weiß es nur noch nicht. Ich weiß nicht. Wie fühlst du dich denn selbst, Steve?»

Federici nahm seinen Fuß vom Stuhl und schaute sich im Büro um als suche er irgendwo nach Hilfe.

Neuman lachte. «Okay, Steve. Jetzt red ich ernst. Gerade hab ich Scheiß erzählt, aber jetzt sage ich dir die Wahrheit. Tatsache ist, daß ich die Schnauze voll habe. Ich bin die Leute satt, die andere Leute umbringen und dann abhauen und sich verstecken, so daß wir sie nicht finden können. Ich habe es satt, diese Leute zu suchen. Ich bin es satt, Leute zu verhören, von denen die Leute, die die Leute gekannt haben, die umgebracht worden sind, gesagt haben, daß sie sie vielleicht umgebracht haben, ob sie sie umgebracht haben. Ich bin die Leute satt, die sie vielleicht umgebracht haben, und die sagen, daß sie sie gar nicht umgebracht haben können, weil sie gerade Poker gespielt haben oder auf einer Party waren oder bei einem Baseball-Spiel oder zu Hause, als die Leute, die umgebracht worden sind, umgebracht worden sind. Wieso spiele ich eigentlich nicht Poker oder gehe zu einem Baseball-Spiel oder auf eine Party? Ich kann mich nicht erinnern, wann ich das letzte Mal ein Spiel gesehen habe.

Halt, ich kann mich doch erinnern. Es war damals, als die Mets dreimal hintereinander gewonnen hatten. Neunundsechzig war das. Wir hatten damals im Stadion Einsatz. Sollten die Zuschauer kontrollieren. *Zuschauer*. Mit Maschinenpistolen hätte man diese Menge nicht unter Kontrolle halten können – nur mit *Panzern*. Die haben das ganze beschissene Spielfeld auseinandergenommen. Sie haben die Home Plates und die Pitcher's Rubber gestohlen. Die Bases. Ich gebe zu, ich selbst habe ein Stück vom Spielfeldrasen mitgenommen. Ich habe es nicht ausgerissen oder so; das hat irgendwer gemacht und hat es dann fallen lassen. Ich hab's mit nach Hause genommen und eine Weile in meiner Bude aufgehoben. Weiß selbst nicht, warum. Ich mag die Mets nicht mal. Die Giants – ich war schon immer ein Giants-Fan, sogar noch als sie nach San Fran ausgewandert sind. Wenn ich aufs Scheißhaus gehe und das Telefon klingelt und es ist San Fran, nimm keine Nachricht für mich entgegen oder so, komm einfach und hol mich, okay? Seit drei Stunden versuche ich durchzukommen und immer war besetzt – besetzt, besetzt, besetzt. Vor ein paar Minuten bin ich endlich durchgekommen und was krieg ich: Einen Anrufbeantworter. Ich habe eine Nachricht hinterlassen und ... Ach, was geht dich das überhaupt an, Steve? Wovon haben wir gerade noch geredet? Die Mets. Ich mag die Mets nicht. Magst du die Mets, Steve?»

«Die Yankees.»

«Die Yankees. Hätte ich mir denken können. Die haben doch immer all diese Italiener – DiMaggio, Rizzuto, Berra ... Weißt du, was mir am meisten zum Hals raushängt, Steve? Reden. Ich hab vom ewigen Reden die Nase gestrichen voll. Ich überlege mir, in ein Kloster zu gehen, wenn dieser Fall unter Dach und Fach ist. Irgendwann um das Jahr Zweitausend herum. Und dann lege ich ein Schweigegelübde ab. Nicht für zu lange – nur für ein paar Jahre. Vielleicht fünf Jahre. Wie kommst du voran? Hast du schon eine Spur von diesem – Samariter-Killer? Wie kommst du mit McGovern zurecht, dem faulen Arsch?»

Federici stellte seinen Fuß wieder auf den Stuhl. «Darüber wollte ich mit Ihnen sprechen. McGovern meint – eigentlich viele der Jungs, aber ganz besonders McGovern –, also der meint, daß dieser Kerl genau das Richtige getan hat: Den kleinen Halsabschneider umzulegen, meine ich. Er läßt die Ermittlungen einfach schleifen, macht nur das Allernötigste. Wie zum Beispiel bei dieser Nassau County-Geschichte. Wollte nicht mal rausfahren. Er hat mir durch die Blume zu verstehen gegeben, ich sollte auch *nicht* rausfahren. Wäre nur Zeitverschwendung. Ich bin auf eigene Faust rausgefahren, Lieutenant, und es war keine Zeitverschwendung. Es gibt eine Verbindung. Das ist eine Mord-Serie.»

«Ich komme nicht ganz mit, Steve», sagte Neuman. «Ich hatte soviel um die Ohren, hab weder Zeitung gelesen noch mitgekriegt, was sich hier im Haus so tut. Was ist das für eine Nassau County-Geschichte?»

«Ein Kerl namens Joe Smith ist am späten Sonntagabend oder frühen Montagmorgen in Mineola erschossen worden», sagte Federici. «Mit einer .22er. In die Brust. Es war dieselbe Kanone – und passen Sie auf: Smith war mit Stearns in einer Einheit. Ach ja, davon wissen Sie ja auch noch nichts. Also, ich erzähle es Ihnen. Die Cops in Detroit haben Cariellos Dealer identifiziert. Cariello hat ihn Detroit genannt, doch sein richtiger Name ist Clarence Stearns. Sie erinnern sich, Cariello hatte uns erzählt, daß er eine Tätowierung hatte – einen Drachen. Einer von Cariellos Männern, Pursinger, war in Nam und meinte, die Tätowierung könnte gut dort gemacht worden sein. In Nam. Tja, sie *ist* in Nam gemacht worden. Zumindest war er in Nam – Stearns, meine ich. Cariello hat seine Abdrücke ans Pentagon geschickt und die hatten tatsächlich eine Akte von dem Mann. Februar achtundsechzig eingezogen, in

Fort Leonard Wood ausgebildet, im Juni achtundsechzig nach Nam abkommandiert, Dienstverlängerung im Mai neunundsechzig, weitere sechs Monate in Nam gedient, anschließend stationiert in Fort Meade und ehrenvolle Entlassung Dezember neunundsechzig. Keine Beförderungen, ein paar kleine Auszeichnungen, nichts Besonderes. Aber auch keine Negativ-Vermerke in seiner Akte. Er war einfach nur ein Soldat. Im November einundsiebzig ist er dann zum erstenmal verhaftet worden, als er Waffen an ein paar militante Schwarze in Detroit verkaufte. Armee-Eigentum. Gestohlen. Die Cops in Detroit glauben, daß sie aus Vietnam stammen. Sie glauben, daß Stearns im Schwarzmarkt aktiv war und daß er seine Verbindungen auch nach seiner Entlassung aufrechterhalten hat. Daß er aus dieser Quelle auch seine Drogen bezogen hat. Jedenfalls ist er aus dieser Geschichte –

Scheiße, das müssen Sie ja alles gar nicht wissen. Alles, was Sie wissen müssen ist, daß Clarence Stearns am Freitagabend mit einer .22er umgelegt worden ist, und daß am Sonntagabend oder Montagmorgen dann Joe Smith, der in derselben Einheit wie Stearns war, mit derselben Kanone erschossen wurde, die wiederum auch dieselbe Kanone ist, mit der Carlos Pabon getötet wurde, der sich todsicher den falschen Typ ausgeguckt hat, um ihn zu verarschen.»

Federici wechselte den Fuß, den er auf dem Stuhl hatte. «Von Smith weiß ich überhaupt nur – er schlachtete gestohlene Wagen aus, wurde in seinem Büro erschossen, sah wie ein Raubüberfall aus, hat in den New Yorker Zeitungen keine Schlagzeilen gemacht –, weil ein Dick von der Mordkommission Nassau – Graves heißt der Mann; kein schlechter Name für einen Bullen der Mordkommission, was? – in der Zeitung etwas über einen möglichen Zusammenhang zwischen dem U-Bahn-Ding und dem Mord an Stearns und dieser Tätowierung gelesen hat. Smith hatte genau die gleiche Tätowierung. Graves hat hier angerufen – glücklicherweise war McGovern gerade essen; ich habe den Anruf angenommen – und erzählte mir von dieser Tätowierung. Nachdem ich mit ihm gesprochen hatte, setzte ich mich mit dem Pentagon in Verbindung. Die haben Joe Smith durch ihren Computer gejagt und kamen auf dreihundert Joe Smiths, doch nur auf einen, zu dem die Beschreibung des Exitus in Mineola paßt. Und der war in derselben Einheit wie Stearns. Also besorgte ich mir einen Wagen und machte mich auf die Suche nach McGovern – er ist verdammt schwer zu finden, wenn er sich nicht finden lassen will, was die meiste Zeit der Fall ist – und berichtete ihm, was ich inzwischen erfahren hatte und er sagte: Ach? Und ich sagte: Also fahren wir mal raus nach Mineola. Er sagte: Warum? Ich sagte: Weil der Kerl zu einer Mord-Serie gehört. Er sagte: Mord-Serie? Du nennst einen toten kleinen Mistkerl, einen Dealer und einen Ersatzteil-Hehler eine Mord-Serie? Ich nenne das einen Dienst an der Allgemeinheit. Ich sagte: Gut, vergessen Sie, was ich gesagt habe. Also bin ich allein nach Mineola rausgefahren. In meiner Freizeit. Ich habe mir alles angesehen und habe die Fotos von Smith Leiche gesehen und es war tatsächlich die gleiche Tätowierung.»

Wieder wechselte Federici seinen Fuß. «Wie sich herausstellte, kannte Graves diesen Smith, als sie noch Kinder waren. Sind zusammen aufgewachsen. Smith steckte schon immer in irgendwelchen Schwierigkeiten. Ein Richter hatte ihm geraten, sich zur Army zu melden, um so vielleicht den Schwierigkeiten aus dem Weg zu gehen. Graves hatte dann den Kontakt zu ihm verloren und später nur noch hin und wieder etwas von ihm gehört. Er hörte zum Beispiel, daß er sich mit kleinen Kriminellen rumtrieb, einen Drogenhandel im kleinen Stil aufzog und eine Zeitlang auch Zuhälter gespielt hatte, bevor er sich mit dem Ausschlachten gestohlener Wagen beschäftigte.»

Federici stand wieder mit beiden Beinen auf dem Boden und umklammerte die Rückenlehne mit beiden Händen. «Das alles habe ich auch McGovern erzählt. Er sagte nur: Na und? Ich sagte: Es ist doch so, daß der Kerl, so wie es aussieht, noch jemanden umbringen wird. Er sagte: Wenn er so weitermacht, sollten wir ihm einen Orden geben. Ich sagte: Was wollen Sie als nächstes unternehmen? Er sagte: Abwarten. Ich weiß nicht, Lieutenant. Ich meine, er hat einen höheren Dienstgrad als ich und ich muß tun, was er sagt, selbst wenn ich das für falsch halte. Aber ich kann nicht nichts tun, auch wenn er mir genau das sagt. Irgendwie ist das nicht richtig. Haben Sie vielleicht eine Idee? Warum ich mit dem Sarge reden wollte – er war auch in Nam, also hat er vielleicht von Stearns oder Smith oder sogar von beiden gehört. Vielleicht hat er eine Idee, aus welchem Grund irgendwer die beiden umbringen will, und wer das sein könnte. Ich weiß, es waren Tausende Jungs drüben in Nam. Ich weiß, es ist ziemlich weit hergeholt, aber ich muß einfach irgendwas probieren. Ich kann nicht einfach die Hände in den Schoß legen und abwarten.»

Federici wird es noch weit bringen, dachte Neuman. Er war erst sechs Jahre bei der Polizei, war erst seit zwei Jahren Detective, und doch konnte er schon reden, reden, reden wie ein alter Hase. «Inzwischen müßtest du doch eigentlich einen ziemlich guten Draht ins Pentagon haben, wo du doch so oft da angerufen hast», sagte Neuman.

Federici senkte seine Augen und murmelte irgend etwas.

«He, hör mal, ich will ja gar nicht wissen, wie der Bursche heißt», sagte Neuman. «Eine Quelle ist eine Quelle. Ich hatte da nur so eine Idee, um welchen Gefallen du ihn vielleicht noch bitten könntest.»

Federici war wieder besser zu verstehen, schaute aber immer noch nicht auf. «Es ist kein Bursche, es ist ein Mädchen. Und McGovern hat mir schon die Hölle heißgemacht, weil ich neulich mehr als eine Stunde mit ihr telefoniert habe. Aber wie sich eben herausstellte, stammt sie auch aus Bay Ridge und wir kennen dieselben Leute und, na ja ...»

Neuman lächelte. «Also, dann frag sie – was hast du noch gleich gesagt, wie sie heißt?»

«Toni», sagte Federici. «Antoinette. Major Antoinette da Silva, Informationszentrum.»

«Oh, sie ist schon Major», sagte Neuman. «Schön, schön. Also, dann frag den Major, ob sie vielleicht eine Liste derjenigen Leute zusammenstellen kann, die mit Smith und Stearns in einer Einheit waren. Und sie soll dir deren aktuellste Anschriften geben, was aber wahrscheinlich die Adressen sein werden, die sie hatten, als sie aus der Army entlassen wurden, was wahrscheinlich die Adressen ihrer Eltern sein werden, was dir wiederum nichts als Arbeit einbringen wird. Aber setz dich trotzdem mit ihnen in Verbindung. Vielleicht hast du ja Glück, vielleicht findest du einen Kerl, der noch bei seinen Eltern wohnt oder zumindest in derselben Stadt, die Eltern werden dir seine Nummer geben. Und darauf wirst du irgendwen finden, der Smith oder Stearns oder beide kannte, der weiß, ob es vielleicht irgendwen aus ihrer Army-Zeit gibt, der einen guten Grund hat, sie umzubringen, und der er noch jeden anderen umbringen könnte, der ihm noch einfällt. Du könntest auch noch fragen, ob er zufälligerweise noch von jemandem anderen weiß, der in letzter Zeit mit einer .22er umgelegt worden ist – irgendwer aus dieser Einheit, meine ich, denn nach allem, was wir wissen, sind

Smith und Stearns nicht die ersten auf der Liste dieses Burschen. Es ist eine beschissene Detailarbeit, ich weiß, aber es muß getan werden, und ich sehe keine andere Möglichkeit, das zu tun, denn auf eine Art hat McGovern schon recht: Viel mehr als abwarten kannst du nicht. Also abwarten, bis der Kerl irgendeinen Fehler macht, was manchmal das einzige ist, auf das man hoffen kann, obschon mir unser Mann nicht wie der Typ vorkommt, der einen Fehler macht – was aber noch lange nicht bedeutet, daß du faul auf deinem Arsch herumsitzen mußt, während du wartest; du kannst die Scheiße aufrühren, Fragen stellen und vielleicht findet sich ja sogar was, was du wissen willst. Wobei mir einfällt: Sind Carlos Kumpel eigentlich inzwischen aufgetaucht?»

«Null, Lieutenant», antwortete Federici. «Wahrscheinlich haben die sich verkrochen, sind vielleicht sogar aus der Stadt verschwunden, bis Gras über diese Sache gewachsen ist. Oder noch länger. So oder so, wenn sie wieder auftauchen, wird irgendwer nach ihnen suchen: Wir oder der Samariter-Killer.»

«Hmm», machte Neuman. «Warum ich dich das frage: Falls sie auftauchen und der Killer hat irgendeinen Grund zu der Annahme, daß sie ihn identifizieren können, dann wird er nach ihnen suchen, wie du schon gesagt hast, also sollten wir vielleicht einfach folgendes machen: Setzen wir doch in die Welt, daß sie wieder aufgetaucht sind – es spielt keine Rolle, daß das gar nicht stimmt – wir geben diese Meldung an die Presse und setzen dann einen Mann auf ihre Wohnungen an – ach ja, wir lassen ihre Wohnungen ja schon überwachen, oder? Für den Fall, daß sie wieder auftauchen –, also sag den Männern, die ihre Wohnungen überwachen, daß sie die Augen nach jemandem aufhalten sollen, der wie der Killer aussieht und sich seit kurzem in dem Stadtteil herumtreibt. Wobei mir wieder einfällt, daß wir der Presse noch nichts von dem Buch erzählt haben, das der Kerl gelesen hat, oder? Wie heißt es noch gleich?»

«Pilgrim at Tinker Creek.»

«Ja, richtig. Wenn das einer liest, dann klingelt vielleicht irgendwo ein Glöckchen. Wer weiß, vielleicht hat irgendwer seinen Nachbarn dabei beobachtet, wie er es im Fahrstuhl liest – oder es zumindest in seiner Tasche stecken hatte, denn normalerweise liest ja kein Mensch im Fahrstuhl, alle glotzen immer nur auf die Zahlen über der Türe, aber vielleicht nennt man das ja auch lesen, also vielleicht hat jemand seinen Nachbarn mit dem Buch gesehen, der in letzter Zeit sehr oft spät, oder früh, kommt ganz drauf an, wie man das sieht, nach Hause kommt, sich komisch benimmt, ein Einzelgänger ist.»

Federicis Gesicht strahlte, verfinsterte sich dann aber wieder. «McGovern wird sagen, das ist Zeitverschwendung. Ich werde das wohl erst mit ihm abklären müssen.»

Neuman wedelt wegwerfend mit der Hand. «Ich habe nichts davon gesagt, irgendwas offiziell zu unternehmen. Eine Pressekonferenz einzuberufen oder so. Ruf einfach ein paar Reporter an – Jungs, denen du einen Gefallen schuldest, Jungs, von denen du gerne hättest, wenn sie dir einen Gefallen schulden. Sie sollen deinen Namen nicht verwenden. Sag einfach, daß du eine Informationsquelle bist, die in engem Kontakt zu den Ermittlungen steht oder so was. McGovern ist so blöd, daß er nie auf dich kommen wird; er wird glauben, es war irgendwer von weiter oben, irgendwer aus McGillions Büro.»

Der Schatten auf Federicis Gesicht verschwand. «Danke, Lieutenant. Danke, daß Sie mir zugehört haben.»

«Immer, Steve.» *Du bist ein verdammt großer Redner.*

Federici wandte sich ab, machte dann jedoch wieder kehrt und packte den Stuhl noch einmal. «Da ist noch etwas, Lieutenant.»

«Ja?»

«Tja, äh, ich weiß nicht, wie ich es sagen soll, also ...»

«Du willst wissen, ob sich meiner Meinung nach ein Major mit einem Detective 2. Klasse verabreden würde?»

Federici errötete. «Also Toni kommt nächsten Monat herauf, um ihre Eltern zu besuchen, und, na ja ... Sie hatte diese wahnsinnige Stimme. Ich meine, ich weiß nicht wie sie aussieht, klar, aber sie *hört sich* ganz toll an.»

Neuman schaute zur Decke hinauf. «Also wenn du ein Zivilist wärst, du weißt schon, dann würde sie wahrscheinlich keinen einzigen Gedanken daran verschwenden, mit dir auszugehen. Nun ist die Polizei aber so etwas wie eine paramilitärische Organisation, obschon ich nicht weiß, ob irgendwer das tatsächlich so ausdrücken würde. Aber wir haben Dienstgrade – keine Majore, aber wir haben auch Dienstgrade, obschon ein Major, wenn ich mich nicht irre, etwa einem DCI entspricht, demnach haben wir also auch so eine Art Majore, nur daß wir sie nicht so nennen. Aber wir haben unsere Dienstgrade.

So, ein Detective 2. Klasse liegt jetzt irgendwo dazwischen. Du hast einen höheren Rang als ein einfacher uniformierter Polizist, als ein uniformierter Sergeant, stehst aber unter einem uniformierten Lieutenant, einem Captain und so weiter. Und du bist auch nicht ranghöher als ein Detective Sergeant wie unser guter alter Bobby Redfield einer ist, der erst kürzlich mit einem Foto wieder in der Zeitung war, während man von mir lediglich den Rücken sehen konnte. Und ganz sicher hast du keinen höheren Dienstgrad als ein DCI, der ja, wie ich schon sagte, einem Major entspricht, und ich glaube kaum, daß ein DCI mit einem Detective 2. Klasse ausgehen würde, wenn du verstehst, was ich meine. Aber wir sind ja auch nur eine *paramilitärische* Organisation, was bedeutet, daß wir eigentlich nicht wirklich eine militärische Truppe sind, sondern eben nur was Ähnliches. Also hat das alles nichts mit der Army oder der Air Force oder den Marines oder der Navy zu tun. Ich meine, wir müssen ihnen nicht salutieren und sie müssen uns nicht salutieren. Worauf also letzten Endes alles drauf hinausläuft ist, daß die Tatsache, daß sie ein Major und du ein Detective 2. Klasse bist, gar nichts zu bedeuten hat.»

Neuman hörte unvermittelt auf, obschon er noch eine ganze Weile so hätte weitermachen können, eine ziemliche Weile sogar, da das Telefon zu klingeln begonnen hatte. «Also, *mazel tov*, Steve, wie der Franzose so schön sagt.»

«Danke, Lieutenant», sagte Federici. «Vielen Dank.»

«Miss Wine, schön, daß Sie zurückrufen. Danke. Mein Name ist Neuman, Jacob Neuman, Lieutenant, New York City Police Department, Mordkommission. Ich untersuche den Mordfall Susannah Keyes, die meines Wissens eine Freundin von Ihnen war. Ich möchte Ihnen mein aufrichtiges Beileid zum Tod Ihrer Freundin aussprechen und versichere Ihnen, daß wir alles in unserer Macht Stehende unternehmen, um den Straftäter vor Gericht zu bringen.

Warum ich Sie anrufe: Miss Keyes Agentin, eine Zoe Zell, erwähnte, daß Miss Keyes mit Ihnen über einen Roman gesprochen hat, an dem sie zum Zeitpunkt ihres Todes gearbeitet hatte. Der Roman scheint aus ihrer Wohnung verschwunden zu sein. Wir wissen nicht, ob der Mörder ihn mitgenommen hat oder ob er einfach nur verlorengegangen ist oder verlegt wurde. Miss Zell fragt sich nun, da Sie mit Miss Keyes ja über den Roman gesprochen haben, ob Sie ihn zufälligerweise auch ganz gelesen hätten – entweder das Original oder aber eine Durchschrift. Der Grund, warum wir uns dafür interessieren ist, da Miss Zell erwähnte, es handele sich um einen autobiographischen Roman, daß wir da hoffen, es könnte sich in dem Buch womöglich ein Hinweis auf die Identität von Miss Keyes Mörder finden, da wir guten Grund zu der Annahme haben, daß sie von jemandem ermordet wurde, den sie kannte. Ich möchte mich jetzt nicht im Detail darüber auslassen, wie wir zu dieser Annahme gelangt sind, doch unsere Gründe sind wirklich schwerwiegend, das kann ich Ihnen versichern.

Ich rufe Sie also an, Miss Wine, weil ich Sie fragen möchte, ob Sie tatsächlich Miss Keyes Roman gelesen haben. Entweder das Original oder aber eine Kopie.»

«Ja.»

«Aha, ich verstehe. Und, äh, war es das Original oder die Kopie?»

«Eine Kopie. Ein nicht Korrektur gelesener Durchschlag.»

«Ich verstehe. Nicht Korrektur gelesen. Das bedeutet, daß falls sie im Original einen Fehler gemacht hat, dieser Fehler auf dem Durchschlag nicht korrigiert worden ist, selbst wenn sie ihn vermutlich auf dem Original verbessert hat.»

«Ja.»

«Ich verstehe. Und, äh, besitzen Sie diese Kopie immer noch?»

«Ja.»

«Verstehe. Und, äh, gehe ich recht in der Annahme, daß es sich dabei um eine Kopie des vollständigen Buches handelt?»

«Ja. Susannah hat mir ein Kapitel nach dem anderen zugeschickt. Das letzte Kapitel hatte ich an dem Tag im Briefkasten, als ich von dem Mord erfuhr.»

«Schrecklich. Ich meine, es muß ein schrecklicher Schock für Sie gewesen sein.»

«Ja.»

«Ja, äh ... Könnten Sie mir diese Kopie wohl zuschicken, Miss Wine? Wie ich schon sagte, wir hoffen in diesem Buch vielleicht einen Anhaltspunkt auf die Identität von Miss Keyes Mörder zu finden –»

«Den gibt es.»

«Den gibt es?»

«Ja. Beau hat sie ermordet.»

«Bo? B-o oder B-e-a-u?»

«Letzterer.»

«Letzterer. Richtig. Und, äh, Miss Wine, wissen Sie vielleicht auch, wer dieser Beau ist? Ich meine, ich nehme an, daß dies der Name einer Romanfigur und nicht der richtige Name von jemandem ist.»

«Ja.»

«Und kennen Sie Beaus wirklichen Namen?»

«Nein.»

«Ich verstehe. Nun, ich würde das Buch ganz sicher gerne lesen, Miss Wine. Gibt es vielleicht eine –?»

«Ich fliege heute abend nach New York, Lieutenant. Ich konnte einfach nicht zu Susannahs Beerdigung kommen, aber ich möchte sehr gerne ihr Grab besuchen. Ich werde die Kopie des Manuskriptes mitbringen. Ich werde im Shoreham absteigen. Das ist in der 55. Straße. Warum kommen Sie nicht morgen gegen elf dort vorbei?»

«Das Shoreham? Um elf? Sicher.»

«Goodbye, Lieutenant.»

«Äh, ja – Goodbye.»

Neuman legte den Hörer auf und schloß seine Augen, damit ihm nicht schwindlig wurde. Das war mal eine Frau nach seinem Geschmack. Kein langes Geschwätz, kein Geplapper, keine Reminiszenzen, keine Abschweifungen, kein plötzlicher Themenwechsel. Einfach nur klare, deutliche Jas und Neins, einfach nur die nüchternen Fakten. Kein Gerede, Gerede, Gerede. Einfach nur ein Gespräch und Punkt.

21

«Wo gehst du hin?» wollte Linda wissen.

«Aus.»

«Was hast du vor? ‹Nichts, natürlich›», säuselte sie.

Mit der Hand auf der Türklinke blieb er stehen. «Wie wär's später mit einem Kinobesuch? Du hast doch heute frei, oder?»

Linda schlug ihren Arm auf die Couch. «Ich hab's dir doch gesagt. Ich muß arbeiten. Lous Mutter ist gestorben. Du hast mir nicht mal zugehört, stimmt's? Du hörst nie zu, wenn ich dir was sage. Woran hast du denn gedacht? Oder an wen? Hast du vielleicht an Leila gedacht?»

Seine Augen verengten sich und er trat von der Tür fort wieder in den Raum hinein.

«Als du heute morgen noch geschlafen hast, habe ich in deine Brieftasche gesehen», sagte Linda. «Ich habe ihr Bild gefunden. ‹Für André, mit aller Liebe, Leila.› Wer ist Leila? Wer ist André? Und wer ist Paul Howell? Paul Howell, der einen Ausweis besitzt, daß er für das Internationale Rote Kreuz arbeitet, doch dessen Foto auf diesem Ausweis dein Foto ist. Und wer bist du? Bist du André? Bist du Paul Howell? Bist du Ray Howell? Wer zum Teufel bist du?»

Er ging ins Schlafzimmer und kam kurze Zeit später mit seiner Reisetasche in der Hand wieder heraus. In der anderen hielt er sein Exemplar von *Pilgrim at Tinker Creek*.

«So ist es richtig», sagte Linda. «Hau nur ab!»

Er blieb vor ihr stehen. «Es tut mir leid.»

«Sicher.»

«Goodbye.»

Sie wollte ihn in die Arme nehmen, ihn zu sich auf die Couch herabziehen, ihn ausziehen, ihn in sich spüren. Sie saß auf ihren Händen. «Und wer ist Redfield? Und Stearns? Und – wie hieß der andere noch – Smith?»

Er ließ seine Tasche fallen und packte ihre Schultern. «Vergiß diese Namen. Vergiß mich. Vergiß alles.»

Linda sah ihm in die Augen und sagte ruhig: «Laß ... mich ... los!»

Er ließ sie los, nahm seine Tasche vom Boden und ging auf die Tür zu.

Sie lachte. «Willst du mich nicht auch noch umbringen? So wie du Chris Kaiser und die andere, diese Schriftstellerin, umgebracht hast? Oder bin ich dir nicht glamourös genug? Ich könnte mir neue Kleider kaufen, mir eine neue Frisur machen lassen. Ich kann richtig gut aussehen, wenn ich mir Mühe gebe. Für dich würde ich das tun. Selbst wenn du mich umbringen würdest. Bitte! Geh nicht!»

Doch er war fort, und für einen Augenblick war es so, als wäre er niemals dagewesen. Dann stieg der Schmerz in ihr auf und breitete sich bis in ihre letzte Faser aus.

Sollte er sich jetzt Redfield vornehmen? Er wollte es nicht. Er wollte noch warten. Er genoß es, daß Redfield jetzt schwitzte. Und er wußte, daß er schwitzte. Er war so vorsichtig, schaute sich immerzu um, veränderte laufend, das wußte Ré inzwischen, seine gewohnten Routen. Doch er war nicht so vorsichtig, daß er Ré je in einer Menschenmenge entdeckt hätte. Er erwartete irgendeine Verkleidung, rechnete damit, daß er sich heimlich verhalten würde. Er rechnete keine Sekunde damit, daß Ré einfach an ihm vorbeiging, so wie er es in den vergangenen Tagen schon mehrfach getan hatte. Ganz offen, ungetarnt, unvorsichtig zu sein, das wußte Ré, war oft die beste Tarnung. Das hatte er im Dschungel gelernt.

Die Amerikaner waren fort. Jetzt war es ein rein asiatischer Krieg, was er auch schon immer hätte sein sollen. Und, wie es schon viel früher gewesen wäre, wenn die Amerikaner sich nicht eingemischt hätten, der Norden begann zunehmend mehr die Oberhand zu gewinnen.

Überall um sie herum verließen die Menschen das Land. Ganze Dörfer wurden im Handumdrehen im Stich gelassen. Auf den Feldern wurde nicht mehr ausgesät, Werkzeuge lagen dort, wo man sie fallengelassen hatte, Tiere, die nicht mitgenommen werden konnten, wurden zurückgelassen und verhungerten.

Gerüchte gingen um, daß die Soldaten des Nordens die Männer massakrierten, die Frauen versklavten und die Kinder aufaßen. Die Wahrheit war, daß sie einfach Richtung Süden marschierten, auf Saigon zu, ohne auf nennenswerten Widerstand der südvietnamesischen Armee zu stoßen, die de facto aufgehört hatte zu existieren.

Einige ihrer Gruppe wollten sich dem Flüchtlingsstrom anschließen, der Richtung Meer unterwegs war. Andere wollten das Land über Kambodscha verlassen, das bereits an die Roten Khmer gefallen war. Wieder andere wollten bleiben, wo sie waren. Sie hatten fünf lange Jahre wie die Wilden gelebt, aber nicht wild, sie hatten die Zivilisation vergessen, so wie sie sie vergessen hatte.

Huck gehörte zu der letzten Gruppe. «In den Staaten wartet nichts auf mich. Schon als ich fortgegangen bin, war ich ein Outcast. Wieso sollte ich erwarten, daß sich heute für mich etwas geändert hat? Abgesehen davon, selbst wenn du auf eines dieser Boote gehst, selbst wenn du es bis zu einem der Träger schaffst, die die Leute aufnehmen sollen – was bringt dich eigentlich auf die Idee, daß sie dich einfach an Bord nehmen, ohne dir auch nur eine Frage zu stellen? Sie werden dich in den Bau werfen, Mann, und genau das ist es doch, vor dem du fortgelaufen bist?»

«Man hat mir nur was angehängt»; sagte Ré. «Vielleicht ist die Wahrheit inzwischen längst raus.»

Huck schüttelte seinen Kopf. «Ich mag dich, Tom, aber manchmal bist du so blöd wie nur was. Viel größere Lügen als die Lüge, die über dich erzählt worden ist – was auch immer das für eine Lüge gewesen sein mag, und es interessiert mich auch gar nicht, was es für eine war –, viel größere Lügen als diese kleine Lüge werden in die Geschichtsbücher geschrieben. Viel bedeutendere Leute als du sind schon hereingelegt worden und werden doch nie rehabilitiert werden. So läuft das auf dieser Welt, Mann: Ein Mann lügt und ein anderer beschwört es und ein dritter erzählt wieder eine andere Lüge und wieder andere schreiben das alles in ein Buch. Einer der Gründe dafür, daß dieser Haufen – mit den wenigen Problemen, die es unter uns gab – so lange zusammengeblieben ist, ist doch, daß wir niemals versucht haben, die anderen davon zu überzeugen, daß das, was wir von uns erzählten, die Wahrheit ist, daß das, was jeder andere sagte, nur eine Lüge wäre. Ich meine, soweit ich es weiß, hast du doch einen Colonel umgelegt, eine Nonne vergewaltigt, Frauen und Kinder sich aufstellen lassen und dann ein Magazin in ihnen entleert. Das spielt keine Rolle. Ich kenne dich nur als den, der du bist, seit du zu uns gekommen bist – beziehungsweise seit wir dich hergetragen haben. Und ich kenne dich als ehrlichen, hart arbeitenden Mann; treu, mit einer guten Portion gesundem Menschenverstand und einem guten Sinn für Humor. Was kann ich mehr verlangen? Egal, was du auch immer in deiner Vergangenheit getan hast, es hat kein Arschloch aus dir gemacht, keinen Lügner, keinen Betrüger. Aber drüben, zu Hause, werden das die Leute anders sehen. Für sie bist du das, was du getan hast – was irgend jemand behauptet, daß du es getan hast. Für die wirst du niemals etwas anderes sein. Niemals. Keine Chance.»

«Aber ich muß zurück», sagte Ré. «Da ist ein Mädchen – sie ist jetzt schon eine Frau. Ich kann nicht zulassen, daß sie die Lüge als Wahrheit hinnimmt. Ich muß ihr die Wahrheit erzählen.»

Huck wollte noch etwas einwenden, doch dann hielt er sich zurück. Er legte seine Hand auf Rés Schulter. «Dann geh jetzt, Tom – noch heute. Es ist das Beste so.»

Ré umarmte Huck und eine sehr lange Zeit blieben sie so stehen, ohne daß einer auch nur ein Wort sagte. Dann suchte Ré seine wenigen Habseligkeiten zusammen, winkte den anderen noch einmal zu und ging in den Dschungel hinaus und war fort.

Eine Woche lang marschierte er Richtung Westen, in die Richtung, in der er auch schon fünf Jahre zuvor aufgebrochen war. Er kam an einen Fluß und durchschwamm ihn. Die Landschaft hatte sich nicht verändert, doch er spürte, daß es ein anderes Land war. Er wünschte sich, er hätte eine Karte, damit er die Zahl der Länder abzählen konnte, durch die er noch marschieren mußte, bis er schließlich in jenes Land gelangte, das einmal seines gewesen war.

Eines Abends roch er Kochdüfte, hörte das Weinen von Babies, das Rufen von Kindern, das Bellen von Hunden. Er kroch an das Geräusch heran und sah, daß das, was Frieden sein sollte, ein hoher Stacheldrahtzaun war. Tausende, vielleicht Zehntausende Asiaten waren hinter diesem Zaun zusammengepfercht. An einer Fahnenstange vor dem Tor flatterte eine Fahne – nicht die Fahne einer Nation, sondern die von Menschen ohne Nation, ohne Heimat, ohne Hoffnung: Die Fahne des Internationalen Roten Kreuzes.

Neben dem Tor hockte ein junger Weißer, sein Gesicht war verhärmt, seine Augen vor Müdigkeit und Schlaflosigkeit gerötet, auf seinen Haaren und seinen Kleidern lag Staub.

Ré ging zu ihm und hockte sich vor ihn, um ihm in die Augen zu sehen. «Sind Sie hier der verantwortliche Mann?»

Der Mann nickte.

«Flüchtlinge vor den Kommunisten?»

Der Mann nickte.

«Hat es viele Tote gegeben?»

Der Mann nickte.

«Kann ich irgendwie helfen?»

Der Mann lächelte. «Ich bin froh, daß Sie sich freiwillig melden, denn andernfalls hätte ich Sie zwangsverpflichtet. Zuerst sollten Sie dieses Gewehr loswerden. Waffen kann ich hier nicht zulassen. Und welche Sprachen sprechen Sie?»

«Vietnamesisch, ein bißchen Khmer, etwas besser Montagnard. Und Spanisch.»

Der Mann lachte. «Dann ernenne ich Sie hiermit zum offiziellen Lagerdolmetscher.» Er streckte seine Hand aus. «Paul Howell. Ich bin Kanadier. Falls Sie sich Sorgen machen, daß ich Sie anzeigen könnte.»

Ré schüttelte seine Hand. «Nein, ich hab mir keine Sorgen gemacht. Mein Name ist ... André Keller. Man nennt mich Ré.»

Drei Wochen nachdem Ré im Lager angekommen war, trat Paul Howell auf eine Mine und wurde zerfetzt. Er und Ré waren spazierengegangen und er erzählte Ré gerade seine Lebensgeschichte: In Toronto als Sohn eines presbyterianischen Vaters und einer jüdischen Mutter geboren; auf Privatschulen erzogen; ein Jahr auf der McGill-Universität, ehe er zu der Überzeugung gelangte, daß seine Ausbildung «zu kanadisch, nicht weltlich genug» war, woraufhin er nach New York zur Columbia University wechselte; studierte Geschichte, spielte in einer Baseball-Mannschaft, trank sein Bier im Gold Rail, sang Alt in einem Chor, arbeitete halbtags in der Bibliothek der Juristischen Fakultät, ging mit ein paar Studentinnen, ein paar Krankenschwestern vom St. Luke's aus; entschloß sich, als die Anti-Kriegsbewegung ihren Gipfel erreichte, daß sein Platz in einer Auseinandersetzung nicht auf einer der beiden Seiten, sondern dazwischen war, wo sich die größten Tragödien abspielten; ging als Verwaltungsassistent zum Roten Kreuz, arbeitete nach bemerkenswert kurzer Zeit bereits in Appalachia, Bangladesh, dem Libanon und schließlich in Kambodscha. Kurz bevor er starb, sagte er, daß niemand außer seinem Arbeitgeber im Falle seines Todes davon wissen würde; seine Eltern, beides Einzelkinder, waren bei einem Flugzeugabsturz ums Leben gekommen, und er war ihr einziges Kind. Er war nirgends wirklich seßhaft und hatte nur wenige Freunde, keinen einzigen engen Freund.

In den folgenden Tagen fragte Ré sich immer wieder: Hat er mir damit eine neue Identität angeboten, da er offenbar zu wissen schien – obwohl er nie nachgefragt hatte –, daß meine nutzlos war?

Ihm blieb nicht viel Zeit, sich darüber Gedanken zu machen, denn Ré übernahm die Lagerverwaltung und war von Tagesanbruch bis nach Mitternacht damit beschäftigt, alles für diese Tausende von Menschen zu tun, deren Welten zusammengebrochen waren.

Er leistete, wie sich ein hoher Funktionär des Roten Kreuzes ausdrückte, der das Lager drei Monate nach seiner Gründung besuchte, eine «beispielhafte Arbeit». Er war, in den Worten des gleichen Funktionärs, der nach weiteren drei Monaten einen zweiten Besuch machte, «ein Zauberer.» Er könnte sich, sagte derselbe Funktionär sechs Monate später, nachdem das Lager geschlossen und eine neue Heimat für alle seine Insassen gefunden worden war, «seine eigene Fahrkarte schreiben», für die Organisation an jeden Ort seiner freien Wahl gehen.

Ré entschied sich, zum Hauptsitz der Organisation nach Genf zu gehen, denn er wollte auf neutralem Boden sein, um seine abschließende Rückkehr in die Vereinigten Staaten vorzubereiten.

22

Martha Wine saß bewegungslos da, wie sie es oft tat, seit sie von dem Mord an Susannah gehört hatte. Aus Furcht, ihr sorgsam erreichtes seelisches Gleichgewicht wieder zu verlieren und daß dann ihre Gefühle wieder über sie hereinbrachen, vermied sie sorgsam jede schnelle Bewegung – selbst bei einer so harmlosen Handlung wie nach der Teetasse auf dem Tisch neben ihrem Stuhl zu greifen.

Sie hatte nicht gewußt, daß sie Susannah immer noch liebte oder wie sehr sie sie geliebt hatte. Sie hätte es vielleicht auch nie erfahren, wäre Susannah nicht ermordet worden, denn sie hatte den festen Entschluß gehabt, sie niemals wiederzusehen, Susannahs Flehen und Bitten zu widerstehen.

Doch jetzt mußte sie sich bewegen, denn es klopfte schon wieder an der Tür ihres Hotelzimmers, und wenn sie nicht aufstand, um die Tür zu öffnen, wer sollte es dann tun?

Sie riß sich zusammen, stand langsam auf, ging auf die Tür zu, erkannte dann, daß sie so, wie sie war, nicht öffnen konnte, da sie nur ihren Slip und das übergroße Männer-Arbeitshemd trug, das sie als Schlafanzug trug. Susannah hatte es sehr gerne gehabt, wenn sie so war, streifte dann ihren Slip ab und liebte sie, ohne ihr zuvor auch noch das Hemd ausgezogen zu haben. Nein, so konnte sie einen Polizeibeamten unmöglich empfangen. Newman? War das sein Name?

Doch sie hatte nichts anderes anzuziehen. Eine unachtsame Stewardeß hatte Rotwein über ihre Hose geschüttet, die sie im Flugzeug getragen hatte, und es war schon eine sehr gründliche chemische Reinigung notwendig, wollte sie die Hose noch retten. Sie hatte sonst nur noch einen Rock eingepackt, hatte ihn in dieselbe Schultertasche gestopft, in der sie auch Susannahs Manuskript verstaut hatte – Martha Wine haßte es, auf ihr Gepäck warten zu müssen und reiste immer nur mit dem, was sie tragen konnte –, und der war jetzt hoffnungslos zerknittert. Sie war um acht Uhr aufgestanden und hatte den Reinigungs-Service gerufen, der den Rock aufbügeln sollte, doch sie hatten ihn erst um halb zehn abgeholt und vor elf würde er nicht fertig sein – also zu der Zeit, wenn der Polizeibeamte kommen und sie verhören würde. Oder hieß er Newcombe?

Aber es war doch noch gar nicht elf, oder? Langsam blickte sie auf ihr linkes Handgelenk herab: Zwanzig nach zehn. Dann war es auch noch nicht dieser Polizist, oder? Vielleicht war es der Page mit ihrem Rock, vorzeitig aufgebügelt, so wie Susannah *vor* der Zeit ermordet worden war.

Aber bei wem war das schon anders? Man konnte sowohl zu früh als auch zum richtigen Zeitpunkt sterben, ja sogar zu spät; aber ermordet werden konnte man immer nur zu früh; Mord stand niemals in den Karten, war niemals vorgesehen.

Oder doch? Gab es nicht Menschen, die erwarteten, ermordet zu werden? Ja sogar Menschen, die ermordet werden wollten? Kriminelle – Mafiosi –, das brachte ihr Beruf mit sich. Und auch die Cops; sie waren die Ziele. Sie würde mit diesem Polizisten darüber sprechen müssen. Newsome?

Wie auch immer er heißen mochte, wahrscheinlich würde er keine Lust haben, darüber zu sprechen; er würde mit ihr über Beau sprechen wollen. Während des Fluges hatte Martha die zweite Hälfte von Susannahs Buch noch einmal gelesen; die Hälfte, in der Beau als Figur präsent war. Sie war sich nicht mehr ganz so sicher, daß Beau – oder besser der Mann, der Vorbild für die Figur des Beau war – Susannahs Mörder war, und es war ihr auch nicht mehr gelungen, dieses Gefühl wiedereinzufangen, das sie ursprünglich so sicher gemacht hatte. Vielleicht lag es ja einfach daran, daß sie Beau beim ersten Lesen bereits so gehaßt hatte, jeden Mann haßte, von dem Susannah sagen konnte, daß sie sich in ihn verliebt hatte; vielleicht lag es auch daran, daß sie Beau beim zweiten Lesen weniger glaubwürdig, weniger interessant gefunden hatte. Beau war weder groß noch klein, weder dunkel noch blond, weder redselig noch wortkarg. Er besaß keine Vergangenheit – oder sprach zumindest mit Grace, der Protagonistin, nicht darüber – und Grace fragte ihn auch nicht danach. Sie war ausschließlich an der Gegenwart interessiert, und da Beau präsent war, war er auch interessant. Mehr oder weniger war es genauso simpel. In mehr als nur einer Hinsicht war er ein Werkzeug, und Grace benutzte ihn, um sich an Judith – Martha selbst – dafür zu rächen, daß sie Grace verlassen hatte – und ganz besonders weil sie sie verlassen hatte, ohne daß sie die Voraussetzungen besaß, mit einer anderen Frau eine neue Affäre zu haben, denn Graces eigentliches Können lag bei den Männern. Bei Frauen konnte sie nie die Verführerin sein, konnte nur verführt werden.

Wieder klopfte es an.

Mach schon, Martha. Der Polizist ist da.

Ich kann nicht. Ich muß mit dieser Sache erst klarkommen, ehe ich ihn hereinlasse.

Aber er ist es doch gar nicht. Es ist jemand anderer. Es ist noch zu früh.

Richtig.

Martha zog die Zipfel ihres Hemdes herunter und hielt den Kragen am Hals zu und dann legte sie ihren Mund dicht an die Türe. «Wer ist da?»

«Zimmerservice», antwortete ein Mann.

Zimmerservice? Sie hatte den Zimmerservice nicht bestellt. Oder doch? Sie hatte eine Kanne Tee, also würde sie wohl. Aber das war doch schon Stunden her, kurz nachdem sie aufgestanden war. «Ich –»

Natürlich. Der Junge vom Zimmerservice wollte die Kanne und die schmutzige Tasse abholen. «Oh, einen Augenblick, bitte.»

Sie ging zu dem Tisch, nahm die Kanne, die Tasse und Untertasse in die Hand und trug alles zur Türe. Einen Augenblick stand sie einfach nur da, dann trug sie alles wieder zum Tisch zurück. Das war Zimmer*service*; sie brauchte kein schmutziges Geschirr durch die Gegend zu tragen.

Sollte sie sich so vor ihm zeigen? Warum nicht? Sie hatte das Gesicht des Zimmerservice-Pagen nicht gesehen, als er den Tee gebracht hatte; sie hatte ihm durch die Tür zugerufen, er solle das Tablett vor ihrer Türe auf dem Flur abstellen. Als sie die Tür dann geöffnet hatte, war er gerade in den Fahrstuhl gegangen, und sie hatte noch gesehen, daß er jung und groß und stark war. Es würde ihm sicher gefallen, sie nur in Hemd und Slip zu sehen. Das wird die Krönung seines Tages. Und vielleicht wird er die Krönung meines Tages. Nicht jetzt – der Polizist wird bald kommen –, aber später, wenn er frei hat. Sie hatte nichts weiter vor; sie wollte nur zu Susannahs Grab. Diese kleine Hexe.

Martha Wine lächelte sich in dem Spiegel über der Kommode zu. Jetzt verstand sie auch, warum sie nach New York gekommen war – nicht um an Susannahs Grab zu trauern, sondern um darauf zu tanzen, um ihren – Marthas – letzten Triumph zu feiern.

Oder war es Beau, der triumphiert hatte? Martha hatte Susannah gehabt und sie verlassen. Beau hatte sie gehabt und sie ermordet. Das war dramatischer, krasser – endgültiger. Es war typisch Beau.

In dem Roman warnte Beau Grace – Susannah – einmal, daß er sie – wenn er wollte – mit seinen bloßen Händen umbringen könnte. «Man hat mich dazu ausgebildet», sagte er.

«In der Army?» fragte Grace. «In Vietnam?»

«Egal wo», sagte Beau.

Das war die einzige Stelle des Romanes, wo von Beaus Vergangenheit gesprochen wurde. Nicht mehr, denn Grace war nur an seiner Gegenwart interessiert. Einmal, als er sagt: «Bei meiner Arbeit lernt man, jedem zu mißtrauen, weil jeder glaubt, daß du ihm mißtraust, und dann sind sie unaufrichtig und verheimlichen Dinge», unterbricht Grace ihn: «Erzähl mir doch nicht, was du machst. Mich interessiert nur, was du mit mir machst.»

Wieder ein Klopfen an der Türe.

«Ich komme», rief Martha und ging zur Tür – nachdem sie zuvor noch einen weiteren Knopf ihres Hemdes geöffnet hatte – und sperrte auf.

Die Kugel legte nur eine kurze Entfernung bis zu ihrer Stirn zurück. Doch es gehört zu dem Wunder des menschlichen Gehirnes, daß Martha in diesen wenigen Millisekunden noch die Zeit hatte, sich zu fragen:

Beau?

23

Es war schon komisch, dachte Neuman, wie man doch wissen konnte, wovon jemand redet, selbst wenn man nicht wußte, wovon sie eigentlich redeten.

So wie damals an dem Tag, als Kennedy erschossen wurde. Jack Kennedy. Neuman hatte an diesem Tag dienstfrei gehabt und war mit Maria einkaufen gegangen. Maria hatte beim Einkaufen solch eine Ausdauer, daß sie im Laden bleiben konnte bis man sie bei Ladenschluß hinauswarf, doch nach einer Stunde hatte Neuman schon keine Lust mehr und war daher in den Imbiß im Basement des Kaufhauses Gertz gegangen, um dort eine Tasse von dem zu trinken, was die Leute dort Kaffee nannten, und um in Ruhe die Sportseiten der *News* zu lesen, die er ganz bewußt nicht beim Frühstück gelesen hatte.

Zwei Männer – Männer wie er selbst, hart arbeitende Leichen, die ab und an mal einen freien Tag hatten und dafür dann bezahlen mußten, indem sie mit ihren Frauen einkaufen gingen – standen auf dem Gang vor dem Imbiß, tranken Kaffee aus Pappbechern und unterhielten sich.

«Ich kann es einfach nicht glauben», sagte der eine. Er trug ein kariertes Holzfällerhemd über einem grauen T-Shirt.

«Scheiße, du meinst, du kannst es nicht glauben?» sagte der andere. Er trug eine gelbe Nylon-Windjacke und eine Kappe der Mets. «Du kannst nicht glauben, daß im Jahre neunzehndreiundsechzig eine ganze Menge Verrückter unterwegs sind?»

Mehr hatte er nicht gesagt, doch in diesem Augenblick hatte Neuman gewußt, daß irgendwas mit Präsident Kennedy passiert sein mußte. Er konnte nicht sagen wieso und das konnte er auch jetzt nicht, aber er wußte es einfach. Vielleicht lag es irgendwie daran, wie diese Männer standen – vielleicht ein bißchen verkrampft, wie sie ihre Kaffeebecher weit von ihren Mündern forthielten, gerade so, als würden sie sie sofort wegwerfen, wenn jemand zu ihnen kommen und sagen würde, daß das wohl kaum der richtige Augenblick wäre, um Kaffee zu trinken. Oder vielleicht auch nicht? Neuman wußte es nicht.

Ebensowenig konnte er sagen, woher er wußte, daß der Page des Shorsham Martha Wine tot in ihrem Zimmer gefunden hatte, doch er wußte es trotzdem. Vielleicht lag es an dem aschfahlen Gesicht des Pagen oder daran, wie er sein Kinn, nur ein ganz klein wenig, reckte, so als müßte er verhindern, daß sich irgend etwas aus seinem Mund ergoß – Worte, Schluchzer, Erbrochenes. Oder vielleicht war es all das auch wieder nicht. Neuman konnte es nicht sagen.

«O Gott», war alles, was der Page sagte, als er schließlich doch noch seinen Mund aufmachte. Er sagte es nur einmal, und doch wußte Neuman, wovon er sprach, selbst wenn er nicht wußte, wovon er sprach.

Um fünf Minuten vor elf hatte Neuman das Shoreham betreten und setzte sich in die Lobby und beobachtete das Wandern des Metallpfeiles über der Fahrstuhltür von links nach rechts, wenn der Fahrstuhl nach oben fuhr, und von rechts nach links, wenn er herunterkam. Er würde noch eine Rundfahrt abwarten, ehe er zu Zimmer Sechs-null-sechs hinauffahren würde.

Der Page kam die Treppe herunter – nicht völlig aufgelöst und überstürzt, sondern mit einer sorgsamen Hast. Er hatte die Statur eines Halfback und Neuman fragte sich einen Augenblick, ob er wohl immer die Treppen benutzte, um in Form zu bleiben. Dann bemerkte er sein fahles Gesicht und sein gerecktes Kinn und hörte das «O Gott».

Der Fahrstuhl stand auf der Vierten und fuhr nach oben, also nahm Neuman die Treppe – bis zur ersten Etage zwei Stufen auf einmal, dann immer nur eine. Auf der dritten Etage war er schon fix und fertig; auf der vierten glaubte er, er würde sterben; auf der fünften war er sich ganz sicher, daß er schon tot war, und er konnte sich später nicht mehr daran erinnern, wie er es bis zur sechsten Etage geschafft hatte. Doch er schaffte es.

Zimmernummer 606 befand sich direkt neben der Treppe. Die Zimmertür stand weit offen und auf dem Teppichboden des Ganges lag, auf einem Bügel und in einer Plastiktüte, der beigefarbene Rock einer Frau. Er reimte sich alles zusammen – außer Atem oder nicht: Der Page brachte den Rock, gereinigt oder gebügelt, vom Reinigungsdienst herauf; die Tür zu 606 fand er dann angelehnt oder weit offen vor; er warf einen Blick hinein; er ließ den Rock fallen; er stürzte die Treppen hinunter.

Schwer atmend warf Neuman einen Blick in Zimmer 606 und sah, was der Page gesehen hatte: Eine Frau. Auf dem Rücken. In einem blauen Hemd und mit gelbem Slip. Tot.

Neuman schaute sich schnell um und sah, was der Page nicht

gesehen hatte – daß nirgendwo in dem Zimmer, nicht in der Kommode noch in den Schubladen der Beistelltische und des Schreibtisches, weder im Kleiderschrank noch unter dem Bett und auch nicht in Martha Wines einzigem Gepäckstück ein Romanmanuskript lag.

«Klinger ist am Apparat, Jake», sagte Tim McIver. «Er will auf den neuesten Stand gebracht werden.»

«Sag ihm, er kann mich mal», sagte Neuman.

«Jake.»

«Schon gut. Sag ihm, ich rufe zurück, wenn ich ganz sicher bin, daß der Kerl nicht mehr im Hotel ist.»

«Wir haben jetzt jedes Zimmer durchsucht, Loo», sagte Bloomfield. «Auch den Keller und das Dach. Nichts.»

«Du meinst wohl, daß sich nirgends irgendwer unter einem Bett versteckt hat», brummte Neuman. «Oder in einem Schrank oder hinter einem Steigrohr auf dem Dach. Aber es ist erst dann alles klar, wenn wir mit jedem einzelnen Gast, mit jedem Pagen, jedem Zimmermädchen, jedem Koch, jeder Aushilfe, einfach mit allen geredet haben.»

Redfield trat zu Neuman. «Ich habe jetzt alle da, die im Foyer Dienst hatten. Sie warten im Büro des Managers, Jake. Willst du jetzt mit ihnen reden?»

Reden? dachte Neuman. Nein, ich will nicht mit ihnen reden. Ich will, daß derjenige, der sie erschossen hat, gesteht. Oder ich will irgendwen, der mit dem Finger auf den zeigt, der sie erschossen hat. Aber ich will nicht reden. Doch er sagte: «Ja» und folgte Redfield.

Mit einer Hand auf der Klinke zum Büro des Managers blieb Redfield stehen. «Ist mit dir alles in Ordnung, Jake?»

«Immer noch etwas außer Atem, aber sonst, ja, ich denke schon.»

«Pech, Jake. Der Page muß den Kerl nur um Sekunden verfehlt haben. Und du hast ihn um Minuten verpaßt.»

«Ja. Hätte mich mehr gewundert, wenn er mir direkt in die Arme gelaufen wäre, als wenn ich ihn nur verpaßt hätte ... Die Sache ist doch, Bob, wer wußte, daß sie hier war?»

Redfield zuckte die Achseln. «Freunde zu Hause vielleicht. Freunde hier in der Stadt. Freunde von Susannah Keyes. Wir werden die Liste wohl noch einmal durchkauen müssen – die von wieheißt-sie-noch-gleich? Wir werden wieder mit allen reden müssen.»

Reden, dachte Neuman.

Sinnigerweise hieß der Page Porter. Er schluchzte hysterisch. Neuman stellte ihm einige Fragen, doch mehr als Geflenne bekam er nicht aus ihm heraus. Also wandte er sich an den Manager, der Ness hieß.

«Wir führen hier ein sehr ruhiges Hotel, Lieutenant», sagte Ness, noch ehe Neuman ihn etwas fragen konnte. «So etwas ist hier noch nie zuvor geschehen.»

«Was interessiert mich das?» fragte Neuman. «Ich will hier kein Gelaber hören, ich will einfach nur Antworten auf die Fragen, die ich Ihnen stelle. Knappe, präzise Antworten. Wie viele Zimmer gibt es hier?»

«Dreißig. Es ist ein sehr kleines Hotel.»

«Verstehen Sie jetzt, was ich meine?» fragte Neuman. «So was ist für mich eine lange Antwort, und das, wo ich doch um kurze Antworten gebeten habe. ‹Dreißig Zimmer› wäre eine kurze Antwort gewesen. Das ist die Art Antwort, die ich hören will ... Und wieviele Gäste haben Sie in diesen dreißig Zimmern?»

«Dreiundvierzig. Nicht ...»

«Nicht was? Sie wollten noch etwas sagen. Nicht was?»

«Nicht mitgerechnet Miss Wine», sagte Ness.

«Prima», meinte Neuman. «Sehr schön ... Und von diesen dreiundvierzig Gästen, Miss Wine nicht mitgerechnet, wie viele von denen waren früher schon hier zu Gast?»

«Zwölf sind Dauergäste. Von den verbleibenden einunddreißig waren mindestens vierzehn früher schon mal bei uns.»

«Und Sie können sich für sie verbürgen?»

«Verbürgen?»

«Ist einer von denen vielleicht ein Mörder?»

«Nein. Mit Nachdruck: Nein.»

«Mit Nachdruck? Das ist sehr gut. Mit Nachdruck. Und was ist mit den anderen? Mit denen, die zum erstenmal hier sind? Einer von denen ist Ihnen nicht zufällig wie ein Mörder vorgekommen?»

«Nein.»

«Aber nicht mit Nachdruck nein?»

«Ja! Also ... Ich würde nur spekulieren.»

«Spekulieren Sie. Wir leben in einem freien Land.»

«Also, da ist ein Gast», sagte Ness, «der mir schon irgendwie, nun ja, verdächtig vorkommt. Er heißt Krystal – mit K. Er ist gestern nachmittag ohne Gepäck, ohne Vorbestellung hier angekommen und konnte auch nicht sagen, wie lange er bleiben würde. Er hat für zwei Nächte im voraus bezahlt – bar, und, soweit ich weiß, hat er sein Zimmer nicht mehr verlassen, seit er sich hier angemeldet hat, was schätzungsweise gegen ein Uhr am Nachmittag gewesen sein dürfte. Er hat sich beim Zimmerservice weder Abendessen noch Frühstück bestellt, er hat sich kein Essen aufs Zimmer liefern lassen, wie manche der anderen Gäste es tun. Es gibt hier den Block hinunter einige ausgezeichnete japanische Restaurants, Lieutenant, und –»

«Okay», sagte Neuman. «Diese Antwort wird mir etwas zu lang. Meine Leute sind kurz in allen Zimmern gewesen. Vermutlich hat Mister Krystal mit einem K. sich in seinem Zimmer befunden und ist nicht an einem Herzanfall gestorben oder lag mit einer Beule am Kopf in der Dusche, weil er ausgerutscht und hingefallen ist, richtig, Bobby?»

Redfield blätterte durch eine Liste. «Krystal. Vier-null-vier. Er war auf seinem Zimmer, Jake. Soll ich ihn holen?»

Neuman nickte.

Redfield ging.

Porter stöhnte.

«Was ist los, Porter?» fragte Neuman. «Sie haben sie doch nicht umgebracht, oder?»

«Ehrlich, Lieutenant», sagte Ness.

«Halten Sie das Maul, Ness», fuhr Neuman ihn an. «Also, Porter, wen haben Sie heute morgen in der Lobby gesehen?»

Porter schüttelte seinen Kopf.

«Komm schon, Porter. Was bin ich, ein beschissener Trottel?»

«Heute morgen war unten in der Lobby ziemlich viel los, Lieutenant», sagte Ness. «Zu dieser Jahreszeit haben wir normalerweise kein so ausgebuchtes Haus, aber zwanzig unserer Gäste, sie belegen zwölf Zimmer, besuchen einen Kongreß im Hilton, die Straße hinunter, und die hatten dort ein Problem mit Überbuchungen. Wir haben einen Teil des Überschusses untergebracht.»

«Des Überschusses?»

«Ja.»

«Überschuß. Porter will mir also sagen, daß er heute morgen nicht keinen Menschen in der Lobby gesehen hat, sondern eine *ganze Menge*?»

«Ja.»

«Und ihm ist niemand irgendwie aufgefallen?»

«Ich kann zwar nicht für ihn sprechen, aber –»

«Sprechen Sie für ihn. Er hat Schwierigkeiten überhaupt etwas zu sagen.»

«Mir ist niemand besonders aufgefallen, Lieutenant», sagte Porter.

«Ach, Sie können ja wieder reden», meinte Neuman.

«Ja.»

«Sie haben sich wieder voll im Griff.»

«Ja.»

«Sie denken vielleicht, daß Sie besser langsam anfangen sollten zu reden, da sonst die Leute vielleicht noch auf die Idee kommen könnten, daß Sie Martha Wine nicht nur gefunden, sondern sie auch noch umgebracht haben.»

«Lieutenant, nun aber wirklich!»

«Ness. Halten Sie das Maul ... Haben Sie sie umgebracht, Porter? Sie haben mir noch nicht geantwortet.»

«Nein.»

Redfield steckte seinen Kopf durch die Türe. «Krystal.»

«Bring ihn rein. Nein, spar dir die Mühe. Ich komme raus. Du machst hier weiter.»

«Mr. Krystal?» fragte Neuman.

«Ja?»

«Krystal mit einem K?»

«Ja, das ist richtig.»

«Wo waren Sie heute morgen zwischen zehn und elf?»

«Auf meinem Zimmer.»

«Vier-null-vier?»

«Ja.»

«Und da waren Sie seit ein Uhr gestern nachmittag?»

«Ja, das ist richtig.»

«Sie sind nicht zu Abend essen gegangen, nicht zum Frühstück, haben auch nichts bei dem Zimmerservice bestellt?»

«Nein.»

«Haben Sie denn nie Hunger, Mr. Krystal?»

«Ich habe mich zu sehr amüsiert.»

«Amüsiert? Ah-hah. Womit? Ach, schon gut. Ich kann's raten. Von wo kommen Sie, Mr. Krystal?»

«Des Moines, Iowa.»

«Des Moines, Iowa. Geschäftlich in der Stadt?»

«Nein, zum Vergnügen.»

«Ja, das sehe ich. Verheiratet?»

«Ja.»

«Kinder?»

«Sieben.»

«Jesus. Weiß Ihre Frau, daß Sie hier sind?»

«Sie denkt, ich wäre geschäftlich in Omaha. Ich vermiete landwirtschaftliche Maschinen.»

«Omaha. Landwirtschaftliche Maschinen. Tja, keine Angst, ich werde es ihr nicht verraten.»

«Danke.»

«Ich danke Ihnen», sagte Neuman. «Ach, und Mr. Krystal – da ist noch eine Sache: Der Manager sagte, daß Sie kein Gepäck dabei hätten.»

«Ja. Die Sache in Omaha sollte nur einen Tag dauern. Da konnte ich doch schlecht Gepäck mitnehmen, sonst wäre meine Frau mißtrauisch geworden.»

«Stimmt. Aber, wird sie denn nicht auch mißtrauisch, wenn Sie so lange fort sind?»

«Oh, nein. Ich habe sie gestern abend angerufen – gestern nachmittag, Central Time – und habe ihr gesagt, daß ich aufgehalten worden wäre und später kommen würde. Das ist früher auch schon passiert; sie versteht das.»

«Ja, ich verstehe. Da Sie kein Gepäck mitgebracht haben, und da Sie Ihr Zimmer seit Ihrer Ankunft auch nicht mehr verlassen haben, bedeutet das dann, daß Sie das Kleid einem anderen Gast gestohlen haben?»

«Die Frau aus Vier-null-zwei. Sie hat Größe zwölf, genau wie ich. Und das macht alles nur noch aufregender, Lieutenant.»

«Kann ich mir vorstellen. Hören Sie, Krystal, da sie das Kleid noch nicht als gestohlen gemeldet hat, weiß sie vielleicht noch nicht, daß es fort ist. Gehen Sie jetzt wieder hoch, ziehen Sie das

Kleid aus, ziehen Sie sich Ihre eigenen Sachen wieder an, hängen Sie das Kleid dann auf die Klinke von Vier-null-zwei, kommen dann wieder herunter, gehen durch die Tür – ich werde dem Cop am Ausgang Bescheid geben – und kehren Sie dann dorthin zurück, wo immer Sie auch herkommen –»

«Des Moines.»

«Ja, Des Moines. Sie haben fünfzehn Minuten. Wenn Sie dann noch nicht weg sind, mache ich Ihnen ordentlich Dampf.»

«Danke», sagte Krystal.

«Keine Ursache», sagte Neuman. «Was ist mit den Schuhen? Sind die auch gestohlen?»

«O nein. Die gehören mir. Die Schuhe und die Unterwäsche und der Schmuck gehören mir. Das habe ich immer alles in Taschen, die ich mir extra in das Futter meines Mantels habe einnähen lassen. Es gibt auch eine für die Perücke.»

«Ah-hah. Wie nennen Sie eigentlich die Farbe?»

«Sie heißt ‹Distinguished Blue›. Gefällt sie Ihnen?»

«An Ihnen sieht es gut aus.»

«Martha Wine ist mit dem TWA-Flug Nummer Sechzehn von San Francisco zum JFK geflogen», sagte Redfield. «Die Maschine ist um zehn Uhr fünfzehn gelandet. Eine Viertelstunde zu früh. Rükkenwind. Sie muß sich ein Taxi genommen haben, denn um Viertel vor elf war sie schon hier. Um acht hat sie sich wecken lassen, hat kurz danach den Reinigungs-Service bestellt, der ihren Rock aufbügeln sollte, wenig später dann den Zimmerservice, von dem sie sich eine Kanne Tee aufs Zimmer bringen ließ. Der Reinigungs-Service hat den Rock erst um halb zehn abgeholt und ihr gesagt, daß sie ihn vor Mittag nicht zurückbekommen würde – wegen der zusätzlichen Zimmerbelegung, von der Ness schon gesprochen hat. Sie sagte, sie müsse ihn aber unbedingt noch vor elf Uhr wiederhaben, da sie eine Verabredung – mit dir, Jake – und sonst nichts zum Anziehen habe. Sie hatte noch eine Hose, doch die hat einen Flecken – sieht aus wie Wein. Ist vielleicht auf dem Flug passiert. Porter hat ihr den Tee hochgebracht. Ein Kerl namens Ramirez hat den Rock abgeholt und hätte ihn normalerweise auch wieder zurückgebracht, doch da sie ausdrücklich betont hatte, daß sie den Rock unbedingt vor elf wiederhaben mußte, brachte Porter ihn wieder hoch, fand dann ihre Zimmertür offen vor und so weiter. Das ist alles. Mehr habe ich nicht herausgefunden.»

Neuman schnippte mit den Fingern. «Dann hat Ramirez es getan, als er den Rock abgeholt hat.»

«Auf der anderen Seite des Ganges hat ein Zimmermädchen saubergemacht», sagte Redfield. «Eine Svetlana Goryavich. Sie hat gesehen, wie Ramirez angeklopft hat, wie die Wine ihm geöffnet hat, wie sie ihm den Rock gegeben hat, wie die Wine die Tür dann wieder geschlossen hat und wie Ramirez dann in den Fahrstuhl stieg.»

Neuman schnippte mit den Fingern. «Aha.»

«Wie Ness sagte», begann McIver, «gibt es dreißig Zimmer und dreiundvierzig Gäste – die Wine nicht mitgerechnet.»

«Und Krystal auch nicht mitgerechnet», sagte Neuman. «Du kannst Krystal streichen.»

McIver lachte. «Neunundzwanzig Zimmer – beziehungsweise achtundzwanzig, die Wine nicht mitgerechnet – und zweiundvierzig Gäste, Krystal nicht mitgerechnet.»

«Tim?» sagte Neuman.

«Ja?» sagte McIver.

«Ich kann zählen.»

«Von den zweiundvierzig waren zwanzig – die, von denen Ness sagte, daß sie zu dem Kongreß im Hilton gehören – um zehn Uhr nicht mehr im Hotel. Weitere zwölf waren schon vor neun aus dem Haus. Sechs verließen das Hotel vor zehn und kehrten vor zehn zurück. Weitere vier waren um zehn noch auf ihren Zimmern. Zwei davon verließen das Haus nach zehn, waren vor elf wieder hier. Zwei haben ihre Zimmer nicht verlassen, bis wir den Laden hier dichtgemacht haben –»

«Woher zum Teufel wissen wir das alles?» fragte Neuman. «Das hier ist ein Hotel, um Himmels willen. Menschen kommen und gehen die ganze Zeit.»

«Von Ness, Jake», sagte McIver. «Der Kerl ist paranoid.»

«Aber nicht paranoid genug», sagte Neuman.

McIver fuhr fort: «Die Kugel stammt aus einer .38 Smith. Der Arzt sagt, daß sie zwischen zehn und zwölf gestorben ist. Wir wissen, daß sie nicht nach elf gestorben ist, also ist sie zwischen zehn und elf gestorben. Niemand auf ihrer Etage, niemand in den Zimmern unter oder über ihrem hat einen Schuß gehört, daher wird er also einen Schalldämpfer benutzt haben. Das Labor arbeitet noch daran. Sie überprüfen auch, ob es derselbe Täter wie bei der Kaiser und der Keyes war.»

«Es muß derselbe Kerl sein», sagte Neuman. «Oder nicht?»

«Es paßt irgendwie nicht, Jake», sagte Redfield. «Die Zeitungen haben nichts von dem Kerl gehört. Die Wine war anders als die Kaiser oder die Keyes keine bekannte Persönlichkeit. Sie war zwar kein Niemand, aber sie war auch kein Jemand, wie die beiden anderen Frauen es waren – mit Fotos in den Zeitungen, Fernsehauftritten und so weiter. Es paßt nicht.»

«Wenn die Kanone paßt, dann paßt es», sagte Neuman. «Da es eine .38er Smith war, würde ich sagen, die Chance, daß es paßt, ist gar nicht so schlecht, vielleicht sogar etwas besser als fifty-fifty. Sieh das doch mal so: Der Bursche bringt die Kaiser um, er legt die Keyes um, er nimmt das Romanmanuskript aus der Wohnung der Keyes mit, weil er weiß – oder er vermutet es zumindest –, daß er darin vorkommt –, daß es in dem Roman eine Figur gibt, deren Vorbild er war, und daß man auf ihn kommen könnte, wenn man den Roman nur sorgfältig genug liest. Außerdem weiß er, daß die Keyes noch einen Durchschlag des Romanes angefertigt hat und daß sie den der Wine zugeschickt hat. Woher er das weiß, weiß ich nicht, aber diese Agentin wußte – oder vermutete – es, also wußte – oder vermutete – der Killer es vielleicht auch. Woher er wußte, daß die Wine nach New York kommen und die Kopie des Romanes mitbringen würde, weiß ich nicht, aber das herauszufinden kann so schwer auch nicht gewesen sein. Vielleicht kannte er die Wine ja, vielleicht hat er sie angerufen und gesagt: ‹Hi, wie geht's dir?› und sie hat geantwortet: ‹Prima, wenn man bedenkt, daß meine Ex-Freundin abgemurkst worden ist – ach, und übrigens, ich komme nach New York, um ihr Grab zu besuchen und um den Cops den Durchschlag ihres neuen Romanes zu bringen, denn in dem Buch kommt ein Kerl vor, ein Beau –, der ihr Mörder ist.› Ich meine, so einfach kann das gewesen sein. Was wissen wir denn schon von ihr? Nichts. Vielleicht war sie ein Plappermaul. Vielleicht hat sie *ihn* angerufen ...

Okay. Er findet also heraus, wo sie hier in der Stadt absteigt. Auch das wird nicht so schwer gewesen sein. Aber was alles andere als simpel ist, was er nicht im voraus planen kann – und aus diesem Grund hat er den Zeitungen auch keine Briefe geschrieben, Bob –, ist, wann er sie umlegen wird. Ein Hotel ist etwas ganz anderes als irgendein Apartmenthaus. Zunächst einmal, hier gibt es solche paranoiden Typen wie diesen Ness. Dann kann man auch nicht einfach so hereinspazieren und wieder gehen, ohne daß man bemerkt wird. In einem Wohnhaus kann man kommen und gehen, ohne daß man irgendwem begegnen muß, aber in einem Hotel kommst du an – und sie wollen von dir wissen, ob du hier ein Zimmer hast, jemanden besuchen willst oder was auch immer; und wenn du gehst – dann wollen sie ganz sicher sein, daß du nicht einfach abhaust, ohne vorher deine Rechnung bezahlt zu haben. Also mußte er den richtigen Zeitpunkt abpassen, was vielleicht bedeutet, daß er sich schon seit vergangener Nacht hier in der Gegend herumgetrieben hat, aus welchem Grund du, Tim, einen Kerl den Block rauf und runter schicken solltest – in dieser Straße befinden sich hauptsächlich Büros und nur wenige Wohnhäuser, aber vielleicht hat ja irgendwer noch lange gearbeitet –; er soll sich umhören, ob irgendwer irgendwen hier herumlungern gesehen hat.

Andererseits wäre die Nacht oder der frühe Morgen auch wieder nicht die günstigste aller Zeiten gewesen, wenn man bedenkt, daß die Wahrscheinlichkeit beim Betreten oder Verlassen des Hotels bemerkt zu werden, dann eher größer als kleiner war. Auf der Rückseite des Erdgeschosses gibt es einen Notausgang, doch der Vordereingang ist der einzige Weg hinein, es sei denn, er hat den Notausgang von außen aufgebrochen, was er aber nicht getan hat, es sei denn, er hätte bei seinem Abgang wieder alles ordentlich in seinen alten Zustand gebracht, was er aber ebenfalls nicht getan hat, weil sich auf diesen Türangeln der Staub von hundert Jahren befindet.

Also ist der Morgen die beste Tatzeit, wenn die meisten Leute auf und im Haus unterwegs sind, zum Frühstück gehen, Zeitungen kaufen, sich auf den Weg zu irgendwelchen Kongressen im Hilton machen oder was Leute sonst noch immer so tun, die in einem Hotel wie diesem absteigen. Er kommt also herein, mischt sich unter die Leute, sieht ganz normal aus, zeigt seine Kanone nicht offen, bekommt seine Chance und geht wahrscheinlich über das Treppenhaus nach oben. Ich kann mir nicht vorstellen, daß er den Fahrstuhl genommen hat, es sei denn, er ist eine Etage höher oder tiefer gefahren und dann zu Fuß hinauf- oder hinuntergegangen, aber ich glaube es nicht. Er nimmt also die Treppe, klopft bei ihr an, sagt vielleicht sogar, wer er ist – vielleicht *erwartet* sie ihn ja, weil wir davon ausgehen müssen, daß sie ihn kannte; denn wie hätte er sonst wissen können, daß sie mit dem Manuskript nach New York kommt? Ich meine, kein Mensch wußte davon.»

«Ich muß dir etwas sagen, Jake», sagte Redfield.

«Sprich. Ich bin hier nicht der einzige, der reden darf.» *Reden, reden, reden.*

«Wir wußten, daß sie nach New York kam», sagte Redfield.

«Richtig, das wußten wir.»

«Ich kann mir nicht helfen, Jake – es ist nur so ein Gefühl; ich habe eigentlich gar keinen triftigen Grund, das zu denken – aber ich kann mir nicht helfen ... vielleicht kennen wir diesen Kerl ja.»

«Was? Wir sollen ihn kennen?»

«Ein Cop.»

«Ein Cop?»

«Paß auf, ich will dir sagen, wie ich darauf komme», sagte Redfield. «Erinnerst du dich an diesen Burschen aus der U-Bahn, an den Samariter-Killer? Wir haben doch beide gedacht, daß er ein Cop sein könnte, so wie Briggs, der Graffiti-King, ihn beschrieben hat, wie er die Kanone gehalten hat, wie er mit der Situation fertiggeworden ist. Wir wissen natürlich nicht, wie unser Mann hier seine Kanone gehalten hat, aber dafür wissen wir doch, daß der Kerl, der die Kaiser und die Keyes umgebracht hat, es sehr leicht hatte, in ihre Wohnungen zu gelangen. Bislang sind wir davon ausgegangen, daß es deshalb so einfach für ihn war, weil sie ihn kannten. Aber vielleicht ist das gar nicht so. Vielleicht war es deshalb so einfach für ihn, weil er, wenn er bei ihnen angeklopft oder geklingelt hat und sie gefragt haben, wer da wäre, gesagt hat, er wäre ein Cop und hat dann seine Dienstmarke gezeigt.

Du siehst mich so komisch an, Jake. Ich habe doch schon gesagt, daß ich keinen vernünftigen Grund zu dieser Annahme habe. Aber ich dachte mir, ich spreche es vielleicht einfach mal aus. Du sagst doch selbst immer wieder, daß wenn man über etwas nur oft genug spricht, daß dann vielleicht auch etwas dabei herauskommt.»

Neuman nickte. Es gab Zeiten, da glaubte er, jeder Kriminelle müßte ein Cop sein. Wer kannte die Kriminellen denn schon besser – und vor allem: Wer kannte die Arbeitsweise der Cops schon besser? Aber dieses Mal nicht. Dieses Mal hatte er keinerlei Veranlassung zu glauben, der Mörder wäre ein Cop, außer daß – wie Redfield gesagt hatte – eine ganze Reihe Cops gewußt hatte, daß Martha Wine mit einer Kopie von Susannah Keyes Buch nach New York kommen würde. «Ich weiß nicht, Bob. Ich meine, ich will nicht von vornherein sagen, das kann gar nicht sein. Andererseits denke ich ja im Augenblick gar nicht daran, auch nur eine Minute damit zu verbringen, zu überprüfen, wer von unseren Kollegen ein Psycho ist und wer nicht. Mir gefällt die Idee immer noch ganz gut, daß der Mörder die Keyes und die Kaiser kannte, vielleicht sogar die Wine, und aus diesem Grund würde ich gerne diesen Roman in die Finger bekommen. Und wieso zum Teufel habe ich die Wine eigentlich nicht von irgendwem am Flughafen abholen lassen? Wieso habe ich verdammt nochmal nur für alle Fälle keinen Mann auf sie angesetzt?»

«Du hast es doch nicht ahnen können, Jake», sagte Redfield.

«Auf gar keinen Fall, Jake», meinte McIver.

«Hmmm», machte Neuman.

Bloomfield klopfte an der Türe an und sagte, daß das Labor ermittelt hatte, daß die Kugel aus einer Kanone mit Schalldämpfer abgefeuert worden sei, die mit der Waffe identisch wäre, mit der auch Chris Kaiser und Susannah Keyes ermordet worden sind.

«Was gibt's sonst noch?» fragte Neuman.

Bloomfield sagte, daß außerdem Deputy Chief Inspector Lou Klinger wieder angerufen hatte und auf den neuesten Stand der Ermittlungen gebracht werden wollte.

«Was gibt's sonst noch?» fragte Neuman.

Bloomfield sagte, daß sich außerdem auch eine größere Menge von Schaulustigen hinter der Polizeiabsperrung auf der anderen Straßenseite eingefunden hätte, und daß sich ein Juwelier und ein Friseur darüber beschwert hatten, daß die Eingänge zu deren Geschäften blockiert wurden.

«Warum zum Teufel erzählst du mir das alles?» brüllte Neuman. «Such dir irgendeinen uniformierten Polizei-Officer und sag ihm, daß er die Leute verdammt noch mal wegschicken soll.»

«Ich dachte ja nur, Sie würden das gerne wissen, Loo», sagte Bloomfield.

«Das einzige, was ich wirklich *gerne* wissen will», sagte Neuman, «ist, wer verdammt noch mal all diese Frauen umbringt.»

Doch Jake Neuman würde sehr gerne gewußt haben, würde wirklich sehr daran interessiert gewesen sein zu wissen, daß in der Menge der Schaulustigen, die die Eingänge des Juweliers und des Friseurs blockierten, zuschauten, zuhörten, sich alles einprägten, ein *anderer* Killer stand, nach dem er für kurze Zeit gesucht hatte: Ré.

24

Als die Polizei die Menge zerstreute, ging Ré den Block hinunter, überquerte dann die Straße und kehrte genau in dem Augenblick zum Hotel zurück, als die Detectives herauskamen, um sich den neugierigen Reportern zu stellen. Er stellte sich dicht neben einen Kameramann des Fernsehens und tat so, als würde er dazugehören.

Der pummelige Cop in den grellen, sich beißenden Karos – der, den Ré im Green Tree gesehen hatte – übernahm das Reden. Der irische Cop und der jüdische Cop standen hinter ihm, Redfield unmittelbar neben ihm. Redfield hielt die meiste Zeit seine Augen gesenkt, bis auf einmal, als er aufschaute, um eine Frage zu beantworten, die an ihn gerichtet worden war, und er seine Augen über die Menge, direkt über Rés Gesicht wandern ließ.

Ré lächelte. Und erinnerte sich.

In seiner Heimatstadt war er die Hauptstraße hinuntergegangen, war lauter Gesichtern begegnet, die er kannte und die ihn nicht erkannten. Im Café hatte er einen Kaffee getrunken und wurde von einer Kellnerin bedient, die ihn Hunderte, Tausende Male zuvor schon etwas gebracht hatte – keinen Kaffee, sondern Cherry Cokes und Devil Dogs. Er ging in den kleinen Laden und kaufte sich bei seiner Tante Ruth ein Päckchen Zigaretten – notgedrungen hatte er das Rauchen im Dschungel aufgehört, hatte es dann aber in Genf wieder damit angefangen. Als er hinausging, hatte er dem Kompagnon der Baufirma seines Vaters die Tür aufgehalten, der sich dafür bei ihm bedankte. Mit seinem Mietwagen fuhr er dort hinaus, wo sein Zuhause gewesen war – es war abgerissen und durch eines von Dutzenden absolut identisch aussehender Häuser einer Siedlung ersetzt worden, die jetzt Maplewood hieß, obschon es meilenweit keinen einzigen Ahorn gab. Er klopfte an die Haustür und erkundigte sich bei einer jungen Frau – kaum älter als ein Teenager und mit einem zweijährigen Zwilling an jeder Hüfte – nach sich selbst.

«Nein, hier wohnt kein André Keller ... Oh, Sie meinen den Deserteur?»

«Ich habe ihn Jahre nicht gesehen», sagte Ré. «Habe ihn während unserer Grundausbildung kennengelernt. Er ist nach Nam gegangen und ich nach Europa. Ich wußte nicht, daß er desertiert ist.»

«Ja, das ist er aber», sagte die Frau. «Mein Mann weiß alles darüber. Sie sollten mit ihm sprechen. Allerdings ist er mit seinem Sattelschlepper nach Barstow. Vor Dienstag wird er wohl kaum zurück sein.»

«So lange werde ich nicht in der Stadt sein», sagte Ré. «Was ist denn aus seiner Familie geworden?»

«Was man wohl auch erwarten würde, nachdem sie erfuhren, daß ihr Sohn eine Frau vergewaltigt und einen Offizier getötet hat, der ihn daran hindern wollte. Sie sind vor lauter Scham über diese Schande gestorben, das ist aus ihnen geworden. Der alte Mann ist auf der Treppe zusammengebrochen, als er die Nachricht erhielt. Die Mutter hat eine Weile länger gebraucht – ungefähr ein Jahr –, ehe sie ihre Chips eingelöst hat.»

Tränen stiegen in Rés Augen auf und er wandte sich ab und schaute über den verdorrten Rasen. «Er hatte doch auch eine Verlobte, wenn ich mich recht erinnere. Was ist aus ihr geworden?»

«Sie ist auch tot.»

Ré wirbelte so unvermittelt herum, daß die junge Frau einen erschrockenen Schritt zurückmachte und die Zwillinge die Finger in ihre Münder steckten. «Tot?»

Die Frau kniff ihre Augen zusammen. «Sagen Sie, woher wissen Sie eigentlich, daß er hier gewohnt hat? Das ist nicht das Haus, in dem er gelebt hat. Auch der Straßenname ist geändert worden. Wie haben Sie hierher gefunden?»

«Wo ist sie gestorben?» sagte Ré ganz ruhig. «Wann ist sie gestorben? Wie ist sie gestorben?»

Die Frau wich einen weiteren Schritt zurück und begann die Haustür mit ihrem Fuß zu schließen. «Sie sind er, stimmt's? Du verdammter Hurensohn!»

Ré drehte sich um und ging den Weg hinunter und stieg in seinen Wagen und fuhr in einer Staubwolke und über wegspritzenden Kies fort. Auf der Hauptstraße begegnete ihm ein Streifenwagen, der beschleunigte, doch er fuhr zu einem anderen Fall. Ré fuhr dann zu Leilas Haus und klopfte dort an. Leila öffnete ihm.

Nein. Es war nicht Leila. Es war ihre Schwester Diane, die noch in den Windeln gewesen war, als er sie das letzte Mal gesehen hatte, und die jetzt genauso alt war wie Leila, als er sie kennengelernt hatte.

«Ist deine Mutter zu Hause?» fragte Ré.

Diane schüttelte ihren Kopf. «Sie ist einkaufen. Sind Sie gekommen, um den Pickup zu reparieren?»

Warum nicht? Früher einmal waren Automotoren seine Stärke gewesen. «Ja.»

«Daddy hat schon ziemlich über Sie geflucht, weil Sie sagten, Sie könnten erst morgen kommen.»

Ré lächelte. «Deshalb bin ich ja heute gekommen. Es gefällt mir nicht, wenn dein Daddy mich verflucht.»

Sie schaute ihm zu, während er arbeitete – es war keine große Sache – und nachdem sie eine Weile über das Wetter geredet hatten, sagte er: «Ich habe früher auch hier in der Gegend gewohnt, bin dann fortgezogen und jetzt wieder zurück. Als ich noch auf der High School war, gab es ein Mädchen, das dir unheimlich ähnlich gesehen hat. Sie hieß Leila Stone. Ist sie mit dir verwandt?»

Diane murmelte leise: «Sie war meine Schwester.»

«War?»

«Sie ist tot.»

«Oh, das tut mir leid. Wie ist es passiert?»

«Ich soll nicht darüber reden.»

«Das verstehe ich», sagte Ré. Er stand auf, schloß die Kühlerhaube und wischte sich seine Hände ab.

«Ich kann Sie aber nicht bezahlen. Mom wird erst in einer Stunde oder so wiederkommen.»

«Ich würde von dir sowieso kein Geld annehmen. Aber ich würde mir sehr gerne die Hände waschen und vielleicht ein Glas Wasser trinken.»

Als er in der Küche seine Hände abtrocknete, trat Diane dicht an ihn heran. «Sie ist ermordet worden.»

Ré kämpfte dagegen an, laut aufzuschreien. «Ah-hah.»

«Sie hatte diesen Freund. Der in der Army war. In Vietnam. Er hat irgendwen umgebracht. Einen anderen Soldaten. Ist dann weggelaufen. Leila – meine Schwester – sagte, alle würden nur lügen. Daß er nie einen Menschen töten würde, am allerwenigsten einen anderen Soldaten. Dann ist sie auch weggelaufen. Nach L.A. Sie hatte doch gar kein Geld. Also fing sie an, mit irgendwelchen Typen zu gehen. Sie wissen schon, sie für Geld anpacken und so. Sie war heroinsüchtig. Dann ist sie von dem Kerl umgebracht worden, dem sie das Geld geben sollte, das sie damit verdiente, mit diesen anderen Typen mitzugehen. Er gab ihr eine Überdosis. Mit der Spritze. Ich sollte eigentlich gar nichts davon wissen. Ich bin nachts aufgeblieben, habe die Leute belauscht. Sehen Sie das kleine Loch da oben? Es geht ins Badezimmer oben. Ich habe mich früher immer in die Wanne gelegt und die Leute belauscht. Wo wollen Sie hin? Sie haben ihr Wasser ja noch gar nicht getrunken.»

Wieder zurück in Genf, wieder an seinem Schreibtisch, faßte Ré den Entschluß, daß noch nicht genug Leute gestorben waren – noch nicht. Wenn sie erst tot waren, dann konnte er in Frieden leben.

25

Das Telefon klingelte und klingelte, selbst nachdem Neuman den Hörer abgenommen hatte. Er riß den Stecker auf der Rückseite des Apparates heraus und es klingelte immer noch.

Ohne ihre Augen zu öffnen, sagte Maria: «Es ist die Türklingel, Jacob.»

Und so war es auch, obschon es doch zwei Uhr morgens war. Neuman war erst gegen eins nach Hause gekommen, hatte ein Bier getrunken und ein paar kalte Hacksteaks gegessen, die Maria ihm in den Kühlschrank gestellt hatte, und war dann um halb zwei ohne vorher zu duschen ins Bett gegangen, obwohl er dringend eine Dusche gebraucht hätte. Er hatte den Wecker auf halb sechs gestellt, damit er noch duschen konnte, ehe er um sechs mit nicht mehr als einem hartgekochten Ei und etwas aufgewärmtem Kaffee zum Frühstück wieder nach Manhattan aufbrach.

Er zog seinen karierten Morgenmantel über seinen karierten Schlafanzug, schlüpfte in die gestreiften Slipper und ging nach unten. Auf dem unteren Treppenabsatz blieb er stehen, fragte sich, ob er zurückgehen und seine Pistole holen sollte, sagte sich: Zum Teufel damit, und tapste durch das Wohnzimmer zur Haustüre. Er preßte sein Gesicht gegen die Glasscheibe und sprang entsetzt zurück, denn Steve Federici preßte von der anderen Seite sein Gesicht ebenfalls gegen die Scheibe. Seine Nase war ganz plattgedrückt, und er sah irgendwie irr aus.

Neuman kam wieder zu Atem, zog den Gürtel seines Morgenmantels enger zusammen und öffnete die Tür. «Was zum Teufel, Steve?»

Federici hob hilflos seine Hände. «Tut mir leid, Lieutenant. Ich wollte Sie nicht anrufen. Ich meine, die Leitung könnte angezapft sein oder so.»

«Angezapft?»

«Ich weiß auch nicht. Ich weiß es wirklich nicht.»

Einen langen Augenblick standen sie einfach so da, bis Neuman aufging, daß Federici vermutlich erwartete, hereingebeten zu werden. «Willst du reinkommen?»

«Ich muß mit Ihnen sprechen, Lieutenant. Ja, ich würde gerne hereinkommen.»

«Dann komm doch einfach rein», sagte Neuman und trat zur Seite, um Federici hereinzulassen. Er steckte seinen Kopf aus der Tür, schaute die Straße hinauf und hinunter, doch außer seinem und den Wagen seiner Nachbarn stand kein Auto dort. «Bist du zu Fuß gekommen oder was?»

«Wollte nicht mit meinem Wagen kommen. Dachte mir, man könnte mich vielleicht verfolgen.»

«Verfolgen?»

«Ich bin mit der U-Bahn bis zum Union Turnpike und dann mit einem Taxi ein paar Blocks weiter gefahren. Von da bin ich zuFuß gegangen. Es ist schon komisch; ich habe gemerkt, daß ich diesen Stadtteil kenne. Ein Mädchen, mit dem ich in meiner College-Zeit immer ausgegangen bin, hat direkt hier um die Ecke gewohnt.»

Neuman überlegte, ob er nach ihrem Namen fragen sollte, doch er wollte ihren Namen gar nicht wissen. Er wollte überhaupt nichts wissen, das ihn davon abhielt, so bald wie möglich wieder in sein Bett zu kommen. «Willst du einen Kaffee?»

Federici rieb sich die Hände. «Ja, sehr gerne. Wenn's keine Umstände macht.»

«Überhaupt nicht», log Neuman, denn obschon er Wasser kochen konnte, schaffte er es doch nie, die richtige Menge Kaffeepulver zu nehmen. Entweder war sein Kaffee dünn wie Spülwasser oder so stark, daß der Löffel drin stehenblieb. Und er würde frischen Kaffee machen müssen, denn Maria würde nicht mehr als eine Tasse für sein Frühstück zurückgestellt haben, denn morgens frischen Kaffee aufzubrühen, wenn sein sowieso schon mangelhaftes Urteilsvermögen zudem noch durch den Schlaf getrübt wurde, stand nicht zur Debatte.

Er hielt überrascht die Luft an, als er die Schwingtür zur Küche aufstieß, denn es war schon jemand dort. Maria. Kochte Kaffee. *«Qué barbaridad!»*

«Si», sagte Neuman, gab ihr einen Kuß auf die Wange. «Danke, Babe.»

«So, Jacob. Wenn der Kaffee fertig ist, hörst du den Summer. Ich will nicht, daß dein Freund mich im Nachthemd sieht.»

«Ist nur einer meiner Leute, Babe. Nochmals, danke. Ich komme auch bald wieder hoch.»

Sie lächelte, denn sie wußte, daß er nicht mehr vorbeikommen würde.

Neuman ließ die Schwingtür offenstehen, damit er den Summer der Kaffeemaschine hören konnte, und kehrte dann ins Wohnzimmer zurück. Federici, der auf Neumans Lieblingssessel gesessen hatte, stand auf.

«Setz dich, Steve», sagte Neuman.

Federici blickte auf den Platz, wo er gesessen hatte. «Hier?»

«Warum denn nicht?» Neuman setzte sich in Marias Sessel, verlagerte sein Gewicht, um eine Stricknadel unter sich wegzuziehen, schlug seine Beine übereinander und sperrte seine Augen weit auf. «Also?»

«Tut mir wirklich sehr leid, daß ich so spät noch störe, Lieutenant. Mir war nicht klar, daß es schon so spät war.»

«Es ist spät, ja», sagte Neuman. «Oder früh – je nachdem, von welcher Richtung aus man das betrachtet, denke ich.»

Federici studierte intensiv seine Handflächen. «Ich werde Ihnen alles so schnell und kurz wie möglich erzählen.»

Neuman mußte wieder an Major Antoinette da Silva vom Pentagon denken und hoffte, daß sie nicht der Grund für Federicis Besuch war. Denn wenn sie es war, dann würde sie auch gleichzeitig der Grund für Federicis Ende sein, denn Neuman würde nach oben gehen, seinen Dienstrevolver holen, wieder herunterkommen und eine Kugel durch Federicis Hirn jagen.

«Ich hatte Ihnen ja schon erzählt, daß vergangene Sonntagnacht ein Bursche namens Joe Smith mit einer .22er erschossen worden ist. Wie ich schon sagte, es war dieselbe Kanone, die auch bei den Morden an Carlos Pabon Freitagnacht in der U-Bahn und an Clarence Stearns nur wenige Stunden früher oben in Harlem benutzt worden war. Wie ich schon sagte, Stearns und Smith waren in Vietnam in derselben Einheit. Von Cariello wissen Sie, daß Stearns ein Schmalspur-Dealer war; Smith besaß, wie ich Ihnen erzählt habe, eine Karrosseriewerkstatt und schlachtete nebenbei gestohlene Autos aus. Von Smith erfuhr ich durch Graves, einen Kerl von der Mordkommission Nassau County, der Smith noch von früher her kannte.

Graves hat mich heute abend angerufen – ich meine, *gestern* abend; tut mir wirklich leid, daß es schon so spät ist. Es ist nur, ich konnte es zuerst einfach nicht glauben, und als ich es dann doch endlich glaubte, na ja, da war es schon viel später, als ich dachte – oder auch viel früher ... Jedenfalls, wie ich schon sagte, Graves hat mich gestern abend angerufen und mich gefragt, wieso ich denn nicht mehr an dieser U-Bahn-Geschichte arbeiten würde. Ich dachte, o Scheiße!, dieser gottverdammte McGovern hat mich von dem Fall abziehen lassen, und um die ganze Sache abzurunden, hat er mir nicht mal was davon erzählt, und ich sagte: Was meinen Sie damit, ich arbeite nicht mehr an der Sache? Soweit ich weiß, arbeite ich noch daran. Er sagte: Komisch, denn gestern hat mich ein Dick von eurer Mordkommission, Redfield hieß er, angerufen und wollte von mir alles über einen Exitus namens Joe Smith wissen. Er sagte, es gebe eine Querverbindung zu dem Fall, an dem er gerade arbeitete, zu dem Mord an einem Kerl im Broadway Local und zu dem Mord an einem anderen, einem Schmalspur-Dealer, der oben in Harlem umgelegt worden ist ...

Also, vielleicht hätte ich da ja sofort etwas unternehmen sollen, Lieutenant – hätte Sie anrufen sollen, oder McGovern oder Klinger oder vielleicht sogar Redfield selbst. Ich sagte: Was zum Teufel wird hier gespielt? Wieso sagt mir keiner was? Ich meine, ich weiß, daß ich die Ermittlungen nicht leite, aber ich *arbeite* trotzdem an der

Sache, und ich habe ein Recht zu erfahren, mit wem ich zusammenarbeite. Aber ich hab's nicht getan. Habe niemanden angerufen, weil sich nämlich noch etwas anderes ergeben hatte, und das machte mich noch ganz verrückt, und ich mußte das erst noch klären, und Graves Anruf hatte damit zu tun ...

Ich habe ja schon erzählt, daß ich diesen Draht zum Pentagon gekriegt habe.» Federici wurde rot. «Mann, Lieutenant, ich muß mich noch für Ihren guten Rat bedanken. Sie hatten recht. Toni macht es gar nichts aus, mit einem Detective zweiter Klasse auszugehen, und wenn sie kommenden Monat ihre Familie besucht, gehen wir zusammen in dieses Restaurant, das ich in Bay Ridge kenne, Achtzehn und Zweiundsiebzigste ...

Jedenfalls habe ich diesen Draht zum Pentagon, und wie Sie mir vorgeschlagen haben, habe ich sie gebeten, mir eine Liste der Leute zusammenzustellen, die mit Smith und Stearns in einer Einheit waren. Es dauerte nicht lange. Sie hat diesen Computer – sie stellt dem Ding eine Frage, und er antwortet; nicht so wie dieser Computer, den wir haben, dem man eine Frage stellt, woraufhin er dann ein Nickerchen macht oder eine Sicherung durchknallen läßt. Sie hat also diese Liste zusammengestellt, Toni, hat sie zur Post gebracht – per Eilpost, ist gar nicht so teuer, wie man vielleicht glaubt.

Und so habe ich diese Liste schon am Donnerstag bekommen. War eine verdammt lange Liste. Keine Ahnung, wieviel Namen es genau sind – jedenfalls einige hundert. Ich hatte nicht sofort Zeit, mir die Liste anzusehen. Wegen dieser anderen Sache, denn ich habe, wie Sie mir vorgeschlagen hatten, mit einem Burschen von der *Times* geredet, den ich kenne und dem ich noch was schuldig bin. Dem habe ich also erzählt, daß der Samariter-Killer ein Exemplar von *Pilgrim at Tinker Creek* mit sich herumschleppt. Es hat Donnerstag in der Zeitung gestanden. Ich bin mit Anrufen bombardiert worden. Jeder an der Ostküste, der jemanden kannte, den er nicht ausstehen konnte und der das Buch mal gelesen hat, hat mich angerufen und gesagt: Suchen Sie nicht länger nach dem Samariter-Killer, ich habe Ihren Mann. Ich bin den Anrufen nicht weiter nachgegangen. Dachte mir, wenn sie schon am Telefon stinken, dann stinken sie immer. Aber das alles hat mich an den Schreibtisch gefesselt. Was McGovern angeht, hatten Sie übrigens recht. Er glaubt, daß irgendwer aus McGillions Büro der *Times* die Information zugespielt hat. Stundenlang hat er an der Strippe gehangen und versucht herauszubekommen, wer die undichte Stelle war. Wenn er soviel Energie in die Suche nach dem Mörder stecken würde, hätten wir ihn längst.

Jedenfalls, der Punkt ist, daß ich erst heute nachmittag dazu gekommen bin, mir die Namensliste genauer anzusehen. McGovern war unterwegs, um einer angeblichen Spur im Stearns-Mord nachzugehen – irgendein Junkie, der mit dem Kerl Geschäfte gemacht hatte und der glaubte, er würde jemanden kennen, der ihn umbringen wollte. Himmel, nach allem, was Cariello erzählt hat, wollte jeder in Harlem den Kerl umbringen. McGovern war also nicht da, und ich hatte endlich Gelegenheit, mir die Liste anzusehen. Ich wußte nicht, wo ich anfangen sollte, es waren ja so viele Namen. Ich dachte mir, Scheiße auch, fang doch einfach mit Stearns und Smith an. Klar, ich wußte, daß sie tot waren, aber ich dachte mir, mal sehen, welche Anschriften der beiden in der Liste stehen. Wenn die Anschriften aktuell waren, dachte ich, wäre das nicht schlecht, weil dann die anderen auch nicht so alt sein konnten. Also blätterte ich durch die Seiten und suchte nach den S's. Ich landete bei den R's. Ich wollte schon zu den S's weiterblättern, als mir ein Name einfach ins Auge sprang. Sie kennen so was sicher auch, Lieutenant? Sie schlagen das Telefonbuch auf, und plötzlich springt Ihnen ein Name ins Gesicht – kein Name, den Sie gesucht haben, sondern einfach ein Name, den Sie kennen. Ist mir mit meinem eigenen Namen schon mal so gegangen. Ich suchte gerade –»

«Redfield», sagte Neuman.

«Ja», sagte Federici.

«Heilige Scheiße!»

«Ja.»

Neuman wuchtete sich herum, um an das Telefon heranzukommen, überlegte es sich dann anders und lehnte sich wieder zurück, schaute Federici an. «Und direkt nachdem du Redfields Namen gefunden hattest, rief dieser Graves dich an?»

«Ungefähr eine Stunde später. Wie ich schon sagte, diese Sache machte mich einfach ganz verrückt. Ich wurde nicht schlau daraus. Ich meine, Redfield hat doch auch das Foto gesehen, das Cariello uns von Stearns gezeigt hatte, oder?»

«Ja», sagte Neuman.

«Und er war auch dabei, als Cariello von Stearns Tätowierung erzählt hat, oder?»

«Ja.»

«Also, selbst wenn Stearns sich seit seiner Zeit in Vietnam verändert hat, selbst wenn wir zu dem Zeitpunkt noch nicht wußten, wer er war, sollte man doch meinen, daß Redfield ihn hätte identifizieren können, oder?»

«Ja.»

«Aber er hat nicht.»

«Nein.»

«Und wie ich schon sagte, von dem Mord an Smith hat keine Zeile in den hiesigen Zeitungen gestanden – nur in *Newsday*, und da war es auch nur eine kleine Randnotiz. Wie ich schon sagte, er ist in seinem Büro umgelegt worden. Sah nach einem Raubüberfall aus. Und weil McGovern nicht glaubte, daß an der Sache was dran war, haben wir nichts davon an die hiesigen Zeitungen gegeben. Selbst da nicht, als wir herausfanden, daß Pabon, Stearns und Smith von ein und demselben Mann erledigt worden sind. Wenn Redfield also wußte, daß Smith umgelegt worden ist, dann mußte er das allein herausgefunden haben. Ich meine, ich habe es ihm nicht gesagt und McGovern auch nicht. Jesus, Lieutenant, Sie denken doch nicht, daß Redfield Smith umgelegt hat, oder?»

«Nein. Versuch jetzt nicht, voreilige Schlüsse zu ziehen, Steve. Smith, Pabon und Stearns sind alle mit derselben Waffe erschossen worden. Wir haben eine Personenbeschreibung des Kerls, der Pabon umgelegt hat, und das ist nicht die Beschreibung von Redfield. Wo ist diese Liste?»

«Welche Liste?»

«Die Liste der Kerle, die alle in der gleichen Einheit in Vietnam waren – in Redfields Einheit.»

«Auf dem Revier. Tut mir leid, ich hätte sie wahrscheinlich besser mitbringen sollen, aber –»

«Gehen wir», sagte Neuman und war schon auf halbem Weg zur Treppe. Dann bemerkte er den Summer der Kaffeemaschine. Er mußte schon eine Weile so summen. Er ging in die Küche, schaltete den Automaten aus und entdeckte, daß Maria etwas zu essen vorbereitet hatte: Drei Sandwiches mit Schinken und Schweizer Käse auf Roggenbrot mit Senf, vier saure Pickles, drei hartgekochte Eier, ein Päckchen Salz und ein Päcken Pfeffer. Die Sandwiches waren in Wachspapier eingeschlagen, die Pickles und die Eier lagen in Plastik-Brotbeuteln. Das alles lag neben einer braunen Tüte, auf die

Maria eine blaue Thermoskanne gestellt hatte. Gegen die Kanne hatte sie einen Zettel gelehnt:

> Lieber Jacob,
> pack die Sandwiches, die Pickles, die Eier, das Salz und den Pfeffer in die Papiertüte.
> Füll die Thermoskanne mit Kaffee aus der Kaffeemaschine.
> Nimm die Papiertüte und die Thermoskanne mit.
> Trink nicht aus der Thermoskanne, während du fährst.
> – Love
> Maria

Als er sich angezogen hatte, sah Neuman, daß Maria wach war und ihn beobachtete.

«Hast du den Stecker der Kaffeemaschine herausgezogen?»

«Nein, aber das werde ich noch», antwortete Neuman.

«Paß auf dich auf.»

«Mach ich.» Er beugte sich herab, um ihr einen Kuß zu geben. «Ich liebe dich, Babe. Ich wüßte nicht, was ich ohne dich tun sollte.»

«Ohne mich würdest du gar nichts tun. Du würdest verhungern. Du würdest dich nicht mehr waschen und nicht mehr rasieren. Du würdest genauso leben, wie du dich anziehst. Sieh dir die Sachen doch nur mal an! Die Jacke gehört doch zu einem anderen Anzug.»

«Die Jacke zu diesem Anzug hier ist mir aber zu eng. Und so schlecht sieht es auch wieder nicht aus. Ist doch beides kariert.»

Maria drehte sich auf die andere Seite. «*Que barato*!»

26

Linda Walsh las den Artikel, den sie aus der *Times* ausgeschnitten hatte, zum hundertstenmal.

> Beamte der Mordkommission haben das Taschenbuch identifizieren können, das der Mann bei sich gehabt hatte, der am vergangenen Freitagabend einen 19jährigen Hi-

> spanic in einer U-Bahn der IRT erschoß. Wie wir aus gut unterrichteter Quelle erfuhren, die eng mit den Ermittlungen im Mordfall Carlos Pabon in Verbindung steht, las der Mörder, ein großer, schlanker Weißer Mitte bis Ende dreißig, eine Taschenbuchausgabe von Annie Dillards «Pilgrim at Tinker Creek». Das Buch, das mehrere Preise und Auszeichnungen gewonnen hat und Mitte der siebziger Jahre ein Bestseller war, wurde von einem Fahrgast, der es ebenfalls gelesen hatte, an seinem Cover wiedererkannt. Von weiteren Fortschritten bei der Suche nach dem Mörder, der nach Aussagen von Augenzeugen Pabon erschossen hatte, um tätliche Übergriffe gegen eine Krankenschwester zu verhindern, wurde uns nichts gemeldet.

Am Schluß des Artikels war auf Bitten der Polizei eine Telefonnummer abgedruckt, die jeder anrufen konnte, der irgendwelche sachdienlichen Aussagen zu diesem Fall zu machen hatte. Sämtliche Anrufe würden absolut vertraulich behandelt werden.

Wie schon Hunderte Male zuvor während der drei Tage, seit Linda diesen Artikel zum erstenmal gelesen hatte, setzte sie sich auch jetzt wieder an den Küchentisch, zog das Telefon zu sich heran, nahm den Hörer ab und wählte die Nummer. Doch anders als die vorigen Male legte sie jetzt nicht sofort wieder auf, nachdem sie die Nummer zu Ende gewählt hatte. Sie ließ das Telefon am anderen Ende der Leitung klingeln.

Es klingelte fünfmal, was ihrer Meinung nach zweimal zuviel war. Überzeugt, daß sich die Polizei doch nicht wirklich dafür interessierte, überzeugt, daß man sie nur auslachen würde, wenn sie ihnen erzählte, was sie wußte, hätte sie beinahe wieder aufgelegt.

Als der Apparat das sechste Mal zu läuten begann, nahm am anderen Ende der Leitung jemand den Hörer ab. «Patrolman Mazilli.»

«Sergeant Redfield, bitte», flüsterte Linda leise.

«Hallo!» sagte der Polizist, brüllte beinahe.

«Sergeant ... Redfield ... bitte.»

«Wer spricht dort, bitte?»

«Ich möchte meinen Namen nicht nennen. Ich muß mit Sergeant Redfield sprechen. Es geht um diesen Mann aus der U-Bahn.»

«Sie möchten eine Aussage im Zusammenhang mit dem Straftäter des U-Bahn-Mordes machen?» fragte der Patrolman.

«Ja.»

«Welcher Art ist diese Aussage?»

«Ich möchte mit Sergeant Redfield sprechen.»

«Der Sergeant ist zur Zeit leider nicht erreichbar. Wenn Sie jetzt so freundlich wären, mich über die Natur Ihrer Aussage zu unterrichten, kann ich Ihnen versichern, daß Ihr Anruf streng vertraulich behandelt werden wird.»

Linda legte auf.

Eine Stunde später, nachdem sie ein Glas Wein getrunken hatte, obschon es noch nicht neun Uhr morgens war, rief sie wieder an.

Es klingelte nur einmal. «Hallo?»

«Sergeant Redfield, bitte.»

«Einen Augenblick ... Sarge! Sie ist es wieder.»

Eine andere Stimme sagte: «Redfield hier.»

«Sergeant Redfield?»

«Ja.»

«Ich, äh ...»

«Wie heißen Sie bitte, Ma'am? Keine Angst, ich werde es nicht publik machen. Wir können uns nur besser unterhalten, wenn ich Ihren Namen kenne.»

«Linda.»

«Linda und wie weiter?»

«Sind Sie der Sergeant Redfield, dessen Foto neulich in der Zeitung war?»

«Ja.»

«Und haben Sie letzten Samstag – also nicht gestern, die Woche davor – im Restaurant Green Tree zu Mittag gegessen?»

«Ja.»

Einen Augenblick lang sagte Linda nichts mehr.

«Linda?»

«Ich habe Angst.»

«Das kann ich verstehen. Wo sind Sie jetzt?»

«Zu Hause.»

«Ist er bei Ihnen?»

«Er? Oh. Nein. Er –» Sie erinnerte sich daran, daß die Polizei eine Telefonnummer aufspüren konnte, wenn man lange genug sprach und so herausfinden konnten, wo man war. Sie hatte jetzt schon lange genug gesprochen? Oder etwa nicht? «Wir sollten uns irgendwo treffen. Ich komme zu Ihnen. Auf Ihr Revier.»

«Nein», sagte Redfield. «Möglicherweise beobachtet er Sie. Er könnte Ihnen folgen. Ich komme zu Ihnen. Ich trage keine Uniform. Er wird nicht wissen, daß ich Polizeibeamter bin.»

«Er kennt Sie!» schrie Linda laut.

«Ich weiß», sagte Redfield leise. «Treffen wir uns irgendwo, Linda. Kennen Sie das *Terminal Dinner* an der Vierundvierzigsten und Zehnten? Das ist ein guter Treffpunkt – abgelegen und doch belebt. Wir treffen uns dort in zwanzig Minuten. Nehmen Sie ein Taxi. Ich erstatte Ihnen den Fahrpreis. Sie wissen wie ich aussehe, richtig? Von dem Foto in der Zeitung?»

«Ja.»

«In zwanzig Minuten, Linda. Ach, und, Linda?»

«Ja?»

«Sie müssen keine Angst haben.»

«In Ordnung.»

27

Der Sonnenaufgang war blutrot gewesen, doch es schien ein wunderschöner Morgen zu werden.

Um Viertel nach drei war er mit Federici auf dem Revier angekommen und sie waren in der Hoffnung, daß ihnen bei irgendeinem Namen ein Glöckchen klingeln würde, die Liste schnell einmal durchgegangen. Was nicht der Fall war, woraufhin sie die Liste langsamer ein zweites Mal durcharbeiteten und dabei nach einem Muster suchten, von dem sie sehr bezweifelten, daß sie es finden würden. Sie fanden nichts.

«Okay», hatte Neuman gesagt. «Ruf sie an.»

«Wen?»

«Den Major. Toni. Deine Freundin im Pentagon.»

«Jesus, Lieutenant. Ich kenne ihre Privatnummer nicht. Nur ihre dienstliche Nummer.»

«Ruf da an. Das ist das Pentagon, um Himmels willen. Die müssen doch vierundzwanzig Stunden am Tag geöffnet haben. Ich meine, was, wenn irgendwer einen Krieg anfangen würde?»

Federici rief das Pentagon an und überredete – nach viel gutem Zureden – den Offizier vom Dienst schließlich, Major Antoinette da Silva zu Hause anzurufen. Sie rief zurück, hörte sich an, was Federici wollte, und sagte, daß sie gegen sechs wieder in ihrem Büro sein würde. Sie bezweifelte, daß sie vor Mittag etwas für sie finden würde.

Und was würde es sein, wenn sie es hatte? fragte Neuman sich. Die beste Frage, die ihnen eingefallen war, war, ob während der sechs Jahre, die Redfield dieser Einheit angehört hatte, irgend etwas «Ungewöhnliches» vorgefallen war. Es hätte Neuman nicht weiter überrascht, wenn sie erst am folgenden Mittag oder auch nie zurückgerufen hätte.

Das Telefon klingelte um Viertel nach neun. Federici wollte schon den Hörer abnehmen, trat dann jedoch zurück. «Besser, Sie gehen ran, Lieutenant. Falls es Toni ist, und falls sie etwas herausgefunden hat ...»

«Falls», sagte Neuman und nahm den Hörer ab. «Neuman.»

«Hi, Lieutenant. Major Toni da Silva hier. Army PIO.»

Sie klang wie ein Strauß frischer Blumen, und Neuman versuchte, sich nicht so anzuhören wie der, der er war – ein erschöpfter Zyniker. «Hello, Major.»

«Lieutenant, Detective Federici sagte, Sie würden gerne wissen, ob je irgend etwas Ungewöhnliches im Zusammenhang mit der Vierten der Zwei-Null-Sechsten aktenkundig geworden ist.»

«Ja, das ist richtig.»

«Ich habe Ste... Detective Federici bereits gesagt, daß wir hier an unserem guten alten Computer keinen Knopf haben, auf dem ‹Ungewöhnliches› steht, daß er sich schon etwas präziser ausdrücken müßte. Er sagte, das könne er leider nicht, weil ihr Jungs selber nicht genau wüßtet, wonach ihr eigentlich sucht. Ich fragte, ob er vielleicht so etwas wie ‹ungewöhnlich› viele Kriegsgerichtsverfahren, unehrenhafte Entlassungen und dergleichen meinte. Er sagte, wahrscheinlich ja. Also habe ich das entsprechende Knöpfchen gedrückt. Viel ist dabei nicht herausgekommen. Diese besondere Einheit war weder besonders atemberaubend noch besonders auffällig. Sie war durchschnittlich, wirklich durchschnittlich – abgesehen von einem Zwischenfall. Ich weiß nicht, ob es das ist, wonach Sie suchen, aber ich dachte, wir könnten Zeit sparen, wenn ich es Ihnen einfach mal erzähle.»

«Bitte, tun Sie das», sagte Neuman.

«Diese Sache hat sich einundsiebzig zugetragen. Ein Captain,

Ronald Phelps, Alter sechsunddreißig, aus Shreveport, Louisiana, wurde von einem einfachen Soldaten erschossen, einem André Keller, Alter sechsundzwanzig, aus Atascadero, Kalifornien.»

Während sie sprach, blätterte Neuman den Computerausdruck durch, machte sich Zeichen an die Namen Phelps und Keller.

«Unsere Unterlagen sind sehr knapp gehalten, daher habe ich nicht sehr viel herausgefunden. Phelps hat diesen Keller offenbar dabei überrascht, als er eine vietnamesische Zivilistin sexuell belästigte. Er versuchte ihn davon abzuhalten und wurde darauf von Keller erschossen. Bevor Keller festgenommen werden konnte, floh er, und seitdem hat man nie wieder etwas von ihm gehört oder gesehen. Sagt meine Akte.»

«Und das bedeutet?» fragte Neuman. «Bedeutet das, daß die Akten nicht immer zuverlässig sind?»

«Soweit wir etwas haben, sind die Akten schon zuverlässig», sagte Major Toni da Silva. «Das Verbrechen ist begangen, gemeldet und nie verfolgt worden, da der Straftäter nicht greifbar war. Das steht in der Akte. Was jedoch nicht in der Akte steht, ist der Bericht über Kellers Verbleib. Diesen Bericht habe ich erst gefunden, als ich eine Gegenprobe unter Kellers Namen laufen ließ. Ich habe einen Blip erhalten.»

«Einen Blip?» fragte Neuman.

«Einen blinkenden Punkt, der bedeutet, daß erst kürzlich eine Anfrage bezüglich der fraglichen Person durchgeführt worden ist. Bezüglich Keller, heißt das. Falls es sich um abgesicherte Informationen in bezug auf Kellers Verbleib gehandelt hat – wenn eine Leiche gefunden worden ist, wenn ihn jemand erkannt hat, wenn er sich gestellt hat –, dann wäre das natürlich auch in die Akte eingetragen worden. Der Blip bedeutet, daß es nur einen Bericht gegeben hat, daß er gesehen worden sein soll, was jedoch nicht bewiesen ist.»

«Aber es hat einen Bericht gegeben?» fragte Neuman.

«Es gab einen Bericht», sagte Major Toni da Silva. «Ungefähr vor einem Jahr, am fünfzehnten August letzten Jahres, um genau zu sein, hat sich das Büro des Sheriffs von Atascadero mit uns in Verbindung gesetzt und mitgeteilt, daß ein Mann, vermutlich André Keller, in der Gegend gesehen worden sei und sich dort nach einigen Einwohnern erkundigt hätte. Eine weibliche Einwohnerin – ihr Name steht nicht in dem Bericht – rief den Sheriff an und sagte, daß ein Mann zu ihrem Haus gekommen sei und gesagt hätte, er wäre ein *Freund* von Keller, hätte ihn seit seiner Zeit beim Militär nicht mehr gesehen und frage sich nun, was wohl aus ihm geworden wäre. Ihr Haus ist offenbar auf dem Grundstück erbaut worden, wo früher einmal Kellers Familie gelebt hatte. Irgend etwas an der Art und Weise, wie sich der Mann verhalten hatte – in dem Bericht steht nicht, was das war –, brachte sie zu der Vermutung, daß der Mann Keller war. Sie hat den Sheriff erst zwei Tage nach dem Besuch dieses Mannes angerufen. Aus dem Bericht geht nicht hervor, aus welchem Grund ...

Und was die anderen Namen anbelangt, Lieutenant, von denen Ste... Detective Federici sagte, daß Sie sich für sie interessieren würden: Stearns, Clarence; Smith, Joseph und Redfield, Robert. Interessanterweise erhielt ich bei allen dreien einen Blip.»

«Bei allen dreien», sagte Neuman.

«Bei allen dreien. Es waren Routineanfragen in bezug auf ihre aktuellen Adressen. Wir bekommen viele solcher Anfragen von Jungs, die ihre alten Kumpels aus der Army besuchen wollen. Es gibt keinerlei Anhaltspunkt – den gibt es niemals –, von wem diese Anfragen gestellt worden sind.»

Von wem? dachte Neuman. Sie redete nicht nur an einem Streifen, sie fragte auch gut. «Major, das alles hilft uns wirklich sehr viel weiter, und ich kann Ihnen gar nicht sagen, wie nett das alles von Ihnen ist, und Steve ist Ihnen auch sehr dankbar. Das heißt, Detective Federici. Ich weiß, heute ist Sonntag. Ich weiß, heute ist Ihr freier Tag. Ich weiß, daß sie sich aus dem Bett geschleppt haben und zum Dienst gekommen sind, um das alles für uns zu erledigen, aber eines würde ich Sie gerne noch fragen. Ihr Computer ist wirklich toll, und, wie ich schon sagte, das alles hilft uns viel weiter, aber der Computer kann nicht reden – ich habe von welchen gelesen, die das angeblich können sollen, und vielleicht wird eines Tages auch Ihr Computer noch reden –, aber bis das soweit ist, also, wir müssen wirklich mit irgend jemandem über diese Leute reden. Über Stearns, Smith, Captain Phelps. Aus Gründen, die ich im Augenblick nicht näher erläutern kann, können wir nicht mit Mr. Redfield sprechen, obschon ich weiß, daß Steve Ihnen wahrscheinlich erzählt haben wird, daß er ein Kollege von uns ist. Und da Stearns und Smith und Captain Phelps nun einmal tot sind, muß ich wohl nicht erst sagen, daß wir auch mit denen nicht sprechen können.

Also, was ich Sie noch fragen möchte – da Sie die Liste ja inzwischen recht gut kennen dürften –: Gibt es jemanden auf dieser Liste, den Sie *kennen*, jemanden, mit dem Sie vielleicht schon einmal zufälligerweise Dienst getan haben, und der sich noch an die Zeit in Vietnam erinnern könnte, den wir anrufen könnten, mit dem wir eine Weile reden könnten, um etwas mehr Substanz um diese hochinteressanten Fakten herum zu bekommen, die Ihr Computer ausgespuckt hat? Ich weiß, heute ist Sonntag, ich weiß, heute ist Ihr –»

«Schon erledigt, Lieutenant», sagte Toni da Silva. «Schon beim erstenmal, als ich die Liste durchgegangen bin, ist mir ein Name aufgefallen: Mickey Chavez. Das heißt, Miguel Chavez. Mickey leitet ein Beratungszentrum für Vietnamveteranen bei Ihnen dort oben. In Newark. Er war während meiner Grundausbildung mein Sergeant. In Fort Ord. Ein überzeugter Berufssoldat – zumindest dachte das jeder. Dann hat er eines Tages einfach alles an den Nagel gehängt, nahm seinen Abschied, verzichtete auf seine volle Pension und so weiter. Es schien, als habe er schreckliche Kopfschmerzen, Alpträume; ein Auto hatte eine Fehlzündung, und schon sprang er unter den nächsten Tisch. In einer Zeitung las er dann irgendwas über andere Vets – Vietnam Vets –, die genau die gleiche Art von Problem hatten. Posttraumatische Streß-Funktionsstörungen lautet das Fremdwort. Verspätete Kriegsneurose, das ist es. Mickey entschloß sich – verstehen Sie, *mir* hat er das nie so erzählt; ich war nichts als nur ein kleiner Infanterist; aber ungefähr vor einem Jahr habe ich in einem Artikel in der *Time* über Vietnam-Veteranen etwas über ihn gelesen. Nein, die *Newsweek* war's. Oder doch nicht, vielleicht war es doch die *Time* ...

Wie auch immer, jedenfalls in einem Magazin ... Er kam zu dem Schluß, nach den Angaben des Magazines, daß Menschen für einen zukünftigen Krieg auszubilden nicht das war, was er mit seiner Kraft und Energie tun sollte. Statt dessen wollte er den Menschen helfen, die – genau wie er – unter den Folgen des *letzten* Krieges litten. Also quittierte er den Dienst, arbeitete zunächst für einen Verein in Kalifornien – ich meine, es war in Venice, in der Nähe von L.A. –, einer von der Sorte, die Pionierarbeit auf dem Gebiet der Beratung für Veteranen geleistet haben, kehrte dann an die Ostküste zurück, von wo er stammte, und gründete ein Büro in Newark, wo es eine ganze Menge Veteranen, hauptsächlich Schwarze und Hispanics, gibt. Mickey Chavez war ebenfalls in Vietnam in dieser fraglichen Einheit, Lieutenant, und er ist genau der richtige Mann für Sie. Haben Sie was zu schreiben? Ich gebe Ihnen seine Nummer.»

«Warum geben Sie Steve nicht die Nummer, Major?» sagte Neuman. «Er will sowieso noch kurz mit Ihnen sprechen, und da können Sie ihm die Nummer auch geben. In der Zwischenzeit will ich mich noch einmal sehr bei Ihnen für alles bedanken, und sollten Sie je nach New York kommen, was, soweit ich weiß, der Fall sein wird, wie Steve mir erzählt hat, da Ihre Leute hier oben leben, also, wenn Sie je nach New York kommen, würde ich mich sehr geehrt fühlen, wenn Sie mal bei mir reinschauen und Hallo sagen würden. Ich zeige Ihnen dann sogar unseren Computer; der ab und zu sogar zwei und zwei zusammenzählen kann und die richtige Antwort ausspuckt, wenn man ihn nur fest genug tritt und ihn ein bißchen zur Seite wuchtet. Nicht immer, aber eben manchmal. Und wenn Sie nicht reinschauen können, was ich voll verstehen würde, da unser Revier in einem Stadtteil liegt, in dem man nicht unbedingt einfach so die Straße hinunterschlendern und dabei ganz sicher sein kann, daß nicht irgendwer einem eins auf den Kopf gibt und die Brieftasche klaut, dann rufen Sie vielleicht an, und wir treffen uns dann irgendwo auf ein Bier oder wozu auch immer Sie Lust haben, und nochmals, vielen Dank, Major.»

«Nennen Sie mich Toni, Lieutenant. Bitte.»

«Toni? Okay, mach ich. Und, ach, Toni?»

«Ja?»

«Nennen Sie mich Jake. Bitte.»

«Jake? Okay. Jake, richtig ... Jake?»

«Ja?»

«Also, wahrscheinlich sollte ich das wirklich nicht fragen. Ich meine, ich weiß, daß es nicht fair ist und Steve ist wahrscheinlich in Ordnung und alles, aber, nun ja, äh ... ist er wirklich so süß wie er sich anhört?»

«Ja, ich denke, das ist er wohl. Ich meine, ich weiß zwar nicht, ob ich dieses Wort ebenfalls verwenden würde. Ich meine, es ist ein Wort, das ich nicht direkt oft benutze, aber, ja, doch, ja, ich denke, das ist er wohl.»

«Gut», sagte Major Toni da Silva. «Oh, gut.»

Miguel Chavez war so kurz angebunden wie nur irgendwas, so kurz angebunden, daß Neuman sich selbst dafür in den Hintern trat, sich die Mühe gemacht zu haben, nach Newark hinauszufahren, wenn das alles auch ebensogut in fünf Minuten am Telefon hätte besprochen werden können. Warum sagten Leute einem nicht einfach, daß man ihnen die Worte nicht aus der Nase ziehen mußte?

«Wir waren fünf», sagte Miguel Chavez. «Kumpel. Freunde. Joe Smith, Clarence Stearns, Bobby Redfield, Ré Keller – André, aber wir haben ihn immer nur Ré genannt – und ich. Es war so: Wir gegen den Rest der Welt, wir gegen die Gooks, wir gegen Phelps. Phelps war ein Leuteschinder. In Nha Trang haben wir uns, wir hatten Wochenendurlaub, das hier mal machen lassen» – er zog den Ausschnitt seines T-Shirts tiefer und zeigte Neumann ein Stück einer kunstvollen Tätowierung – «es war Rés Idee obwohl es eigentlich nicht Rés Ding war. Doch er wollte Phelps anmachen. Phelps hat uns zur Sau gemacht. Ré hat ihm widersprochen. Nicht wegen der Tätowierung, sondern wegen dem Einsatz, den wir gerade machten. Wir waren überlastet, wir hätten ohne Unterstützung nicht soweit draußen sein sollen, wie wir es tatsächlich waren. Daraufhin hat Phelps Ré in den Bau gesteckt, zusammen mit drei vietnamesischen Zivilisten – einer alten Frau, einer jungen Frau und dem Baby der jungen Frau. Ich hatte Nachtwache. Ich habe ihnen was zu essen gebracht. Phelps hatte ihnen nichts gegeben. Dann löste Phelps mich ab. Ich dachte schon, er würde mich auch in den Bau stecken, weil ich ihnen was zu essen gebracht hatte, doch er sagte nur, daß er die Wache übernehmen wollte.

Das machte überhaupt keinen Sinn. Er übernahm niemals den Wachdienst, egal wie kaputt oder erschlagen wir auch waren. Phelps versuchte, die junge Frau zu vergewaltigen, Ré packte sich Phelps' Pistole und erschoß ihn. So hat Ré die Geschichte erzählt. Ich habe ihm geglaubt. Ich dachte, alle hätten ihm geglaubt. Aber Bobby – Redfield – und Smith, die hatten Angst, Angst, daß es herauskommen würde, daß Phelps uns wegen der Tätowierung zur Sau gemacht hatte, daß es heißen würde, wir hätten ihn gemeinsam umgelegt, daß man uns unter Mordanklage stellen würde. Sie haben dann der MP erzählt, daß Ré die Frau vergewaltigt hätte, daß Phelps versucht hätte, ihn daran zu hindern, daß Ré ihn dann erschossen hätte. Zu diesem Zeitpunkt war Ré schon fort. Er ist im Dschungel verschwunden. Er hatte auch die Viets freigelassen, die sich auch aus dem Staub gemacht haben. Wir haben sie noch gesucht, aber ohne Erfolg. Dann ist Ré also wirklich zurück? Tja, das überrascht mich eigentlich nicht.»

«Es überrascht Sie nicht, daß er weiß ich wie viele Jahre ohne Waffen und Vorräte im Dschungel überlebt hat?»

«Ich habe ihm bei der Flucht geholfen», sagte Chavez. «Ich habe ihm sein Gewehr, Munition, Feldflaschen, Proviant besorgt. Ich wußte, daß er es schaffen würde. Damals gab es Gerüchte, Geschichten, die man sich so erzählte, daß es dort draußen irgendwo noch eine andere Armee gab, eine Armee aus Deserteuren von allen Seiten: MACV, ARVN, NVA, VC, daß sie sich aus dem Wunsch zu überleben zusammengefunden hätten und auch zusammenblieben. Ich dachte mir, daß Ré am Ende bei so einem Verein landen würde und daß er es schaffen würde. Ich glaube, ich hatte wohl recht.»

«Dann ist er also nicht hinter Ihnen her», sagte Neuman. «Sie haben ihm geholfen, also ist er hinter Ihnen nicht her. Smith, Stearns ... und Redfield sind diejenigen, hinter denen er her war.»

«Wollen Sie ihm das zum Vorwurf machen, Lieutenant?» sagte Chavez.

«Ich machte überhaupt keinem Menschen irgendwelche Vorwürfe. Das steht mir nicht zu», sagte Neuman. «Ich versuche einfach nur mitzuzählen.»

28

«Linda?»

«Hallo, Sergeant Redfield.»

«Nennen Sie mich Bobby, Linda. Das hier ist ganz inoffiziell.»

«Sie sagten, Sie würden drinnen auf mich warten. Stimmt etwas nicht?»

«Ich bin mit dem Wagen hier. Ich dachte, es wäre sicherer – nicht, daß es Grund zur Besorgnis gibt, aber trotzdem –, ein bißchen herumzufahren als an einem so öffentlichen Ort zu sitzen. Wenn Sie einen Kaffee oder so haben möchten, dann hole ich es Ihnen, und Sie können ihn dann im Wagen trinken. Vielleicht sogar frühstükken. Ich bezahle.»

«Nein, danke», sagte Linda. «Ich ... Ich habe keinen Hunger.»

«Es ist der blaue Chrysler dort drüben, Linda. Ich dachte mir, wir fahren durch den Tunnel, die Palisades hinauf. Dort ist es zu dieser Jahreszeit wirklich ganz hübsch.»

«Okay.»

Sie sprachen kein Wort mehr, bis sie den Tunnel hinter sich hatten und weiter Richtung Norden fuhren. Es herrschte kaum Verkehr, die Industrie hatte heute frei, die Luft war frisch und sauber. Linda konnte sich nicht mehr erinnern, wann sie das letzte Mal in einem Auto gesessen hatte, wann sie das letzte Mal aus der Stadt gewesen war.

«Tja, Linda», sagte Redfield, «warum erzählen Sie mir nicht einfach alles. Fangen Sie ganz von Anfang an, versuchen Sie nichts auszulassen. Das werden Sie natürlich, aber ich werde Sie nicht unterbrechen. Wenn Sie fertig sind, gehen wir alles noch einmal durch, und ich werde Sie nach den Details fragen, von denen ich glaube, daß Sie sie wahrscheinlich ausgelassen haben.»

«Ich weiß nicht, womit ich anfangen soll», sagte Linda.

«Fangen Sie ganz von vorne an.»

«Es war letzten Freitag – mein Gott, erst letzten Freitag. Er kam ins Gold Rail, eine Bar am Broadway, oben bei der Columbia. Ich arbeite dort hinter der Theke. Nachts. Er bestellte sich ein Bier. Ein Bud. Er hatte eine Schürfwunde an seiner Hand. Ich bin in die Küche gegangen, um ein sauberes Handtuch zu holen. Als ich zurückkam, war er fort. Er hat ferngesehen. Chris Kaiser. Die, die ermordet worden ist. Ihre Sendung lief gerade, und er starrte auf den Bildschirm. Und dann war er einfach weg ...

Am folgenden Morgen bin ich spazierengegangen, und da war er wieder. Ging die Straße hinunter, las Zeitung. Der U-Bahn-Mord in der vorausgegangenen Nacht machte die Schlagzeile. Er ließ mich den Artikel nicht lesen. Warf die Zeitung in einen Papierkorb. Ich ... Ich mochte ihn. Ich wollte ihn näher kennenlernen. Ich sagte: Gehen wir doch zusammen zu Mittag essen, im Green Tree. Es war ein angenehmes Essen. Wir haben zwar nicht viel geredet, aber ... Irgendwie mochten wir uns. Ich wußte, wir ... würden anschließend zusammen ins Bett gehen, und ... wir haben es auch getan. Gerade als wir das Restaurant verlassen wollten, sind Sie mit Ihrem Kollegen hereingekommen. Da wußte ich noch nicht, wer Sie waren – ich habe Ihr Foto erst ein paar Tage später in der Zeitung gesehen –, aber ich wußte, daß er Sie kannte, daß er von Ihnen nicht gesehen werden wollte. Er ist zu der Telefonzelle gegangen und stand mit dem Rücken zu Ihnen, bis Sie an ihm vorbei waren. Sie sind dann auf die Toilette gegangen, und er kam dann zu mir heraus. Ich habe vor dem Restaurant auf ihn gewartet ...

Er sagte, sein Name wäre Ray Howell. Er hatte Ausweise – einen Führerschein, einen Personalausweis –, auf denen der Name Paul Howell stand. Er hatte auch ein Flugticket, ausgestellt auf diesen Paul Howell. Von Detroit nach New York. Ich habe in seinen Sachen nachgesehen. Er ist ein paar Tage bei mir geblieben. Davor hat er im ‹Y› gewohnt, aber ich habe ihn gefragt, ob er nicht bei mir wohnen wollte, und das hat er dann auch getan. Die meiste Zeit war er unterwegs – spät nachts und früh morgens. Er war aus, als diese beiden Frauen ermordet wurden – Chris Kaiser und die andere, diese Schriftstellerin. Keyes. Susannah Keyes. Und die dritte – Martha, richtig? Martha Wine. Die hat er auch umgebracht. Ich bin ganz sicher. Er hat sie alle umgebracht.

Wer sind Smith und Stearns? Wieso hatte er Ihren Namen? Die Namen standen auf der Rückseite des Umschlages, in dem er sein Flugticket hatte. Smith, Stearns und Ihr Name – mit den Anschriften. Warum? Wer ist er? Was hat er vor? Und diesen Jungen in der U-Bahn hat er auch umgebracht. Er hat dieses Buch gelesen – *Pilgrim at Tinker Creek*. Das ist mein Lieblingsbuch, und er hat es gelesen. Der Bastard.»

Als sie sich der George Washington-Brücke näherten, wurde der Verkehr dichter, was auch so blieb, bis sie das Autobahnkreuz hinter sich hatten und auf der Allee des Palisades Parkway fuhren.

«Okay, Linda», sagte Redfield, «darf ich Ihnen jetzt einige Fragen stellen? Sie sagen, er nannte sich Ray. Hat er diesen Namen je buchstabiert? War es R-a-y Ray oder irgendwie anders?»

Linda schüttelte ihren Kopf. «Ich ... weiß nicht. Er hat ihn nie buchstabiert.»

«Hat er jemals den Namen André erwähnt?»

«Nein. Doch. Für André. Da war so ein Foto. Ein Foto von einem Mädchen. Für André, mit all meiner Liebe.»

«Hat er gesagt, wer Paul Howell war?»

«Nun, nein, er hat nie davon gesprochen, wer er war, aber er sagte, er hätte einen Freund gehabt – seinen Namen hat er nie erwähnt, der in den sechziger Jahren auf der Columbia studiert hatte, ins Gold Rail gegangen war. Deswegen wäre er ja überhaupt erst dorthin gekommen. Er sagte, er hätte all die Orte sehen wollen, von denen ihm sein Freund erzählt hatte. Ich glaube, das war dieser Paul Howell. Er arbeitet für das Internationale Rote Kreuz.»

«Kambodscha», murmelte Redfield. «So ist er also ...»

«Wie bitte?» fragte Linda.

Redfield schüttelte seinen Kopf. «Sie sagten, er wäre fortgewesen, als Chris Kaiser ermordet wurde, Linda. Sie ist Freitagabend nach Mitternacht oder am frühen Samstagmorgen getötet worden. Und er hat die Bar verlassen, während ihre Sendung noch lief, und Sie haben ihn dann erst gegen Samstagmittag wiedergesehen. Ist das richtig?»

«Ja. Ich meinte nur ... Da war ich nicht mit ihm zusammen.»

«Und Sie sagen, er war ebenfalls fort, als Susannah Keyes ermordet wurde? Das war am frühen Montagmorgen. Hat er zu diesem Zeitpunkt bereits bei Ihnen gewohnt?»

«Ja. Und er war auch fort. Seit Sonntagabend.»

«Und Sie sagen, daß er auch nicht bei Ihnen war, als diese dritte Frau, diese Martha Wine, ermordet worden ist? Sie ist am Samstagmorgen getötet worden. Zwischen zehn und elf Uhr.»

«Er ... nein, da war er nicht fort. Da wohnte er schon nicht mehr bei mir. Er hat mich an diesem Morgen verlassen. Er ... er hat mich einfach verlassen.»

«Warum?»

«Ich habe ihm gesagt, ich wüßte – wüßte, daß er die Frauen umgebracht hätte.»

«Und was hat er geantwortet?»

«Gar nichts. Er ist einfach gegangen. Ich habe ihn gefragt, wer Sie wären – was Sie für ihn bedeuten. Und auch Stearns und Smith. Ich fragte ihn, was Sie für ihn bedeuten.

«Und was hat er gesagt?»

«‹Vergiß diese Namen. Vergiß mich. Vergiß alles.›»

So plötzlich, daß Linda es erst richtig mitbekam, als es schon geschehen war, riß Redfield das Steuer scharf nach links, fuhr über den Mittelstreifen und kehrte den Weg, den sie gekommen waren, Richtung Süden zurück.

«He! Was ... was soll das?» fragte Linda.

«Wir fahren zurück nach New York, Linda. Zu Ihrer Wohnung.»

«Nein. Ich kann nicht. Er ... kommt vielleicht zurück.»

«Warum sollte er denn zurückkommen, Linda?» In Redfields Stimme lag Verachtung. «Er hat Sie verlassen, hat Ihnen gesagt, daß Sie alles vergessen sollten. Warum sollte er also noch mal zurückkommen?»

«Aber ... wieso fahren wir denn dann zu meiner Wohnung?»

Mit gezwungener Geduld antwortete Redfield: «Der Mann, mit dem Sie ins Bett gegangen sind, Linda, der Mann, in den Sie sich verliebt haben, ist ein Killer. Er hat Clarence Stearns umgebracht, er hat Joe Smith umgebracht, und jetzt ist er hinter mir her.»

«Aber warum?»

«Warum? Warum wollen Frauen eigentlich immer alles wissen, warum? wenn man ihnen etwas erzählt? Man erzählt ihnen irgendwas, und sie fragen nach dem Grund. Reicht es denn nicht, wenn man euch überhaupt *etwas* erzählt? Reicht es denn nicht zu wissen, daß er ein Killer ist und daß er auch mich umbringen will?»

«Ich ... Ich ...»

«Er hat mich verfolgt», sagte Redfield. «Wahrscheinlich ist er mir auch heute wieder gefolgt. Zu dem Lokal. Wahrscheinlich hat er kein Auto. Er hat doch nichts von einem Auto gesagt, oder? Sie haben ihn mit keinem Auto gesehen, oder?»

«Nein.»

«Dann habe ich ihn wenigstens für den Augenblick abgehängt. Aber er wird zurückkommen. Er wird meine Spur wieder aufnehmen. Und wenn er das macht, dann werde ich ihn zu Ihrer Wohnung führen. Fragen Sie mich jetzt nicht, warum, Linda. Fragen Sie nicht. Er wird mir also zu Ihrer Wohnung folgen, und wenn er das tut, dann habe ich ihn genau dort, wo ich ihn haben will.»

«Aber warum machen Sie denn nicht einfach ...?»

Redfield wandte seinen Blick von der Straße und lächelte. «Warum mache ich nicht was, Linda? Warum mache ich nicht was?»

«Sie sind doch Polizist. Warum ... verhaften Sie ihn nicht einfach?»

Redfield warf einen Blick auf seine Uhr. Er schaltete das Autoradio ein und suchte nach einem Sender, der gerade Nachrichten brachte. Es waren die typischen Nachrichten eines trägen Sonntags: Der Stadtratspräsident kündigte eine Erhöhung der U-Bahn-Fahrpreise an; auf der Ninth Avenue gab es ein Straßenfest; ein Vereinshaus in der Bronx war ausgebrannt; die Arbeiter der Con Ed setzten ihren nun schon seit zwei Wochen andauernden Streik fort. Der letzte Beitrag, Füllstoff der noch verbleibenden Sendeminuten, teilte mit, daß die Zeitungen der Stadt wieder eine Mitteilung von Chris Kaisers, Susannah Keyes und Martha Wines Mörder erhalten hätten; der Mörder versprach, daß weitere Morde folgen würden.

Redfield schaltete das Radio wieder aus und sagte nichts mehr, außer daß er Linda noch nach ihrer Adresse fragte.

Linda wollte wissen, warum *sie* denn unbedingt auch in ihrer Wohnung sein müßte. Wenn Redfield eine Falle stellen wollte, reichte es da denn nicht aus, wenn er dort war? Und wieso ausgerechnet ihre Wohnung? Aber sie hatte Angst, das zu fragen.

29

Patrolman Mazilli fand es sichtlich schwer nachzudenken, solange Lieutenant Jacob Neumans Gesicht nur wenige Zentimeter von seinem entfernt war.

«Warum, Mazilli», sagte Neuman, «haben Sie Redfield von dem Anruf unter der Sondernummer unterrichtet, und den Detectives McGovern oder Federici nichts davon gesagt, wo sie doch die Detectives sind, die den Fall bearbeiten, für den die Sondernummer eingerichtet worden ist?»

«Äh, wie ich schon sagte, Sir, hat diese Frau ausdrücklich Sergeant Redfield verlangt.»

«Der aber mit diesem Fall *nichts* zu tun hat.»

«Aber er, äh, hätte doch, Sir. Sie beide ... Ich meine, ursprünglich ...»

«Ursprünglich, Mazilli, ist vorbei. Aus. Und jetzt ist jetzt, und jetzt hat Sergeant Redfield mit dieser Sache nichts mehr zu schaffen, sondern die Detectives McGovern und Federici, und die sind von sämtlichen Anrufen unter dieser Sondernummer, wenn möglich, noch während der betreffende Anrufer in der Leitung ist, zu unterrichten, weswegen Sie auch diesen beschissenen Summer auf Ihrem Tisch haben, der dazu da ist, daß man auf den Knopf drückt und so oben ein Klingelzeichen auslöst, woraufhin, wenn schon nicht die Detectives McGovern oder Federici, dann wenigstens ein anderer aus dem Dezernat herunterkommt, der an demselben Job arbeitet, an dem die beiden arbeiten – jetzt arbeiten und nicht ursprünglich gearbeitet haben, und der dann auch herausfinden würde, was zum Teufel eigentlich los ist. Spielen Sie das Band ab.»

Mazilli schwankte. «Das kann ich nicht, Sir.»

Neuman fixierte Mazilli. «Dann haben Sie also nicht nur nicht auf den Rufknopf gedrückt, sondern auch noch vergessen, diesen beschissenen Anruf auf Band mitzuschneiden. Wissen Sie, Mazilli, Sie haben einen ziemlich netten Job hier. Sie sitzen hier rum und lesen Zeitung, und wenn das Telefon klingelt, erhalten Sie doch Ihr Gehalt, und viele Sorgen brauchen Sie sich bei diesem Job auch nicht zu machen; nicht, daß Sie vielleicht erschossen werden könnten oder daß Sie sich Löcher in die Sohlen latschen. Wie hat sie sich denn angehört, diese Frau, die angerufen hat und die Redfield sprechen wollte, da Sie ja nun mal vergessen haben, das Gespräch aufzuzeichnen?»

«Ich habe es nicht vergessen, Sir», sagte Mazilli. «Das Band ist gelöscht worden.»

Neuman trat einen Schritt zurück. «Gelöscht? Sie meinen, so wie bei Watergate?»

«Sergeant Redfield hat das Band gelöscht, Sir. Ich habe noch versucht ihm zu sagen, daß er das Band löscht, doch er hat einfach nur abgewinkt.»

Neuman nickte langsam. «Also, wie hat sie sich denn jetzt angehört, Patrolman Mazilli?»

Mazilli wollte schon antworten, daß sie sich eben wie eine Frau angehört hatte, doch da kam McGovern herein und sagte: «Redfield ist nicht in seiner Wohnung, Loo. Ich habe angerufen, und keiner ist rangegangen, also habe ich einen Streifenwagen hingeschickt. Sie haben bei ihm geklingelt, und keiner hat aufgemacht. Dann haben sie sich vom Hausmeister die Wohnungstüre aufschließen lassen, aber es war niemand da.» Und während McGovern das sagte, wurde Mazilli klar, daß er sich eine bessere Antwort einfallen lassen mußte. Als Neuman McGovern dann zunickte und Mazilli wieder fragend anschaute, sagte er: «Sie war eher jung als alt, Lieutenant. Kein Teenager mehr, aber auch noch keine vierzig. Würde sagen, Mitte zwanzig bis Mitte dreißig. Eigentlich hatte sie auch keinen Akzent – also keinen schwarzen oder hispanic oder irischen oder italienischen Akzent. Aber ganz sicher war sie New Yorkerin, ganz sicher ...»

Mazilli hielt inne, fragte sich, ob er fortfahren sollte, kam zu dem Schluß, daß er sollte. «Sie hat sofort nach Sergeant Redfield gefragt, Sir. Ich habe den Hörer aufgenommen, habe meinen Namen genannt, und sie sagte: ‹Sergeant Redfield, bitte.› Es war beinahe kaum mehr als ein Flüstern. Ich hatte sie zwar verstanden, aber ich wollte ganz sichergehen, also sagte ich: ‹Bitte sprechen Sie etwas lauter, Ma'am›, und sie sagte – sie sagte es etwas lauter – ‹Sergeant ... Redfield ... bitte›, machte zwischen den einzelnen Wörtern so lange Pausen. Ich sagte: ‹Wer soll ich sagen, ruft an, Ma'am?›, und sie sagte: ‹Ich kann Ihnen meinen Namen nicht sagen. Ich muß mit Sergeant Redfield wegen dem Samariter-Killer sprechen –›»

«Hat sie ihn so genannt, Mazilli?» fragte Neuman. «Hat sie ihn den Samariter-Killer genannt?»

«Äh, nein, Sir, ich glaube, das hat sie nicht. Sie sagte nur, sie müßte wegen diesem Mord in der U-Bahn mit Sergeant Redfield sprechen. Ich fragte sie dann, welcher Art ihre Information denn sei, die sie in bezug auf den Straftäter des U-Bahn-Mordes hatte, und sie sagte: ‹Ich muß mit Sergeant Redfield sprechen› oder ‹Nur Sergeant Redfield wird mich verstehen› oder so ähnlich, Sir.»

«Sehr verschiedene Möglichkeiten, finden Sie nicht auch, Mazilli?» sagte Neumann. «Was hat sie denn nun gesagt?»

«Ich glaube, sie sagte: ‹Ich muß mit Sergeant Redfield sprechen.›»

«Und was haben Sie dann geantwortet?»

«Sie hat aufgelegt, Lieutenant.»

«Und dann haben Sie Sergeant Redfield zu Hause angerufen?»

«Ja, Sir.»

«Und haben ihm gesagt, daß irgend jemand mit Informationen über den U-Bahn-Mord versuchte, ihn zu erreichen?»

«Ja, Sir. Ich sagte ihm, es wäre eine Frau, Sir.»

«Und er hat darauf was geantwortet?»

«Er sagte, er würde gleich hier sein. Er sagte, er würde die Sache in die Hand nehmen und ich sollte die Detectives McGovern oder Federici nicht rufen. Sie auch nicht, Sir.»

Neuman nickte. «Und was dann?»

«Er kam aufs Revier, Sir. Sergeant Redfield. Etwa eine Viertelstunde, nachdem ich ihn angerufen hatte. Er hatte sich nicht rasiert oder so. Er ist dann den Flur runter, um sich zu rasieren und hat mir gesagt, daß ich laut brüllen sollte, wenn das Telefon klingelt. Fünf Minuten später war er dann wieder hier, saß hier herum, trank Kaffee, sah irgendwelche Papiere durch. Eine Stunde nach dem ersten Anruf – der erste kam um sieben Uhr zweiundfünfzig, der zweite um acht Uhr achtundvierzig –, also fast eine Stunde später, klingelte das Telefon wieder. Er stand vor dem Fenster und schaute auf die Straße hinaus. Ich sagte: ‹Wollen Sie rangehen, Sergeant?› Er sagte: ‹Nehmen Sie ab. Wenn es für mich ist, übernehme ich.› Ich nahm also den Hörer ab und sagte: ‹Hallo?› und die Frau sagte: ‹Sergeant Redfield bitte›, und ich sagte: ‹Sarge, sie ist es wieder.› Er kam ans Telefon, zeigte auf die Türe, was bedeutete, daß ich draußen auf dem Korridor warten sollte. Ich zeigte auf das Tonband, meinte damit, er solle das Gesoräch aufzeichnen. Er nickte und drückte auf den Rückspulknopf. Ich winkte ab und meinte damit, Nein, das sollte er nicht tun, weil er das Band so an den Anfang zurückspulen und den ersten Anruf überspielen würde. Er hat gar nicht auf mich geachtet, hat dann den Aufnahmeknopf gedrückt, wieder auf die Türe gezeigt, womit er sagen wollte, daß ich draußen warten sollte. Was ich auch getan habe.»

«Und dann?» fragte Neuman.

«Er hat dann – ich weiß auch nicht – eine, vielleicht zwei Minuten lang geredet. Ich konnte ihn durch die Türe sprechen hören, aber nicht verstehen, was er gesagt hat. Nur soviel, daß ich gehört habe, daß er nicht viel gesagt hat. Dann hörte ich, wie er den Hörer auflegte, und wollte schon hineingehen, überlegte es mir dann aber anders, dachte, ich sollte wohl besser warten, bis er mich wieder reinholte. Ich wartete, ich weiß nicht, vielleicht zwei, drei Minuten. Als er dann endlich herauskam, hatte er seine Jacke an – er hatte sie ausgezogen, als er sich rasieren gegangen war; also, seine Lederjacke, Lieutenant. Er sagte dann nur noch zu mir: ‹Wir hören voneinander, Mazilli›, und dann ist er auf die Straße raus und in seinen Wagen gestiegen und fortgefahren. Ich bin dann wieder reingegangen. Er hat mir nicht gesagt, daß ich mir das Band anhören sollte, aber er hat auch nicht gesagt, daß ich das nicht tun sollte, und, na ja, ich mußte den Anruf ja eintragen, ist ja schließlich mein Job, also habe ich das Band zurückgespult, den Abspielknopf gedrückt und außer Rauschen kam da nichts raus, Sir. Entweder hat er den Anruf gar nicht aufgenommen, oder aber er hat ihn aufgenommen und anschließend wieder gelöscht ... Das war alles, Sir. Als Detective

McGovern hereinkam, habe ich den Anruf erwähnt und, tja, ich nehme an, er wird Sie dann wohl angerufen haben, Sir.»

Mazilli wartete darauf, daß Neuman ihm jetzt verkünden würde, daß er morgen um diese Zeit schon in der South Bronx Streife schieben dürfte. Aber alles, was Neumann sagte, war: «Okay, Mazilli. Das ist alles. Sie haben sich zwar nicht ganz an die Vorschriften gehalten, aber Sie haben getan, was Ihrer Meinung nach richtig war. Danke.»

«Ja, Sir», sagte Mazilli und schlich sich aus dem Raum.

Als er fort war und nachdem Federici, McIver und Bloomfield zu Neuman und McGovern gekommen waren, sagte Neuman: «André Keller hat Clarence Stearns und Joe Smith umgelegt, und jetzt jagt er Redfield. Außerdem hat er Carlos Pabon erschossen, was aber nicht zählt, da er damit nur eine gute Tat getan hat; wahrscheinlich *könnte* man ihn wirklich einen Samariter-Killer nennen. Redfield weiß, daß Keller hinter ihm her ist. Falls diese Frau Keller wirklich kennt, dann wird Redfield sich mit ihr treffen wollen, um zu erfahren, wo Keller steckt, wo er wohnt, was weiß ich. Keller ist nicht aus der Stadt, also wohnt er vielleicht in einem Hotel, in einem ‹Y›, aber ich bezweifle, daß er unter seinem richtigen Namen dort abgestiegen ist. Ich denke, daß er seinen eigenen Namen in Vietnam zurückgelassen hat, also werde ich meine Zeit nicht damit verschwenden, die Hotels zu überprüfen.

Ich glaube, wenn wir Redfield finden, dann finden wir auch Keller, was wir gerne würden, da er eine ganze Menge Leute umgebracht hat, miese Vögel oder nicht, und nebenbei soll ich auch noch den Kerl finden, der drei Frauen umgebracht hat, und das gilt auch für Redfield, was das angeht, und was zum Teufel geht eigentlich in ihm vor, daß er versucht, mit dieser Sache auf eigene Faust fertig zu werden? Gebt eine Fahndung nach Redfield raus, Tim, und bring auch die Fahndungsmeldung nach dem Samariter-Killer auf den neuesten Stand; sag unseren Jungs, daß er André Keller heißt, obschon ich bezweifle, daß er diesen Namen auch benutzt. Matt, ich übernehme diesen Fall jetzt, mir ist es vollkommen gleichgültig, was Klinger dazu sagt, und er wird noch eine ganze Weile nichts dazu sagen, weil er nichts davon weiß, und falls er anruft, sag ihm einfach, daß ich zu tun hätte, was nicht ganz stimmt, denn ich sollte ja den Kerl finden, der drei Frauen umgelegt hat, und ich finde ihn nicht, alles was ich finde ist nur ein Haufen Müll –»

Neumans Hand, mit der er sich eigentlich hatte kratzen wollen, da er ja nicht zu der Dusche gekommen war, die er so dringend benötigte, verharrte abrupt mitten in der Bewegung. So blieb er eine lange Zeit stehen, und dann sagte er: «Müll.»

McIver, schon halb aus dem Raum, um die Fahndungsmeldungen herauszugeben, drehte sich wieder um. «Müll.»

«Ja», sagte Neuman.

«Der Hotelmüll», sagte McIver. «Der Kerl, der Martha Wine erschossen hat, wird nicht mit dem Manuskript unter dem Arm gesehen worden sein wollen. Also könnte er es in den Müll geworfen haben.»

«Ja», sagte Neuman. Zu Bloomfield sagte er: «Es ist Wochenende, vielleicht haben sie den Müll noch nicht abgeholt. Ruf diesen – wie heißt er noch –, den Manager an. Verdammt, wie heißt der Kerl noch gleich?»

«Ness», sagte Bloomfield. «So wie Eliot Ness. Loo?»

«Ruf Ness an und sag ihm, sag ihm, daß er den gottverdammten Müll nicht abholen lassen darf. Nimm sechs Männer – nein, nimm dir zehn Männer. Nimm dir zehn Männer, und dann siebt ihr den ganzen verdammten Müll durch. Finde mir das Manuskript. Wenn du es nicht findest, dann siebst du auch noch den Müll durch, der sich noch auf den Zimmern befindet. In Wines Zimmer und in jedem anderen. Worauf wartet ihr noch? Was steht ihr hier rum? Setzt euch endlich in Bewegung.»

«Loo?» fragte Bloomfield weiter.

«Setz ... dich ... in ... Bewegung!»

«Loo, da ist noch was, was Sie wissen sollten.»

«Es gibt noch eine ganze Menge, das ich wissen sollte, Bloomfield. Zum Beispiel, was zum Teufel eigentlich los ist. Ich hoffe, du hast mir wirklich was verflucht Gutes zu sagen.»

«Es ist wegen dem Müll, Loo», sagte Bloomfield. «Bobby hat gesagt, er hätte da schon gesucht.»

«Bobby?»

«Sergeant Redfield.»

«Hätte da schon gesucht?»

«Er sagte, er hätte sich ein paar Männer genommen und hätte im Müll schon gesucht. Nach dem Manuskript.»

«Hat er das?»

«Ich weiß es nicht, Loo. Ich meine, ich weiß, daß er es gesagt hat.

Ich weiß nicht, ob er es auch getan hat. Ich habe die Hotelgäste verhört.»

«Was zum Teufel habe ich da getan?» fragte Neuman.

«Ich glaube, das war, als Sie mit diesem, na, wie heißt er noch, Loo – Krystal geredet haben. Der Typ mit dem Kleid.»

Reden, dachte Neuman. Reden, reden, reden. «Mir hat er kein verdammtes Wort davon gesagt. Ich glaube nicht, daß er es getan hat. Warum hat er es nicht getan? Es war eine gute Idee. Er konnte doch nicht ... oder konnte er doch?»

«Keine Ahnung, Loo», sagte Bloomfield. «Wie ich schon sagte, ich weiß, daß er gesagt hat, er wollte den Müll durchsuchen. Ich weiß nicht, ob –»

«Ich meine nicht den Müll», sagte Neuman.

«Ach», sagte Bloomfield.

«Er hat gesagt, er könnte sich vorstellen, der Killer wäre ein Cop», sagte McIver.

«Ich weiß», sagte Bloomfield.

«Was aber nicht heißt, daß *er* es getan hat, Jake.»

«Das», sagte Neuman, «weiß ich nicht.»

30

Ré trank einen Kaffee in dem kleinen Imbiß schräg gegenüber von Redfields Haus. Seit dem Tag, als er in New York angekommen war, war er hier ein regelmäßiger Gast gewesen. Er sagte dem Mann hinter der Theke, daß er nach einem Kerl Ausschau halte, der ihm noch Geld schulde. Der Mann hatte einen Schwager, der seine Spielschulden auch nie bezahlte und konnte Ré gut nachfühlen; wenn nicht zuviel Betrieb herrschte, ließ er Ré an dem Tisch sitzen, ohne daß er etwas bestellen mußte.

Als Redfield am Morgen das Haus verlassen hatte, war Ré ebenfalls dort gewesen. Redfield hatte es da sehr eilig gehabt. Ré hatte den Bus Richtung Uptown genommen, war zum Revier gegangen und hatte Redfields Wagen davor stehen sehen. Es war kein Viertel, wie Neuman Major Antoinette da Silva gesagt hatte, in dem man einfach herumschlendern konnte, und so war Ré mit einem anderen Bus wieder in die Downtown gefahren, war einfach so lange sitzen geblieben, bis ihm nach Gehen zumute war, ging dann, bis ihm nach Sitzen zumute war, fuhr mit dem Bus wieder zurück und ging in die Imbißbude.

«Ha ha», sagte der Mann hinter der Theke. «Vorhin war ein Streifenwagen auf der anderen Straßenseite. Dachte mir, vielleicht suchen die nach Ihrem Freund. Vielleicht sind Sie nicht der einzige Kerl, den er geleimt hat. Sie sind ins Haus gegangen, vielleicht zehn Minuten dringeblieben, kamen dann wieder raus und sind wieder weggefahren.»

«Es ist ein ziemlich großes Haus», meinte Ré.

Zehn Minuten später fuhr Redfield mit seinem Wagen in die Tiefgarage des Hauses. Fünf Minuten später kam er aus dem Eingang wieder heraus und ging über die zweiundsiebzigste Straße Richtung Westen.

Ré ließ einen Dollar auf der Theke liegen.

«He», sagte der Wirt, «soviel Trinkgeld brauchen Sie mir nicht liegen lassen, ein Kerl wie Sie, dem ein anderer Bursche Geld schuldet. Was soll das?»

Ré winkte ab und sagte leise: «Ich komme nicht wieder.»

«He», rief der Mann hinter der Theke. «Kommen Sie noch mal wieder? Wir sehen uns noch.»

Redfield ging auf der Nordseite der Zweiundsiebzigsten, Ré auf der Südseite. An der Park Avenue kam Redfield auf die Südseite herüber. Ré beugte sich über eine Autotüre, tat so, als würde er aufschließen, und als Redfield weiter Richtung Westen ging, folgte er ihm auf derselben Straßenseite.

An der Fifth Avenue betrat Redfield den Park. Die Transverse Road war voller sonntäglicher Radfahrer, Jogger, Spaziergänger, Rollschuhfahrer.

Ré folgte ihm, dachte, er weiß, ich ich hier bin. Er will, daß ich ihm folge. Er will mich nicht festnehmen, mich nicht festnehmen lassen, er will, daß ich ihm folge.

An der Central Park West ging Redfield nach Norden, blieb auf der Ost-Seite, der Sonnenseite. Er ging bis zur Sechsundzwanzigsten, wechselte die Straßenseite und ging auf der Südseite der sechsundachtzigsten Straße nach Westen.

Ré folgte ihm auf der nördlichen Seite.

An der Columbus Avenue stand ein Streifenwagen in der zweiten Reihe; die Polizisten schrieben einem Taxifahrer einen Strafzettel. Redfield verlangsamte sein Tempo, versteckte sich hinter einer Gruppe Pfadfinder, die aus dem Park kamen und auf den Nachhauseweg waren, vor den Polizisten.

Am Broadway stieg Redfield in die U-Bahn hinab, nahm die Treppe an der südöstlichen Ecke.

Ré zögerte, nahm die Treppe auf der nordöstlichen Ecke, kehrte dann um, überquerte die Straße, und stieg dieselbe Treppe wie Redfield hinunter.

Redfield war durch das Drehkreuz gegangen und lehnte an einer Säule auf dem Bahnsteig der in nördlicher Richtung verkehrenden Züge. Er hatte dem Drehkreuz den Rücken zugewandt, doch er stand so, daß er deutlich gesehen werden konnte.

Ré kaufte sich eine Fahrkarte, passierte das Drehkreuz und lehnte sich zwanzig Meter von Redfield entfernt gegen die Wand.

Es dauerte zehn Minuten, bis eine Bahn kam.

Redfield stieg vorne in den Wagen ein, Ré hinten. Redfield blieb stehen, Ré setzt sich so hin, daß er Redfield sehen, aber selbst nicht gesehen werden konnte.

In der Hundertsten Straße stieg Redfield aus. Ré folgte ihm, ging hinter drei Nonnen her.

Redfield ging den Broadway in nördlicher Richtung hinauf, drehte sich dann unvermittelt um. Wenn er hingesehen hätte, dann hätte er Ré direkt ins Gesicht gesehen, doch er tat es nicht; er betrat einen Imbiß.

Ré zog sich an der Straßenecke zurück und wartete hinter einem Kiosk direkt neben dem U-Bahneingang.

Fünf Minuten später kam Redfield wieder auf die Straße. Er trug eine braune Papiertüte. Er setzte seinen Weg auf dem Broadway nach Norden fort, ging am Gold Rail vorbei und bog dann nach Osten auf die Hundertelfte ein.

Ré warf durch die Scheiben einen kurzen Blick ins Gold Rail, aber er wußte, daß er nicht Linda und sie nicht ihn sehen würde. Sie arbeitete nur nachts.

Redfield ging die Hundertelfte bis zu einem Haus am Ende der Straße hinunter und verschwand dann darin.

Es war Lindas Haus.

Ré blieb stehen, stand einen Augenblick regungslos da, kehrte dann zum Broadway zurück und ging zum Gold Rail. Er trat ein und bestellte sich ein Bier – ein Bud.

31

Einer von Bloomfields zehn Männern, ein Cop namens Tough, fand das Manuskript auf dem Boden eines gigantischen Müllsakkes auf der vierten Etage des Shoreham. Es war mit Kaffee getränkt und stank nach den Überresten irgendeines Frühstückes.

Neuman legte es mitten auf seinen Schreibtisch und stocherte mit dem Brieföffner daran herum. «Wer zum Teufel soll das denn jetzt lesen?»

«Lieutenant?» sagte Federici.

«Ja?»

«Ich weiß, daß Sie ihn auf dem Kieker haben, aber Mike Mazilli, er ist kein schlechter Cop – und er beherrscht Schnellesetechniken.»

«Schnellesetechniken?»

«Schnellesetechniken. Sie wissen schon, diese Sache, bei der Sie Ihren Finger eine Seite hinuntergleiten lassen und ein ganzes Buch in zwanzig Minuten lesen können.»

«In zwanzig Minuten», sagte Neuman.

«Na ja, vielleicht nicht gerade in zwanzig Minuten, Lieutenant. Vielleicht in einer Stunde. Jedenfalls sehr schnell. Ich habe selbst gesehen, wie er die Sportseiten in drei Minuten durchhatte – an einem Montag, mit all den Ergebnissen vom Wochenende.»

«Hol ihn», sagte Neuman. «Setz einen anderen ans Telefon.»

Als Mazilli in seinem Büro war, sagte Neuman: «Heb dein Kinn endlich vom Fußboden, Mike. Du siehst aus, als würdest du erwarten, daß ich dir gleich sage, du müßtest ab sofort auf Staten Island Streife schieben. Das werde ich dir nicht sagen. Ich will, daß du etwas für mich machst. Dieses Manuskript hier – es ist ein bißchen feucht und riecht etwas streng, aber nach allem, was Detective Federici sagt, wirst du ja nicht lange brauchen, es zu lesen – ist der nicht Korrektur gelesene Durchschlag eines Romanes. Er ist nicht der Korrektur gelesene Durchschlag des Romanes einer Frau, die ermordet worden ist, und wir haben guten Grund zu der Annahme, daß ihr Mörder in diesem Buch als Figur vorkommt. Also nicht so, daß da steht: Er war es, sondern vielmehr, na, du weißt schon, als Romanfigur eben. Wir haben ganz besonders guten Grund zu der Annahme, daß der Mörder eine Figur mit dem Namen Beau sein könnte, also verschwende nicht zuviel Zeit damit, die Teile des Buches zu lesen, in denen dieser Beau nicht vorkommt, sondern lies einfach nur die Passagen, in denen er vorkommt, und sobald dir etwas begegnet, das uns einen Hinweis darauf geben könnte, wer dieser Beau im wirklichen Leben ist – also Beau B-e-a-u, nicht B-o –, dann brüllst du einfach laut los. Du kannst das hier den Gang hinunter zu Detective Randolphs Schreibtisch mitnehmen, denn der wird ihn nicht benötigen, da er Urlaub hat, der glückliche Hurensohn. Noch Fragen, Mike?»

«Nein, Sir», sagte Mazilli. «Danke, Sir.»

«Ja, ja», sagte Neuman. Nachdem Mazilli gegangen war, das Manuskript hielt er mit ausgestreckten Armen vor sich, sagte Neuman: «Und was jetzt?»

Federici reichte ihm ein Blatt Papier. «Sie wollten doch die Nachricht lesen, die der Killer an die Zeitungen geschickt hat, Lieutenant. Das hier hat er an die *Times* geschickt. Ich hab sie von dem Kerl, dem ich noch was schuldete. Er hat sich revanchiert. Die Sache ist, wie Sie selbst sehen werden, daß er dieses Mal nicht jeder Zeitung einen extra Brief geschickt hat. Es sind Durchschläge. Und wie Sie sehen, steht da –»

«Laß es mich bitte ansehen, Steve, ja?» sagte Neuman. «Ich sehe nämlich gar nichts, wenn du es mich nicht ansehen läßt.»

«'tschuldigung, Lieutenant», sagte Federici.

Neuman las die Mitteilung:

Martha Wine war Nummer Drei. Es folgen weitere.

«Er hat es eilig», meinte Neuman.

«Das habe ich auch gedacht», sagte Federici. «Ich meine, ist schon irgendwie eine kurze Nachricht. Und dann macht er noch Durchschläge. Er hat es *eilig*.»

«Irgendwer rückt ihm auf den Pelz», sagte Neuman.

«Das habe ich mir auch gedacht.»

«Ich frage mich, ob wir das sind», sagte Neuman.

Die Klingel läutete.

«Das ist Tough», sagte Federici.

«Häh?»

«Tough, der Cop, der das Manuskript im Müll gefunden hat. Er sitzt jetzt für Mazilli unten am Telefon. Jemand muß angerufen haben.»

Neuman ging zu dem Apparat, der an die Sondernummer angeschlossen war, nahm den Hörer ab und hörte zu.

«Patrolman Tough am Apparat», hörte Neuman. «Womit kann ich Ihnen behilflich sein?»

«Ich will mit einem Detective sprechen», sagte ein Mann.

«Um was handelt es sich denn bitte?» fragte Tough.

Wieso, fragte sich Neuman, redeten eigentlich alle Cops am Telefon so geschwollen daher? So redeten sie doch auf der Straße auch nicht. Auf der Straße hätte Tough gesagt: Was wollen Sie?

«Ich will Neuman sprechen», sagte der Mann. «Lieutenant Jacob Neuman.»

«Rufen Sie vielleicht bezüglich einer Aussage über den Straftäter des Mordfalles in dem in südlicher Richtung verkehrenden Broadway Local vom –»

«Neuman hier», sagte Neuman. «Ich übernehme, Tough.»

«Ja, Sir.»

Es folgte eine Pause, während der, das wußte Neuman, Tough überlegte, ob er Neuman sagen sollte, daß das Tonband mitlief. Er flehte ihn schweigend an, daß er den Mund halten sollte. Er sagte es nicht.

«Hallo», sagte Neuman. «Hier spricht Lieutenant Neuman. ... Womit kann ich Ihnen helfen?»

«Sie suchen den Mann, der diese drei Frauen ermordet hat?»

«Das ist korrekt», sagte Neuman. «Allerdings ist die Rufnummer, die Sie jetzt gewählt haben, nicht diejenige, die wir für sachdienliche Hinweise in bezug auf die besagten Verbrechen eingerichtet haben. Die Rufnummer, die Sie gewählt haben, ist eingerichtet worden, um sachdienliche Hinweise auf die Identität des Straftäters anzunehmen, der –» Jetzt fing er auch schon so an; es mußte irgendwie am Telefon liegen; es ermutigte einen nicht zu einer normalen, vernünftigen Unterhaltung. «Warum haben Sie diese Nummer angerufen?»

Der Mann grunzte leise. «Was spielt das schon für eine Rolle? Ich wollte mit Ihnen sprechen. Ich spreche mit Ihnen.»

«Nun, vielleicht haben Sie diese Nummer gewählt, weil Sie sie auswendig kennen, weil Sie zufälligerweise der Kerl sind, der nicht nur diesen kleinen Schläger in der U-Bahn, sondern zudem noch Clarence Stearns und Joe Smith umgelegt hat und der jetzt Bobby Redfield sucht.»

Es folgte ein langes Schweigen, das Neuman beendete. «Ré?»

Wieder Schweigen. Dann sagte Ré: «Geben Sie mir eine andere

Nummer, unter der ich Sie erreichen kann – eine Nummer, die nicht angezapft wird, und bei der das Gespräch nicht mitgeschnitten wird. Und verfolgen Sie die Nummer nicht zurück, von der aus ich sie jetzt anrufe.»

«Warum sollte ich das tun wollen, Ré?»

«Ich weiß, wer diese Frauen ermordet hat.»

«Ja, fein. Ich weiß, daß Sie drei Männer getötet haben und versuchen, auch noch einen vierten umzubringen.»

«Ich will Redfield nicht», sagte Ré. «Sie können ihn haben.»

«Ach? Und warum sollte *ich* ihn haben wollen? *Ich* will nur, daß er in Sicherheit ist, mehr nicht. In Sicherheit vor *Ihnen*.»

Wieder eine Pause. Dann sagte Ré: «Ich rufe aus einer Zelle in einer Bar am Braodway an. Ich werde Ihnen den Namen der Bar sagen, wenn ich auflege. Ersparen Sie sich die Mühe, einen Streifenwagen vorbeizuschicken. Ich werde nicht mehr hier sein, wenn sie kommen. Von dort, wo Sie jetzt sind, brauchen Sie fünf Minuten bis hierhin.»

«Woher wissen Sie, wo ich bin, Ré?»

«Ich werde die Nummer in acht Minuten anrufen – die Nummer des Fernsprechers in der Telefonzelle. Dann reden wir.»

«Warum können wir denn jetzt nicht reden, Ré?»

«Das Gold Rail. Am Broadway.»

Ré legte auf.

«Scheiße», sagte Neuman.

McIver steckte seinen Kopf durch die Türe herein. «Wir haben das größere Gebiet einkreisen können, Loo. Irgendwo am –»

«Broadway», sagte Neuman. «Das Gold Rail. Ich gehe allein. Ich will Unterstützung. Aber ich will, daß jeder – *jeder* – absolut leise ist. Keine Sirenen, keine quietschenden Reifen, nicht diesen Sondereinsatzkommando-Scheiß. Leise und raffiniert.»

32

Drei Minuten, nachdem Neuman das Gold Rail erreicht hatte, acht Minuten, nachdem Ré aufgelegt hatte, klingelte das Telefon.

«Pünktlich», sagte Neuman.

«Redfield ist in der Hundertelften Straße», sagte Ré. «Das Haus mit der Markise, fast an der Ecke zur Amsterdam. In der Wohnung einer Frau namens Linda Walsh. Apartment Vier-A –»

«A wie in ausgebufft, Ré?» fragte Neuman. «Ich muß wirklich sagen, Sie sind ganz schön ausgebufft. Das war clever, sehr clever, mich von dem Telefon wegzubekommen. Noch zwei Minuten länger und wir hätten Streifenwagen vor dieser Zelle auffahren lassen können. Aber Sie sind trotzdem ganz in der Nähe, hm? Sind Sie in einer anderen Telefonzelle oder rufen Sie aus einer Wohnung an?»

«Redfield hat diese Frauen umgebracht», sagte Ré.

«Ja, ja, und ich bin der König von Siam, Ré», sagte Neuman. «Oder wie heißt dieses Land heute noch gleich? Thailand?»

«Ihr Cops», sagte Ré, «ihr seid euren Kollegen gegenüber so loyal, daß ihr nicht mal den Dreck auf ihren Gesichtern seht.»

«Das einzige dreckige Gesicht, das ich sehen will, Ré, ist deins. Also, warum tust du mir nicht den Gefallen und kommst einfach in diese nette kleine Bar zurück, deine Hände deutlich sichtbar, und dann reden wir von Angesicht zu Angesicht miteinander? Ich kann am Telefon nicht reden. Ich kriege Kopfschmerzen. Ich verliere den Faden. Von wo aus rufst du denn jetzt an, Ré? Aus einer anderen Bar? Wenn ich nicht irre, höre ich da im Hintergrund doch ein Baseball-Spiel. Oder ist es nur das Spiel, das sie hier im Fernseher laufen haben?»

Drei Minuten waren fast um. Falls sich der Operator gleich meldete und verlangte, daß neues Geld nachgeworfen werden mußte, dann wußte Neuman wenigstens, daß Ré in einer Telefonzelle stand. Toll, dachte Neuman.

«Letzten Samstagmorgen», sagte Ré, «verließ Redfield um halb eins seine Wohnung und nahm ein Taxi –»

«*Ihre drei Minuten sind um*», sagte die automatische Tonbandstimme des Operators. «*Für weitere drei Minuten werfen Sie jetzt bitte fünf Cents ein.*»

Neuman hörte eine Münze fallen.

«Vielleicht sollte ich Sie anrufen, Ré», sagte Neuman, «dann müssen Sie nicht Ihr ganzes Kleingeld ausgeben.»

«– er nahm ein Taxi zum Sussex Towers am Central Park West ... sagt Ihnen diese Adresse vielleicht irgend etwas, Neuman?»

«Ja.»

«Chris Kaisers Anschrift», sagte Ré. «Er ist etwa gegen zwanzig vor eins dort eingetroffen –»

«Woher wissen Sie das alles, Re?» fragte Neuman. «Was haben Sie gemacht? Haben Sie ihn verfolgt?»

«Genau das, Neuman», sagte Ré. «Ich habe ihn verfolgt. Wenn Sie über mich Bescheid wissen, wenn Sie über Stearns und Smith Bescheid wissen, über Redfield, über Nam, dann wissen Sie auch, daß ich ihn verfolgt habe. Das ist es. Genau das.»

Das war in der Tat, befürchtete Neuman, der springende Punkt. Genau das. McIver betrat die Bar, versuchte, nicht wie ein Cop auszusehen, sah jedoch ganz genauso aus. Neuman winkte ihm zu, und als er an die Telefonzelle trat, schrieb er eine Mitteilung auf seinen Block und reichte ihn McIver.

Münzfernsprecher. Vielleicht eine Bar. Keine Uniformen. Zivil. Nicht festnehmen. Nur beobachten.

McIver verschwand wieder.

«Sind Sie noch da, Neuman?» fragte Ré.

«Äh, ja. Was sagten Sie noch? Über Bobby, der zu Chris Kaisers Wohnung gefahren ist?»

«Er hatte einen Schlüssel zur Tür des Foyers. Der Nachtportier war für ein paar Minuten nicht auf seinem Platz. Redfield ging ins Haus, nahm den Fahrstuhl auf die oberste Etage –»

«Woher wissen Sie das? Waren Sie mit in dem Fahrstuhl?»

«Ich konnte von der Einangstüre den Etagenanzeiger sehen.»

«Stimmt.»

«Chris Kaiser kam kurz nach eins nach Hause. Mit einem Taxi. Zu diesem Zeitpunkt war der Nachtportier wieder auf seinem Platz. Er ließ sie herein, sie fuhr mit dem Lift zur obersten Etage. Etwa fünf Minuten später kam Redfield wieder heraus – nicht durch den Vordereingang, sondern durch eine Seitentür auf die Siebzigste Straße. Er ging dann zur Zweiundsiebzigsten hinauf und stieg in ein Taxi ... Wollen Sie mehr hören?»

«Ja, Ré, ich würde gerne mehr hören.»

«Wollen Sie noch eine Tote am Hals haben?» fragte Ré.

«Das soll was heißen?»

«Das soll heißen: Linda Walsh.»

«Ach, ja. Linda Walsh. Wie war die Adresse noch gleich?»

«Okay, Neuman. Ich gebe Ihnen mehr. Sonntagnacht, Montagmorgen. Zwölfte Straße West. Redfield, dieses Mal zu Fuß, den Wagen hat er drüben am Fluß abgestellt, klingelt bei einer Frau namens Susannah Keyes. Nein, ich war nicht bei ihm, Neuman, ich habe gesehen, wie er die Klingel gedrückt hat, ich bin die Stufen zum Haus hochgegangen, als er im Haus verschwunden war, und habe auf das Klingelschild gesehen und den Namen gelesen. Susannah Keyes. Er war ziemlich lange da – drei Stunden –»

«Schlafen Sie eigentlich nie, Ré?»

«Nachdem er das Haus wieder verlassen hatte, ging er zur Sixth Avenue und hat dort einige Briefe in einen Briefkasten eingeworfen – es sah aus, als wäre es mehr als einer. Dann kehrt er mit einem Taxi zurück zum Fluß und stieg in seinen Wagen.»

Der Hörer in Neumans Hand wurde langsam heiß. Die Hörmuschel tat auf seinem Ohr weh. «Und was ist mit Samstagmorgen? Im Shoreham Hotel?»

«Gut», sagte Ré. «Sie kapieren langsam. Redfield –»

«Warten Sie», sagte Neuman. «Lassen Sie mich mal versuchen ... Ich war mit einer Frau für elf Uhr im Shoreham verabredet. Ich dachte mir, ich gehe allein, es hatte keinen Sinn, viele Leute mit dorthin zu schleppen. Ich sagte Bobby – Redfield –, daß er gegen Mittag zum Dienst kommen sollte, zu einem Zeitpunkt also, zu dem ich dachte, daß meine Verabredung vorüber sein würde. Dann könnten wir besprechen, was ich herausgefunden hatte ... Redfield ist vor mir ins Shoreham gefahren, stimmt's?»

«Etwa um Viertel nach zehn», sagte Ré. «Von seiner Wohnung ist er mit einem Taxi bis zum Plaza Hotel gefahren und ist das letzte Stück bis zum Shoreham zu Fuß gegangen.»

«Er ist durch den Vordereingang hinein?» fragte Neuman.

«Ja.»

«Wie lange war er drin?»

«Zehn Minuten. Höchstens.»

«Er ist durch den Vordereingang wieder herausgekommen?»

«Ja. Dann ist er zur Ecke Einundfünfzigste und Lexington gegangen, von dort mit der U-Bahn nach Norden gefahren. Ins Revier, dachte ich mir, oder vielleicht auch zu seiner Wohnung. Ich bin ihm nicht gefolgt. Ich bin zurück zum Shoreham gegangen.»

«Und haben dann gesehen, wie ich hineinging», sagte Neuman. «Kurz vor elf.»

«Und dann habe ich Verstärkung anrücken sehen.»

«Einschließlich Bobby – Redfield –, der an seinem Schreibtisch saß, als ich die Mordkommission angefordert hatte.»

«Das weiß ich nicht», sagte Ré.

«Wer ist Linda Walsh, Ré?» fragte Neuman. Und warum hatte er McIver nicht ihre Adresse gegeben? Verstand er immer noch nicht richtig, was hier los war?

«Eine Frau, die ich kenne. Sie denkt ...»

«Sie denkt was, Ré?»

«Daß ich diese Frauen ermordet habe.»

«Wie das?»

«Ich war viel unterwegs, als diese Frauen ermordet wurden.»

«Unterwegs und haben Bobby verfolgt?»

«Ja.»

Weil ihm nichts Besseres einfiel, sagte Neuman: «Was ist mit diesem Telefon? Sie haben schon lange kein Geld mehr nachwerfen müssen.»

«Ich habe einen Vierteldollar eingeworfen.»

«Ach ja ... Ré?»

«Ja?»

«Was haben Sie herausgefunden, als Sie letztes Jahr nach Kalifornien gereist sind?»

«Sie wissen ziemlich viel, was?»

«Ich weiß ein wenig. Ich weiß weniger, als ich wissen sollte.»

«Ich erfuhr, daß meine Eltern aus Scham und vor lauter Schande gestorben sind, daß mein Mädchen fortgelaufen war – auch aus Scham. Sie ist dann in Sachen hineingeraten, mit denen sie nicht fertigwerden konnte. Es ... es hat sie umgebracht.»

«Ré?»

«Ja?»

«Ich muß jetzt einen Augenblick zu meinen Leuten und mit ihnen reden. Nur einen Moment. Ich will, daß ein paar von denen zu Lindas Wohnung gehen –»

«Machen Sie es leise. Er erwartet mich. Er wartet darauf, mich umbringen zu können.»

«Ja, ich weiß, Ré. Ich habe verstanden ... Werden Sie noch hier sein, wenn ich zurückkomme – noch am Telefon, meine ich?»

«Nein.»

«Nein. Ich kann wirklich nicht sagen, daß ich Ihnen das zum Vorwurf mache. Tun Sie mir trotzdem einen Gefallen, ja? Rufen Sie mich morgen früh an, sagen wir unter der Nummer, die Sie vorhin schon mal angerufen haben. Wenn ich nicht da bin, wird man mich finden. Ich möchte noch ein bißchen mit Ihnen reden.»

«Ich werde morgen nicht mehr hier sein.»
«Dann machen Sie eben ein Ferngespräch. Ein R-Gespräch.»
«Viel Glück. Lieutenant. Sie haben die Adresse?»
«Ich habe sie», sagte Neuman. «Und ich habe verstanden.»

Vor der Bar kam McIver zu Neuman gelaufen. «Nichts, Loo. Wir haben alle Telefonzellen zwischen hier und der Einundzwanzigsten überprüft, die wir finden konnten. Bars, Restaurants, die auf der Straße, Hier in der Gegend muß es Millionen Telefonzellen geben. Mit den Schulen haben wir noch nicht einmal angefangen – Barnard, Columbia. Die haben wahrscheinlich jede noch mal eine Million.»

«Vergiß es», sagte Neuman. «Wir gehen jetzt zur Hundertelften Straße, zu einem Haus mit Markise, das fast an der Ecke zur Amsterdam liegt. Apartment Vier-A wie in ... ach egal. Wir machen es ganz leise und ruhig, raffiniert.»

Federici kam zu ihnen gelaufen. «Mazilli hat sich über Funk gemeldet, Lieutenant. Er hat was über diesen Beau gefunden. Er ist so etwas wie ein Privatdetektiv. Und hören Sie sich das an, Loo – er hat eine Tätowierung. Eine große Tätowierung quer über seine Schulter und seinen Rücken – so wie Stearns, so wie Chavez, so wie Keller, so wie ...»

Neuman nickte.

«Jesus, Lieutenant.»

«Ja», sagte Neuman.

«Dafür muß es einfach eine Erklärung geben, Jake», sagte McIver.

«Ja. Die Erklärung dafür, warum ich Bobby all diese Jahre, die wir Partner gewesen sind, noch nie ohne sein Hemd gesehen habe. Ich nehme an, er wird wohl gedacht haben, das wäre etwas, was man verstecken müßte. Ich nehme an, er hatte wohl recht.»

33

7.27, 7.28, 7.29.

Linda beobachtete, wie auf der Digitaluhr die Minuten verstrichen.

7.30.

«Das hier kommt mir aber alles nicht sehr – ich weiß nicht – amtlich vor», sagte Linda.

Redfield stand vor dem Fenster und grunzte.

«Ich meine, wo ist denn Ihr Partner? Seid ihr denn nicht das berühmte Team – Redford und Newman?»

Redfield ging zu dem anderen Fenster, daß auf die Amsterdam Avenue hinausführte.

«Ich meine, ich verstehe das alles überhaupt nicht. Sie haben es doch selbst gesagt – er sagte, er würde gehen, er ist gegangen, er kommt nicht zurück. Warum sollte er zurückkommen?»

Redfield lachte. «Sie *verstehen* das hier überhaupt nicht, oder, Linda?»

«Ich *sagte*, ich würde es nicht verstehen ... Kann ich das Licht anmachen?»

Redfield preßte sich eng an die Wand, um die Straße weiter einsehen zu können.

7.36, 7.37.

«Wenn alle Cops so ihre Zeit verplempern, dann wundert es mich wirklich nicht mehr, daß diese Stadt so ein Drecksloch ist. Bei allem, was Sie wissen, könnte er jetzt irgendwo da draußen rumlaufen und eine andere Frau umbringen.»

7.39, 7.40.

«Kann ich das Radio anstellen?»

Redfield warf ihr über die Schulter einen kurzen Blick zu. «Machen Sie mir irgendwas zu essen, ja? Eine Suppe oder so ... Und machen Sie in der Küche kein Licht an.»

Linda lachte. Mit einem gezierten Unterton in der Stimme sagte sie: «‹Machen Sie mir irgendwas zu essen, ja? Eine Suppe oder so.› ... Sie machen wohl Witze! Wir leben in den achtziger Jahren des neunzehnten Jahrhunderts, Freund. Sie wollen Suppe – dann machen Sie sich Ihre beschissene Suppe doch selbst.»

Redfield ging zu ihr, zog seine Pistole aus dem Schulterhalfter und legte die Mündung des Laufes an ihre Lippen. «Sofort, Fotze.»

Linda war über sich selbst verblüfft, als sie den Lauf einfach zur Seite schob und trocken ausspuckte. Übertrieben umständlich stand sie auf. «Oh, Scheiße. Ich mache ein paar Eier. Ich mache ein Omelett. Mögen Sie die? Meine sind ausgezeichnet.»

Redfield holte sie ein, stieß sie roh zur Seite und ging vor ihr in die Küche. Er öffnete die Schubladen, bis er das Besteck fand. Er packte Hände voller Messer, Hände voller Gabeln, und warf alles in den Mülleimer. Er nahm das Kartoffelmesser, das Fleischmesser und das Brotmesser von dem Magnetbrett an der Wand und warf sie auch in den Mülleimer. Die Pistole immer noch auf sie gerichtet, öffnete er die Türe zum Lastenaufzug, nahm den Mülleimer und stellte ihn auf den kleinen Flur, schloß die Türe, drehte den Schlüssel zweimal um und schob den Riegel vor. Er öffnete Schränke, bis er Konservendosen fand, nahm eine Dose Minstrone heraus, klemmte sie unter den elektrischen Dosenöffner, drückte auf den Knopf, entfernte den Deckel vom Öffner und schleuderte die Metallscheibe durch das halb geöffnete Fenster nach draußen. «Suppe.»

Linda lachte.

Mit dem Handrücken schlug Redfield ihr hart über den Mund. Sie stürzte rückwärts über den Küchentisch. Sie fiel auf einen Stuhl, kippte nach hinten über, fing den Aufprall etwas mit ihren Armen ab, saß dann unter dem Küchentisch und blieb dort. «Sie verrücktes Arschloch.»

Das Telefon klingelte.

«Gehen Sie ran», sagte Redfield.

«Geh doch selbst ran, Arschloch.»

Redfield zog den Tisch weg, packte sie unter einem Arm und hob sie auf die Füße. Er schleuderte sie gegen die Wand, an der das Telefon hing. Durch ihren Schwung wurde der Hörer von der Gabel gerissen. Er prallte auf den Fußboden, sprang an der elastischen Schnur zurück, fiel wieder herunter und schlug erneut auf den Boden.

Linda schrie. Irgend etwas traf sie hinter dem Ohr. Zuerst tat es weh, dann verwandelte es sich in ein angenehmes Gefühl. Ihr Kopf wurde leichter und leichter, fiel dann langsam, langsam, langsam auf den Boden, der unter ihr weich wie ein Wattebausch war, als sie landete.

34

«Scheiße», sagte Neuman.

«Was, Jake?» fragte McIver.

«Irgendwer ist rangegangen – hat den Hörer fallen lassen oder so; dann ist das Ding ein paar Mal gegen irgend etwas geschlagen. Eine Frau hat geschrien. Dann ein Geräusch, wie wenn irgendwer irgendwem eins übergezogen hätte. Dann ist der Hörer wieder aufgelegt worden.»

«Willst du noch mal anrufen?»

«Ich denke.» Neuman wählte die Nummer wieder, hörte das Besetztzeichen, legte auf. «Besetzt. Hörer ausgehängt, nehme ich an.»

«Ich kann den Störungsdienst anrufen, Lieutenant», sagte Federici. «Die können uns sagen, ob der Hörer nur daneben liegt oder ob wirklich besetzt ist.»

«Der Hörer ist ausgehängt», sagte Neuman. «Du kannst gerne anrufen, aber er ist ausgehängt. Er wird nicht mit uns reden. Er kennt unsere Seite bei solchen Aktionen. Er weiß, wie wir einen fertigmachen können.»

Sie befanden sich im Restaurant Green Tree, das sie besetzt und kurzerhand in ihre Einsatzzentrale umfunktioniert hatten. Der Inhaber war zunächst entsetzt, als seine Gäste – manche von ihnen gerade bei der Vorspeise – aus dem Lokal gewiesen wurden, ließ sich jedoch besänftigen, als man ihn darauf hinwies, daß es eine lange Nacht werden könnte und daß eine ganze Menge Cops mit Essen und Kaffee versorgt werden müßten, daß die Stadt die Rechnung begleichen würde.

Neuman, der die Beschwichtigungsaktion durchgeführt hatte, hoffte, daß die Stadt das auch tatsächlich tun würde.

Federici berichtete – nachdem er den Stördienst angerufen hatte –, daß der Hörer nicht auf der Gabel lag.

«Und was jetzt?» fragte Neuman.

«Wir brauchen mehr Leute, wenn wir die Sache anständig durchziehen wollen, Jake», sagte McIver.

«Wenn wir mehr Leute anfordern, wenn wir sagen, wozu wir die brauchen, dann bekommen wir das Sondereinsatzkommando, dann bekommen wir die Unterhändler für Geiselnahmen, und die werden uns die Sache aus der Hand nehmen», sagte Neuman.

«Vielleicht wäre das das Beste, Jake», meinte McIver. «Du hängst zu persönlich in dieser Geschichte drin.»

«Tim hat recht, Loo», meinte Bloomfield. «Du hängst zu persönlich da drin.»

«Da habt ihr verdammt recht. Er ist mein Partner.»

«Jetzt nicht mehr, Jake», sagte McIver.

McGovern legte einen Hörer auf. «Hab' mit dem Hausmeister gesprochen, Loo. Heißt Ruiz. Wohnt nicht im selben Haus. Wohnt auf der anderen Straßenseite. Er kommt jetzt mit Schlüsseln rüber und erklärt uns die Wohnungs- und Zimmerverteilung.»

«Lieutenant?»

«Ja?»

«Ich würde gerne hochgehen, Lieutenant. Ich meine, ich melde mich freiwillig.»

«Danke, Steve, aber ich werde gehen.»

«Jake», sagte McIver.

«Er ist mein Partner, Tim. Du sagst, er ist nicht mehr mein Partner, aber ich sage, er ist immer noch mein Partner, und ich sage, er steckt in Schwierigkeiten, und wer zum Teufel, wenn nicht ich, sollte also gehen?»

«Ich sage, wir gehen überhaupt nicht hoch», sagte McIver. «Ich sage, warten wir einfach ab. Einen Tag, zwei Tage. Er muß auch mal schlafen.»

«Um Himmels willen, Tim, da oben ist eine Frau», sagte Neuman. «Eine unschuldige Frau. Ihn kann ich aushungern, ich kann hier einfach abwarten, ihn zermürben, aber ich kann das auf gar keinen Fall mit ihr machen.»

McGovern führte einen schmächtigen Hispanic an ihren Tisch. «Das hier ist Ruiz, Loo. Der Hausmeister.»

«Setzen Sie sich, Mr. Ruiz», sagte Neuman, «und vielen Dank, daß Sie an einem Sonntagabend so schnell hergekommen sind. Ich nehme an, Sie haben die Schlüssel. Würden Sie mir zeigen, welcher für was ist?»

Ruiz erklärte ihm die einzelnen Schlüssel: Einer für die Türe im Erdgeschoß, zwei für die Wohnungstür, zwei für die hintere Tür, die auf den kleinen Flur vor dem Lastenaufzug führte.

«Gibt es an der Vorder- und Hintertür Sicherheitsketten?»

Ketten und Riegel, sagte Ruiz.

Neuman warf das Schlüsselbund in die Luft und fing es wieder auf. «Dann kann ich hiermit nicht besonders viel anfangen, oder? Na ja, ich habe ja auch gar nicht erwartet, daß ich da einfach so wie in meine eigene Wohnung reinmarschieren kann. Hier ist eine Serviette, Mr. Ruiz, und hier ist ein Kuli. Könnten Sie mir vielleicht den Wohnungsgrundriß aufzeichnen? Muß nicht besonders schön sein. Einfach nur eine grobe Skizze.»

Ruiz zeichnete ein Rechteck – «Das ist das Wohnzimmer» – und links davon ein kleineres Rechteck «Das ist das Schlafzimmer» – und wieder links davon ein Quadrat – «Das hier ist die Küche und das Eßzimmer.» Er markierte die Fenster und Türen.

«Wirklich ganz einfach», sagte Neuman. «Es wird doch wohl auch ein Bad geben, nehme ich an. Das müssen Sie vergessen haben.»

Ruiz schlug sich vor die Stirn und zeichnete ein kleines Quadrat in eine Ecke des Schlafzimmers.

«Gut», sagte Neuman. «Ein typisches Apartment. Ein Weg rein, ein Weg raus. In diesem Fall: Zwei, aber im Grunde läuft das auf das gleiche raus, da ich annehme, daß irgendwer kommen und einem mit dem Lastenaufzug helfen muß, richtig? Man kann ihn nicht alleine bedienen.»

Ruiz bestätigte diese Annahme.

«Und es gibt keinen Notausgang», sagte Neuman. «Nur die Feuertreppe, richtig?»

Ruiz bestätigte diese Annahme.

Neuman erhob sich, stopfte sein Hemd in die Hose, strich sich über die Haare, tippte an seinen Bauch. «Ich gehe hoch.»

«Um Himmels willen, Jake», sagte McIver. «Wir haben das Haus doch noch gar nicht evakuiert. Du kannst doch nicht einfach da raufgehen, nicht solange noch Hunderte von Menschen in ihren Wohnungen sind. Man wird dich nach allen Regeln der Kunst fertigmachen, Jake. Ehrlich!»

Neuman warf die Schlüssel wieder in die Luft und fing sie auf. «Tim, du machst nicht das erste Mal bei so einer Sache wie dieser hier mit. Du weißt ebensogut wie ich, daß es einen Heidenkrach machen wird, wenn wir uns genau an die Vorschriften halten. Überall Streifenwagen, Scharfschützen hinter den Kotflügeln, Cops mit kugelsicheren Westen stürmen in das Gebäude, brechen Türen auf, trampeln Korridore hinauf und hinunter und brüllen in ihre Megaphone, Frauen kreischen, Kinder heulen, Kerle brüllen, daß ihr Home doch ihr Castle wäre, ‹ihr könnt mich nicht dazu zwingen, zu gehen, wenn ich es nicht will, wo ist euer Durchsuchungsbefehl? Schweine, Nazis, Faschisten› und so weiter und so weiter. Dann mußt du die Leute aus dem Haus schaffen, manche von ihnen denselben Korridor hinunter, auf dem die gefährliche Wohnung liegt, du mußt sie in Streifenwagen und in Busse verstauen, du mußt sie irgendwohin bringen, bis alles vorbei ist, ihnen zu essen geben, Kaffee, Donuts, Sandwiches. In der Zwischenzeit hängt jeder aus jedem Fenster der benachbarten Häuser und versucht mitzukriegen, was denn eigentlich los ist, sie stehen auf den Bürgersteigen rum und glotzen, trinken Bier aus braunen Papierbechern und amüsieren sich im allgemeinen köstlich dabei, daß sie im Weg stehen ...

Aber so, wie es jetzt ist, weiß kaum ein Mensch, daß wir überhaupt hier sind. Die Leute in dem Haus wissen es nicht, die Leute im Block wissen es nicht, selbst Bobby ist sich nicht ganz sicher – außer er hat Bloomfield gesehen, als ich ihn über die Straße geschickt habe, um einen Blick auf das Haus zu werfen.»

«Er hat mich nicht gesehen, Loo», sagte Bloomfield. «Ich bin ganz sicher.»

«Also weiß es selbst Bobby nicht mal ganz sicher», sagte Neuman, «und ich möchte, daß es genauso bleibt, denn je mehr Lärm veranstaltet wird, desto gereizter und angespannter wird jeder. Die Scharfschützen wollen scharfschießen, die Jungs mit dem Gas wollen ihr Gas werfen, der Bursche im Haus fängt an nachzudenken. Gut, wenn ich gehe, könnte ich natürlich ebensogut noch ein paar Leute mitnehmen. Aber das will ich nicht. So wie es jetzt ist, kann ich einfach hochgehen, ihm sagen: Hör mal, alles was ich bislang gegen dich in der Hand habe, ist die Aussage von jemandem, den ich wahrscheinlich nie wieder sehe, obschon ich natürlich irgendwen in deine Wohnung schicken und ihn nachsehen lassen muß, ob du zufälligerweise eine Schreibmaschine wie die hast, mit der diese Briefe getippt wurden, um zu sehen, ob du eine .38er Smith mit Schalldämpfer besitzt, um zu sehen, ob in einer deiner Schubladen vielleicht das Original von Susannah Keyes Manuskript steckt –»

«Es ist schon erledigt, Jake», sagte McIver.

«Was ist erledigt?»

«Ich habe Klinger angerufen, als du auf dem Klo warst. Ich hab ihm erzählt, was los ist, hab ihm gesagt, daß wir einen Durchsuchungsbefehl brauchen, um Bobbys Wohnung durchsuchen zu können. Ich weiß, das hätte ich nicht tun sollen, ohne dir vorher Bescheid zu geben, aber ich war der Meinung, daß du zu persönlich in dieser Sache drinsteckst. Klinger hat gesagt, er würde sich darum kümmern, daß er herkommen würde, sobald er mit dem Richter gesprochen hat.»

«Mit mehr Leuten?» fragte Neuman.

«Mit mehr Leuten.»

Neuman warf die Schlüssel in die Luft und fing sie wieder auf. «Wenn das so ist, dann gehe ich jetzt sofort.» Er stand auf und ging zur Tür.

«Jake?» rief McIver ihm nach.

Neuman blieb stehen, drehte sich jedoch nicht um. «Du willst mir jetzt sagen, daß Klinger gesagt hat, du solltest die Leitung hier übernehmen. Du sollst mir sagen, daß Klinger gesagt hat, daß du mich festnehmen sollst, falls ich deinen Anweisungen nicht Folge leiste, daß du mir meine Waffe abnehmen sollst, meine Dienstmarke, meine Handschellen. Du sollst mir sagen, wenn ich dir diese Schlüssel hier nicht gebe, daß du sie mir mit vorgehaltener Waffe abnehmen mußt. Du willst –»

«Alles, was ich dir sagen will, Jake», sagte McIver, «ist: Viel Glück.»

Neuman setzte sich wieder in Bewegung. «Danke. Wenn Klinger kommt, versuch ihn davon abzuhalten, zuviel Wirbel zu veranstalten.»

35

Ehe er das Haus betrat, studierte Neuman – warum er das machte, wußte er selbst nicht – alle Namen auf den Klingelschildern: Follett, White, Muldoon, Cosby, Imperiali, Singleton, Kammerstein, Neuberger, Olmedo, Flam, Reed, Esposito, Worsley, Webb, Freund, Jeffries, Neal, Whitesides, Hubble, Walsh, Arnold, Morgan, Greenburger, Neuman.

Er fragte sich, ob Neuman wohl mit ihm verwandt war. Er fragte sich, ob Worsley Gump derjenige Worsley war, der früher Tormann bei den Rangers gewesen war, und ob Esposito, sein Nachbar, Phil Esposito war, ein anderer Hockey-Spieler.

Er sagte sich, daß er sich nicht weiter irgendwas fragen und sich statt dessen endlich in Bewegung setzen sollte. Er öffnete die Haustür, ging zum Fahrstuhl, drückte einen Knopf, wartete, sah, daß der Fahrstuhl bereits im Erdgeschoß stand, stieg ein, überlegte, ob er zum dritten oder fünften Stock fahren sollte, kam zu dem Ergebnis, daß er lieber runter als rauf gehen wollte, drückte den Knopf für die Fünfte und fuhr mit dem Fahrstuhl hoch.

Der Fahrstuhl hielt an. Neuman wollte schon hinausgehen, da fiel ihm ein, daß er vergessen hatte den Hausmeister zu fragen, wo Apartment Vier-A im Verhältnis zum Fahrstuhl und dem Treppenhaus lag und ob es vom Hauptkorridor einen Zugang zum Flur vor dem Lastenaufzug gab. Er überlegte, wieder zurück zum Restaurant zu gehen, dann fiel ihm jedoch ein, daß er sich diese Fragen selbst beantworten konnte, wenn er sich den fünften Stock anschaute, stieg aus, sah nach, fand heraus, daß Fünf-A vom Lift aus gesehen zwei Türen links den Korridor hinunter lag und daß die dritte Tür links die Tür zum Flur des Lastenaufzuges war.

Er war absolut nicht mit der Art und Weise zufrieden, wie sein Gehirn arbeitete. Ebensowenig mit seinem Körper, denn als er die ersten Stufen der Treppe zum vierten Stock hinunterging, wäre er beinahe gestolpert und kopfüber die Treppe hinuntergestürzt. Er fand sein Gleichgewicht wieder, setzte sich auf eine Stufe, ließ seinen Adrenalinspiegel auf ein normales Niveau zurückkehren und legte das restliche Stück Treppe langsam und vorsichtig zurück, hielt sich, wie ein kleines Kind, mit beiden Händen am Geländer fest.

Irgendwo auf der vierten Etage wurde ein Hähnchen gebraten. Irgendein Mieter sah fern. Wieder ein anderer redete ziemlich laut – am Telefon, vermutete Neuman, denn von einer Antwort war nichts zu hören. Aus Vier-A war gar nichts zu hören. Unter dem Türspalt drang kein Licht auf den Flur hinaus.

Neuman ging zu der Tür des Lastenaufzugs, öffnete sie so leise er konnte, schlüpfte hinein, drehte sich um und wäre beinahe über einen Abfalleimer gestolpert, der randvoll mit Messern war. Einen sehr langen Moment blieb er ganz still stehen, versuchte zu verstehen, was das zu bedeuten hatte. Er kam nicht dahinter.

Auch unter der Tür zur Küche der Wohnung war kein Licht zu sehen. Aus dem Inneren drang kein Geräusch.

Durch das Fenster des kleinen Flures, das auf einen Lichtschacht hinausführte, drang das Heulen einer Sirene.

Dieser verdammte Klinger, dachte Neuman, hörte dann genauer hin und erkannte, daß es ein Krankenwagen war, der vielleicht zum St. Luke's unterwegs war.

Das Green Tree. St. Luke's. Das Wohnhaus. Alles nicht weiter als einen Steinwurf voneinander entfernt. Sie waren so nahe gewesen, falls Ré hier gewohnt hatte, sie waren ihm so nahe gewesen. Er, Neuman, war Redfield so nahe gewesen.

Neuman holte tief Luft, dann noch einmal, dann klopfte er zweimal gegen die Türe in die Küche. «Bobby?»

Hinter der Türe bewegte sich jemand. Ein Stuhl scharrte über den Boden.

Neuman trat von der Türe zurück, preßte sich gegen die Wand. «Bobby, ich bin's, Jake.»

Wieder der Stuhl. Dann hörte er das unverkennbare Klicken eines Revolvers, der gespannt wurde.

Neuman schob eine Hand unter seine Jacke und berührte den Knauf seiner Waffe – eine Geste, die er sich als junger Polizist hatte abgewöhnen müssen. Indem man sich vergewisserte, ob man seine Waffe bei sich hatte, machte man auch jeden anderen auf die Tatsache aufmerksam, daß man bewaffnet war – jeden, den man das nicht wissen lassen wollte, heißt das.

Die Lüge klang schon von dem Augenblick an, als er zu sprechen begann, hohl und blechern. «Bobby, wir haben Ré. Haben ihn unten am Block erwischt. Irgendwer hat den Notruf angerufen, weil er eine verdächtige Person gesehen hatte, die sich dort herumtrieb. Die Cops, die daraufhin losgefahren sind, haben ihn nach der Personenbeschreibung unserer Fahndung erkannt. Sie haben auch das Buch bei ihm gefunden. *Pilgrim on Tinker Creek* oder so ähnlich. Er hat uns von dieser Sache damals in Nam erzählt. Er hat uns gesagt, daß er dich verfolgt hat, als du mit, wie heißt sie noch gleich, Linda, hier hergekommen bist. Also, jetzt ist alles klar, Bobby. Laß uns runtergehen und diesen Fall endlich abschließen. He, gute Arbeit, wenn ich mir überlege, daß er dir hierher gefolgt ist. Die Sache ist nur» – Neuman lachte und zuckte bei dem hohlen Klang des Lachens zusammen –, «daß du irgendwem hättest sagen sollen, was du machst.»

Wasser lief in die Spüle. Ein Glas klirrte, es gluckerte, als es gefüllt wurde. Der Hahn wurde wieder zugedreht.

Neuman nahm die Schlüssel aus seiner Tasche und rasselte mit dem Bund. «Bobby, ich habe die Schlüssel vom Hausmeister. Ich werde diese Türe jetzt aufschließen, dann können wir uns besser unterhalten. Die Kette ist vorgelegt, stimmt's? Also brauchst du keine Angst haben, daß ich reinkomme. Ich mache sie nur einen Spaltbreit auf, dann können wir besser reden. Könnte selbst ein Glas Wasser gebrauchen. In diesem Flur ist es heißer als in der Hölle. Hier müssen irgendwo Heizungsrohre sein oder so, hinter diesen Wänden hier ... Bobby? Ich bin *allein.*»

Rechne immer mit dem Unerwarteten. Das hatte Sergeant Hubert L. Stevens, Neumans unvergessener Ausbilder auf der Polizeischule, immer wieder gesagt. «Denk an alles, was passieren könnte, dann stell dir vor, daß es nicht passiert, weil dieser Arsch nicht will, daß du weißt, was er vorhat. Dann denk an alles, woran du nicht denken kannst und stell dir vor, daß eine dieser Möglichkeiten passiert, denn genauso arbeitet das Hirn von diesem Arsch.»

Neuman wurde kalt erwischt, denn er hatte nur daran gedacht, daß Redfield erst reagieren würde, wenn er die Türe aufschloß, daß er ihm dann sagen würde, daß er das lassen sollte, daß er die Türe in Ruhe lassen sollte, daß er verdammt noch mal verschwinden sollte.

Doch nachdem Neuman die beiden Türschlösser aufgesperrt hatte, riß Redfield, der die Geräusche, die das Aufschließen gemacht hatte, ausgenutzt hatte, um die Sicherheitskette und den Riegel zu entfernen, die Türe auf und richtete seinen Revolver auf Neumans Kopf.

Neuman zuckte mit den Achseln. «Wahrscheinlich wollte ich, daß du mich gefangennimmst. Ich meine, man sagt doch, daß man immer das bekommt, was man haben will. Genauso wie du wolltest, daß man dich erwischt – schreibst Briefe, forderst dein Glück heraus, indem du diesen Frauen in der Öffentlichkeit nachgelaufen bist, läßt Sachen in deiner Wohnung herumliegen, damit wir sie auch nur ja finden. Warst du es nicht, der neulich erst gesagt hat, daß der Kerl, der diese Frauen ermordet hätte, geschnappt werden wollte? Oder habe ich das gesagt? Ich weiß es nicht mehr. Hab's vergessen.»

Redfield zielte auf Neumans Herz. «Hol sie ganz langsam raus, Jake. Mit zwei Fingern. Am Knauf.»

Neuman machte, was man ihm sagte und hielt Redfield seine Pistole wie ein kleiner Junge hin, der seiner Mutter eine tote Maus zeigt.

«Wirf sie aus dem Fenster», sagte Redfield und deutete mit seinem Kinn auf den Lichtschacht.

«He, Bob. Das ist eine gute Kanone. Ich meine, sie war es wenigstens immer. Habe seit Jahren außer auf dem Schießstand nicht mehr damit geschossen. Ich will sie nicht kaputtmachen.»

«Mach schon, Jake. Ich habe keine Zeit, mir deinen Scheiß anzuhören.»

Neuman sah seine Pistole an, dann das Fenster, dann wieder Redfield. «Könnte doch sein, daß da unten gerade irgendein Saufbruder liegt und seinen Rausch auspennt. Ich will nicht, daß ...»

Redfield riß Neuman die Waffe aus der Hand, wollte sie schon aus dem Fenster werfen, zögerte und schob sie sich dann auf dem Rücken unter den Hosenbund. Neuman registrierte eine weitere Waffe in einem Hüftholster.

Neuman zuckte mit den Schultern. «Ich dachte, du wolltest ...»

«Komm rein», sagte Redfield, hielt die Mündung der Waffe ein paar Zentimeter neben Neumans Schläfe.

Neuman betrat die Küche, schloß seine Augen, kniff sie fest zusammen, damit sie sich halbwegs auf die Dunkelheit eingestellt hatten, wenn er sie wieder öffnete. Das erste, was er dann sah, als er sie wieder öffnete, war eine menschliche Gestalt, die zusammengekrümmt auf dem Boden unter dem Wandtelefon lag. «Oh, nein, Bobby. Nein.»

«Setz dich auf den Stuhl, Jake», sagte Redfield. «Hol deine Handschellen raus, leg sie um dein rechtes Handgelenk, dreh dann beide Hände auf deinen Rücken, hinter die Stuhllehne.»

Neuman gehorchte. «Bobby, wenn sie ... Ich meine ... Du solltest mich einen Krankenwagen rufen lassen.»

Redfield zog die Kette der Handschellen durch eine Querstrebe der Lehne und dann wieder heraus, bevor er das zweite Armband um Neumans linkes Handgelenk zuschnappen ließ.

Aus irgendeinem Grund – die Funktionsweise seines Gehirnes war ihm ein Rätsel – mußte Neuman an die Hure denken, an Valentine, und an ihren Traum, nach Arizona zu gehen. Er wäre jetzt gerne mit ihr dort gewesen. Er hätte vielleicht sogar Maria verlassen, wenn er jetzt dort und nicht hier hätte sein können. «Tja, Bob, hätte nie gedacht, jemals in eine Sitatuion zu geraten – ich mit Handschellen an einen Stuhl gefesselt und du stehst über mir, mit mindestens drei Kanonen. Vielleicht hast du –»

«Jake», sagte Redfield. «Es läuft nicht. Dieses Mal wird das Gerede nichts bringen.»

Neuman lachte. «Das hab ich wahrscheinlich im Grunde auch gar nicht geglaubt. Ich meine, da draußen auf dem Flur, da dachte ich, es könnte vielleicht klappen. Ich dachte, wenn wir beide nur ruhig und nett miteinander reden könnten, in aller Freundschaft, ohne Kanonen und allem, nur du und ich –»

Redfield verließ den Raum – um, vermutete Neuman, aus dem Fenster des benachbarten Zimmers herauszuschauen.

«Siehst du, Bob?» rief Neuman. «Wie ich gesagt habe, ich bin allein. Nur ich und mein Schatten. Kein Mensch weiß, daß ich hier bin. He, ich hab vorhin Quatsch gemacht – wegen Ré. Wir haben ihn nicht. Er hat uns angerufen, hat gesagt, daß du hier bist, aber eingelocht haben wir ihn nicht.»

Redfield tauchte wieder in der Türe auf, seine dunkle Silhouette, wirkte größer als Neuman ihn in Erinnerung hatte. «Hat *uns* angerufen, Jake? Oder hat er *dich* angerufen?»

«Ach, he, nein. Mich natürlich. Er hat mich angerufen. Hab ich uns gesagt? Du weißt ja, wie das ist. Da arbeitet man ziemlich lange mit einem zusammen und irgendwann fängt man an, wir oder uns zu sagen, wenn man eigentlich ich oder mich meint. Ich meine, ist doch irgendwie, als wäre man verheiratet.»

«Keine Ahnung», sagte Redfield.

Neuman konnte nicht mehr länger den Clown spielen. «Was ist los, Bob? Was ist mir dir und den Frauen? Ich glaube, ich kann einen Burschen wie dich schon irgendwie verstehen, wenn er von einer Frau wie dieser Chris Kaiser die Schnauze voll hat. Ich meine, du bist im gleichen Alter, du bist intelligent, du siehst gut aus – nicht so wie sie, aber trotzdem – und sie macht ein paar Millionen Bucks im Jahr, und du verdienst nicht mehr als dreißig Riesen und die Wände in der ganzen Stadt sind auch nicht mit deinem Bild vollgekleistert und du wirst von den Leuten nicht wie ein Filmstar behandelt oder so. Und die Keyes – tja, ich weiß auch nicht, was mit der Keyes war. Ich verstehe Frauen wie sie nicht, ich verstehe nicht, wie soll ich sagen, was in ihren Köpfen vorgeht. Ich wüßte nicht, was ich sagen sollte, wenn ich von so einer auf einer Party angesprochen würde. Nicht, daß ich auf Parties gehe, aber du verstehst schon, was ich meine. Es ist als wären sie Fremde, aus einer anderen Welt. Ich habe wirklich nichts gegen sie, aber ich verstehe sie einfach nicht. Vielleicht ist das bei dir ja auch so, hmm? Du verstehst sie nicht, und dir gefällt es nicht, wenn sie darüber auch noch Bücher schreiben, über dich ...

Falls du dich jetzt wunderst, wir haben den Durchschlag des Manuskriptes gefunden, den du im Hotel in den Müll geworfen hast. War nicht besonders klug von dir, aber du hattest wahrscheinlich keine andere Wahl. Wir haben den Durchschlag also gefunden, und einer der Cops – Mazilli, du kennst Mazilli, hatte ich fast ganz vergessen, daß du ihn kennst –, also Mazilli ist – wie heißt das noch – Hochgeschwindigkeitsleser. Er hat das ganze Buch in ungefähr fünf Minuten gelesen. Hat uns alles über Beau erzählt. Über das Private Eye mit der Tätowierung auf der Schulter. Sag mal Bob, was hättest du denn gemacht, wenn du einen Partner gehabt hättest, der auf diesen Fitness-Scheiß abgefahren wäre – also Bodybuilding, Joggen, Dampfbäder? Du hättest unter der Dusche dein Hemd anbehalten müssen, denn andernfalls hätte doch jeder von deiner Tätowierung gewußt. Nicht, daß dann auch gleich jeder gewußt hätte, was sie zu bedeuten hat. Aber immerhin. Du hattest wirklich Glück, daß du einen fetten, faulen Sack wie mich zum Partner gekriegt hast ...

Du hast eine ganze Menge saublöder Dinge getan, Bob. Du wolltest wirklich geschnappt werden. Diese Briefe. Wir haben deine Wohnung noch nicht durchsucht, aber Klinger besorgt sich gerade einen Durchsuchungsbefehl. Ich wette, wir finden die Schreibmaschine auf deinem Schreibtisch, und vielleicht auch noch das Original dieses Buches. Die .38er werden wir vermutlich nicht finden, denn die steckt an deinem Gürtel, und der Schalldämpfer ist wahrscheinlich in deiner Tasche, nehme ich an. Chris Kaiser umzulegen war ziemlich dumm, als sich herausstellte, daß du sie kanntest, daß ihr eine Zeitlang ein – ja – Liebespaar wart. Und Bloomfield zu sagen, daß du den Müll im Hotel durchsuchen wolltest, war auch dumm – ihm das zu erzählen und dann nicht wirklich zu gehen. Wenn du gesagt hättest, du hättest es getan, wer zum Teufel hätte dann was wissen können? Du wolltest erwischt werden.»

«Es ist nicht leicht, Jake», sagte Redfield. Während Neuman gesprochen hatte, hatte er einfach nur still dagestanden, aus dem Küchenfenster geschaut, Neuman den Rücken zugewandt. «Ich bin froh, wenn das alles vorbei ist.»

«Wann hat es denn angefangen, Bob?» fragte Neuman leise.

«Wann hast du dieses Gefühl zum erstenmal gehabt, daß du das alles *tun* müßtest? Ich erinnere mich noch, wie du über diese Krankenschwester – hab ihren Namen vergessen, die, die Carlos sich in der U-Bahn gepackt hat –, wie du gesagt hast, daß du seit Nam keine Asiatin mehr ansehen kannst, ohne gleich zu denken, daß sie vielleicht eine Handgranate bei sich hat, auf der dein Name steht. Aber das gilt nicht für alle Frauen, oder? Normalerweise laufen Frauen nicht mit Handgranaten in der Gegend herum, nicht meiner Erfahrung nach.»

Redfield lachte leise. «Meiner Erfahrung nach wohl – gewissermaßen.»

«Sie sind alle männermordende Ungeheuer, meinst du?»

Wieder ein Lachen.

«Na ja, vielleicht sind sie das, aber findest du nicht, daß wir das auf gewisse Weise auch sind? Ich meine, wir sind doch genau das passende Gegenstück dazu: Wir sind Machos oder wie du das auch immer nennen willst. Ich meine, jeder springt doch mit dem anderen hart um; scheint in der menschlichen Natur zu liegen. Aber das ist noch lange kein Grund, Menschen umzubringen ... Diese Frau hier, Linda Walsh, ist sie, äh ...?»

«Ich hab ihr eins mit meiner Kanone verpaßt», sagte Redfield. «Als sie ins Telefon geschrien hat. Ich kann es einfach nicht ausstehen, wenn Frauen schreien. Ich kann Frauenstimmen nicht ausstehen. Wenn sie schreien, wenn sie kommen. Himmel, du hättest Susannah hören müssen, wenn sie kam. Und dann schreibt sie ein Buch und sagt, daß Männer es als Liebhaber nicht bringen. Scheiße, Mann.»

«Ach, du kanntest sie auch so gut», sagte Neuman. «Es gab sicher eine ganze Menge, was ich über dich nicht wußte, Bobby. Himmel, ich weiß mehr über einige meiner ärgsten Feinde als ich über dich wußte.»

Redfield wandte sich vom Fenster ab. «Wer ist unten, Jake? Das Sondereinsatzkommando oder nur deine Leute?»

«Ich habe versucht, es auf meine Leute zu begrenzen», antwortete Neuman, «aber das Sondereinsatzkommando war auf dem Weg, als ich heraufkam. Wenn ich an deiner Stelle wäre, würde ich keine Minute länger hier bleiben. Ich würde aufs Dach klettern und versuchen, durch eines der anderen Häuser runter zu kommen. Man kann auf diesen Dächern bis zum Broadway gehen. Du hast vielleicht immer noch Zeit genug, aber viel Zeit hast du bestimmt nicht mehr.»

Redfield drehte sich wieder zum Fenster um. «Ich bin jetzt schon sehr lange fortgelaufen, Jake. Ich habe keine Lust mehr, länger fortzulaufen ... Wie hat Ré es geschafft – raus aus Vietnam, meine ich? Hat er dir das gesagt?»

«Nein», sagte Neuman. «Nein, das hat er nicht ... Weißt du, Bob, der Staatsanwalt hat im Moment noch nicht viel gegen dich in der Hand. Ich meine, nichts als das Wort eines erwiesenen Mörders, der behauptet, er hätte zufälligerweise gesehen, wie du zu den Zeiten Häuser betreten und verlassen hast, zu denen Frauen in diesen Häusern ermordet worden sind. Ich meine, sofern es keine unwiderlegbaren Beweise gibt – die Schreibmaschine, das Briefpapier, auf dem die Briefe geschrieben worden sind, die Waffe –»

«Du wirst alles finden, Jake», sagte Redfield. «Die Schreibmaschine steht auf meinem Schreibtisch, wie du gesagt hast, zusammen mit einem Stapel Papier. Der Roman befindet sich in einer Schublade. Die Kanone steckt an meiner Hüfte. Der Schalldämpfer ist in meiner Jackentasche.»

«Scheiße, Bobby. Warum? Warum, warum, warum?»

Redfield drehte sich um und setzte sich auf die Fensterbank, lehnte sich gegen die Scheibe.

Neuman wollte ihm sagen, daß er aufpassen sollte: Das Glas könnte zerbrechen, ein Scharfschütze könnte ihm in den Rücken schießen. Er sagte nichts.

«Warum?» sagte Redfield. «Ich habe schon versucht, dir zu sagen, warum. Es war nicht nur Nam. Das war ein Teil davon, aber es wäre wirklich zu einfach, allein Nam die Schuld dafür zu geben. Ich habe dort drüben einige schreckliche Sachen gesehen, und ich habe selbst einige schreckliche Sachen getan, aber ich habe überlebt, und nur darum ging es. Es ging nicht um siegen oder verlieren, es ging ums Überleben. Hierher zurückzukommen, das war der harte Teil. Du hast das alles schon einmal gehört, es klingt wie ein Haufen Affenscheiße, aber trotzdem ist es wahr. Man hat uns wie Aussätzige behandelt, wie Killer, Vergewaltiger, Wilde – wie Verlierer. Die Leute im Viertel, meine Familie, sie hatten Angst, mir in die Augen zu sehen, hatten Angst, mir die Hand zu schütteln, hatten Angst, mich zu umarmen, mich zu küssen. Ich war mit Blut besudelt, und sie wollten sich nicht damit beschmutzen. Am schlimmsten waren die Frauen. Sie konnten sich das Hirn aus dem Kopf ficken, konnten darauf abfahren, mit einem Ex-GI zusammenzusein, doch dann rollten sie sich in einer Ecke des Bettes zusammen und jammerten und stöhnten, daß sie jetzt ruiniert wären, weil sie sich von einem Mörder hätten anpacken lassen.»

«Nicht alle, Bob», sagte Neuman. «Sie können nicht alle so gewesen sein. Du bist einfach nur den Falschen begegnet. Du hast dir selbst nicht die Chance gegeben, doch noch die Richtige zu finden.»

«Was heißt denn *alle*, Jake? Was spielt es für eine Rolle, ob es eine oder zwei oder zehn oder zwanzig waren? Es ist passiert. Du weißt es und ich weiß es, daß nicht jeder da draußen ein Mörder ist. Aber wir wissen auch, daß einige Leute es sind, und daß diese wenigen ausreichen, um aus dieser Stadt die Gosse zu machen, die sie nun einmal ist, dieses Land zu der Kloake, die es nun mal ist, diese Welt zu der Kloake, die sie nun mal ist. Also, was heißt schon alle? ... Die Anti-Kriegs-Typen, die, die auf diesen Demonstrationen marschiert sind – mein Gott, was waren die selbstgefällig. ‹Ich hab's dir doch gesagt, du ungezogener Junge. Ich hab dir doch gesagt, daß der Krieg unmoralisch, illegal, verfassungswidrig ist.› Scheiße. Verfassungswidrig. Ich habe nur getan, was mir Leute gesagt haben, die zu respektieren ich erzogen worden bin: Präsidenten, Senatoren, Generäle. Es ist noch nicht erzählt worden, Jake – irgendwer wird eines Tages ein Buch darüber schreiben, darüber, daß die Anti-Kriegsbewegung so toll gar nicht war. Oh, sicher, es waren eine Menge Leute, aber die Hälfte von ihnen, zwei Drittel von denen, vielleicht neunzig Prozent von denen – die waren nur wegen der Drogen und dem Sex und was weiß ich dabei ...»

Neuman meinte, über Redfields Schulter eine Bewegung auf einem der angrenzenden Dächer zu sehen. Auf der anderen Straßenseite. Er versuchte, nicht auf diese Stelle zu blicken, doch er mußte es einfach. Eine Taube flog auf und davon.

Komisch, dachte Neuman. Tauben flogen doch nachts gar nicht. Oder doch?

«Chris war auch in dieser Anti-Kriegs-Scheiße», fuhr Redfield fort. «Und in dieser Feminismus-Scheiße, die dazugehörte. Sie hatte Fotos von sich, die in den Zeitungen und Illustrierten erschienen sind: Sie und Massen anderer Frauen, die in Los Angeles demonstrierten – von daher stammte sie nämlich –, in San Francisco, in Washington, wie sie für die Abtreibung marschierten, gegen irgend etwas anderes demonstrierten, demonstrierten, demonstrierten. Auf einem Foto steht sie ganz vorne in der ersten Reihe, trägt eine Baumwollbluse, eine dieser indischen Blusen, die viele Frauen in den sechziger Jahren trugen. Man kann ihre Titten sehen. Ich meine nicht, daß man sie irgendwie sehen, ahnen kann. Man kann sie wirklich *sehen*. Sie hätte genausogut gar nichts anziehen brauchen. Wo ist da die Logik, Jake? ‹Behandle mich nicht als Sex-Objekt!› ‹Hier sind meine Titten!› Und es war nicht anders, als sie berühmt wurde. ‹Ich bin ein ernsthafter Profi.› ‹Wenn du ganz scharf aufpaßt, dann kannst du meine Möse durch den Schlitz in meinem Rock sehen, wenn ich die Beine übereinanderschlage.› Beruht das auf Gegenseitigkeit? Wenn ein Kerl es in einem Geschäft weit bringt, kann er dann ungestraft mit offenstehendem Hemd und Hosen, die so eng sind, daß sich seine Eier vorbeulen, zur Arbeit kommen? Kann er nicht. Schon mal irgendwas von Freud gelesen, Jake? Er sagte: ‹Anatomie ist Schicksal.› Man ist genau das, wozu man durch sein Geschlecht bestimmt ist. Frauen sind dazu da, Kinder zu kriegen. Mehr noch, sie sind dazu da, gefickt zu werden. Und das wissen sie. Jede einzelne von ihnen weiß das. Aber sie fühlen sich deswegen schuldig. Also zieren sie sich. Also bekommen sie Allüren. Sie reden von Karriere im Beruf, von Feminismus, von Gleichberechtigung. Aber alles, was sie im Grunde wollen, ist doch ficken. Und das können sie nicht mal verbergen. Sie haben einen Job beim Fernsehen, aber machen sie einfach nur ihre Arbeit? Sie tun es nicht; sie tragen Kleider, die ganz klar sagen: *Fick mich.*»

Neuman konnte Redfields Augen in der Dunkelheit erkennen, also war es nur logisch, daß er auch seine sehen konnte und dann würde er sehen, daß er auf das Dach auf der anderen Straßenseite starrte. Wenn dort wirklich ein Scharfschütze lag, dann betraf ihn das auf eine ganz besondere Weise auch selbst, denn wenn der Scharfschütze Redfield verfehlte, würde er ihn treffen. «Bob, ich –»

Doch Redfield stand von selbst von der Fensterbank auf. «Du hast die Briefe gelesen, Jake. Ich brauche wohl nicht mehr zu sagen. So empfinde ich. Und aufgrund dessen, was man empfindet, muß man auch handeln und sich verhalten.» Er ging ins Wohnzimmer und weiter ins Schlafzimmer.

Neuman hörte Wasser im Bad laufen. So gut es eben ging, stand er auf, versuchte zu gehen, schaffte es, zu hüpfen, erreichte das

Telefon an der Wand, versuchte mit seinem Kinn die Gabel herunterzudrücken und ein Freizeichen zu bekommen, schaffte es nicht, wäre beinahe nach vorne über Linda Walsh gefallen, fand sein Gleichgewicht wieder, hüpfte zu der Stelle zurück, an der er gestanden hatte, allerdings, Gott sei Dank, etwas weniger direkt vor dem Fenster.

Redfield kam aus dem Bad, aus dem Schlafzimmer und trat an das Wohnzimmerfenster.

«Bob, falls da draußen Schützen sind, bist du ein leichtes Ziel. Diese Jungs haben Nachtsichtgeräte, die können einen Nigger in einem Kohlebergwerk sehen.»

Redfield lachte. «Erst müssen sie das Gebäude räumen, Jake. Das ist Vorschrift.»

«Ich würde mich nicht auf die Vorschriften verlassen. Nicht in diesem Fall», sagte Neuman. «Ganz und gar nicht würde ich das ... Was hast du vor, Bob? Du mußt doch einen Plan haben, oder? ... Weißt du, selbst wenn du verurteilt wirst, den Stuhl wirst du nicht kriegen. Selbst, wie heißt er noch – Berkowitz –, nicht mal der hat den Stuhl gekriegt, und der hat – wieviel? – acht, neun Frauen umgelegt. Himmel, ich hab sogar irgendwo gelesen, daß er in ein paar Jahren auf Bewährung rauskommen kann. Ein smarter Bursche wie du, vielleicht schreibst du ein Buch oder was, so wie, wie heißt der noch gleich, dieser Abbott, Jack Abbott.»

«Ein Cop im Bau, Jake?» sagte Redfield. «Was denkst du, wie lange werde ich das durchstehen?»

«Was hast du dann vor?»

Redfield kam in die Türe. «Wo sind die Schlüssel zu den Handschellen?»

«An meiner Kette.»

Redfield zog die Kette aus Neumans Tasche, löste sie vom Gürtel und schloß die Handschellen auf.

Neuman rieb sich die Handgelenke. «Was soll das?»

Redfield zog Neumans Revolver aus dem Hosenbund auf seinem Rücken und gab sie ihm. «He, Bob, was soll das werden?»

Redfield zog seinen Dienstrevolver aus dem Schulterhalfter und spannte ihn. «Du sollst mich erschießen, Jake. Töte mich. Ich kann es nicht selbst tun. Ich hatte die Kanone gerade eben im Bad im Mund. Ich konnte einfach nicht abdrücken.»

Neuman legte seine Waffe auf den Küchentisch, schüttelte seine

Hand, als wär sie heiß, lachte nervös auf und sagte: «Du verrückter Arsch.»

«Andernfalls bringe ich dich um, Jake.»

«Du verrückter Arsch. Warum zum Teufel willst du mich umbringen?»

«Ich kriege den Stuhl, wenn ich einen Cop umlege.»

«Dann bring irgendeinen anderen Cop um, verdammt. Bring McGovern um. Bring Klinger um. Bring den beschissenen Mazilli um. Wegen dem sind wir dir nämlich auch auf die Spur gekommen, du dummer Arsch. Das war noch ein Fehler, den du gemacht hast.»

Redfield lächelte. «Ich wollte geschnappt werden, Jake, genau wie du gesagt hast. Du hast mich geschnappt, also werde ich dich umbringen, sofern du mich nicht zuerst umbringst.»

«Du verrückter Arsch», sagte Neuman.

Redfield sah auf seine Uhr. «Ich gebe dir dreißig Sekunden, Jake.»

Das ist zu lange, dachte Neuman. Er will nicht wirklich, daß ich es tue. Gott sei Dank. «Was hindert mich daran, dir ins Bein zu schießen oder was weiß ich wohin?»

«Schieß, um mich zu töten, Jake, denn wenn du mich nicht tötest ... noch zwanzig Sekunden.»

«Oder in die Eier? Ich kann einen verdammt unglücklichen Mann aus dir machen, ohne dich töten zu müssen.»

«Fünfzehn Sekunden.»

Neuman blickte auf seinen Revolver. «Ich weiß nicht mal, ob das Ding geladen ist. Es ist schon so lange her, seit ich das letzte Mal damit geschossen hab.»

Redfield griff nach der Waffe, hob sie auf, ließ das Magazin herausspringen, schob es zurück und gab sie Neuman. «Zehn Sekunden.»

«Du verrückter Arsch.»

«Fünf Sekunden.»

Neuman schleuderte die Waffe auf Redfields Kopf, streifte seine Schläfe. Er stand auf, packte den Stuhl und schlug ihn auf die Knie des aus dem Gleichgewicht geratenen Redfield, schlug ihm die Beine weg. Er zielte mit einem Fuß auf Redfields Gesicht, verfehlte seinen Kopf, traf statt dessen seine Schulter und brach sich, er war ganz sicher, dabei seinen dicken Zeh.

Redfield rollte sich unter Neuman, warf ihn um, schlug ihm den

Atem aus den Lungen. Er stand wieder auf und richtete seine Waffe auf Neumans Brust, der sich inzwischen auf seinen Rücken gerollt hatte. «Steh auf, Jake.»

«Erschieß mich doch, du verrückter Arsch», brüllte Neuman. «Erschieß mich, du gottverdammter Feigling. Du Drecksack. Du ... Verräter!» Und Neuman begann zu heulen.

Doch das Feuer der halbautomatischen Gewehre, die sich in den Händen der drei Polizisten befanden, die durch die Türe in die Wohnung hereinbrachen und Redfield in einen zusammensackenden, zitternden, sich schüttelnden Sack Blut verwandelten, fegte sein Weinen fort.

Die Beamte waren Fremde. Und sie waren Spezialisten: Sie trugen Baseballmützen, kugelsichere Westen über schwarzen Pullovern, schwarzen Hosen, schwarze Leder-Turnschuhe. Sie hatten alle dasselbe Gesicht: Das Gesicht des Todes.

Neuman kniete sich über Redfields Leiche, seine tastenden Finger bestätigten, was keiner Bestätigung mehr bedurfte. Er blickte zu dem Cop zu seiner Linken auf. «Du gottverdammter Hurensohn. Du hast ihn nicht aufgefordert, seine Waffe fallen zu lassen.»

Der Cop in der Mitte antwortete: «Wir haben Sie schreien hören, Lieutenant: ‹Schieß nicht, schieß nicht!›»

«Dann habt ihr euch verhört, ihr verdammten Arschlöcher.»

«Ist alles in Ordnung, Sir?» fragte der Cop rechts von ihm.

«Ihr verfluchten Arschlöcher.» Neuman stand auf und ging in die Küche, schaltete auf seinem Weg das Licht ein. Er beugte sich über Linda Walsh und drehte sie langsam auf den Rücken. Dort, wo der Pistolenknauf sie hinter dem Ohr getroffen hatte, war Blut, und an ihrer Nase hatte sie Blut von dem Sturz auf den Boden. Das Blut an ihrer Nase blubberte. Sie atmete.

«Gott sei Dank», sagte Neuman. «Oh, nein. Nein, nein, nein.»

36

Neuman legte seine Dienstmarke und seine Waffe auf Deputy Chief Inspector Klingers Schreibtisch.

Klinger wedelte mit seinen Händen, als wäre das eine Mahlzeit, die er nicht bestellt hatte. «Komm schon, Jake. Gib mir eine Chance.»

«Es war eine Hinrichtung. Ich kann nicht für eine Abteilung arbeiten, die Hinrichtungen durchführt.»

Klinger schob einen Stapel Papiere zwischen sich, die Dienstmarke und die Waffe. «Er hat dir alles gestanden, um Himmels willen ... Oder hat er das etwa nicht?»

«Ich kann nicht sagen, daß er das getan hat», sagte Neuman. «Wir haben darüber geredet, was er von Frauen hielt, von der Welt. Aber ich kann nicht sagen, daß er mir irgendwas gestanden hat, nein. Er hat nie gesagt: ‹Ich habe Chris Kaiser, Susannah Keyes und Martha Wine ermordet.›»

Klinger pflückte ein Blatt Papier von dem Stapel, wedelte damit, las dann vor: «Gegenstände, gefunden in der Wohnung von Detective Sergeant Redfield: Eine Olivetti-Kofferschreibmaschine, Schrifttyp Pica, mit Extrusionen – was auch immer das sein mag – an den Buchstaben c, k und l und dem Großbuchstaben W, was zu dem Schriftbild der Briefe paßt, die der mutmaßliche Mörder von Chris Kaiser, Susannah Keyes und Martha Wine geschrieben hat. Ein unbetiteltes Romanmanuskript, geschrieben auf einer Olivetti Praxis-Schreibmaschine, die der Susannah Keyes gehört hat und das nach Angaben von Keyes Agentin, Zoe Zell, zweifelsfrei in ihrem Stil verfaßt ist und das verschiedene orthographische und grammtische Fehler aufweist, die für Buchmanuskripte der Keyes typisch sind. Ein angebrochenes Paket Sphinx-Briefpapier –»

«Es war eine Hinrichtung», unterbrach Neuman. «Und ich verstehe einfach nicht, wie scheinbar jeder spielend damit fertig wird. Wenn ein Zivilist auf diese Art und Weise umgeblasen worden wäre, dann würde jetzt todsicher eine genaue Untersuchung gefordert. Haben Cops denn keine Bürgerrechte, selbst wenn sie verdächtigt werden, ein Killer zu sein?»

«Verdächtigt?» fragte Klinger. «Verdächtigt? Niemand verdächtigt Bobby, Jake. Er hat Linda Walsh als Geisel genommen. Er hat dich als Geisel genommen. Er hat dir gestanden – vielleicht nicht ausdrücklich, aber er hat es gestanden –, daß er kaltblütig drei Frauen ermordet und eine vierte niedergeschlagen hat – ich habe eben erst mit dem Krankenhaus telefoniert, sie ist jetzt außer Lebensgefahr, sie hat keinen Hirnschaden davongetragen, sie wird es schaffen. Er hat dich mit einer Waffe bedroht, und er wollte dich zudem noch umbringen.»

«Nein», sagte Neuman, «das hätte er nie tun können, genausowenig wie ich ihn hätte umbringen können. So wie er mich darum gebeten hat.»

«Weil er dein *Partner* war?» sagte Klinger sarkastisch.

«Weil er mein Partner war, weil er mein Freund war.»

«Aber was für ein Freund denn, Jake? Du hast doch selbst gesagt, daß du im Grunde gar nichts von ihm gewußt hast, du wußtest ja nicht mal, daß er am halben Körper tätowiert war.»

«Sie habe ich auch noch nie ohne Hemd gesehen, Lou», sagte Neuman. «Und Sie mich auch nicht.»

Klinger stützte seine Ellenbogen auf den Schreibtisch und verschränkte seine Finger. «Damit ich das jetzt richtig verstehe, Jake. Willst du damit sagen, daß Bob unschuldig war? Willst du vielleicht sagen, daß wir es mit einem Fall von Verwechslung zu tun haben?»

«Nein.»

Klinger lehnte sich zurück und steckte seine Daumen hinter seinen Gürtel. «Gut. Dann war's das.»

Neuman deutete auf seine Dienstmarke und seine Waffe. «Und das ist meine Kündigung. Was muß ich machen – ein Formular ausfüllen, einen Brief aufsetzen?»

Klinger rieb sich mit den Zeigefingern seine Augen. «Um Himmels willen, Jake.»

«Lou, versuchen Sie es mal von meiner Seite zu sehen: Mein Partner war ein Killer, und ich wußte es nicht. Ich hätte es wissen können; Spuren und Hinweise gab es genug. Er wollte geschnappt werden. Er sagte sogar, er hätte eine Theorie: Der Killer wäre ein Cop; ein Cop könnte relativ problemlos hingehen, wohin er will. Tja, mein Partner war ein Killer, und ich habe es nicht gewußt. Es muß noch eine Million anderer Dinge geben, die ich auch nicht weiß. Wer wird denn noch mit mir zusammenarbeiten wollen? Wer wird mir noch vertrauen?»

«Du machst eine Weile Innendienst. Du wirst Downtown arbeiten. Oder auf der Polizeischule. Das kann ich arrangieren.»

«Professor Neuman, der nicht wußte, daß sein Partner ein Killer war? Komm, Lou. Diese Kids sind doch nicht bescheuert. Die haben doch auch Ohren.»

Klinger lächelte über die Unwiderlegbarkeit seines nächsten Argumentes. «Wenn du jetzt gehst, verzichtest du auf deine volle Pension.»

Neuman nickte. «Ich habe mit Maria darüber gesprochen. Wenn

ich es wirklich so will, dann ist sie einverstanden. Außerdem, vielleicht rechnet das P.D. Austin meine Dienstzeit ja auch an. Am Ende bekomme ich vielleicht doch noch die volle Pension. Vielleicht auch nur drei Viertel. Der Assistent des Polizeipräsidenten wird sich deswegen noch mit mir in Verbindung setzen.»

Klinger legte seinen Kopf schief. «Austin?»

«Austin, Texas.»

«Du meinst das Austin, Texas, Police Department?»

«Sie wissen, wie so was geht», sagte Neuman. «Ich redete mit Maria darüber – darüber, daß ich vielleicht meinen Dienst quittiere, darüber, vielleicht woanders zu arbeiten, nicht mehr hier in New York, irgendwo, wo sich die Menschen vielleicht gegenseitig nicht ganz so regelmäßig umbringen wie hier. Sie sagt, sie hätte absolut nichts dagegen, irgendwo zu leben, wo es im Winter schön warm wäre. Ich sagte ihr, daran hätte ich auch schon gedacht, und daß ich Arizona im Kopf hätte –»

«Arizona?» sagte Klinger.

«Maria sagte, sie hätte irgendwo gelesen, daß sie unten in Arizona so ziemlich die schlimmste Luftverschmutzung haben. Das wußte ich nicht. Hätte ich auch nicht gedacht. Aber wenn sie es gelesen hat, muß es wohl so sein. Also sagte ich, gut, bleiben noch Florida und Kalifornien, denn ich kann mir nicht vorstellen, daß wir beide in Mississippi oder Alabama oder einem dieser Staaten leben können, und Maria sagte, da wäre noch Texas, woran ich nie gedacht habe, denn wenn ich an Texas denke, denke ich nur an Wüsten. Wie so was eben geht, jedenfalls sagte Maria, sie hätte kürzlich erst mit einer Nachbarin geredet, einer Frau aus Texas, und die hätte gesagt, Texas wäre nicht nur Wüste, es gäbe auch eine ganze Menge schöner Landschaften, ganz besonders in der Umgebung von Austin, wovon diese Frau gesagt hat, es wäre einer der schönsten Orte überhaupt, in dem sie je gewesen wäre, und wie sich herausstellte, ist sie schon ziemlich in der Welt herumgekommen – nach Europa und überallhin. Und in derselben Nacht, also als Maria und ich anfingen, darüber zu sprechen, es war Montagnacht, da haben wir uns die Johnny Carson-Show angesehen und kein anderer als Willie Nelson war Gast der Sendung –»

«Willie *Nelson*?» fragte Klinger.

«Den ich wirklich sehr mag, seine Musik, meine ich, und wie er eben so ist, irgendwie hart und gleichzeitig auch nett. Und er liebt

Austin, gehört da zu einer Country-Music-Szene, die ganz anders als die Nashville-Szene ist, die, das hat er Johnny Carson in der Sendung erzählt, nur aalglatt und kommerziell und voller Geschäftemacher ist, die mehr an einem schnellen Dollar als an der Musik interessiert sind.

Und gestern morgen habe ich dann beim Rasieren Radio gehört, und da war ein Werbespot von irgendeiner Airline, und die machten Reklame für Flüge nach Dallas, Houston und Austin. Dann ist Maria in die Bücherei gegangen und hat ein Buch über Texas geholt und ein anderes mit dem Titel ‹Die besten Wohnorte in den U.S.› oder so ähnlich, da sind mehr als fünfhundert Städte mit allen möglichen Informationen über sie drin aufgeführt, zum Beispiel, was ist die höchste Temperatur im Sommer und was die niedrigste im Winter und wieviel ein ungelernter Arbeiter im Schnitt verdient und was bestimmte Berufsgruppen verdienen und wie viele Mordfälle es da gibt und was es kostet, ein Haus zu kaufen oder eine Wohnung zu mieten und wie hoch die Lebenshaltungskosten sind, und so ziemlich in allen Kategorien kam Austin dabei ziemlich gut weg, nur daß sie da unten Tornados haben, und da gefällt mir allein schon das Wort nicht.

Also habe ich ein bißchen rumtelefoniert. Ich habe den Chief der dortigen Polizei angerufen und gefragt, ob sie vielleicht einen erfahrenen Bullen aus der Mordkommission gebrauchen könnten, und er sagte, eigentlich ja, denn einer seiner besten Männer hätte gerade erst einen Herzinfarkt gehabt, was sich meiner Meinung nach nicht gerade wie die beste Reklame für diesen Job anhört, doch er sagte, es hätte nichts mit seiner Arbeit zu tun gehabt, sondern der Kerl hätte eine Menge familiärer Probleme am Hals plus daß er zuviel aß und trank und rauchte. Ich habe ihn dann noch nach dieser Pensions-Sache gefragt, und er sagte, ich sollte deswegen mit dem Commissioner sprechen, also habe ich auch noch sein Büro angerufen – ihn selbst habe ich allerdings nicht erreicht, sondern nur seinen Assistenten, und der hat gesagt, daß er mir irgendwelche Bewerbungsunterlagen zuschicken würde und daß er sich wegen der Pensions-Sache wieder mit mir in Verbindung setzen würde, aber daß ich die Formulare schon mal ausfüllen sollte, sobald sie bei mir angekommen wären, selbst wenn ich bis dahin noch nichts von ihm gehört hätte, weil er sich ziemlich sicher wäre, daß sie schon irgendwas für mich arrangieren könnten. Er hat mir den Job nicht direkt fest zugesagt, er sagte, er müßte erst noch mit dem Commissioner und dem Chief reden und daß sie sich meine Bewerbungsunterlagen erst ansehen müßten – ich gebe Sie übrigens als Referenz an, Lou, ich hoffe, das geht in Ordnung, und, na ja, wir werden sehen. Und wie Maria immer sagt – also, sie sagt es nicht wirklich, *ich* sage es, denn obwohl ich mit einer spanisch sprechenden Frau verheiratet bin, kann ich selbst nicht viel Spanisch, aber, na ja, das kenne ich eben, und, na ja, *que sera, sera.*»

Klinger seufzte. «Ich vermute, du hast dich entschieden.»

«Sagen wir mal so, ich habe den Ball ins Rollen gebracht.»

«Und ausreden kann ich dir das nicht mehr», sagte Klinger.

«Versuchen Sie, es mal von meiner Warte aus zu sehen, Lou.»

Wieder ein Seufzer. «Ich muß dir eines sagen, Jake, wenn sie mich bitten, dir eine Empfehlung zu schreiben, dann ist da etwas, das ich ihnen sagen muß und das ihnen vielleicht nicht gefallen wird.»

«Ich rede zuviel?» sagte Neuman.

«Jesus, Jake, Redest du überhaupt jemals?»

Es klingelte.

«Was zum Teufel ist das?» fragte Neuman.

«Die Sondernummer, Jake», sagte McIver.

«Für welchen Fall?»

«Den Samariter-Killer. Soll ich rangehen?»

«Nein, ich mach das schon», sagte Neuman und stand auf und ging nach unten.

«Hallo, Lieutenant», sagte Mazilli, hielt seine Hand über die Sprechmuschel des Hörers, «ist für Sie. Ich glaube, es ist dieser, na, Keller. André Keller. Soll ich das Band mitlaufen lassen?»

«Das ist doch Vorschrift, oder?» fragte Neuman.

«Ja, Sir.»

«Dann laß es laufen.»

Mazilli überließ Neuman seinen Stuhl, reichte ihm den Hörer und drückte den AUFNAHME-Knopf des Tonbandgerätes.

«Neuman hier», sagte Neuman.

«Hallo, Lieutenant, hier ist Ré Keller.»

«Hallo, Ré. Wo sind Sie? Nein. Vergessen Sie das. Sie werden es mir sowieso nicht verraten.»

«Ich bin sehr weit fort, Lieutenant.»

«Ja, hört sich so an. Hört sich an, als wären Sie sehr weit fort. Trotzdem, die Verbindung ist ziemlich gut.»

«Ich rufe wegen Linda an, Lieutenant», sagte Ré. «Ich habe in der Zeitung gelesen, daß sie sich in einem kritischen Zustand befindet.»

«Sie ist jetzt außer Lebensgefahr», sagte Neumann. «Sie wird wieder auf die Beine kommen.»

«Ich habe mich gefragt, was mit der Krankenhausrechnung ist. Ich weiß nicht, ob sie versichert ist. Ich wollte ihr etwas Geld schikken.»

«Ich weiß es auch nicht. Ich kann sie aber fragen, wenn ich sie sehe. Ich will sie heute nachmittag besuchen, dann könnte ich sie ja fragen. Wollen Sie mir eine Telefonnummer geben, unter der – nein. Vergessen Sie's. Sie werden mir keine Telefonnummer geben wollen.»

«Ich schicke einfach etwas Geld. Kann ja nicht schaden.»

«Ich weiß nicht, Ré. Ich weiß nicht, was sie dazu sagen würde. Ich weiß nicht, wie nahe sie sich gestanden haben. Sie könnte vielleicht ein komisches Gefühl dabei haben. Ich meine, ich selbst habe auch ein komisches Gefühl, wo ich jetzt einfach so mit Ihnen plaudere, als wären wir zwei alte Kumpel und, na ja, Sie sind eben ein Kerl, der drei Bürger ermordet hat, die ich eigentlich beschützen sollte – oder zumindest zwei, denn das Nassau County gehört nicht zu meinem Zuständigkeitsbereich.

Wissen Sie, Ré, wenn Sie an Ihrem guten Ruf interessiert sind, dann ist andere Leute umzubringen nicht der richtige Weg, so etwas anzupacken. Die Sache in der U-Bahn haben sie nicht geplant, ich weiß, und wahrscheinlich wird sie kein Geschworenengericht deswegen verurteilen, obschon Sie möglicherweise wegen der Kanone einige Probleme bekommen könnten, falls sie nicht registriert ist und so weiter. Von dieser Sache im Nassau County kenne ich die Einzelheiten nicht, aber das Ding in Harlem, also ich glaube nicht, daß Sie damit ungeschoren wegkommen. Dealer oder nicht, Sie haben ihn kaltgemacht und das ist gegen das Gesetz. Außer es war in Notwehr. Es gab keine Zeugen, also könnten Sie möglicherweise einfach sagen, es war Notwehr. War er bewaffnet? Ich kann mich nicht mehr erinnern. Aber was ich eigentlich sagen will ist, wenn es Ihnen um Ihren guten Ruf geht, dann sollten Sie vielleicht besser zurückkommen und, na ja, der Wahrheit eben ins Auge sehen. Manche Leute werden geneigt sein, Sie wie einen Helden zu behandeln, und da es so aussieht, als hätte man Ihnen in Nam ein faules Ding angehängt, tja, wer weiß?»

«Ich führe hier ein anständiges und geregeltes Leben, Lieutenant. Falls man je erfahren sollte, wer ich war, dann würde das nur zu Schwierigkeiten führen.»

«Ja, hmm, ich denke, ich habe mindestens ebenso sehr an mich wie an Sie gedacht. Sie haben getan, was Sie tun mußten und Sie sind sauber aus der Sache herausgekommen. Und ich habe hier einen noch nicht abgeschlossenen Fall, den ich wahrscheinlich, ob mir das nun gefällt oder nicht, auch so unerledigt belassen muß ... Sie haben keine Fehler gemacht, Ré, oder?»

«Doch, einen. Linda weiß, wer ich angeblich bin.»

«Ach. Komisch, daß Sie mir das sagen. Ich könnte sie danach fragen, wenn ich sie besuche. Oder würde sie mir nichts sagen?»

«Ich weiß nicht. Vielleicht, vielleicht auch nicht.»

«Tja, ist wirklich schon komisch, daß Sie mir das sagen. Ich nehme an, Sie wollen auch gefaßt werden. So wie Bobby.»

«Ich denke, sowohl Bobby als auch ich wollten, daß die Leute etwas von dem erfuhren, was in uns los war. Wir haben beide sehr viel in uns hineingefressen.»

«Ja, hmm, äh, das ist wohl bei uns allen so ... Hören Sie, Ré, ich lege jetzt gleich auf. Ein ganzer Stapel Papierkram wartet hier auf mich, fast zwei Meter hoch. Wenn ich jetzt so darüber nachdenke, ich werde Linda nichts von dem Geld sagen, wenn ich sie besuche. Sie müssen eben tun, was Sie für richtig halten.»

«Ich verstehe, Lieutenant. Würden Sie ... ihr ... liebe Grüße ausrichten?»

«Ich glaube nicht, Ré. Ich meine, technisch gesehen sollte ich eigentlich unheimlich hinter Ihnen her sein und nicht den Botenjungen für Sie spielen.»

«Ich verstehe ... Gut ... Goodbye.»

«Ja», sagte Neuman und legte auf.

McIver stand in der Tür. «Sie haben den Anruf bis zum Überseefernamt zurückverfolgt. Europa. Die Leute im Fernamt kennen die Nummern der Anrufer, die sie durchstellen.»

Neuman nickte. «Was meinst du, Tim?»

«Ich meine, wir sollten es vergessen.»

«Einfach sagen, der Anruf wäre nie gekommen?»

«So was in der Art.»

«Das Band löschen? So wie bei Watergate?»

«Ich weiß es nicht. Das ist wohl eine andere Geschichte.»

«Hmhm», machte Neuman. Dann sagte er: «Warum drehst du dich nicht mal für einen Moment um, Tim? Oder besser noch, geh uns einen Kaffee holen. Nicht von hinten, geh ihn in dem Imbiß um die Ecke holen. Hol dir auch einen, ich bezahle.»

«Schwarz, ohne Zucker?» fragte McIver.

«Ach, zum Teufel auch. Sie sollen ein bißchen Zucker reintun.»

«Lieutenant», fragte Federici.

«Komm rein, Steve», sagte Neuman. «Hol dir einen Stuhl. Stell ihn hier an die Seite. Ich kann dich nicht sehen, wenn du vor dem Schreibtisch sitzt. Sieh dir den Stapel an, und dabei habe ich die Hälfte schon bearbeitet.»

Federici setzte sich. «Man hört Gerüchte. Ist da was dran?»

Neuman lachte. «Ach, gibt es schon Gerüchte? Na ja, eigentlich überrascht mich das nicht. Klinger hat noch nie was für sich behalten können. Er ist ein lausiger Poker-Spieler. Wenn sich mal die Gelegenheit bietet, ein Spielchen mit ihm zu machen, solltest du diese Chance sofort beim Schopf ergreifen. Was er in der Hand hat, steht in Großbuchstaben auf seinem Gesicht.»

«Dann stimmt es also? Sie quittieren den Dienst?»

«Versuch's mal von meiner Seite aus zu sehen, Steve. Ich glaube nicht, daß ich in dieser Stadt noch sehr effektiv arbeiten könnte. Ich glaube aber, daß ich das in einer anderen Stadt sehr wohl noch kann, also ergibt es auch einen Sinn, daß ich mich in einer anderen Stadt nach Arbeit umsehen sollte. Strenggenommen quittiere ich den Dienst ja gar nicht. Ich ziehe nur um. Natürlich nur, wenn alles glattgeht. Alles befindet sich erst in der Sondierungsphase.»

«Dann sind Sie kommenden Monat noch hier?»

«Oh, ja sicher. Ich meine, ich glaube nicht, daß ich vor Thanksgiving alles schon soweit in die Wege geleitet haben werde. Warum? Ach, ich weiß schon. Toni.»

Federici errötete. «Ich würde Sie ihr gerne vorstellen.»

«Und ich würde sie gerne kennenlernen. Ich hoffe nur für euch, du weißt schon, daß ihr nicht enttäuscht seid, wenn ihr euch schließlich trefft.»

«Ich konnte nicht widerstehen, Lieutenant», sagte Federici. «Ich mußte einen der Jungs fragen, mit denen sie zusammenarbeitet, wie sie, na ja, Sie wissen schon, wie sie eben so aussieht. Ich meine, sieht sie gut aus oder einfach nur so durchschnittlich oder wie Hund oder was? Er sagte, sie wäre süß, wirklich richtig süß.»

«Süß?» fragte Neuman.

«Ja.»

«Komisch. Genau das habe ich Toni auch gesagt, als sie von mir wissen wollte, wie du aussiehst.»

«Das haben Sie *getan*?»

«Ja.»

«Sie hat Sie *gefragt*?»

«Du hast direkt neben mir gestanden.»

«Das dachte ich mir schon, aber ich war mir nicht ganz sicher ... Und Sie haben süß gesagt? Ich habe aber nicht gehört, daß Sie süß gesagt haben.»

«Na ja, vielleicht habe *ich* das nicht gesagt, vielleicht hat *sie* es gesagt. Ich meine, sie hat mich gefragt, ob du süß wärst. Nein. Sie hat mich gefragt, ob du wirklich so süß wärst, wie du dich am Telefon anhörst. Ich habe ja gesagt.»

«Süß?» fragte Federici.

«Ja.»

«Danke, Lieutenant.»

«Nicht der Rede wert.»

«Und gleich, was auch immer geschieht, Lieutenant, ich würde gerne mit Ihnen in Kontakt bleiben.»

«Ich auch mit dir, Steve.»

«Miss Walsh?»

«Lieutenant Neuman. Ich erkenne Sie nach dem Bild in der Zeitung.»

«Ja, äh. Ich wünschte, die würden so was nicht machen. Es gibt da draußen einen ganzen Haufen Leute, bei denen mir lieber wäre, sie wüßten nicht, wie ich aussehe.»

«Sind Sie hier, weil Sie mich fragen wollen, was passiert ist? Ich weiß nicht, ob ich darüber sprechen möchte.»

«Das kann ich verstehen, Miss Walsh. Und nein, ich wollte nur sehen, wie es Ihnen geht. Aber irgendwann werden Sie dazu etwas sagen müssen. Ich werde Lieutenant McIver vorbeischicken, und mit dem können Sie dann reden – vielleicht morgen, vielleicht übermorgen, und er wird Ihre Zeit nicht mit unwichtigen Fragen verschwenden.»

«Sie tun mir leid, Lieutenant. Ich meine, das mit Ihrem Partner und alles.»

«Ja, hmm», sagte Neuman.

«Ich war mir nicht bewußt ... ich dachte, Ré ...»

«Ja.»

«Wer ist Ré. Was wollte er?»

«Ach, das ist eine lange Geschichte, Miss Walsh. Ich glaube nicht, daß dafür jetzt der richtige Augenblick ist. Vielleicht erzählt Lieutenant McIver das eine oder andere, wenn er kommt.»

«Aber Ré hat doch ein paar Leute umgebracht – oder?»

«Er hat ein paar Leute umgebracht.»

«Den Jungen in der U-Bahn?»

«Ich würde ihn nicht einen Jungen nennen. Und ich sage es wirklich nicht gerne, aber er war kein großer Verlust.»

«Auf dieser Station liegt die Krankenschwester, die er vergewaltigen wollte. Die Krankenschwester, der Ré geholfen hat.»

«Das ist aber ein Zufall.»

«Ré und ich waren an dem Tag im Green Tree, als Sie und Sergeant Redfield dort essen waren», sagte Linda.

«Noch ein Zufall.»

«Haben Sie Ré denn nicht gefaßt?» fragte Linda. «Oder wissen Sie, wo er jetzt steckt?»

«Nein.»

«Ich weiß, wie er sich nennt. Und ich glaube auch, ich weiß, für wen er arbeitet. Ich meine, er ist kein Profi-Killer oder so. Er hat einen Job.»

«Aha», machte Neuman.

«Wollen Sie wissen, wie er sich nennt?»

«Wollen Sie es mir sagen? Ehe Sie antworten, lassen Sie mich Ihnen etwas erzählen, was Sie nicht wissen, weil wir es bislang nicht an die Presse gegeben haben und vielleicht auch nie tun werden ... Ré hat uns angerufen, um uns zu sagen, daß Redfield in Ihrer Wohnung war.»

«Redfield glaubte, daß Ré ihn verfolgte.»

«Er hat ihn verfolgt.»

«Und er hat Sie angerufen?»

«Ja.»

«Weil er wußte, daß Redfield diese Frauen ermordet hatte?»

«Und weil er glaubte, Sie wären in Gefahr.»

«Dann hat er mir also irgendwie das Leben gerettet?»

«Irgendwie, ja.»

«Er hat sich Sorgen um mich gemacht.»

«Ich soll Sie lieb von ihm grüßen», sagte Neuman.

Linda lachte. «Er hat Sie angerufen, hat gesagt, daß ich von einem Verrückten festgehalten würde, hat gesagt, ‹Grüßen Sie sie lieb von mir›?»

Neuman lachte. «Das hat er später gesagt. Heute. Er hat mich heute angerufen, um zu hören, wie es Ihnen geht.»

«Und er hat gesagt, daß Sie mich lieb grüßen sollen?»

Neuman nickte.

Linda schüttelte ihren Kopf. «Das ist verrückt. Er bringt Leute um. Was weiß er schon von Liebe?»

Neuman schüttelte seinen Kopf. «Ich weiß nicht. Aber andererseits, es gibt eine Menge, was ich nicht weiß ... Haben Sie eine Krankenversicherung, Miss Walsh?»

Linda nickte. «Über die Barkeeper-Gewerkschaft. Ich bin Barkeeper. Im Gold Rail.»

«Noch ein Zufall», sagte Neuman. «Neulich habe ich von dort telefoniert ... Es gibt da auch noch einen Fonds für die Opfer von Gewaltverbrechen oder so ähnlich. Das sollten Sie wissen. Vielleicht ist da auch etwas Geld für Sie drin. Ich sage Lieutenant McIver, daß er Ihnen die entsprechenden Informationen geben soll.»

«Danke.»

Neuman legte eine Hand auf Lindas Schulter. «Ich denke, ich gehe jetzt. Sie sollten sich etwas ausruhen.»

«Sie haben mich noch nicht gefragt –»

Neuman berührte sanft ihre Lippen. «Pssst. Ruhen Sie sich aus.»

Wie ein kleines Kind schloß Linda ihre Augen. Als sie sie wieder öffnete, war Neuman fort.

Jerry Oster

Jerry Oster arbeitete viele Jahre als Journalist und Filmkritiker in New York, bevor er begann, Bücher zu schreiben. Die *New York Times* bezeichnet ihn als den besten Krimiautor der letzten Jahre.

Saint Mike
(thriller 2924)
Susan Van Meter ist ein Undercover-Narco. Deckname: Saint Mike. Ihr Mann hat an einem brisanten Fall gearbeitet, bis er von einer unbekannten Schönen eiskalt hingerichtet wurde. Saint Mike muß diesen Fall aufklären.

Death Story
(thriller 3011)
Herzschuß. Der Mittelfinger ist abgetrennt und steckt im Mund der Leiche. An der Wand prangt kryptisch das Graffiti: Raleigh... Kein leichter Job für Joe Cullen, denn er muß gegen Kollegen ermitteln.

Violent Love
(thriller 3037)
Die New Yorker Intellektuellen–Schickeria trägt eine der Ihren zu Grabe, es ist die brutal ermordete Maklerin Karin Justice... Ein neuer Fall für Detective Joe Cullen.

Nowhere Man
(thriller 2925)
Der dritte Gedanke des Joggers war sein letzter, denn das, was die Gestalt ihm entgegenhielt, war kein wertloses Schmuckstück, auch keine Hand, die ihn stoppen wollte, sondern eine Pistole. Die Kugel schlug ein Loch in seine Stirn und beendete das Denken...

3026/2

rororo thriller

Dschungelkampf
(thriller 2773)
In der U–Bahn stirbt Carlos Pabon mit einem Loch in der Stirn. Die Zeitungen reden vom «Samariter-Killer», denn Pabon war ein mieser und kaputter streetboy. Weitere Morde passieren . Detective Jake Neumann und sein Partner setzen sich auf die Spur...

rororo thriller wird herausgegen von Bernd Jost. Ein Gesamtverzeichnis der Reihe finden Sie in der *Rowohlt Revue*. Jedes Vierteljahr neu. Kostenlos in Ihrer Buchhandlung.

Serientäter

Robert Brack
Die siebte Hölle
(thriller 2941)
Oldtimer bringen's besser als Bücher, meint der bankrotte Buchhändler Jercy Pacula, und überführt zwei Limousinen nach Lissabon...
Schwere Kaliber
(thriller 2967)
Psychofieber
(thriller 3058)

Frank Göhre
Schnelles Geld
(thriller 3048)
Der erste, seit Jahren vergriffene Kriminalroman von Frank Göhre, der mit mehreren Literaturpreisen ausgezeichnet wurde und als Kinofilm Beachtung fand. Neu bearbeitet und wesentlich erweitert.
Der Tod des Samurai
(thriller 2832)
Ein Thriller über organisiertes Verbrechen in Hamburg.
Der Tanz des Skorpions
(thriller 3025)
Letzte Station vor Einbruch der Dunkelheit
(thriller 2795)
Der Schrei des Schmetterlings
(thriller 2759)

Daniel Pennac
Wenn nette alte Damen schießen...
In Belleville, dem Kreuzberg von Paris, schneidet ein erbarmungsloser Killer armseligen Rentnern die Kehlen durch. Angst macht sich breit, gefolgt von einer kräftigen Paranoia. Ausgezeichnet mit dem «Prix Mystère de la critique».
(thriller 2921)
Königin Zabos Sündenbock
(thriller 3003)

rororo thriller

30 Jahre thriller Jubiläums-Lesebuch
(thriller 3030)
Dieser Jubiläumsband präsentiert einen opulenten Querschnitt durch die Geschichte der rororo thriller- Reihe und bietet literarischen Nervenkitzel pur. Die Palette internationaler Autoren gleicht einem Who is Who der Kriminalliteratur.

Pacio Ignacio Taibo II
Der melancholische Detektiv *Drei Fälle für Héctor Belascoarán Shayne*
(thriller 3039)
Der Boxer Angel, Freund von Detektiv Héctor Belascoarán, wird beim Training im Ring von einem Unbekannten erschossen. Mögliches Motiv: eine alte Rivalität um eine Frau... Taibo liefert nicht nur ungewöhnliche Stories, sondern ein dichtes Bild von Mexiko, seiner Atmosphäre, seinen Problemen und seiner Faszination.
Das bizarre Leben
(thriller 2940)
Comeback für einen Toten
(thriller 3019)

Serientäter

Larry Beinhart
Priester waschen weißer
(thriller 3043)
Tony Cassella schlüpft in die Rolle eines irischen Priesters um den Tod von Wendy Tavetian und einem Japaner aufzuklären.
Zahltag für Cassella
(thriller 2932)
Bei Privat Eye Tony Cassella steht eine Steuerprüfung an. Genau in dem Augenblick, als er genügend Beweismaterial gegen den Justizminister persönlich zusammen hat...

K. C. Constantine
Ein unbeschriebenes Blatt
Ein Fall für Mario Balzic
(thriller 2776)
«Constantine ist ein wunderbarer Autor. Lang lebe Polizeichef Balzic!»
New York Times
Blues für Mario Balzic
(thriller 3002)
Schwere Zeiten für Mario Balzic: ein Mord geschieht, seine Mutter wurde mit einem Schlaganfall ins Krankenhaus eingeliefert und seine Frau hat wenig Verständnis für sein Pflichtbewußtsein.

William Krasner
Opfer einer Razzia
(thriller 3001)
Organisiertes Verbrechen + illegales Glücksspiel = Unmoral & Prostitution - Charley Hagen, Partner von Detective Captain Sam Brige, zieht wieder einmal voreilige Schlüsse.
Die letzte Tat des Mr. Goodman
(thriller 2937)

Jean-Bernard Pouy
Sprengsatz aus der Vergangenheit
(thriller 3021)
Der Schlüssel zur Affäre
(thriller 2977)

3024/4b

rororo thriller

Schwarze Beute
Stories von berühmten Autoren und neuen Talenten finden sich in den thriller-Magazinen und immer wieder – Shock, Thrill and Fun.
thriller–Magazin 5
Herausgegeben von Norbert Klugmann und Peter Mathews
(thriller 2969)
thriller–Magazin 6
Herausgegeben von Janwillem van de Wetering
(thriller 3000)
thriller-Magazin 8
Herausgegeben von Maj Sjöwall
(thriller 3093)

Die Reihe *rororo thriller* wird herausgegeben von Bernd Jost. Ein Gesamtverzeichnis aller lieferbaren Titel finden Sie in der *Rowohlt Revue*. Jedes Vierteljahr neu. Kostenlos in Ihrer Buchhandlung.

Crime Ladies

«Es liegt in der Tradition des Kriminalromans, daß Frauen bessere Morde erfinden. Aber warum? Diese Frage kann einen wirklich um den Schlaf bringen!»
Milena Moser in «Annabelle»

Patricia Highsmith
Venedig kann sehr kalt sein
(thriller 2202)
Peggy liegt eines Morgens tot in der Badewanne. Niemand zweifelt, daß sie sich selbst die Schlagader aufgeschnitten hat. Nur für den Vater ist klar: der Ehemann muß schuldig sein...
«Unter den Großen der Kriminalliteratur ist Patricia Highsmith die edelste.»
Die Zeit

Nancy Livingston
Ihr Auftritt, Mr. Pringle!
(thriller 2904)
Pringle vermißt eine Leiche
(thriller 3035)
«Wer treffenden, sarkastischen, teils tief eingeschwärzten Humor und exzentrische Milieus schätzt, komm mit Privatdetektiv G.D.H. Pringle, einem pensionierten Steuerbeamten, der die Kunst liebt, ganz auf seine Kosten.»
Westdeutscher Rundfunk

Anne D. LeClaire
Die Ehre der Väter
(thriller 2902)
Herr, leite mich in Deiner Gerechtigkeit
(thriller 2783)
Peter Thorpe zieht an die Küste von Maine und hat zum erstenmal in seinem Leben den Eindruck ehrlichen, rechtschaffenden Menschen zu begegnen. Hier gibt es keine Lügner, Diebe, Mörder. Oder doch?

rororo thriller

Jen Green (Hg.)
Morgen bring ich ihn um! *Ladies in Crime I - Stories*
(thriller 2962)
Diese Anthologie von sechzehn Kriminalgeschichten von Amanda Cross über Sarah Paretsky bis Barbara Wilson zeigt in Stil und Humor die breite schriftstellerische Palette der Autorinnen.

Jutta Schwarz (Hg.)
Je eher, desto Tot *Ladies in Crime II - Stories*
(thriller 3027)

Irene Rodrian
Strandgrab
(thriller 3014)
Eine Anzeige verführt so manches Rentnerpaar, die Ersparnisse in ein traumhaftes Wohnprojekt im sonnigen Süden zu investieren. Sie können ja nicht ahnen, daß sie nicht nur ihr Geld verlieren, sondern auch ihr Leben aufs Spiel setzen...
Tod in St. Pauli *Kriminalroman*
(thriller 3052)
Schlaf, Bübchen, schlaf
(thriller 2935)